U0932898

魅丽文化
花火工作室

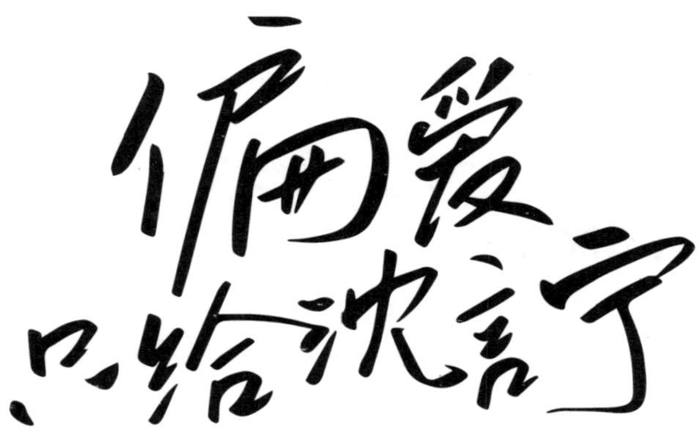

木子喵喵
著

江苏凤凰文艺出版社
JIANGSU PHOENIX LITERATURE AND ART PUBLISHING

图书在版编目（CIP）数据

偏爱只给沈言宁 / 木子喵喵著．-- 南京：江苏凤凰文艺出版社，2021.11
ISBN 978-7-5594-6141-4

Ⅰ．①偏… Ⅱ．①木… Ⅲ．①长篇小说－中国－当代
Ⅳ．①I247.5

中国版本图书馆 CIP 数据核字（2021）第 141602 号

偏爱只给沈言宁

木子喵喵 著

责任编辑 张 倩
出版统筹 曾英姿
特约编辑 黄 欢 胡 蓉
装帧设计 殷 舍
出版发行 江苏凤凰文艺出版社
南京市中央路 165 号，邮编：210009
网 址 http://www.jswenyi.com
印 刷 长沙金鹰印务有限公司
开 本 880mm × 1230mm 1/32
印 张 10
字 数 232 千字
版 次 2021 年 11 月第 1 版
印 次 2021 年 11 月第 1 次印刷
书 号 ISBN 978-7-5594-6141-4
定 价 46.80 元

目录

目录

楔子

沈言宁坐在公司的六十二层向落地窗下看去，马路上的车辆和行人如同蚂蚁般移动。

很普通的场景，她硬生生一动不动地看了半个小时。

身后公司的其他人压低声音问："那就是我们公司拍摄最好的摄影师沈言宁啊？最近在网上很火的那个？"

"对啊！就是她，据说还在上大学呢！前途似锦啊！"

"大牌摄影师是不是都有一些说不上来的癖好啊？我看她在落地窗边一动不动地坐了整整半个小时，眼睛都不带眨的！"

几个人正在小声议论，这时，有人风风火火地跑进来："陈主任来了！陈主任来了！后面还跟着一个超级无敌大帅哥！真的！超级无敌帅！"

那人话还未说完，就听见陈主任的声音——

"来，来，顾总，这边请……言宁？来，给你介绍，这是顾氏集团的顾总……"

沈言宁回头，看见了那张倾世绝尘的脸。

——这是顾牧呈，以后就是你哥哥了。

明明过去很多年了，可是当年父亲介绍他的声音依旧那么近，又那么远。

顾牧呈依然没有太大变化，依旧是那样惹人注目，英俊优雅，干净清朗，有他的地方，其他事物都沦为背景，独他自成一景。

这样完美的男人，自带一股子禁欲感，让人忍不住遐想。

“言宁？”陈主任的声音将沈言宁的神思拉了回来。

沈言宁点了点头：“陈主任，我知道，顾总是我今天需要拍摄的对象。”

随后，沈言宁对顾牧呈客气又礼貌地道：“顾总，您好。”

“顾总？”顾牧呈墨色的双眸凝视着她，如同藏着一片深色的海，让她窒息，“言言，什么时候我们变得这么生疏了，嗯？”

沈言宁没吭声。

倒是陈主任一愣，随即问：“言宁，你跟顾总认识？”

沈言宁知道跑不掉，只能承认：“认识，他是我……哥哥。”

“哥哥？”陈主任不知道两人之间还有这种关系，问，“没想到顾总竟然是言宁的哥哥，那，言宁，你之前怎么都不说一声……”

“不是太熟的哥哥。”沈言宁立刻打断道。

“不熟？”就在这时，顾牧呈玩味般重复了一遍这两个字。

陈主任却一点没察觉到两人的不对劲，下意识地问：“什么哥哥？表哥？堂哥？”

“是……”

沈言宁正要说，就看见顾牧呈忽然走到沈言宁跟前，伸手将她耳畔落下的发轻拂到耳后，弯腰在她耳边低声道：“是一起住过的哥哥，嗯？”

暧昧的距离，令人着迷的熟悉气息，沈言宁以为自己早就忘记了，却没想到，他一靠近，她依旧觉得如此熟悉。

那又如何呢？她曾以为他会是这辈子的终点，没想到中途就散了。

他曾陪在她左右，可终究不是那个和她牵手一生的人。

第一章　哥哥

1

那一年的深秋，北城高中外，一排百合花依旧盛开着，绿油油的枝干衬着奶白色的花朵，淡雅宁静，自成一景，空气中散发着淡淡的清香，不少路过的学生在用手机拍照。

人群中的沈言宁却没心思欣赏这景色。她迎着风，脸色不大好看，因为这次她的数学成绩又不及格，回去肯定又得挨骂了。

一想到父亲沈国辉那张严肃的脸，沈言宁便忍不住打了个寒战。

昨天沈国辉跟她说这天在御景酒楼吃饭，沈家每次有聚餐基本上都在那里，她很熟悉，直接打车去了酒楼，往楼上走。

走到888包厢门口时，她深吸一口气，推开了门。

让沈言宁意外的是，包厢里明亮温暖，但是没有人。她以为沈国辉他们还没来，走进去，却感觉到了陌生的气息。

她抬眼，看见包厢一角的沙发上，白色的灯光下，一个少年正坐在沙发上。他双腿交叠，垂眸看着手机，鼻梁挺直，细碎的发落在额前，衬得他的侧颜棱角分明。

听见声响，他懒懒地抬起头，沈言宁这才看见他的双眸。漆黑深沉，眼神中带着漠然置之的寡淡。

沈言宁看愣了，对方却依旧是懒洋洋的模样，仿佛说句话都是浪费力气。

双方对视十几秒后都没吭声。

直到沈言宁回过神，以为自己走错了包厢，退出去又看了一眼包厢号，“888”没错啊！

“言言，放学了？”

沈言宁正疑惑间，熟悉的声音传来。她回头，看见沈国辉从走廊走来。

“牧呈也来了。”看见顾牧呈，沈国辉的表情显得更激动。

少年此时也起了身，朝门口这边走来。他的个子很高，双腿修长，站起来更显得挺拔英俊，相比较沈国辉的激动，他则平静礼貌地喊了一声：“沈叔叔。”

沈国辉走到顾牧呈身边，笑呵呵地说：“叔叔本来想让司机去接你，但你说不用，我也就不勉强了。牧呈啊，以后就把自己当作沈家的一员！”

说完，沈国辉对沈言宁招招手：“言言，过来。”

沈言宁拉了拉书包带，听话地走了过去。

沈国辉拍着沈言宁的肩膀对顾牧呈说：“这是我的女儿沈言宁，小时候你们见过一面，不过你应该不记得了。”

说完，沈国辉又对沈言宁说：“这是顾牧呈，从今天开始，牧呈就是你的哥哥了。”

沈言宁愣着没动。她怎么突然多了一个素未谋面的哥哥？

沈国辉见沈言宁没动，笑道：“你这孩子怎么回事？喊哥哥啊！”

沈言宁这才反应过来。她看向顾牧呈，他也在看着她。似乎觉得她呆头呆脑的模样很有趣，他的眉梢挑了挑，眼神中带了些许玩味，但始终没说话。

沈言宁紧张地抓着书包带，他什么都不做，只是这样直直地看着她。

她红着一张脸，结结巴巴地喊了一声：“哥……哥哥。”

顾牧呈墨色的眼中闪过一丝温和。他的气质矜贵冷峻，声音却意外温柔：“乖。”

沈言宁发现最近母亲徐妍指责顾牧呈的次数越来越多，最初只是私底下表示对这个不速之客来到家里长住不满，现在每天只要一看见他就忍不住要说几句。

早上，一家人在餐桌上吃饭的时候，徐妍聊到最近沈国辉生意不顺，一脸不耐烦：“本来最近家里经费就紧张，你还非得带一个拖油瓶过来！你是嫌家里不够乱吗？”

徐妍的话一出，餐桌上一片安静。

沈国辉不满地皱了皱眉：“好好说生意上的事，扯这些有的没的做什么？”

徐妍一听沈国辉明显维护顾牧呈，脸色顿时更难看了：“我说错了吗？你也不看看自己几斤几两，就替顾家养孩子，我看养孩子是假，你对你的初恋旧情难忘是真吧？”

沈国辉一巴掌拍在饭桌上：“有完没完？”

“怎么？戳到你的痛了？就算你对人儿子好又怎样，人家领情吗？”

“你够了！”

“够什么够？只要这个家里一天有外人在，我跟你就没得够！”

餐桌上两人争论得面红耳赤，谁也不让谁。

沈言宁不安地看向顾牧呈。他神色平静，低着头，如常地吃着碗里的早餐，似乎对于徐妍和沈国辉之间的争论并不放在心上。

她不忍心看见顾牧呈被父母这样说，忙在桌子上拿了两片面包，说：“爸、妈，我跟顾牧呈上学快迟到了！先走了！”说着拽着顾牧呈往外面走。

沈言宁将顾牧呈拉到门外：“哥哥，对不起啊，妈妈只是对你有点误会，你别放在心上。”

徐妍不喜欢顾牧呈，每次听见沈言宁喊他“哥哥”都会大发雷霆，所以在徐妍面前，沈言宁都直接喊他的名字，只有徐妍不在的时候才喊“哥哥”。

对于沈言宁的抱歉，顾牧呈只是勾起嘴角笑了笑说：“没关系。”笑容懒散得仿佛一点都不放在心上。

顾牧呈这漫不经心的性子，沈言宁也习惯了。

一路去学校，两人相对无言。

顾牧呈来家里已经有一个多月了。沈言宁也多多少少从父母的争吵中得知，顾牧呈是父亲沈国辉一位同班女同学的儿子，因为家里出了意外，父亲才将他接过来临时照顾的，只是……父亲的这位同班女同学是父亲当年暗恋的一位女神，所以才让母亲如此介意。

而顾牧呈来到沈家之后，更如隐形人一般，除了父亲特意出差回来跟他一起吃饭，否则基本上不会出现在沈家人的视线中。

沈言宁想，也许潜意识里，他也在意她妈妈的感受吧……

沈言宁和顾牧呈是一前一后走进学校的。

“快看！是顾牧呈啊！”

“我的天，他好帅啊！”

“啊啊啊，呈宝，看我看我！”

“一大清早就遇到我男神，我觉得今天一天我都能好好学习了！”

“他后面的女生是谁啊？怎么一直跟着他？”

“那是他妹妹！”

“什么？”

沈言宁已经习惯了顾牧呈出现在学校时的“惊涛骇浪”，他转学到她班上以来，整个北城中学都炸开了。

刚到教室，又是班上一群女生的惊呼。

顾牧呈自带一种莫名的疏离感，再加上他来高一（1）班后总共说的话都没超过三句，更是令人不自觉感觉他很高冷。

班上同学都不敢跟顾牧呈搭讪，只能拉着沈言宁低声尖叫：“沈言宁，你哥真的好帅啊！”

“你跟他同住一个屋檐下，也太幸福了吧？”

沈言宁：“……”

好友兼同桌路知知跑了过来，神神秘秘地说：“言宝，你知道吗？校花周思元今天放学要找你哥！”

沈言宁看了一眼说：“校花不是高二的吗？”

她和顾牧呈才高一……

“言宝，这不是问题。”路知知一脸花痴地说，“你说你哥会去吗？

你哥总让人感觉有种疏离感，还真不知道他会怎么选择……”

沈言宁真想捂住耳朵，自从顾牧呈来了，她听见最多的就是有关于哪个女生找他补习这种事。

真的很烦！

2

这种烦躁一直持续到放学。顾牧呈又没等她一起走。

其他人不知道的是，顾牧呈的疏离感不仅仅是对他们，连她这个妹妹也是。

虽然他们同住一个屋檐下，她跟他说话，他会回答，也会对她礼貌地笑，但也是这种礼貌的笑，让他身上总有一种拒人以千里之外的气质，让她觉得很难过。

顾牧呈从不主动和她一起上下学，除非她主动找他。

这种难过在沈言宁回家的路上想到这次数学月考又没及格，就更难过了。

沈言宁磨磨蹭蹭地回到家后，家里没有人，她庆幸父母不在家，省得又吵架。又悲伤又难过的她路过顾牧呈的房间时，竟然听见里面似乎有声音。

她想起路知知说放学后校花周思元找了他，他难道没有去吗？怎么回来了？

她靠近门，正想探头进去看时，房间门口站着的顾牧呈吓了她一大跳。

他刚从浴室出来，身上只围了一条浴巾。

沈言宁的脸倏地通红，在原地直愣愣地看着他。

顾牧呈似乎也没想到会遇到沈言宁，眉梢扬了扬。他的眸子乌黑深沉，俊脸波澜不惊，不像她那般慌乱，而是不紧不慢地回到浴室将睡袍穿起来后才走出来。

顾牧呈虽然散漫惯了，但还是会顾及小姑娘的情绪。

他出来的时候，门口早没有小姑娘的身影了。对于自己把她吓跑这件事，他有点无奈，想着要不要去看看，毕竟刚认识的妹妹，这么快就把人家吓跑了不太好。

他正想着，眼睛不经意瞟见了门口的一张试卷。他走过去，弯腰捡起来，是一张数学试卷，试卷的主人考得不怎么好，满分一百的试卷上打着鲜红的四十九分，姓名和班级上用清秀的字体写着：高一（1）班，沈言宁。

晚上十一点，沈宅安安静静的。二楼一间卧室的门被轻轻拉开，一个圆乎乎的小脑袋探了出来。

走廊上只有廊灯亮着，沈言宁蹑手蹑脚地走了出来。

她记得试卷是回到家后弄丢的，她在走廊里找了一圈也没发现试卷，最后停在顾牧呈的卧室前，想着会不会落在这里了。

沈言宁在顾牧呈的卧室门前徘徊了许久，在她想到班主任说第二天要一个个检查试卷上的家长签字时，一咬牙，握住了顾牧呈卧室的门把手。她试着扭了扭，发现门没锁。

她轻轻推开门，走廊的光照进卧室，一眼便看见了落在地上的试卷，那试卷恰巧落在床边。

屋子里安安静静的，她能看见床上隐约躺着一个人。

顾牧呈应该是睡着了吧？沈言宁心里这样想着，弯了弯腰，轻踩着地毯，小心地走到床边捡起了试卷。

当沈言宁起身刚要走时，目光斜了一下，恰巧落在顾牧呈的睡颜上。睡着时的他五官温和，长睫伴着绵延的呼吸微微起伏，不知是不是灯光的原因，即使睡着，他的唇色也润得发亮。

她看了几秒，然后转身又轻手轻脚地退出了房间。

沈言宁一晚上没睡好，第二天上学的路上昏昏欲睡到了教室后直接趴下了。

班长来收试卷，沈言宁迷迷糊糊地从书包里拿出昨天捡到的试卷交了上去。

一整天她都困得不行，一直熬到下午最后一节数学课。

数学老师李葵是他们班的班主任，也是年级主任，为人严苛，连班上最调皮的学生都怕他。

李葵拿着交上来的试卷走上讲台，开门见山道："现在把试卷发下去，没签字的同学，我再给你们一天的时间叫家长签字。"

教室里很安静，李葵又说："在这里，我要表扬一下沈言宁同学。这次数学考试她虽然没及格，但回去之后很用功。"李葵拿着沈言宁的试卷在全班同学面前展开，"每一道做错的题目她都仔仔细细重新做了一遍，这值得我们班上每个同学学习。"

于是，全班同学都看见了李葵手中举着的试卷，上面是密密麻麻的笔记。

沈言宁也看见了。当李葵喊她上去拿试卷时，她假装镇定地走上去将试卷拿下来，可一坐到位子上就埋头看起来。

试卷上的字迹与她的字迹十分相像，在她做错的每一道题目下都留下了详细的解题过程。

全班只有她一个人知道这不是她写的。

沈言宁的脑海里很快浮现一双墨色瞳仁，笑起来漫不经心，痞痞的。

她下意识地看向最后一排，顾牧呈正低头刷试卷，头也没抬，阳光落在他黑玉般的发尖上，乌黑亮泽。他垂眸，长睫轻眨，五官清俊，明明大家都坐在一个教室，可偏偏他坐的那里仿佛有一层透明的膜，隔绝了教室里所有的一切，独留那片地域一尘不染。

沈言宁看着自己手中的试卷，阳光穿透纤薄的纸张，试卷上的字迹虽然模仿得很像，但仔细看还是能发现不同。

顾牧呈因为是转学过来的，所有没有参加这次的月考，但据说他在以前的学校就是超级学霸。

没想到，顾牧呈居然帮她改试卷。

3

数学课放学之后，沈言宁正在补习试卷上的错题，外面传来喧哗的声音，路知知急匆匆地跑进来说："言宝，快！快去看看你哥！"

说着就拉着沈言宁出去看热闹。

两人跑到门口的时候，就看见走廊上围着一群人，自己班的，其他班的。

顾牧呈被高二的女生堵在楼梯口，明明身边围着一群人，可他站在其中，茕茕孑立，气质淡雅，仿佛有个虚无的圈将他围住，与众人隔离。

校花周思元站在顾牧呈正对面，身边是周思元的同班同学，其中一个女生对着顾牧呈说："顾牧呈，你太过分了！你干吗躲着思思？！"

"让思思在操场上等了将近一个小时，也太没有绅士风度了吧？"

这时女主角周思元说话了："你们别这样说……他可能是有别的事……我……"

周思元的话还没说完，顾牧呈就开口了："麻烦让让，你们挡着我的路了，谢谢。"

"……"

这大概是沈言宁这么长时间以来听顾牧呈说过的最长的一句话吧？

不知道是不是周思元她们也这样觉得，一时间像被顾牧呈控制住了一般，机械地让开了路。

顾牧呈一言不发地离开。

直到他的背影消失在转角处，其他人才如梦初醒。

"这个顾牧呈怎么回事啊？怎么这么傲啊？"

"跩什么跩？！"

"人家长得帅傲一点怎么了？"在众多声音中，一道轻悦的女声响起。

站在一旁嗑瓜子看热闹的路知知诧异地看着身边的女生，向来不爱管闲事的好友沈言宁居然为了哥哥开始路见不平拔刀相助了！

"这是谁啊？顾牧呈的跟屁虫吧？"其他人像是终于找到了发泄的出口，把从顾牧呈那受到的怨气，都转移到沈言宁身上。

"跟屁虫跑来这里秀智商？"

"顾牧呈没礼貌还不让人说吗？"

沈言宁沉着一张脸。她本来就不是善于表达的人，被这些女生围着针对，整个人看起来都快被淹没了。

就在这时，路知知站出来挡在沈言宁面前："你们瞎吗？她是顾牧呈的妹妹，你们当着人家的面说顾牧呈的坏话，还不允许人家反驳吗？"

“顾牧呈的妹妹？”有人迟疑地问，“顾牧呈有妹妹吗？”

“没听说过有妹妹。”

顾牧呈没转学来之前，在北城高中也很有名，北城高中有很多顾牧呈的粉丝，所以他的家里情况他们都了解得一清二楚。

“以前没有，现在有了，你们忘记顾牧呈家里那件事了吧？后来他被人收养了。”

“所以这个所谓的妹妹就是收养他的那家人的吗？”

“难怪了，所以这是打着妹妹名义的跟屁虫吗？”

这些人平日里在学校霸道惯了，所有人都不想搭理她们。

沈言宁原本没将这些人放在心上，可是她们说的每一句话都直戳她的心。她的面色涨得通红，一言不发地转身跑了。

“言言！”路知知惊叫了一声，随后对着眼前一群女生说，“你们太过分了！”

说完不管那群女生如何，路知知转身去找沈言宁。

但路知知没追上沈言宁，沈言宁直接回了家，那群女生的话就像一把刀子插在她心尖。

4

这种低落的情绪一直到家都没能得到缓解，她难受地低头没看路，走着走着就撞到了人。她闷哼了一声，摸着脑袋抬头。

竟然是顾牧呈。

他穿着和她一模一样的校服，蓝白的单色调，可穿在他身上那么合身；他懒懒散散地站在那儿，双腿笔直修长，笑容不羁，有点痞，有点野，却衬托得他的五官异常好看。

沈言宁又想起那群女生说的话，再看到眼前的人，她莫名觉得很委屈，鼻子一酸，眼泪来不及收起，流了下来。

看着突然哭鼻子的她，顾牧呈有片刻愣怔。随即，他半蹲在沈言宁身前，看着她豆大的眼泪不停地流着，温声询问：“撞疼了？”

沈言宁流着眼泪望着他摇了摇头。

顾牧呈：“那是？”

沈言宁忽然一边痛哭一边说："我昨天数学不及格，今天化学也不及格，爸爸知道了之后肯定会打死我，呜呜……"

顾牧呈："……"

本以为是自己把小姑娘撞疼了，没想到小姑娘压根儿就不是因为这事，而是因为考试又不及格……

说到这个"又不及格"，顾牧呈沉默片刻，从小就是学霸的他还从未有过考试不及格的体验。就在他思考着该怎么安慰她的时候，就听见沈言宁抽泣道："哥……哥哥，你可不可以帮我在试卷上签……签名。"

"……"

沈言宁吸了吸鼻子："我看了你在我试卷上写的字，哥哥，你那么厉害，应该会模仿我爸爸的字体吧？"

入学以来，一路领先其他人从未遇见过困难的学霸顾牧呈同学，一时间竟然回答不上这个问题。

沈言宁见顾牧呈没吭声，抿紧唇，一双泪汪汪的眼睛望着他，一副即将又要崩溃大哭的样子……

顾牧呈沉吟片刻，说："给我一个晚上的时间考虑好吗？"

他本就生得好看，低眉温和说话的时候，浑身上下散发着一股魅力，沈言宁甚至能闻见他校服上淡淡的清香，很舒心的香味。

直到被顾牧呈送进房间关上门，沈言宁才反应过来，他没有给她肯定的答复。

顾牧呈回到房间在沙发上坐下，搁在桌子上的手机一直在响。他没动，直到手机屏幕暗了下去，一条短信随之而来："牧呈，我能不能来找你？"

顾牧呈没有理会。他低头看了一眼手机旁边薄荷绿色的糖盒，伸手拿起来打开，从里面倒出一粒糖，白色圆润的糖粒搁在白皙干净的手掌心。他放一颗在嘴里，又习惯性从盒子里继续倒糖，糖盒刚打开时候，他似乎想到了什么，将糖盒盖上，放了回去。

过犹不及，过为已甚，什么东西过溢都不好，吃糖也是。

第二天，沈言宁早早来到餐桌上，陈阿姨已经准备好了早餐。

沈言宁一边吃早餐一边等顾牧呈，可是一直等到她吃完都没有等到。

难道她被放鸽子了？

沈言宁这才清醒过来，也许顾牧呈昨天口头上跟她说考虑一晚只是忽悠她脱身的方式，人家并没放在心上。

想到这里，沈言宁的心情格外低落。

放下筷子后，沈言宁正准备去上学，陈阿姨走了过来，将她的试卷交给她："这个是牧呈让我给你的。"

沈言宁一愣，随即打开试卷，看见了试卷上签好的字，与沈国辉的字体相差不了几许。

原来顾牧呈不是敷衍她。

沈言宁忙问对方："阿姨，顾……嗯，牧呈哥呢？"

陈阿姨说："他一大早就去学校了。"

沈言宁没再说什么，从椅子上跳下去，背着书包就走了。

陈阿姨见她这么着急的样子，忙在后面说："言言，慢点，注意安全！"

5

沈言宁从屋子里冲出来之后，很快出了小区，她本以为自己会赶得上顾牧呈，但一直到公交站台，都没看见他的身影。

就在沈言宁站在公交站台等公交的时候，不经意看见对面早餐店熟悉的身影，穿着早餐店工作服的那个人是……顾牧呈？

沈言宁走到人行道，等了红灯结束后，才跟着行人走到马路对面。

这是一家开了很久的早餐店，店名叫"庞氏早餐店"。

沈言宁走到店门口，看清了那个穿着工作服的人的确是顾牧呈。工作服是简单的深蓝色背带围裙，正面写着巨大的"庞氏早餐店"五个大字，这衣服穿在他身上丝毫没有违和感，甚至看起来有点可爱。

他里面穿着白色的衬衫，袖子懒散地挽起，露出一截白皙的手腕，隐隐可见手腕处线条分明的青筋。

这样一个模样好看的店员，惹得店里许多吃早餐的小姑娘都往这边看。

沈言宁听见门口其他人跟店老板在聊天："庞老板，小顾来这里兼职之后，我看你店里的生意比之前更好了！"

庞老板笑呵呵的："可不是，牧呈这孩子啊，已经成为我店里的门面担当了。"

"顾牧呈……"

沈言宁忍不住开口喊了一声。

顾牧呈听见声音，漂亮的眼睛望了过来，朝她露出懒懒的笑，将手上的一笼包子递给客人后，走到收银台，跟老板娘说了一声，便脱下工作服，套上自己的校服后走了出来。

庞老板看见沈言宁，朝顾牧呈开玩笑道："女同学？"

顾牧呈摇了摇头："我妹妹。"说着揉了揉沈言宁的小脑袋。

沈言宁跟着顾牧呈往公交站台走，她问他："哥哥，你在这里打工吗？"

顾牧呈倦怠地点了个头。

站在人行道上等红灯的时候，沈言宁又问："是爸爸没给你零花钱吗？"

沈国辉倒是给过他一张卡，但他不想用，没有丝毫血缘关系，仅仅是他母亲朋友的沈家已经收养了他，供他吃、供他住、供他读书，他总不能还拿人家的钱。

知道小姑娘关心自己，但顾牧呈并不打算跟她细说，只说："我想赚点钱。"

沈言宁见顾牧呈没有否定，以为是沈国辉给他的零花钱不够，便没有再吭声。

红灯闪过，绿灯行，顾牧呈见沈言宁站在原地发呆，不知道想到了什么，长睫轻垂，白细如瓷的皮肤透着温软甜糯的少女气息。他嘴角轻勾，声音润泽："小朋友，跟着哥哥。"

沈言宁一愣。

在她愣神之际，顾牧呈已经带着她走过了马路。

公交恰好到达，顾牧呈让沈言宁先上去之后，自己跟在她后面上了车。

早上的公交一向人多，沈言宁从前被挤惯了，这一次上车却格外顺畅，甚至没有一点被挤到的感觉。

她仰头看去，便看见比她高很多的顾牧呈将她护在身前。

上车后，沈言宁找到一个靠窗口的位子，身后是后排的座位，顾牧呈一只手握着头顶的扶手，懒懒地立在她身边，刚好形成一个三角形的小圈子。

拥挤的车内，沈言宁感觉不到一丝不适。

车开到一半时，司机忽然紧急刹车，沈言宁因为惯性抓住了前面唯一的倚靠顾牧呈。

伴随着车里其他乘客的骂骂咧咧，以及司机的解释声……沈言宁的耳边乱哄哄的。她反应过来的时候，慌忙松开了手。

6

顾牧呈见沈言宁脸色有异以为被撞到哪里了，低声问："没事吧？"

沈言宁下意识抬头，便撞上了他的眼眸。

顾牧呈见沈言宁没反应，又喊了一声："言言？"

他似乎明白过来她忽然呆了的模样，嘴角弯起。

沈言宁一怔。

头顶是顾牧呈清润的声音："如果坐不稳可以扶着我。"

"哦。"沈言宁伸出手，在半空中犹豫了一下，最后轻轻地拽住顾牧呈的校服衣角。

公交直达北城高中站，跟随人流下了车后，沈言宁本来是跟顾牧呈走在一起，但越靠近学校，注意到顾牧呈的人越多，他实在太耀眼了，即使穿着校服都遮挡不住他身上的光芒。

这个年龄的学生对顾牧呈这种长相好看的少年一点抵抗力都没有，尤其是女生，目光在他身上移都不舍得移开，连带着他身边的沈言宁也成为议论的对象。

沈言宁情不自禁加快脚步，跟顾牧呈分开了一段距离。

顾牧呈看着她慌忙逃走的背影倒是没太放在心上，家里发生变故之后，身边的人都恨不得跟他不沾半分关系，生怕与他接触久了，传染了霉运。

亲人也不过如此，何况是这个认识不到三天的妹妹。

这一年，他已经习惯了。

第二章　你跟我待在一起很紧张吗

1

就在这时，原本走在前面的沈言宁忽然停了下来，随后转身，大步走到顾牧呈面前，对他说："哥哥，谢谢你今天帮我的试卷签名，然后你如果缺钱花可以跟我爸说，不用不好意思。我爸很有钱，你不花，他也不知道该给谁花，就算我们全家都花他的钱花到下辈子也花不完。所以……哥哥，你别那么辛苦了。"

小姑娘穿着蓝白相间的校服，外面套了一件乳白色的棉服，短发及耳。她的肤色白皙，有一丝婴儿肥，双眼大而水灵，睫毛长而翘，瞳孔湿润润的。

顾牧呈没想到沈言宁忽然说了这一番话，他伸手揉了揉她的短发，轻舔嘴角，笑着说："好，我知道了。"

那唇被顾牧呈轻轻一舔越发水泽红艳，沈言宁窘迫地左右乱看，最后结结巴巴地说："那……那我先去教室了！"说完逃似的走了。

顾牧呈站在原地，清晨的阳光映照在他脸上，衬得他越发光彩夺目，那张英俊的脸让路过的女生们忍不住多看几眼。他只是懒洋洋地站在那里，墨色的眼睛里是小姑娘慌不择路的逃跑身影。

原来小姑娘不是在嫌弃他啊……

他灰暗了一年的人生，忽然好像被照射进一束暖阳。

就在这时，耳边忽然传来了几道声音——

“那就是收养顾牧呈家的女生吗？真幸运啊，能平白无故多一个这么帅的哥哥！”

“据说昨天她为了维护顾牧呈跟高二那群人吵了起来，被她们骂哭了。”

“这么可怜啊？是周思元那伙人吗？”

顾牧呈的脸色顿时像染了凝霜一般，阴寒无比。

第一节课的铃声已经响起，站在学校大门门的值日生们即将关上门，忽然一群女生风风火火地跑了进来：“班长，等等啊！思元还没进来呢！”

“用得着你提醒吗？班长当然看见了思元还没进，所以人家特意慢点关，等思元啊！”

“哎哟！班长真有心，班长每次值日都给思元放水，我们都沾思元的光啦！”

“如果班长每天都值日，我每天早上就能多睡五分钟啦！”

在女生们的调笑之间，其中一个长相清俊的关门值日男生白皙的脸上透着遮盖不住的绯红。

被几个女生围着的周思元倒是已经习惯了这种情况，谁让她从小到大都是校花呢。

就在几个人的调笑声响彻校园时，前方忽然出现了一个人影。

有个女生先看到了，立刻停下来对周思元说：“思元，思元！”

几个人都相继看见了前方站着的少年，清晨的薄雾中，他穿着北城高中的校服，长身玉立，黑色的瞳孔睥睨着她们，竟带着三分冷漠七分妖冶。

“是顾牧呈啊！”

其中一个女生惊呼出声。

“是来找思元的吗？”

“废话，不然还能是来找我们的？”

话是这样说没错，可这些人心里，有几个不希望顾牧呈是来找自己的？

几个平时在学校霸道惯了的女生，在看见顾牧呈的那一刻，都变得拘谨淑女起来。

2

早读课到了一半，沈言宁才看见顾牧呈从后门进来。

明明顾牧呈跟她一起来学校，怎么这么晚才来上早读课？

沈言宁虽然心里有疑惑，但是看见顾牧呈来上课了，心底压着的石头就像忽然消失了一般，轻松无比。

“你哥终于来了，全班人都松了一口气。”身边，路知知一边吃着薯片一边说，“刚刚你哥的位子是空着的，我们班同学五分钟一回头，真是难为大家了，你哥这么大个人，不过就是迟到了一会儿，就怕他丢了还是怎么的……果然是大神般存在的人物，受到的关注度都跟我们这些小喽啰不一样……”

路知知话还没说完就凑近沈言宁，一双眼睛渐渐睁大：“言言，你的脸怎么这么红啊？”

“有吗……”沈言宁模棱两可地说，“可能太热了吧……快背书吧，下节课英语老师要抽人上去背书……”

“哦。”路知知心里虽有疑惑，但想到下节课英语老师就要发威了，顿时觉得手里的薯片都不香了。

眼见路知知没有再问，沈言宁心里才松了一口气。在路知知说班上的女生每隔五分钟都往后看的时候，说的不就是她吗？

她和班上的女生根本没有区别，硬要说区别就是在路知知的眼里，她是顾牧呈的妹妹，关心哥哥没来上课是人之常情，而其他人对顾牧呈则不一样了。

还剩半节课的早读课很快就下课了，一下课，（1）班的门口就热闹起来。

“好像是周思元啊！”

“高二的怎么会来我们班？”

“你忘了昨天沈言宁跟周思元起冲突了？”

“那周思元一群人来我们班做什么？”

就在这时，跟周思元一起来的女生随便找了一个（1）班的女同学说："同学，能帮我们喊一下你们班的沈言宁吗？"

那女生吓了一跳，平时见到这群人都绕着弯走，没想到她们竟然跟自己说话了，女生赶忙去喊沈言宁："沈言宁，有人找！"

正在背书的沈言宁听见有人喊自己，走到教室门口就看见了周思元一伙人。

想起昨天，沈言宁第一反应就是这些人没完了？还来她班上？

虽然沈言宁平时乖巧，从不惹事，但这并不代表她怕事。

昨天回去之后沈言宁就后悔自己为什么忽然跑了，她就应该跟这些人争论到底。

就在沈言宁撸起衣服，摩拳擦掌，准备跟她们大干一场的时候，只见周思元等一行人站成一排，异口同声地说："沈言宁同学，对不起！"

说完后，几个人还特别有诚意地向沈言宁鞠了一躬。

原本气势汹汹的沈言宁一时间愣在原地。

不仅是沈言宁，就连周围涌出教室看热闹的学生们也愣住了。

一下课就去了洗手间回来的路知知刚走到教室门口，就看见周思元一群人和班级门口诡异安静的气氛……

路知知二话不说跑到沈言宁身边，挡在她面前，瞪着周思元等人："你们来这里做什么？"

沈言宁被周思元等人一番操作弄得蒙了一下。此时见路知知挡在她面前，她不想路知知为了自己跟周思元这些人结下仇，正要说话就听见周思元说："沈言宁学妹，昨天的事是我们不对，我们已经集体过来道歉了，不知道能否得到你的原谅？"

原本气势汹汹的路知知看了一眼周思元，又看了一眼沈言宁，头顶缓缓冒出一个问号。

沈言宁虽然很不喜欢周思元，但人家都主动来道歉了，她也不是那种抓着不放的人。

"就……就也不算什么多大的事，不用这么兴师动众。"沈言宁说。

不知道别人是不是这样，反正沈言宁觉得如果周思元来跟她大吵一架，她倒是更能酣畅淋漓地大吵一架，但对方低声下气地道歉，反倒让她不知所措了。

因为距离近了一点，沈言宁才看见周思元的眼眶通红，似乎哭过。

沈言宁正想着周思元究竟是受了什么打击来找她道歉，就听见周思元问："所以，你是原谅我们了吗？"

"嗯。"

"谢谢。"周思元说完，抬头看了一眼空荡的高一（1）班，所有人都出来看热闹，只有坐在最后一排的顾牧呈在刷题，丰神俊朗的侧颜，冷漠而专注。

周思元没再说什么，转身离开，其他人也跟着离开。

路知知见人群散了，才问："言言，怎么回事啊？为什么周思元会主动跟你道歉？她可是校花，外号'公主'，你知道她这外号是怎么来的吗？高贵的公主从不向人低头，平时只有别人捧着她，她是不可能跟人道歉的！"

路知知说的这些，沈言宁当然知道，不仅路知知觉得奇怪，她也觉得很奇怪。

难道是……

沈言宁看向最后一排的顾牧呈，别人出来看热闹的时候，他坐在位子上一动不动，一副事不关己的模样。

沈言宁摇摇头，肯定不是他。那会是谁呢？

想起周思元那双红彤彤的眼睛，她总觉得周思元是被谁威胁了，才会主动来跟自己道歉。

不过这种疑惑很快被英语课后的点名背书给压了过去，整整一节课，大家都冷汗淋漓，根本没其他心思。

3

沈言宁这晚睡得不怎么踏实，倒不是因为别的，而是她想四点钟起床。

这对于起床困难户的沈言宁而言是一件十分艰难又痛苦的事。但四点一到，她定的闹钟响了，她准时醒了。

沈言宁打开卧室门看了一眼走廊，没人。

她将卧室门虚掩起来后，去刷牙洗脸，想让自己清醒清醒。

刚洗完脸，她就听见走廊上传来轻微的动静。

沈言宁忙随便往脸上抹了点乳液就跑到卧室门口，再次打开门往外看，只见走廊拐角处离开的背影很快消失不见。

沈言宁飞快地套上校服，背上书包跟了出去。

四点钟的北城市天还未亮，沈言宁跑出院子后，便看见不远处的顾牧呈。

她悄悄地跟上去。

清晨街道上除了清扫马路的清洁工几乎没人，沈言宁看见顾牧呈过马路后，走到了“庞氏早餐店”。

此时的“庞氏早餐店”还没开门，顾牧呈走到店门口，用钥匙开门后，打开了灯。

沈言宁站在马路对面的树下看着顾牧呈换了工作服出来后，轻车熟路地开始做开店前的准备。

整整一条街的店铺都关着，除了路灯，清冷的早晨只有“庞氏早餐店”透着暖黄的光，就像他给人的感觉一样，在这个寒冷的冬天，身上总带着一抹温暖和煦的光。

沈言宁看着看着，在心里做了一个决定。

她往回家的路上走，掏出手机打了个电话。

正在睡梦中的沈国辉电话响了。他艰难地睁开眼，看了一眼手机，时间才四点半，谁这么大早上扰人清梦？

沈国辉拿起手机正准备破口大骂，却看见手机上显示的备注是“女儿”。

这么早打电话过来，沈国辉以为发生了什么事，顿时吓清醒了，忙接起：“言言？怎么了？”

电话那头的沈言宁说：“爸爸，我想跟你做一个约定。”

沈国辉揉了揉额头：“什么约定？”

“如果下一次月考我考试都及格了，你就给我双倍的零花钱，好不好？”

所以四点多打电话吵醒他就是为了要零花钱？

沈国辉靠在床头，笑了笑：“怎么了，最近零花钱不够花了？”

沈言宁说：“不是。”

沈国辉虽然平时很严肃，但在给零花钱这方面向来很大方，别人可能几百，沈国辉一次性一个月就给几千。

大概是弥补自己经常不在家，所以想用金钱来弥补他那份缺失的父爱。

“那是？”沈国辉问。

沈言宁很认真地说：“爸爸，这个我不能跟你说得更具体，反正我不会用零花钱去干坏事，你就说我们这个约定可不可以吧？”

沈国辉：“约定可以，但言言，你这个想要双倍零花钱的条件是不是太简单了？”

言言没吭声，等着沈国辉说下去：“这样，言言，如果你下次月考，总排名能比现在提升二十名，我就答应你的约定。”

“二十名……”沈言宁苦恼地说，“爸爸，这个是不是太严格了？我现在在班上排名四十三名。”

沈国辉淡淡地问：“全班人数多少？”

“四十四。”

“呵。”沈国辉说，“你还说得挺淡定，你和你那个闺密小姑娘长期包揽了班上的倒数第一名和倒数第二名，怎么，你们还想承包高中三年？”

沈言宁想说这也不能怪她啊，她在的高一（1）班是高一年级里最好的班，所有学霸的聚集地，她和路知知这成绩如果放在普通班也是个二三十名的排名，但在（1）班就只能相互垫底。这大概也是全班四十四名同学，她们能玩在一起的原因。

沈国辉提出的这个条件，她觉得非常难办。

沈言宁听见沈国辉在电话那头打哈欠的声音：“你自己好好想想吧，爸爸要睡觉了。”

说完沈国辉就要挂电话。

她忙说：“好！我答应你！爸爸，如果下次月考我能进步二十名，你就得给我双倍的零花钱。”

沈国辉沉默了片刻，问："言言，你是不是受什么刺激了？怎么忽然有这种想法？"

沈言宁支支吾吾地说："爸爸，我能受什么刺激啊……"

"是吗？"沈国辉多了解沈言宁，平时让她考个及格都跟要她命一样委屈，现在居然主动要学习上进，他越想越不对劲，说，"言言，你如果不跟我说实话，这个约定我们很难进行下去。"

沈言宁想了想，只能说："爸爸，你记得你上次带回家的哥哥吗？"

"牧呈？他怎么了？"

"嗯……就是这个哥哥刚到我们学校就非常出名了，我才知道原来他的学习成绩那么好。"沈言宁越说越觉得有理，"我第一次感觉到了压力，我想向牧呈哥学习，希望有一天也能像他一样，以北城大学为目标，成为学霸那样的人物。"

沈国辉听见电话那头的沈言宁说得激情澎湃，恨不得当场考给他看，他相信了。

在他眼里，沈言宁毕竟是小孩，能有这种竞争心理很容易理解，所以这通四点钟的电话也能说得通了，应该是女儿受到了刺激晚上睡不着觉，所以才想着跟他打这通电话。

他没想到把顾牧呈接回家还有刺激自己女儿读书这个功效，笑着说："好，如果是这样，爸爸答应你，只要你下次月考进步二十名，我就给你发双倍零花钱。"

"一言为定啊！"

挂了电话之后，沈言宁的心情非常好。虽然这是一件很有压力的事情，但她想到自己能有双倍的零花钱，顿时充满了动力。

4

接下来的时间，路知知发现，以前每天都准点踩着上课铃声前几分钟来学校的沈言宁，现在每天早上都提前很早来教室，每次都认认真真地在位子上做作业、看书。

某节自习课，路知知听说了沈言宁跟家里人打赌下次月考要前进二十名的约定，震惊得无以复加："言言，你是有什么想不开的事吗？

你可以跟我说说，我帮你分担不了，但我可以开导开导你，你别跟自己过不去。”

路知知和沈言宁的成绩常年在班上倒数第一名和倒数第二名之间占地为王，两人的座位自然是按分数安排成同桌的。

沈言宁说：“我没有想不开啊，知知，你也好好学习试试看啊！”

“唉。”路知知自暴自弃地说，“我觉得我的智商就只能维持现在这种水平吧……”

话还没说完，她“哎哟”一声，登时捂着头火冒三丈往后排看去：“严选，你干什么打我？”

严选是高一（1）班的第一名，也是高一整个年级的第一名，班上的学习委员。

平日里沉默寡言，加上长得有清秀英俊，颇受班上许多女生欢迎。

至于他为什么学习成绩那么好，却是路知知的后桌，谁也不知道，反正那是他自己选的座位。

高一（1）班的位子都是按成绩排的，第一名自然有随便选座位的权利。

被路知知怒视，严选还是面无表情，清冷道：“知道智商不够，就多读书少说话。”

“严选，你……”路知知瞪着他，还想说什么。

沈言宁赶紧将她扯了回来，低声说：“今天是严选值日，你可别得罪他，不然被记名字了，第二天老班要罚去操场跑步十圈了。”

路知知听她这么一说，忍住了脾气，但还不忘对着严选瞪了好几眼以示自己的愤怒。

最后一节自习课，沈言宁跟一道化学题较劲，可怎么都不会，心情很烦躁。

虽然很不开心，但她还是等到班上的人都走光了，才开始收拾东西，因为她要等顾牧呈放学，每次顾牧呈都是最后一个回家。

那天两人照例坐公交车回家，一向多话的沈言宁却很沉默。

晚上吃饭的时候，顾牧呈发现沈言宁还在闷闷不乐，便问：“你今天心情不好？”

沈言宁用筷子戳着碗里的饭菜：“我每天都认真学习，但我发现不管怎么学，成绩都上不去，好难啊……”

忽然，她又像想到了什么似的，问：“哥哥，我听爸爸说你在你以前的学校是全校第一名，你学习那么厉害，可不可以帮我补习啊？”

沈言宁用水灵灵的眼睛期待地望着顾牧呈：“如果我是尖子生就不用害怕考不好了，也不会被我爸骂了。”说完，她模仿着做了一个沈国辉平常凶起来的表情。

顾牧呈笑了起来：“好啊。”

沈言宁万万没想到顾牧呈这么容易就答应自己，既意外又开心，亏她还在心里反复演练那么久，该用哪种方式跟顾牧呈提这种要求。

毕竟在这之前，顾牧呈跟她之间的关系说不上视如陌路，可也说不上有多好，虽然两人同住一个屋檐下，但关系显得有点生疏。

话多起来，好像也是从这几天开始的。

想到这里，沈言宁方才做题目时的不愉快统统被抛在了脑后。

她快速把碗里的饭吃了，放下碗筷后，对顾牧呈说：“哥哥，我先去楼上等你！”说完便跑了。

回到卧室的沈言宁整理了一下书桌，检视了一番比平时整洁了不少的书桌，确定在心里合格了之后，又搬了一把椅子搁在自己的椅子旁边。

收拾房间的时候，沈言宁想，见顾牧呈的第一眼，本以为他是个很难接触的人，毕竟他不爱说话，自带冷漠气场，看起来就很高冷。

但与顾牧呈接触的这段时间，她发现他其实是一个很温暖的人，好像不管发生了什么事情都很温和，永远不会发脾气。

但也是这样的好，让沈言宁觉得跟他好像总有一段无法靠近的距离。他对谁都温和又疏远，仿佛从来没有将谁放在心上。

沈言宁觉得顾牧呈特别好，尤其是他笑起来的时候，格外耀眼，可她总觉得那笑到不了他的眼底，他好像并没有表面上那么开心。

她想着想着，思路便乱了起来，她甩了甩头，觉得一定是自己想太多了。

等到一切都准备好之后，顾牧呈也上来了："我可以进来吗？"

沈言宁往旁边退了一步，示意自己准备好了，他可以进来了。

顾牧呈走进房间。小姑娘房间里的物品是清一色的嫩粉色，倒是很符合她甜糯的性格。

他在椅子上坐下，垂眼看见沈言宁放在桌子上的课本与草稿纸，草稿纸上画着凌乱的线条，可以看出她做题目不是很顺畅。

他拿过她做题的书，翻了翻以前她做过的题目，一页里几乎都是错的。

他放下书，正要开口，却见沈言宁局促地站在一旁，好像这里是他的地盘。

5

沈言宁的内心深处有点忐忑。

仔细想想，这是他们第一次单独相处吧？坐公交车的时候，车上都是人；放学的时候，路上都是行人；吃饭时，陈阿姨经常会来加菜……

沈言宁一时间竟然不知道怎么与他相处。

"过来。"顾牧呈指了指身边的椅子，"坐。"

沈言宁坐到顾牧呈身边。顾牧呈拿着她的作业本，俊美的脸上露出愁容，故意说："你这作业本上就没一道题对的。"

虽然小姑娘是学渣，但是被哥哥这么说，还是有些不乐意。

沈言宁不服气地指着作业本上的几个地方："怎么没有？这里，这里，还有那里，我都做对了！"

看小姑娘终于恢复正常了，顾牧呈"嗯"了一声，拿过桌子上的笔，在辅导书上画了几个圈："先把这些题目做做看，不会做的空着，我一会儿跟你讲讲解题思路。"

沈言宁拿过书，认真地做顾牧呈圈的几道题。

她在做化学题的时候，顾牧呈便在看她的数学作业，偶尔在草稿纸上写写画画。

沈言宁没忍住开了一会儿小差，没想到被他抓了个正着。她有些窘迫，本以为他又会取笑自己，却听他慢条斯理地说："认真看题。"

沈言宁忙扭过头。

半个小时后，沈言宁把化学辅导书还给顾牧呈的时候，看见他在草稿纸上写的字母与数字，很陌生，看起来也不太像方程式。

沈言宁不由得问："哥哥，你在写什么啊？"

顾牧呈顿了顿，轻描淡写地说："这是编程……"

他似乎并不打算在这个话题上多说，点了点她的辅导书，问："写完了？"

"嗯。"沈言宁说，"哥哥，会做的我都做了，其他的都是我不会的。"

顾牧呈接过，看着他圈的题目十道有九道是空白的，唯一做的一道还是错的，不禁沉默了。

虽然顾牧呈什么都没说，但沈言宁觉得他脸上的表情并不是"你上课有没有认真听讲"这么简单，而是"你上过化学课吗"这种无力的感觉。

沈言宁辩解道："化学真的好难，我已经竭尽全力了，还是不会。"

顾牧呈好脾气地说："没关系，我们从头开始。"

顾牧呈讲题时声音低沉悦耳，一字一句中逻辑条理都清晰明了。

沈言宁听得有些失神。

顾牧呈讲完一题后，问："这道题会了吗？"

沈言宁呆滞了片刻。刚刚她光顾着胡思乱想去了，他说什么她一句都没听进去。

看着沈言宁茫然的眼神，顾牧呈迟疑片刻，忍不住轻声问："言言，学文科不好吗？为什么要为难自己？"

沈言宁："……"

她知道顾牧呈这话估计是怕打击到自己学习的积极性，已经问得很委婉了。

换成别人估计会直接说——沈言宁，你根本就没有学理科的天赋，早点放弃吧。

6

"这不是还没文理分班吗？我想看看自己有没有学理科的潜力，

再说，如果人生一直趋于安逸岂不是很无聊？著名的文学家歌德说过，谁不能主宰自己，谁就永远是一个奴隶！”沈言宁分外认真地说，“我不想当奴隶，我要当能主宰自己人生的王者。”

小姑娘义正词严。顾牧呈的视线重新放在刚才的题目上，配合着小姑娘的正能量，懒洋洋地道：“好，言言大王，现在我重新讲一遍这道题。”

这一次，沈言宁用心听了顾牧呈的讲解。虽然一开始她有点分心，但他讲解的思路清晰，能将一道看起来很复杂的题目用通俗易懂的方式剖析给她听，渐渐地，她也聚精会神地听了起来。

十道题目很快讲完了，顾牧呈问：“听懂了吗？”

沈言宁点点头。

顾牧呈将刚才他写字的草稿放在她面前：“那试着做做这些题目。”

沈言宁接过草稿，上面的题目都是顾牧呈亲自用笔写下来的。

这应该是他真正的字吧？

沈言宁见过顾牧呈模仿自己和沈国辉的字，笔法和走向都很相似，但她总觉得有一些地方不一样，如今看见他的字才知道，即使他模仿得很好，但细节上还是有自己的习惯。

沈言宁收起心思，开始安静地做题目。

一共五道题，虽然题量比方才少了一半，但沈言宁用了比刚才多一倍的时间解题。

好在过程虽然艰难，但总算做完了，一道都没空着。

沈言宁发现这些题目基本上都可以用刚才顾牧呈讲解过的思路解答，唯独最后一道要将几种解题思路结合在一起，所以耗时最长。

当沈言宁信心满满地准备将做好的题目给顾牧呈时，侧头就看见长臂搁在书桌上、侧脸搁在手臂上睡着了的顾牧呈。

暖黄色的灯光落在少年的肩膀上，黑色碎发落在他的额前，遮挡住了他的些许长睫。他的鼻翼随着呼吸微微鼓动，薄薄的唇轻抿着，睡着的他少了些痞气，多了几分温暖。

沈言宁想起早上顾牧呈在早餐店帮忙的画面，四点钟就开始做准备工作，他一定很累吧？

她默默地看着顾牧呈的睡颜，没忍住拿出手机想偷偷拍几张照片。

这时，睡梦中的少年似乎感受到了一股炽热的视线，慢慢地睁开了眼……

第三章　我在看你

1

当顾牧呈忽然睁开眼睛时，四目相对，沈言宁飞快地收起手机，坐正身体，十分正经地说："哥哥，有没有人说过你的五官很精致？我刚刚就想看看你的五官是不是纯天然的。"

顾牧呈没吭声，看了沈言宁一眼，眼神有些意味深长。

他懒洋洋地坐起身。沈言宁心虚地看着他，又解释道："我有一个喜欢的男明星，他的五官特别精致，刚出道的时候大家都以为他是整的。"

"是吗？"顾牧呈不慌不忙地靠回椅背上，笑着问她，"看清楚了吗？"

沈言宁更加心虚了，假装平静地说："看……看清楚了，是……是纯天然的！"

沈言宁当然知道顾牧呈是纯天然的，她只是找个借口而已。

顾牧呈不打算再逗她，懒懒地起身："早点睡觉，小姑娘，晚安。"

沈言宁有点蒙，他就这样走了？

"哥哥！"看着他走出卧室，沈言宁忙跑到门边探出个脑袋喊住他，"你明天还会教我吗？"

走廊上，顾牧呈身形修长挺拔，侧身回头，弯着唇："会。"

沈言宁的心情顿时无比快乐，朝他挥挥手："那你去吧，哥哥，再见，不，是晚安！”

回到卧室的顾牧呈揉了揉眉心，自家里发生变故，他很长一段时间没睡好了，即使晚上睡着了，也睡得浅，经常三四点就醒了，醒来后再也睡不着。

去早餐店兼职也好，帮沈言宁补习也罢，其实更多的是他想用事情将自己的时间填满，淡化隐藏在心底最深处的过去。

但没想到……这天居然在跟小姑娘补习的时候睡得那么熟。

顾牧呈在沙发上靠了一会儿后，起身去浴室洗澡。

大概他真的太累了。

话是这么说，但在之后帮沈言宁补习的时间里，他总在补习接近尾声让沈言宁做题的时候，忍不住倦意，趴在桌子上睡过去。

房间里澄净的暖光，身边专注做题的小姑娘身上总有一股若有似无的奶香，许是这份恬静令他竟能安心入睡。

2

次日上课，也许晚上补习太晚，早上又起得太早了，下午化学课的时候，沈言宁觉得特别困。

她的眼皮好几次情不自禁地闭起，但想起自己跟沈国辉的约定，又强打起精神。

就在这时，沈言宁忽然听见化学老师喊她自己的名字，下意识紧张地站起来。

化学老师推了推鼻梁上的眼镜框，指着黑板上的题目说：“你上来把这道题做一下。”

大概是化学老师看见沈言宁昏昏欲睡的样子，才喊她起来让她清醒清醒。

这一喊的确让沈言宁清醒了不少，过往化学老师喊她上去做题的情景历历在目。

往往都是站在讲台上上看着黑板上面的题目，每个字她都认识，连在一起就不知道是什么意思了。

这一次，沈言宁站起来之前，下意识地往后面看，刚好对上顾牧呈的眼睛。

她深呼吸一口气，走上讲台，拿起粉笔，看了一眼黑板上的题目。

沈言宁本以为跟过去一样还是做不出，却不想这次黑板上的题目竟然跟昨天顾牧呈让她做的几道题目很相似。

她想了想，按照昨天顾牧呈给自己讲解的思路和公式进行答题，很快便列出了解题的过程与结果。

做完后，沈言宁回到了座位上，听见化学老师说："看来沈言宁同学回去之后有好好复习，这道题的解题思路和答案都是对的，非常好。"

沈言宁一愣，听见化学老师继续说："这种学习的精神很值得鼓励！好了，大家现在来看这道题，这题其实是一道非常典型的……"

"言言，你也太厉害了吧……"路知知对沈言宁竖起了大拇指，"从没见化学老师这么表扬过一个学生！"

沈言宁内心也很激动。她没想到自己真的做了出来，并且得到了赞扬。她又激动又惊喜，刚才的困意早已跑光，现在她只想继续好好学习，这种被人认可的感觉太棒了！

沈言宁下意识回头看向顾牧呈，他正低头刷题，在她看过去的时候，他恰巧抬了抬头，朝她竖起了大拇指。

周五下午放学早，沈言宁准备等顾牧呈一起放学回去补课，下课铃响的时候，她跟一道化学题斗争了很久，等到她解出来之后，回头却发现顾牧呈的位子上空荡荡的。

他去哪里了？

沈言宁在教室内外都找了一遍也没找到。

她在教室里等了好一会儿，直到教室里的人都走光了，还没见顾牧呈回来。

没办法，她只能先回家。

沈言宁刚走到楼梯口就看见自己等了很久的熟悉身影，只不过他身边还跟着一个漂亮的女孩。

这个女孩沈言宁并不眼生，正是跟她有过恩怨的周思元。

明明周思元在这之前还跟顾牧呈不合，为什么他们会走在一起？

沈言宁脑补了各种想法。

她不知道的是那天周思元之所以会跟自己道歉，是因为顾牧呈答应每周五下课后帮周思元补习功课。

周思元所谓的补习只是借口，他心里清楚，不过既然已经答应过她，关于学习方面的问题，他还是耐着性子回答，对于其他的则敷衍得懒散又冷漠。

他没想到会在楼下遇见沈言宁。

“言言？”

顾牧呈的声音传来时，沈言宁站在原地没动，看着顾牧呈朝这边走了过来，身后还跟着周思元。

顾牧呈见沈言宁这个反应，眉梢微挑。

“妹妹，你好啊……”周思元很自然地跟沈言宁打招呼。

沈言宁根本没搭理周思元，扯了扯顾牧呈的衣袖叫了一声：“哥哥。”

小姑娘黛眉杏眼，短发齐耳，穿着中规中矩。不像周思元这类的女生，即使穿着校服也会在细节上打扮自己。

但即使穿得中规中矩，仍遮挡不住小姑娘生得好看的事实。

周思元一怔，之前没注意过，现在才发现顾牧呈的这个妹妹还未长开就这样温软好看，再长大一点，估计能惊艳四方了。

她想起那天顾牧呈在校门口拦住了她们的路，他站在那里，黑眸深沉，冷意凛然，只问了一句：“你们欺负我妹妹了？”

不同于那日被她们围堵时的漫不经心，那时的少年浑身仿佛笼罩了一股戾气，那股气场似乎随时能摧毁眼前的一切。

其中有个女生不服气地指着少年的鼻子说：“就是我们欺负的，你能怎么……”

话还没说完，顾牧呈凌厉的眼神顿时让氛围变得很微妙。

一群在学校里霸道惯了的女孩子当场就不敢吭声了……

路过的学生们看见几个女生站在原地，一边指着长身玉立、丰神俊朗的少年说着——

“那你……你想怎样？”

对于被自己吓蒙了的女生们，顾牧呈只说了四个字：“向她道歉。”

倔强的女生们满脸的不服气，全身上下都写着“凭什么”。

但在面对顾牧呈时，她们都不约而同地没有底气——

“道……道歉就道歉！”

“有什么了不起！”

“道……道歉可以，你也得答应我一件事。”在被吓蒙了的同时，和其他女生不同的是，周思元还不忘记提要求，“你……你得答应每周五放学帮我补习功课。”

那日，顾牧呈答应了周思元的要求。

此刻，周思元看到眼前的顾牧呈凝视着沈言宁，嘴角噙着淡淡的笑，很温和地“嗯”了一声，与那日阴沉暴戾的少年判若两人。

为了打破尴尬的气氛，她对顾牧呈说：“牧呈，加一下微信吧，刚才那道题目我还有不懂的地方……”

“哥哥。”沈言宁轻柔的声音打断了周思元的话，“爸爸说让我们快点回家吃饭。”

沈言宁知道自己这样打断别人的话挺不礼貌，但……反正她不想让周思元加顾牧呈的微信。

顾牧呈轻挑了一下眉，嘴角勾出一抹浅笑，有点坏，似乎将她的想法看得透透的。

接着，沈言宁便听见顾牧呈对周思元说：“快要高考了，家里人不让我用手机。”

既然他都这么说了，周思元也不好强求，只能失望地说：“那好吧，我先走了，再见。”

周思元走后，只剩下顾牧呈和沈言宁两人。沈言宁本以为顾牧呈会生气，却不想他温和地说：“走吧。”

沈言宁：“去哪儿？”

后者扬眉：“不是说爸爸让我们快点回家吃饭？”

借口被拆穿，沈言宁的脸红了红，问：“哥哥，你不生气吗？”

“生气？”

沈言宁吸了吸鼻子，壮着胆子说：“因为我打扰了你和女生聊天……”

她鼓起勇气，一本正经地说：“哥哥，我这也是为了你好，我们这个年龄还是少跟异性接触比较好，因为我们现在还小。”

听着小姑娘的谆谆教诲，顾牧呈点了点头道：“是，言言教育得是，以后哥哥都会跟女孩子保持距离。”

沈言宁没想到自己的话竟然得到了顾牧呈的这种保证，忍不住笑了起来。

顾牧呈见小家伙终于不绷着一张脸了，伸手揉了揉她的短发，道：“好了，回家了。”

回家路上，沈言宁乖乖地跟在顾牧呈的身后。她的书包被他拎在手上，她有一种被照顾的感觉。

3

一个月过去得非常快，月考时间终于快到了。

考试的前三天，学校例行不上晚自习。

在家补习时，沈言宁很紧张，顾牧呈给她讲题的时候，她走神了好几次。

顾牧呈发现之后没有直接问沈言宁，而是提议：“陪我出去散个步吧？”

沈言宁愣愣地看着他：“散步？”

这么久以来，这是顾牧呈第一次提出跟她散步。

两人在小区里散步，他走得不快，似闲庭散步，修长挺拔的身影看起来很倦怠。离得近了，沈言宁看见他眼睑下的青色，那应该是他因经常凌晨去兼职没睡好留下的。

两人走着走着，来到一家色彩缤纷的糖果店前。

这家糖果店在这里开了很久，沈言宁小时候经常会撒娇让徐妍带她来买糖果。后来吃糖吃得多了，牙齿有问题，徐妍才狠心不让她吃。

因为牙齿的痛让她印象太深，即使很喜欢吃糖，她也一直忍着没来这里。

就在沈言宁望着橱窗时，一抹身影忽然压了下来。她条件反射地抬头，见顾牧呈双手背在身后弯腰，浅色的双瞳与她平视：“想吃糖了？”

他的瞳孔很浅，表情不羁，明明是很普通的视线，竟然有一股纨绔子弟的感觉。

沈言宁不敢吃，却点了点头：“是的，哥哥。”

沈言宁推门进去，站在货架下装模作样地挑吃的，她知道顾牧呈跟了进来，她朝他看去，见他在货架上拿了一盒薄荷糖。

灯光下，顾牧呈的身形修长挺拔，站姿却透出一丝懒散，他身上一直有一种清冷矜持的气质，有时又有一种吊儿郎当的痞气。

顾牧呈挑好东西后朝沈言宁走过来。

沈言宁从货架上随便拿了一盒东西。

她看着顾牧呈走到她身边，一双浅色双眸盯着她手上的东西。他斟酌片刻，问：“言言，喜欢这个？”

沈言宁狐疑地瞅了顾牧呈一眼，再看着自己手上拿的东西，有点尴尬……她居然拿了一个小孩子玩的糖果玩具，上面写着“适合 5-6 岁小孩”。

沈言宁因为拿错东西有些不好意思，说：“我……我就要这个。”

“那就买。”低沉悦耳的男声响起，似是看出她气呼呼的样子，“言言果然还是个小孩。”

“你才是小孩！”沈言宁将玩具往顾牧呈怀里一塞，“哥哥，你快去买单吧！”说完，她看都不敢看顾牧呈一眼，飞快地跑出了糖果店。

出了糖果店，冬日的寒风吹到脸上，沈言宁使劲拍了拍自己的脸，真是又气又尴尬。她怎么会拿错东西，最主要的是他说“我们言言果然还是小孩”那语气……

谁是小孩啊！他分明只比她大一岁！

顾牧呈付完钱后出了门，将刚才那个糖果玩具和一瓶糖果罐子递到她面前：“这个挺好看，觉得你会喜欢，送你。”

沈言宁接过，那是一个透明的糖果罐子，里面装了五颜六色的软糖，格外精致好看。

沈言宁抱着糖果玩具和糖果罐子径直往家的方向走。

顾牧呈“啧”了一声：“小姑娘怎么拿了东西就走，都不等我？”

沈言宁不理他。

顾牧呈忽然喊住沈言宁：“等等。”

沈言宁站在原地没动，下一秒便看见顾牧呈高大的身子绕到她面前，半蹲了下来。

“这么大姑娘了，怎么系鞋带都不会？看着，我教你。”

路灯下，顾牧呈半蹲在她面前，低着头，短头发浓密而黑，修长白皙的手指灵活地打着结。

系好之后，顾牧呈起身对沈言宁说：“这样系，鞋带不容易散。”

他的声音温和又平静，很认真地在教自己的妹妹，不着痕迹地化解了方才沈言宁拿错东西的尴尬气氛。

顾牧呈帮沈言宁系好鞋带之后，转过身，继续往前散步。

沈言宁的家在别墅区，小区的地基很高，能看见北城市整个城市的夜景。

这晚月色很好，路上没什么行人。月色下的城市灯火通明，少年站在路边，不吝啬地赞扬：“今晚月色下的北城挺好看的。”

月光下，顾牧呈的双眸淡如琉璃，脸如美玉。

少年没得到回应，“嗯”了一声。

发现身边的小姑娘没跟上来，他回过头，见她站在路灯下。

抱着糖果罐子的小姑娘声音温柔清脆，问：“牧呈哥，你是不是想考北城大学？”

顾牧呈似乎并不诧异沈言宁为什么知道。

北城大学在北城市，是全国最好的重点大学之一，尤其是北城大学的编程专业，十分有名，是所有想学编程学子的梦想学府之一。

顾牧呈也不例外。

听沈言宁这么问，顾牧呈大方承认：“对。”

“那我们约好，好不好？我们以北城大学为目标，一起考上北城大学好吗？”

顾牧呈不知道小姑娘为什么忽然对理科这么感兴趣，不过既然她的目标这么远大，作为哥哥的他当然不能否定她的梦想。

他微微一笑，好脾气地应下：“好。”

回家之后，沈言宁从抽屉里拿出日记本，她很久没写过日记了，总觉得以前的日子平淡无奇，可是现在……她忽然很想写下一段话：“今晚的月亮很亮，弯起来的弧度很好看。你问我月亮下的城市好不好看。我根本没看月亮与城市，我在看你。”

4

由于害怕沈言宁对于考试太过紧张，所以考试前一天，顾牧呈并没有和以往一样让她补习，而是带着她来到学校篮球场，教她打篮球，试图让她放松。

沈言宁在打篮球这方面简直就是个白痴，顾牧呈教了半天，她一个球都进不去。

虽然顾牧呈很有耐心，但是沈言宁觉得自己笨得太丢脸了。

顾牧呈在学校的一举一动都备受关注，他刚带沈言宁来球场打篮球，就传遍了学校——

“顾少在教他妹妹打篮球！”

顾少，是顾牧呈的粉丝们给他取的别称。

顾牧呈的粉丝可不止女生，就连一些男生都是他的粉丝。

因为顾牧呈的篮球打得特别好！甚至连学校男子篮球队的队长亲自邀请顾牧呈参加篮球队，只是被他以要专注学习为由拒绝了。

此刻，大家都知道顾牧呈在带妹妹打篮球，操场上围着一群顾牧呈的粉丝。

其中以女生居多。

她们虽然碍于顾牧呈的面子没有直接说什么，但沈言宁能看见她们的眼神里都带着嘲弄与鄙夷。

尤其里面还有校女子篮球队的女生，看见沈言宁这么笨更是捂嘴跟身边的人小声说个不停——

“她真笨啊！”

“就是，就是！”

“作为兄妹，哥哥那么聪明，妹妹怎么就那么笨呢？”

“据说不是亲兄妹。”

“难怪了，唉……可惜了这么好的哥哥，要是教教我多好啊！我肯定打得比她好！”

沈言宁听着非常烦躁，忽然将篮球往地上一丢：“我不打了！”说着转身气鼓鼓地去往座位上，拿起自己的书包就要走。

“哎呀，还生气了呢！顾牧呈有这样任性的妹妹，也太可怜了吧？！”

就在这时，那群女生里有个人又道。

而在她说话的同时，一个篮球飞了过去，从她的耳边擦过，差几厘米就擦破她的脸颊。

女生惊呼一声吓了一大跳，正要大骂是哪个没长眼睛的，就感觉到一道如利刃般犀利的眼神。

女生顿时一愣。只见顾牧呈望过来的眼神，那眼神太冷，犹如冰冻三尺，直接将人冻穿。

其他女生们吓得都不敢说话，那个女孩更是被吓得低声哭了起来。

一时间篮球场安静不已，只有那个女生哭泣的声音。

大家就看见顾牧呈朝沈言宁的方向追了上去，根本不管那个女生哭得有多惨。

“刚刚顾少的眼神好吓人啊！我差点以为他要上来揍人了！”

“你也别哭了，谁让你说人家顾少的妹妹啊！顾少肯定要生气啊！”

那哭泣的女生更觉得委屈了，刚才她们分明也没少说沈言宁吧？

沈言宁这天觉得自己特别容易烦躁，正气呼呼地往学校大门口走，就感觉到身下一股暖流，她立刻察觉到不对劲。算了一下时间，才发现是“大姨妈”来了。

沈言宁立刻定在原地一动不动，完全不知所措，就在这时，一群熟悉的同学正巧路过，看见她站在学校门口，不由得打招呼：“沈言宁？你站在那儿干吗？不回家吗？”

“回……”

“一起走啊！”

沈言宁也想一起走啊，可是走不了啊，不用看都能知道裤子一定被弄脏了。

就在沈言宁茫然不知所措之际，忽然感觉一抹阴影从后面靠过来。

顾牧呈用外套在她腰上围了一个圈，修长的手指灵活地将外套在她腰上打了一个结，遮挡住了她身后难堪的地方。

“啊，是顾少！”

“顾少对沈言宁真好，真羡慕啊！我也想要这样的哥哥！”

“我也是！”

顾牧呈帮沈言宁系好之后，随后立起身，墨色的双眸中倒映出她的身影：“回家吧。”

沈言宁红着脸道：“好。”

回去的路上，顾牧呈经过一家奶茶店的时候，忽然让沈言宁在原地等了一会儿。

她边看着顾牧呈去奶茶店跟店员说了句什么，那女店员一直红着脸，眼睛一眨不眨地盯在他脸上。

没过多久，顾牧呈拿着一杯奶茶递给沈言宁。

沈言宁接过，暖暖的，是一杯红糖水。

第二天第一场考试是语文，沈言宁一大早就来学校背诵语文考点。

很快，考试的时间要到了，大家分别去了考场。

沈言宁和路知知不在同一个考场，临走时，路知知喝光了严选给的酸奶，对沈言宁说：“言宁，加油，你行的！”

“你也是。”

沈言宁朝自己的考场走去，开始紧张这一场考试，又充满了史无前例的信心。

两天的月考时间，沈言宁又激动又紧张。

北城高中月考成绩出得非常快，按照往年的习惯在月考结束后的一天，所有成绩和试卷都会一一发下，整个年级的排名单也会跟着发下来。

考完那天已经傍晚了，为了缓解学生考试紧张的心情，晚上不用上晚自习。

沈言宁早早地回了家。

这天天气格外好，虽然已经是初冬了，但一整天阳光都很充足，以往五六点就天黑的天空这会儿居然有晚霞。

路上，沈言宁看见很多人拿起手机拍风景，云端火红的天景，煞是好看。

沈言宁走到家的那条小巷子，也拿出手机，想将初冬的火烧云拍下来。她打开手机摄像头，对着天空，正准备拍照时，顾牧呈和一个陌生的漂亮女生面对面站立的画面就出现在她的相机里。

她下意识地摁了拍摄键，只听“咔”的一声，被拍到的两人不约而同地转头朝她的方向看过来。

沈言宁愣住了。

顾牧呈去泡茶的时候，那女生笑着对沈言宁说：“你应该就是牧呈叔叔的女儿，牧呈的妹妹吧？”

沈言宁乖巧地点了点头。

“我叫罗雨诗，跟牧呈从小一块儿长大。”她伸出手，友好地跟沈言宁打招呼，“小妹妹，你叫什么名字？”

“沈言宁。”沈言宁也礼貌地握了握她的手。

罗雨诗的手有点凉，但可以看出是常年保护得很好的手，肤白纤细，十指修长漂亮。

不光手好看，罗雨诗人也长得好看。她五官温婉，说话轻柔，看起来是一个很温柔成熟的人。

沈言宁刚才有注意到罗雨诗的身材，她会注意到这个是因为路知知经常在她面前提起隔壁班有个女同学，学习成绩不好，长得也不算特别好看，但是特别受男生欢迎。

看见罗雨诗，沈言宁才知道“这样的女生”是怎样的女生……

沈言宁觉得自己在罗雨诗面前就只是个小妹妹。

其实，沈言宁长得跟难看根本沾不上边，在她这个年龄段算很好看了。

只不过相对其他这个年龄的小孩，沈言宁发育算比较晚的。她的五官没有完全长开，所以看起来也只是小孩子样的好看。

“只有白开水，将就喝吧。”这时，一道温和平缓的男声，打破了沈言宁与罗雨诗之间的尴尬氛围。

顾牧呈递了两杯刚烧好的白开水，一杯给了罗雨诗，一杯给了沈言宁。

沈言宁和罗雨诗是面对面坐着的，顾牧呈则坐在了沈言宁身边，两人与罗雨诗是对立面。

顾牧呈一出现，罗雨诗便开门见山地问："牧呈，你就在这种早餐店兼职？"

虽然罗雨诗语气很温柔，但言语之间是对这家店的不满。

顾牧呈倒是一脸无所谓："我觉得挺好。"

罗雨诗看了沈言宁一眼，问："你那个沈国辉叔叔不是你爸妈的好朋友吗？平时他都不给你生活费吗？"

沈言宁正抱着顾牧呈给自己的杯子慢吞吞地喝水，罗雨诗说这话时，她长睫低垂没有表情，没人知道她在想什么。

顾牧呈平日里脾气很好，对人对事都颇有礼貌，鲜少有现在这种情绪很淡，甚至冷漠的态度，他说："没有人有义务和责任什么都给你，你也没权利理所当然地接受。"

"为什么不能？"罗雨诗觉得不能理解，"顾叔叔出事的时候，我爸说过，只要你需要，他都会给你。后来，你选择了沈家，我们也没有拦着你，但你被保送上北城大学，为什么放弃了？你知道我那天有多绝望吗？我去你家找你，可你家里早已经空了，我根本找不着。你明明可以和我一起跳级去北城大学，早知道你在这边过成这样，当初我就不会劝我爸放你……"

沈言宁听着罗雨诗的话，原来顾牧呈以前居然跳级被北城大学破格保送了，她一直知道顾牧呈很优秀很厉害，却不知道竟厉害到如此地步。

还有罗雨诗，她也和顾牧呈一样被北城大学破格录取了？

正当罗雨诗要继续说的时候——

"哥哥……"一道软软的声音响起，轻轻地打断了罗雨诗的话。

紧绷的气氛一下子转变了，顾牧呈和罗雨诗的视线都转向沈言宁。小姑娘穿着蓝白校服，乖巧地捧着玻璃杯，白开水的雾气落在她的眼睫上，衬得她的眼睛乌黑透亮。

沈言宁似乎不明白现场的气氛，问："哥哥，我们什么时候回去啊？

我饿了。”

她望向顾牧呈，模样看起来乖巧，眼底则闪过一丝调皮。

顾牧呈见了，嘴角弯起一抹笑意，轻轻说道：“一会儿就回去了。”

“好的。”沈言宁无比乖巧地回答。

从顾牧呈不声不响放弃保送名额，就可以知道他是个特别独立的人，沈言宁忽然明白了他为什么不花沈国辉的钱而选择出来工作。

因为那事关一个人的尊严。顾牧呈有工作能力，他想靠自己，不想依附别人。

沈言宁看了罗雨诗一眼，心道：她哥哥才用不着罗家可怜。

最后关上店门时，罗雨诗还是忍不住问顾牧呈：“牧呈，为什么我打电话给你，你不接，短信也不回？”

顾牧呈站在沈言宁的身边，平静地说：“我们都有各自的生活，小雨，你不用特意跑这么远过来找我。”

罗雨诗却说：“可我们是好朋友啊，我是关心你……”

顾牧呈：“朋友之间彼此也需要空间，谢谢你的关心。”

顾牧呈客气的话成功地让罗雨诗噎住。她望着顾牧呈，眼睛里蓄满了泪水，看上去十分柔弱，令人分外怜惜。

可顾牧呈不再看她，将沈言宁的书包拿在手里，对她说：“我们回去吧。”

沈言宁跟着顾牧呈走到人行道上，等绿灯的时候，她悄悄往后面看了看，罗雨诗还站在原地，眼泪蒙眬地望着这边，一直在早餐店等着的罗家司机也不敢上前打扰她。

沈言宁收回目光，看着红灯变成绿灯，她拉了拉顾牧呈的衣角。顾牧呈看过来，她的眼神乖巧又坦荡：“哥哥，那个姐姐很关心你吧？”

顾牧呈揉揉她的小脑袋：“小朋友，别想太多。”

5

沈言宁早早地起了床，早早地去了学校。

以往，这么早来学校她都会提前温习功课，但由于这天早上要公布所有科目的成绩，她书也看不进去，干脆趴在桌子上补觉。

大概是昨天没睡好，这一睡，她竟然睡得格外熟，甚至还做了一个梦。

“顾牧呈！”沈言宁尖叫一声，忽然从梦中惊醒过来。

此时快到早读课的时间，教室里的人来得差不多了，沈言宁这一声尖叫把周围的人吓了一大跳。

尤其是沈言宁的同桌路知知，刚坐在位子上没多久，正在啃包子的她，吓得一脸惊恐地望着沈言宁。

醒过来的沈言宁坐在位子上发了一会儿呆后，忽然冲了出去。

“言宁！你去哪儿？”

路知知见沈言宁那失魂落魄的样子，吓了一大跳，条件反射地想追出去，却被严选拉住了。

路知知看过去，严选清俊的脸上没太多表情，说：“早读时间到了，坐下。”

路知知担心沈言宁想追过去，但严选拉着她不让走，表情很严肃。

她最终没走，而是听他的话坐下。

一旦严选认真了，她还挺怕他的。

路知知觉得自己不够聪明，学习成绩不好，也不懂得人情世故，但她竟然会察言观色，在这方面，她竟然无师自通。

这个所谓的察言观色，只针对严选一个人。

沈言宁跑出了教室，去洗手间，用冷水冲脸令自己冷静下来。

她平复了心情之后，才回到教室。

此时早读课已经开始了，空荡荡的走廊只有她一个人。她路过班级后门的时候，一眼便看见了坐在最后一排，靠窗刷题的顾牧呈。

在走廊里朗朗的读书声中，顾牧呈正低头刷题，背后是斑驳的树影与阳光。

她看了一眼就从正门回到座位。

沈言宁从正门进去的时候，才看见班主任李葵站在讲台前，旁边的教室都是读书声，只有高一（1）班的教室安静得诡异。

她没想到李葵会忽然出现在班上。这个年龄的孩子或多或少都害怕老师，尤其像李葵这种什么都不说就自带威严的人更是可怕。

沈言宁也很怕他，除了他自带威严，还因为她常年霸占了高一（1）班倒数第二名的宝座，为拉低班级平均分做出了不可磨灭的贡献。她觉得李葵肯定很讨厌自己，因为她是他教学人生中的败笔。

果然沈言宁喊了一声“报到”之后，李葵只是看了她一眼，没让她回座位。

沈言宁没办法，只能眼巴巴地站在门口，一副可怜巴巴的样子。

李葵手上拿着这两天考试的数学试卷以及成绩排名表。大家都没想到名次这么快就排出来了，看来学校的效率比之前又提高了。

排名出来了，有人欢喜有人愁，大家坐在位子上紧张地等待着自己的考试成绩。

李葵拿着年级排名表和班级排名表，说：“这次的分数跟上次差别不大，年级前十名有八名在我们班上，剩下的两名，一名在（6）班，一名在（2）班……当然，路知知同学稳坐我们班倒数第一名也在预料之中……”

沈言宁看见路知知将脑袋埋在胳膊肘里，一副没脸见人的神情。

“不过在年级排名上，路知知同学相比上一次上升了五名。”李葵道，“这里要重点说一下我们班的顾牧呈和严选，顾牧呈和严选同学在这次月考中夺冠，并列成为年级第一。”

李葵的话音刚落，教室里就响起热烈的掌声。

虽然大家都知道顾牧呈转校之前就是超级学霸，但是一来就能与北城高中一直没有人超过的严选并列第一名，（1）班的同学们还是露出了羡慕的眼神。

掌声维持了很久才散下去。

“恭喜顾牧呈同学，为班级争光。在这里还需要着重表扬一下，相比班上所有人的排名而言，沈言宁从班上倒数第二名提升到全班第二十三名，前进了二十多名，这是很值得表扬的……”

李葵说这话的时候，全班人的视线都汇聚到沈言宁身上，那视线里大多是惊讶，他们没想到沈言宁居然能在这一次月考中进步这么多名。

更惊讶的是沈言宁本人。虽然她在考试中竭尽全力了，也希望最后的结果是她想要的，但当美梦成真时，她又惊又喜。从她的表情来看，她似乎也没想到自己真的做到了。

“沈言宁，你先回到座位上去。大家给她一个鼓励的掌声。”

在全班热烈的掌声中，沈言宁往座位方向走。

坐下的时候，路知知脸上笑开了花，用力地鼓掌，好像进步二十多名的是她自己。

“虽然我没有时刻在班上看着你们，但我也知道这一个月以来，沈言宁同学每天第一个到教室看书，利用各种休息时间复习课程，这一点非常值得大家学习。”讲台上，李葵继续说，“别看你们现在才高一，时间过得很快，如果你们在高一的时候不打好基础，高二高三你们将会更加艰难……”

李葵说了很多鼓励大家的话之后，将数学试卷和排名表发了下去。

沈言宁拿着排名表，首先看了排名第一的顾牧呈，随后看到自己排在二十三名的时候，心里十分激动与紧张。

下课之后，李葵让顾牧呈去一趟办公室。

看着顾牧呈离开的背影，班上的女生们终于忍不住讨论起来：“这次月考，顾少真的考了年级第一。”

“是啊，真厉害。以往每次考第一的都是严选啊，啊，我的严选啊，不行！我还是支持严选小哥哥！”

“据说这次年级第二跟顾少和严选差了五十多分。”

“顾少不愧是顾少，简直就是天才啊！难怪他总在上课的时候不听讲只刷题，李葵也没说什么。要知道李葵一向严厉，对谁都不留情面……”

“顾少长得帅又会打篮球，还是学霸……啧啧……”

沈言宁上完洗手间回来，在楼道的拐角处听着她们的议论声。

顾牧呈考了年级第一这件事比沈言宁知道自己进步了二十名还令她高兴。

沈言宁转身刚要走的时候，迎面与来人撞到一起，她说了声“对不起”，被她撞到的人喊了一句：“言言？”音调不紧不慢，尾音有点上扬，是熟悉的声音。

沈言宁抬头，是顾牧呈。他刚来学校，身上带着霜露的气息；他穿着蓝白校服，外面套了一件黑色羽绒服，皮肤白皙，气质清冷。如果不是他嘴角挂着的一抹笑和往日里他的好脾气，她会以为他性子冷，不是特别好相处。

顾牧呈见沈言宁没说话，浅色双眸含着淡淡的笑意，随即扬了嘴角：“我们言言好棒，考了全班第二十三名。”

沈言宁想说——你才很棒，年级第一呢。

不过被顾牧呈这么表扬，沈言宁心里很高兴，她说：“哥哥，等我回家给你准备礼物。”

顾牧呈扬眉：“言言考得这么好，不是应该哥哥给你准备礼物吗？”

沈言宁一愣，满脸期待地看着他：“哥哥要给我准备礼物吗？”

“嗯。”顾牧呈语气柔和，“言言想要什么礼物？”

沈言宁想了想，摇了摇头：“我不想要什么，就想哥哥一直帮我补习。”

6

顾牧呈没想到小姑娘的想法这么单纯又简单，果然是小孩子的想法啊，他笑了起来。

“这个礼物简单了一点。”顾牧呈说，“我答应你，但你再想一个。”

在沈言宁心里，这个礼物就是最好的礼物了，但既然哥哥都开口了，她也不客气，她说：“我想要一只小猫。很小的时候妈妈养过一只，但是等我长大后，它因为年龄很大去世了。我一直想养一只小猫，哥哥你送我一只小猫吧？”

“好。”顾牧呈好脾气地答应。

沈言宁很开心，她说：“哥哥，我们回教室吧！快上课了。”

“好。”

沈言宁往教室的方向走去。

走到门口，沈言宁停住脚步，忍不住朝后面看去。

顾牧呈还站在原地低头看手机，似感受到沈言宁的视线，抬了一下眼。

沈言宁吓了一跳，扭头跑了。

放学后，沈言宁第一时间给沈国辉打电话。她的双倍零花钱这回终于能实现了。到时候，她把挣来的双倍零花钱都给顾牧呈，这样他就不用那么辛苦兼职了。

沈言宁的原计划是这样的，所以才向沈国辉做了那个约定。不过打了电话后，沈国辉没接。

她想了想，也不急于这一时，先回家再说。

下午最后一节自习课，顾牧呈没上，提早一节课去宠物店给沈言宁挑礼物。

宠物店的老板是个二十多岁的姑娘，看见少年进来时，神情一愣，真是令人称赞的相貌啊！

老板又紧张又期待地迎上去："您好，欢迎光临。"

"你好。"老板本以为少年相貌这么好，定是个高傲的人，没想到他温柔地回应了她的招呼，并且礼貌地朝她笑了笑。

那笑容也太好看，太温柔，太治愈了！

老板心间顿时如百花齐放，眼睛里藏不住喜悦："有什么需要我帮忙的吗？"

顾牧呈环视了宠物店一圈，说："我想买一只猫。"

很正常的与人对话的声音，可听在老板耳里，只觉得一股暖暖的清泉在心间流淌。

"先生需要什么品种的猫？我可以给你仔细介绍，我们店里的猫品种很齐全，有折耳猫、短腿猫……"

在老板热情的讲解下，顾牧呈走到一个猫笼前，修长干净的手指指了指笼子里的猫问："请问，这只猫卖吗？"

老板看过去，那是一只三个月大的布偶猫，性格温和。此时，它看见顾牧呈的手指，竟然从笼子里凑过来，用脸蹭了蹭他的手指。

顾牧呈付完钱后，抱着小猫出了宠物店。

宠物店离沈家不远，顾牧呈很快到家。

顾牧呈推开院子的门，从未关起的门缝中隐隐约约传来争吵的声音，他的脚步一顿。稍显尖锐的女声，他虽没听过，但从他们争吵的内容中能猜到，那是这个家的女主人徐妍。

“我说过，不许接她的儿子回来。你们过去怎么样是你们的问题，你想把她和她的儿子带到哪里都是你的事，但是我绝不允许他一直待在我家！”徐妍的立场很坚定。

“什么她和她的儿子？我只是看在大家同学一场，顾家又发生了这种悲剧，所以照顾一下孩子怎么了？哪里有她？你别这么钻牛角尖，行不行？”沈国辉的声音听起来很烦躁。

“我不想跟你多说，请你让不相关的人搬出我的家，否则你就等着妻离子散吧！”

“行行行！”沈国辉似是厌倦了这种争论，“家给你，我走，行了吧？”

沈国辉摔门而出，没有想到会在院子里看见顾牧呈。

接顾牧呈来家里，沈国辉确实存有私心。顾牧呈的母亲徐一倩当年是他的同桌，是校花，更是他心中的女神。这么多年，即使结婚了，他也一直关注着徐一倩的情况，听说他们家发生了这种事之后，第一时间飞到了隔壁清泉市探望她。

当初的女神，即使人到中年模样还是那么好看，只是她为了另一个男人变成痴呆的模样。

但沈国辉不介意，依旧将她和另一个男人的儿子接回家供他继续上学。

徐妍对沈国辉和徐一倩的事心知肚明，她没有在这件事上为难过沈国辉，毕竟两人的婚姻只是商业联姻。然而，沈国辉没想到把顾牧呈接回家这件事，会让徐妍的反应那么激烈。

可沈国辉跟徐妍吵完，摔门而出就后悔了。

徐妍曾患有抑郁症，沈言宁还小的时候，徐妍因为跟他吵架，抑郁症爆发，将自己关在房间里不吃不喝整整两天两夜，把他们都吓坏了。

为了将顾牧呈接回家，他特意将徐妍支开，希望能通过时间缓和徐妍的情绪。

可两周了，沈国辉也没有说服徐妍。

这一刻，沈国辉害怕徐妍抑郁症复发，又拉不下脸回头去安慰她。

沈国辉看着院子里立着的顾牧呈，这孩子继承了他母亲的容貌，长得十分好看，气质里既有徐一倩的温文尔雅，又有几分父亲顾渊的冷峻刚毅。

不过，沈国辉一直有种奇怪的感觉，这孩子比同龄人沉稳淡定，令人捉摸不透。

顾牧呈表面上看起来给人一种冷漠之感，仿佛很不好相处，但接触下来发现他对谁都温和有礼，沈国辉始终觉得他跟所有人都保持了距离，不远不近，不会让人感到不适，也不会让人走近他的真实内心。

就像此刻，顾牧呈明明听见了里头他与徐妍的争吵，可还能淡然地站在原地，见他出来后，和平常一样彬彬有礼地喊他一声："沈叔叔。"

沈国辉反倒有点不好意思，本想给他一个家，可还来不及等他接受这个家，就又得将他送走。

他走到少年跟前，满是惭愧地说："牧呈，叔叔要跟你说声抱歉，因为家里有些矛盾，所以暂时得让你避一避……你放心，叔叔已经给你准备好了新家，条件不比这里差。我会安排人照顾你的饮食起居，你只要安心上学就行……"

沈国辉还想说什么，但他本不会安慰人。尤其是眼前的少年，情绪平静，浅褐色的双眸淡淡地看着他，让他更加尴尬与愧疚。

沈国辉心想，如果这孩子能像言言那样大闹一场反倒能让他心安。

可顾牧呈很平静地接受了沈国辉的安排："谢谢叔叔，给您和阿姨添麻烦了。"

这下沈国辉彻底不知道该说什么了。

他见少年低头将怀里的小猫递了过来："对了，这个是我给言言的小礼物，恭喜她月考进步。"

沈国辉接了过来，小猫似乎不想离开顾牧呈的怀抱，轻轻地"喵"了一声。

顾牧呈说："叔叔，学校还有点事，我先走了。"

沈国辉条件反射地说了声："好。"

看着顾牧呈渐行渐远的背影，沈国辉才想起，他不是刚刚才放学回来吗，怎么又走了……

沈国辉没想到，那天少年一走，就再也没有回来。

第四章　可是我不想等了

1

沈言宁放学后兴冲冲地跑回家，没想到竟然在家门口的院子里看见了沈国辉，她正想要找他要零花钱，兴高采烈地跑过去，却一眼看见他怀中的布偶猫，眼睛登时一亮："好可爱的小猫咪啊！爸爸！这只小猫是送给我的吗？"

沈国辉欲言又止，沈言宁已经将小猫抱进了怀里，看着女儿这么开心期盼的模样，他忍住了没说这只猫是那孩子送的……毕竟他马上就要离开了。

虽然沈言宁没提，但从这一个多月的表现来看，沈国辉知道自己的女儿对顾牧呈并不排斥，甚至相处得很好。沈言宁是个重感情的孩子，作为父亲，他不想让女儿因为顾牧呈的离开而伤心，所以选择沉默。

沈言宁浑然不觉沈国辉内心所想，一边逗猫一边说："爸爸，这次考试我可是进步了二十名，你答应给我的双倍零花钱要算数！"

说完，她一只手从口袋里将排名表拿出来炫耀般递给了沈国辉。

沈国辉接过，打开看了一眼后，清了清嗓子，道："要双倍零花钱可以，当作这次进步的奖励，不过如果下次考试退步，下个月的零花钱减半。"

本以为小姑娘会反抗，没想到听沈国辉这么说，小姑娘自信满满地说："才不会，我每一次都会进步的！爸爸，你就等着每个月给我双倍零花钱吧！”

对于女儿如此自信，沈国辉心里挺宽慰的，但表面上还是很严肃地问：“爸爸一直没问你，你要这么多零花钱做什么？”

“反正不是干坏事！”沈言宁说，“但我要保密，这是我的小秘密啊，爸爸，你不可以探听。”说完，她生怕沈国辉再问什么，抱着小猫往屋子里跑。

沈言宁一路抱着小猫跑到自己的房间，放下书包后，将小猫放在床上。

小猫小小的一团还不怎么会走路，在被子上歪歪扭扭地走着，像一团毛茸茸的棉花球一样。

沈言宁觉得好可爱，忍不住扑过去将脸轻轻埋在它软软的白毛中：“棉棉，你就像棉花团一样，我以后就叫你棉棉，好不好？”

她乐得自言自语：“棉棉，我今天好开心啊……考试考得好，又有零花钱，最主要的是牧呈哥答应以后一直帮我补习，没有什么能比这个更令我高兴的了。”

沈言宁抚摸着棉棉的软毛：“我要快点长大啊，只有长大才有能力帮牧呈哥……”

她在床上跟“棉棉”玩了一会儿后，忽然想到：“对了，我跟牧呈哥说我想要的礼物也是一只小猫，可是爸爸已经送给我一只了，如果牧呈哥也送我……”

沈言宁想了想：“也没有关系吧？大不了两只一起养好了！”

想到这，她跑到房间门口：“这么晚，哥哥应该已经回来了吧？”

她打开门走到顾牧呈的卧室门口，敲了敲门，里面没人回应。

“还没回来吗？”

沈言宁又象征性敲了敲：“哥哥，在不在啊？我进来了？”

没有反应……

她扭开门把手推开了门，卧室里安安静静的，没有人。

沈言宁有点失落。

不过想到早上顾牧呈跟她说过的话，她很快又打起精神。

沈言宁关上门回到卧室，继续跟“棉棉”玩了一会儿后，趴在床上睡着了。

她醒来的时候是陈蓉喊她下去吃晚饭，下楼的时候没看见顾牧呈，她觉得很奇怪，一般这个时候他都会回家跟她一起吃晚饭。

沈言宁坐在餐桌上时，问陈蓉："陈阿姨，哥哥他还没回来吗？"

陈蓉将盛好的米饭递给她："没有。"

"哦。"沈言宁没有掩盖脸上失望的神色，"都这么晚了，怎么还没回来……"

沈言宁吃完饭心不在焉地刷了会儿题，一个多小时后，她去找顾牧呈，但他的卧室还是空荡荡的，丝毫没人进来过的样子。

她的心在那一刻忽然浮现了不好的感觉，仿佛有个声音在说，会不会以后他都不回来了啊……

这个可怕的念头刚起，就被她晃啊晃，晃到脑后。她不可思议地自言自语："我疯了吗？怎么会这么想？"

她退出顾牧呈的房间，回到了卧室里。

等人的滋味实在太不好受了。沈言宁书也看不进去，其他事情也不想做，她看了一眼床上呼呼大睡的"棉棉"，想着先在网上给"棉棉"买点生活用品和猫粮吧，这样想着，她便打开网站帮"棉棉"挑起了猫粮。

果然女人天生爱购物，沈言宁这一挑，挑了两个多小时，放下手机时，感觉眼睛十分酸涩。

网上效率很高，猫粮半小时便送了过来，沈言宁喂小猫吃了点东西和水后已经将近晚上十一点了。

这时，手机跳出了一条短信，她看了一眼，发现了银行短信提示到账的信息，沈国辉将她的双倍零花钱都转了过来，她心情当即大好，想着终于可以给哥哥钱了，只不过他怎么还没回来……

沈言宁特意一直开着房门，却一直未见外面有动静。

沈言宁才发现她竟然没有问顾牧呈要过电话及其他联系方式。

她越等越心慌，又不敢给沈国辉打电话，她在床上焦虑了一会儿，终于从床上起来，套了外套之后出门了。

沈家很大，此时夜深人静，大家都休息了，沈言宁打开大门悄无声息地走了出去。

她先去了马路对面的"庞氏早餐店"，"庞氏早餐店"早关门了，只有在早上才会开店。

店里找不到，沈言宁在原地思考了一下，转身一路小跑去了学校。

两个公交站的路程不算太远，只是这冬日夜深了，路上几乎无行人，只有路灯昏黄的灯光稍显一点暖，沈言宁跑到学校门口的时候已经累得气喘吁吁了。

深夜的北城高中早已经关了门，她站在北城高中的大门前，进去也不是不行，以前她听说过一些不爱学习的男同学经常爬墙进出学校。

沈言宁绕过大门，走到大门后面一个小胡同的墙下，墙角下堆着零散的石砖，一看就是平日里逃课出去的学生堆的。

她平时乖巧，虽有听闻，却从未做过爬墙逃课之事。此时，她站在墙角下，咬了咬牙，将散落的石砖一个个堆好，站在石砖上费力地爬进去。

北城高中说大不大，说小也不小，此时除了路上有路灯，教学大楼都是黑暗一片。

明知道这种情况下教学楼不可能有人，沈言宁却一口气跑上了班级门口，高一（1）班的大门锁着，里面黑漆漆的一个人都没有，四周安静得只有风声在吹。

沈言宁的胆子不大，全凭着一股脑冲动跑了上来。此时四周无人，漆黑静谧，冷风一吹，树影绰绰，如同鬼魅，她这才感觉到害怕。

因为害怕所以在下楼梯的时候没注意狠狠摔了一跤，接连着几个楼梯滚了下去，疼痛传遍了全身，她一声不吭，从地上爬了起来，咬牙离开了这里。

沈言宁回家已经是一个小时之后了，不敢让家里人发现她偷跑出去了，一进屋子就躲在自己房间，开了灯，才发现自己的手掌心，膝盖都摔破了皮，膝盖更是青肿难看。

沈言宁没有处理，而是打开房门，悄悄地去顾牧呈的卧室门口，这一次她没有敲门，思索片刻后，直接拧上门把手，打开卧室门后，卧室里安安静静，床上无一人，顾牧呈还没回来。

她垂下双手，回到自己房间简单地处理了一下伤口，定了闹钟后，趴在床上强迫自己睡觉。

也许这天只是一场梦，梦醒了之后顾牧呈就会回来了。

沈言宁这一天的神经实在太紧绷了，趴在床上很快睡着了。

她醒过来的时候窗外很黑，比闹钟更先醒了过来，“棉棉”还在床上睡得很熟，她从床上坐起来，牵扯到手掌心和膝盖的伤口，忍不住皱了皱眉，等适应了那疼痛劲才起床洗漱后出了门。

2

沈言宁走到“庞氏早餐店”门口时，早餐店还没开门。

凌晨的街头太冷了，尤其这日有大风，风吹得树枝沙沙作响。

沈言宁刚从被窝里出来，背着书包穿着黑色的羽绒服，里面除了一件校服，只有一件白色高领毛衣，即使她将自己捂得严严实实的，在寒风中依然瑟瑟发抖。

大概吹了有二十多分钟，沈言宁隐约听见头顶传来的声音：“小姑娘这么早怎么一个人在这儿？”

沈言宁抬头，那人“咦”了一声：“你不是牧呈的妹妹吗？”

沈言宁见过这人，是早餐店的老板。她站起来，因为膝盖上的伤和蹲的时间太长了，她身形不稳地晃了晃。

老板忙扶住她：“小姑娘，你没事吧？”

沈言宁摇摇头，问：“叔叔，我哥哥呢？”

“牧呈昨天就跟我辞职了啊……”老板对于她来这里找顾牧呈表示很奇怪，“他没跟你说吗？”

沈言宁恍惚地摇摇头，又点了点头，自言自语：“哦，可能是他忘记了吧……”

没等老板问更多，沈言宁转身离开。

老板站在身后担忧地望着她，看这姑娘的状态不对，正想着要不要给顾牧呈打个电话的时候，就见小姑娘忽然蹲在地上号啕大哭起来。

老板惊了一跳，忙走过去，蹲下，问：“小姑娘，你这是怎么了？”

沈言宁也不知道自己怎么了，她就是很想哭。从昨天早上的惊喜到期待再到晚上的等待，到渐渐地失落，她从来没觉得生命中的哪一天能像这天这样令她如此难过。

沈言宁不知道这一天自己是怎么熬过来的，从找不到顾牧呈之后，她就有一种不好的预感，她一次次将这种预感抛之脑后，因为他昨天上午才答应过她，要好好奖励她的。

等得很绝望的时候沈言宁总想顾牧呈不是真的一声不响就离开了。

沈言宁兜里揣着一张银行卡，那是沈国辉给她打的零花钱，还有平时她自己存的钱都在里面，那是她准备给顾牧呈的礼物。她想告诉他："哥哥，你不要那么辛苦，我们一起考上北城大学，等我们长大了，有能力和时间赚钱了，日子会越来越好。"

但沈言宁还没等到说这句话的时候，顾牧呈就不见了。

她在寒风中哭了很久，任由老板怎么哄都哄不好，最后是哭累了才站起来。她手掌心的伤因为没有处理好泛着红，膝盖上的伤更是因为她的动作与衣料摩擦而疼痛。

沈言宁抹了抹眼泪，对老板说："叔叔，谢谢你，我该去上学了。"

说完，沈言宁便背着书包往公交站台的方向走去，镇定得好像方才放声大哭的人不是她。

老板看着小姑娘离开的背影，很担忧，他拿出手机给顾牧呈打了个电话。

3

沈言宁从早餐店离开后直接去了学校，由于每次都是最早去学校的，所以她有教室的钥匙。

当路知知踩着点来教室的时候，便见沈言宁趴在桌子上睡着了。

路知知以为沈言宁是看书看累了，也没喊她。

直到早读课开始了，沈言宁还没醒过来。

路知知刚想要叫醒沈言宁，便听见课桌被敲了三声，是神不知鬼不觉从后门走进来的班主任李葵。

路知知吓了一跳，更让她惊吓的是即使这样，沈言宁都没有半点醒过来的迹象。

她忙推了推沈言宁，这一推只感觉沈言宁身体柔软异常，手臂滚烫……

沈言宁醒过来的时候是在学校的医务室，医务室有专门的医生看着，路知知便被喊回去上课了。

碰巧医务室的医生出去上了个洗手间，再回来时，床上已经空荡荡，医生不由得自言自语：“奇怪，刚刚那个发烧的学生怎么不见了？”

沈言宁走出医务室，现在正是下课时间，碰巧遇见了出门的周思元。

周思元看见她，愣了一会儿才认出她：“你是……顾牧呈的妹妹？”

相对于上次见面，沈言宁此时的脸色苍白，整个人都看起来非常虚弱。

周思元见沈言宁的精神状态都很差，便说：“你跟顾牧呈说一下啊，他答应每周五帮我补习，结果昨天没来。”

沈言宁什么都没说，转身离开了。

那天之后，沈言宁去了她所知道的顾牧呈以前待过的地方找，只是顾牧呈再也没有出现过。

自那以后，家里也没有人再提起顾牧呈。

直到后来家里吃晚饭，沈国辉给徐妍打电话，说着说着，突然烦躁地说了一句：“牧呈已经走了，你还想怎样？”

后面的话，沈言宁没听进去，直到沈国辉挂了电话之后，她才鼓起勇气，将这么长时间以来藏在心里的疑惑问了出来：“爸爸……牧呈哥……是你让他走的吗？”

沈国辉接了那通电话后情绪非常不好，听见沈言宁这样问，恼火地说：“你妈妈提个没完就算了，你也提？”

沈言宁内心是很怕沈国辉的，被他这样一凶，顿时又害怕又委屈，便咬了咬牙，坚持问：“爸爸，为什么不能提？牧呈哥做错了什么，你要这么对他？”

沈国辉没有回答，只是对着沈言宁严肃地说：“如果你想你妈妈回来，从此以后在沈家，都不许再提‘顾牧呈’这个名字，知道吗？”

沈言宁心里有很多个为什么，但沈国辉已经不给她询问的机会，甩手走人。

徐妍回来了，依旧是沈言宁喜欢的好妈妈，偶尔沈国辉出差回来，一家三口会在家里一起吃饭，吃完饭后一起窝在客厅里看电视，生活和以前一样毫无变化，只不过少了顾牧呈。

那天晚上，沈言宁吃完饭回到卧室后，从书包里拿出两张试卷和几张草稿纸，其中两张试卷，一张是她数学不及格的时候，顾牧呈帮她写的错题正解步骤，另一张是他帮她签过字的化学试卷。

草稿是顾牧呈帮沈言宁补习的时候列的题目和讲题步骤。

沈言宁打开书桌一个带锁的抽屉，将这些东西都放了进去。

尽管顾牧呈不说一声就离开了，所谓学校请了几天假也就再也没有回来，但沈言宁始终相信他一定是有事离开了。

她现在唯一要做的事情就是好好学习，考上北城大学。

再次听见顾牧呈的消息是将近高考，沈言宁也即将要上高二。

那天恰好是端午节，沈氏家庭聚餐，在北城市的一家酒楼里。

酒过三巡，沈国辉独自去了阳台上散酒气，抽完一支烟后，沈国辉拿出手机打了个电话。

电话那边半天才接起，低醇微懒的少年音：“沈叔叔，您好。”

沈国辉问：“牧呈，最近过得还好吗？据说你转校过去之后就直接跳级到高三了，马上你就要高考了……”

打完电话后，沈国辉收起手机，转身准备回去，却见自己的女儿正站在身后望着自己。

“言言？怎么出来了？”

沈言宁说：“大伯喊你喝酒找不到你，让我出来看看。”

沈国辉也没想其他，只说：“一起进去吧！”

沈言宁跟着沈国辉回到了包厢，一进去沈国辉就被亲戚拉走了，沈言宁回到座位上，徐妍见她出去一趟回来后心不在焉的样子，不由问：“言言，怎么了？”

沈言宁摇摇头，说：“妈妈，没什么，就是有点累了。”

酒席散的时候，沈国辉已经醉得不省人事，徐妍扶着沈国辉上了车，让沈言宁帮沈国辉拿了外套和沈国辉搁在桌子上的手机。

沈言宁抱着外套坐上车时，手里一直握着沈国辉的手机，路开到一半，她打开沈国辉的手机，翻到他的通话记录第一条，备注是“牧呈”。

4

沈家是个大家族，逢年过节亲戚都会聚在一起吃饭、唱歌，吃完饭下一场是去娱乐，年轻人唱歌，年纪大的人打牌娱乐。沈国辉喝多了被徐妍带回去休息了，徐妍问沈言宁要不要一起去玩，毕竟这么长时间以来，沈言宁一心扑在学习上，平日里除了吃饭、睡觉便再无其他娱乐，徐妍还是希望她能够趁机放松放松。

沈言宁却拒绝了，跟着徐妍回到了家。

回到卧室之后，沈言宁从抽屉里拿出手机，输入了一串电话号码后，望着手机发了会儿呆。

几分钟后，她拨打了手机上的电话号码，将手机贴到耳边时，听着话筒里传来“嘟嘟”声，不多久，电话被接起：“你好。”

电话里传来熟悉的声音，声音低沉，尾音有点漫不经心。

应该是因为很久没听见了吧……沈言宁只觉得那声音既熟悉又遥远。

没听见这边的回答，他沉默片刻，又问了一声：“你好？”

沈言宁挂了电话。

清泉市的一栋复式楼内，曾韬看见顾牧呈接电话的过程，笑道：“又有人打电话骚扰我们校草哥哥啊？”

顾牧呈没理他，放下手机，慢慢起身去冰箱边，打开冰箱门拿了瓶可乐。

“校草哥哥，少喝这东西。”复式楼内第三人江南一边对着电脑一边说，“据说这玩意对身体不太好。”

曾韬笑得很隐晦：“江南哥哥，是哪方面啊？我们顾少可还是个高三的孩子，别带坏他了。”

顾牧呈把玩着手中的可乐，慢条斯理地说：“差不多得了。”

曾韬和江南都是顾牧呈的好友，曾韬和江南都比顾牧呈大两岁，这年也刚好高三。

自从顾牧呈家里发生那件事，曾韬和江南第一时间赶到了顾家，但那时顾家已经一片狼藉，他们也没能见到顾牧呈。

那段时间顾牧呈仿佛人间蒸发了一般，曾韬和江南根本找不到他，直到听说他被带到了隔壁北城市，转到了北城高中。

曾韬和江南去找过他，不过却被他巧妙地躲开了，未见着面。

直到他从北城市回来。

这栋复式楼是顾牧呈的，曾韬和江南会在这里也是因为曾韬。

曾韬性子冲，因为一次吵架跟室友闹得不可开交，那段时间曾韬不想回寝室都住在网吧里，顾牧呈知道了之后便说他在离高中不远有个空房，曾韬愿意的话可以住进去。

江南是清泉市本地人，家里跟顾家是世交，家境自是很好。不过他天性爱自由，自从曾韬搬进了复式楼，他三天两头往这里跑，跑着跑着就把这里当窝了。

顾牧呈去北城避而不见的那段时间，江南和曾韬在这个屋子里急得团团转，两人也逐渐升华出革命友谊，誓死要见到顾牧呈。就在他们发誓的第二天，顾牧呈忽然出现在大门口。

夜风吹过，顾牧呈倚靠在阳台，看着小区夜晚安静的林荫小道，他想起刚从北城市回来的那天，站在大门口，曾韬和江南除了露出诧异的表情，没再问过什么。

接下来的时间他们和以前一样相处，曾韬和江南什么都没问过，仿佛那一年什么都没有发生过。

顾牧呈自知他们这样是不想让他为难。别人家的事，想说自然会说，不想说的，问了也白问。

这是三人之间的默契，也是成年人之间的处事方式。

顾牧呈回到清泉市之后，三人之间和以前一样毫无变化。

顾牧呈在阳台吹风时，曾韬拿着他的手机走了出来：“顾少，小迷妹给你高考加油。”

曾韬将顾牧呈的手机递给他："事先说明，我可没偷看你手机，是你手机亮了我不经意瞥了一眼，瞥到的。"

顾牧呈没在意，接过手机后看了一眼手机上的短信，是个陌生的号码，上面只写了四个字："高考顺利。"

顾牧呈回到清泉高中时，一度成为清泉高中的热门话题。以前他一直是清泉高中的热门人物，他转到北城高中这件事一度让清泉高中的校长很痛心，所以他回来之后，清泉高中全校师生高兴不已。

后来，也不知道他们是怎么打听到顾牧呈的电话号码的，他的手机都会收到各式各样奇怪的电话或者短信，曾韬他们有建议过顾牧呈把电话号码换了，但顾牧呈懒于做这种闲事，一直没去。

"不过话说回来了，高考之后我们又得分开了。"曾韬手上拿了瓶饮料，与他的可乐碰了碰，"好在北城大学也不远，我和江南没事就去找你玩。"

顾牧呈一只手搭在阳台的栏杆上，敛眉，面容淡漠，把玩着手里的可乐，半天才说："不会分开。"

"啊？"曾韬以为自己听错了，下意识地问了一句，"你说什么？"随后才反应过来，"你不会不想考北城大学吧？"

"什么不想考北城大学？"江南从房间里走出来，恰好听见曾韬的话。

曾韬抬了抬下巴："问顾少。"

两人同时看向顾牧呈，顾牧呈的态度则很漠然，不咸不淡地回："清泉大学不错。"

清泉大学是清泉本市的大学，全国重点大学之一，虽然名义上也不差，但比起北城大学而言还是有一定的差距。再者清泉大学是以医学专业闻名，大家都认为学霸型的顾牧呈一定会考理科专业最好的北城大学。

"清泉大学不错？哪里不错？"曾韬满脸不赞同，"跟北城大学比起来，哪里好？"

江南也不是很懂怎么顾少忽然就改变大学方向，以他的本事，是可以选最好的大学。

“离家近。”顾牧呈简单地给出了三个字。

5

那一年高考的两天时间里，其他年级放假，沈言宁把自己关在家里复习了两天，除了吃饭没出过卧室门。

沈言宁只能零零散散地知道顾牧呈的一些消息，比如不经意间听见父亲跟他打电话的时候提到的“跳级”。

高考结束之后没过多久就到了沈言宁的期末考试。

考试后的那个暑假，徐妍问她暑假有没有想去哪里玩，沈言宁说：“我想去北城大学看看。”

北城大学在北城市市中心，位置得天独厚，沈言宁上小学那会儿，沈国辉和徐妍就带她去过北城大学，不远，就在市里。徐妍的意思是暑假假期那么长，沈言宁可以选择去更远的地方旅行。

可是沈言宁很坚决：“妈妈，我就想去北城大学看看啊。”

于是，沈言宁这一个暑假什么都没做，在新学期即将开始的时候，她独自去了北城大学。

北城大学新生报到的时间是三天为期，沈言宁在第一天早早地出现在北城学校大门口，于是整个北城大学的新生连续三天都看见校门外有个长相分外好看的姑娘。

沈言宁等了三天，却没有看见顾牧呈。

第三天傍晚，新生报到基本上已经结束了，学校门口的门卫看见小姑娘独自呆呆地站在门口，好几天了，终于忍不住上前问：“小姑娘，你在等谁啊？”

沈言宁看着眼前穿着保安制服的大叔，说：“我在等跟我说好要一起考北城大学的哥哥，可是我等了三天都没等到。”

保安大叔说：“是不是延迟入学啊？如果家里有事，也有这种可能。”

“是吗？”沈言宁说，“可是我不想等了。”

“啊？”保安大叔没听懂沈言宁什么意思，正要问，却见小姑娘已经跑了。

沈言宁回了一趟家，拿了沈国辉每次汇零花钱的银行卡装在书包里，留下了一张出门的字条，便背上书包出了门。

她在去火车站的路上买了隔壁清泉市的高铁票，离最后一趟发车时间还剩半个小时，她紧赶慢赶才赶上了。

清泉市离北城市不远，一个小时零五分钟后沈言宁到了清泉市的高铁站。

出了高铁站后，她循着路标走到了高铁出租车站，上车后，跟司机说了目的地。

坐在车上，沈言宁看着窗外倒退的陌生风景，这是她第一次来清泉市，也是她第一次一个人出远门。眼前的一切都很陌生，陌生得让人害怕。

车在清泉高中停下后，沈言宁付了钱下了车。

站在清泉高中的校门口，她没有进去，而是走到校门口最新贴出的公告栏前，那里贴着这年的高考榜单。

大红色的红布背景，上面密密麻麻写着这年清泉高中高三考生的名字和分别被录取的大学。

沈言宁一眼便看见了顾牧呈的名字，排在第二的位置。

顾牧呈高考以清泉市总分第一名霸榜，比第二名足足高出了二十分，却排在红榜第二。

第一名以比他少二十的分考取了北城大学。

顾牧呈所录取的大学……那四个字很好认，只不过沈言宁不想认，她揉了好几次眼睛，一遍又一遍地看着，上面始终写着“清泉大学”四个字。

“那我们约好，好不好？我们以北城大学当作目标，一起考上北城大学好吗？”

过往的话犹似在耳。

那时，他答她：“好。”

现在想来，顾牧呈答应得那么快，连考虑都不曾有，沈言宁天真地以为那是他发自内心的答案，原来不过是敷衍她的话。

沈言宁拿出手机，从她上高铁开始，她的手机就一直在响，是徐妍和沈国辉打来的电话。

沈言宁没敢接。她不知道自己该怎么向他们解释，她不想让他们知道自己来了清泉市，她觉得自己的事情还没有办完，她想要得到一个答复。

沈言宁拨通了自己存着的电话，不多久电话那头被接起，是个女声："你好？"

她恍惚了片刻说："我找牧呈哥。"

那边似乎愣了一下，才问："你是？"

沈言宁又重复了一遍："我找牧呈哥。"

对方才说："牧呈现在有点事，可能不方便接电话。"

"没关系，电话一直通着，他什么时候方便什么时候接。"

对方似乎觉得沈言宁说的话很搞笑，嗤笑了一下，说："你找他什么事？跟我说也一样。"

沈言宁："你是顾牧呈吗？"

对方似乎明白沈言宁的话中话，意思很明显——你不是顾牧呈有什么资格说有什么事跟我说也一样这样的话？

她也不恼，只笑道："但我是牧呈的女朋友。"

对方显然感受到了沈言宁的沉默，语气变得骄傲起来："所以你有什么事跟我说就行了。"

沈言宁说："我知道你是罗雨诗，我见过你，我有很重要的事要跟牧呈哥说，并且只能跟他说。如果你觉得耽误了时间和事，牧呈哥不会怪你，那么我现在挂电话。"

罗雨诗没想到沈言宁居然能猜到她的身份，不过随即她又讽刺地笑了笑，她不也猜到了这小姑娘的身份吗？

"言言是吧？我想起来了，你是牧呈的妹妹。"罗雨诗故意拔高音量，"既然你是牧呈的妹妹，也就是我妹妹了。你稍等，我喊你哥接电话。"

不多久，电话那头传来了顾牧呈的声音："言言？"

再次从顾牧呈嘴里听到自己的名字，沈言宁觉得恍如隔世。

沈言宁说："哥哥，我在清泉高中校门口等你。"话完后她挂了电话。

6

顾牧呈开车赶到清泉高中校门口时，见沈言宁正蹲在校门口的角落边。

开车来的路上，顾牧呈接到了沈国辉的电话，电话里的沈国辉很着急，跟他说：“言言独自跑到清泉市去了，说和人约好一起考北城大学，结果今年那人先考却没选北城，选了清泉大学。我家这姑娘不服气，一个人跑到清泉去找人算账去了，把我和你阿姨都急坏了，牧呈，你在清泉市熟悉，能不能帮叔叔先找找这臭丫头，我和你阿姨很快就赶过去！”

顾牧呈没有跟沈国辉说沈言宁已经跟自己打过电话了，只说：“叔叔放心，我会找到言言。”

顾牧呈下了车，走到沈言宁身边，看着蹲在地上发呆的她，目光有些复杂，他垂眸对蹲在地上看起来很不高兴的小丫头说：“小姑娘，听说你是千里迢迢过来这里找人算账的？怎么看起来这么丧气啊？”

这声音温润又熟悉……

沈言宁猛然抬头，只见眼前的人正低头与自己说话。顾牧呈等了一会儿见她没说话，还歪了歪头，挑了个眉，“嗯”了一声。

九月初的天，顾牧呈穿着黑色的短袖，牛仔长裤，脸上挂着似笑非笑的表情，慵懒不羁。

沈言宁咬了咬唇，从地上站起来，问他：“哥哥，我是来找人算账的，你会帮我吗？”

小姑娘刚刚看起来还很丧气，此时却有一股子撸起袖子要找人打架的狠劲。

只不过那股狠劲在她的脸上看起来除了可爱，不具任何威胁。

顾牧呈顿了几秒：“会，哥哥会帮你。”

沈言宁只是赌气这么一说，听见他真的说要帮自己，反而不知道该怎么办了。

顾牧呈倒不急，只问：“欺骗言言的臭小子叫什么名字，家住哪里？哥哥带你去找他。”

沈言宁抿了抿唇，说：“我忘记了。”

顾牧呈看着她的眼睛，笑着说：“不着急，等想起的时候再说。走吧，哥哥带你去吃点东西。”

沈言宁没动，表情看起来还是很不开心：“我不饿。”

“哥哥饿了。”顾牧呈从她肩膀上拿过她的书包帮她拎着，“就当陪哥哥吃个饭，嗯？”

7

顾牧呈这么说，沈言宁不再拒绝了。

她跟着顾牧呈走去车边，才看见了坐在副驾驶座的罗雨诗。

罗雨诗看见沈言宁格外热情，迎了上来：“言言妹妹，你好啊！”

沈言宁没吭声。

罗雨诗又说：“言言妹妹第一次来我们清泉市，这几天不忙让我带你到处转转吧？对了，这个时间点你还没吃饭，要不我们一起去吃饭吧？”

沈言宁皱眉，正要拒绝，就听见顾牧呈清冷的声音：“不用了。”

沈言宁看见罗雨诗嘴角扬起的微笑僵了几秒，随后又扬起甜甜又不失礼貌的微笑：“好，都听牧呈的……”

她话音刚落，顾牧呈已经带着沈言宁往车边走去。

不知道是不是沈言宁的错觉，她觉得顾牧呈对罗雨诗格外冷漠，这是她从未见过的顾牧呈。

在沈言宁的印象里，顾牧呈虽谈不上待人接物很热情，但对谁都温和有礼，她还从未见他发过脾气。

如今看顾牧呈对罗雨诗的态度，即使没有发脾气，光是冷漠，就让人有种不寒而栗的感觉。

难道是因为罗雨诗是牧呈哥的女朋友，所以他才对她跟别人不一样，态度冷漠？这样一想，沈言宁觉得当顾牧呈的女朋友实在太可怜了。

上车后，沈言宁独自去了后座。

有了刚才那一幕，罗雨诗没再多话了。

沈言宁一个人坐在后排看着窗外不知在想什么。

顾牧呈看上去很忙，自上车后一直在接电话，挂了一个又一个。

在他旁边是格外乖巧，一声未吭的罗雨诗。

沈言宁想起罗雨诗在电话里以顾牧呈的女朋友自居，他们真的在一起了吗？

如果是真的，现在的她就是个特大号电灯泡！

沈言宁正乱七八糟地想着，听见顾牧呈说："是，我找到言言了。"

沈言宁的视线这才从窗外收回，看向后视镜，正巧接电话的顾牧呈也从后视镜中看她。

浅褐色的双眸一边看着她一边回复电话里的沈国辉："言言没什么事，你们不用担心……好……嗯。"

挂了电话之后，顾牧呈对车后的沈言宁说："你这次瞒着家人过来，他们都很担心，已经在来清泉市的路上了。"

沈言宁没说话。

过了半晌，顾牧呈又喊了她一声："言言？"

沈言宁呆呆地看着后视镜里的顾牧呈，只听他说："以后不管遇到什么事都别这么冲动了。"

顾牧呈说这话时没有一点脾气，也丝毫不带冷漠，反而有一种温柔的错觉。

对，错觉。

沈言宁觉得这肯定是错觉，顾牧呈刚刚对他的女朋友都那么凶。

到达复式楼已经是半小时之后了，曾韬和江南都在，他们看着顾牧呈匆匆出门，也没说去干什么。

两人都知道一定是遇到什么事了，否则依顾牧呈的性子不会那么着急。

两人正担忧着，却不想顾牧呈回来时带了个陌生的小姑娘。

不算罗雨诗，这算是顾牧呈第一次主动带异性来复式楼。

曾韬和江南都特别重视，正要热烈欢迎，却听顾牧呈问："晚饭好了吗？"

曾韬小时候因为家里条件不好，很早就学会下厨，在复式楼待着的时候，一日三餐都是他准备的。

顾牧呈曾提议过找个专门的阿姨负责卫生和一日三餐，但被他拒绝了。

“你不收我房租，我过意不去，每天帮忙做个饭、打扫卫生就当是我每个月的房租吧！”

既然曾韬这样说，顾牧呈便不好再说什么。

虽然作为朋友顾牧呈不在意这点事，但他会顾及朋友的自尊。

“早准备好了，现在吃吗？”曾韬说。

“你们先吃。”

顾牧呈回头对沈言宁说：“你跟我上楼。”

“……”

8

顾牧呈直接将沈言宁带到了二楼卧室门口，将书包放在沙发上，对她说：“去里面等我一会儿，我帮你把饭菜端上来。”

沈言宁问他：“怎么不在楼下吃？”

“你跟他们不熟，会不自在。”

顾牧呈不变的细心让沈言宁来时心里的不满变得复杂起来。

沈言宁看着顾牧呈去了楼下。

她在门口发了会儿呆，才往卧室里走。

和在沈家不一样，顾牧呈的卧室特别大，由书房和卧室组成的套房，布置简单，白灰色为主色调。沈言宁进去入眼便是外边的书房里有很多乐高模型，大的小的，各式各样加起来有上百件，摆在橱窗里十分壮观，书房的白色地毯上还有拼到一半的乐高，在未拼成的乐高旁边是一个成形的乐高旋转木马。

这东西应该又贵，拼起来又很费心思吧？

沈言宁站在那个旋转木马旁，脑子里竟然浮出了个坏想法，如果把顾牧呈这个又贵，又好不容易拼好的乐高推倒、弄坏，他会不会生气？

她没见过顾牧呈发脾气，好像什么对于他来说都无所谓，没有什么值得他发一通脾气。

就连她偷偷跑到清泉市，他也一点不生气，反倒像因为她父母的关系，他才跑这一趟把她接回来。

“喜欢积木？”

一抹黑影压下，沈言宁抬头见不知道什么时候站在身旁的顾牧呈。刚认识的时候她不及他胸前，过了一年，她也没长高多少，倒是他越发高大了。

沈言宁心里不满，指着那座拼好的旋转木马说：“哥哥，我想要这个！”

男人垂眸，灯光下，他本就偏白的肤色更显冷白，瞳孔颜色是深色的黑。沈言宁发现，他只有在认真看人的时候瞳孔会变深，平日里的他总是懒洋洋的，瞳色偏浅。

顾牧呈似乎没想到沈言宁会这么直接，漂亮的眼睛眯了眯，轻轻地“嗯”了一声。

沈言宁盯着顾牧呈几秒后，指着那个旋转木马，很大声很肯定地对他说：“我想把这个带回家！”

当沈国辉来接沈言宁回家的时候，站在楼下的所有人都看见沈言宁怀里抱着一个看起来比她上半身还要大的旋转木马走下来。

“天啊，这是做什么？”曾韬的眼神有片刻呆滞。

因为来时，顾牧呈并没有向沈言宁介绍曾韬是谁，但既然在这个房子里，自然是顾牧呈的朋友。她抱着旋转木马说：“哥哥送给我的。”

江南格外震惊：“顾少，你不是说这个不送人的吗？我以前怎么求你你都不送我，这可是乐高的绝版旋转木马啊！”

一直没说话的罗雨诗眼神有些复杂。

对于江南的指责，顾牧呈只淡淡地说：“小姑娘喜欢的东西你也要抢？”

“不是，这怎么就是小姑娘喜欢玩的……再说，这是你特意为……”

特意为什么？

江南话没说完，沈国辉便来了。

沈言宁看见沈国辉，吓得一激灵，也顾不上江南没说完的话，忙躲到顾牧呈身后。

好在沈国辉只是瞪了沈言宁一眼没说什么。

顾牧呈跟沈国辉谈话的时候，沈言宁想起江南刚才没说完的话，偷偷问他："哥哥，你刚刚说这个积木对牧呈哥很重要吗？"

江南一听小妹妹喊自己哥哥，顿时心都化了，加上小姑娘长得眉清目秀，天真可爱，江南觉得小妹妹问他什么，他都愿意回答："是啊，你不知道吗？"

沈言宁乖巧地摇摇头："不知道啊。哥哥可不可以跟我说说？"

"叫我江南就好，我是顾少的好兄弟。我是个乐高迷，你也看到了你家牧呈哥有多喜欢乐高了，卧室里都是这玩意。以前，我一眼就看中了这个旋转木马，想让他送给我，但他拒绝了，后来我听韬子说这个旋转木马对他而言很重要。顾少啊，本可以有个妹妹，这个旋转木马是他特意为他没出生的妹妹拼的礼物，可惜那场事故之后，顾少的妈妈忧伤过度，肚子里的孩子没了，顾少的妹妹也没了……以前没人敢动他这些玩具，我没想到今天你把它抱了下来，更没想到顾少竟然肯把这个送给你。"

沈言宁看着手中的旋转木马，听着江南的话，心里不知道是什么滋味。

沈言宁看着不远处与沈国辉说话的顾牧呈，他的个子比沈国辉还高一些，言行举止确实一如既往成熟稳重，明明那么近，却能让人感觉他很遥远。

她根本看不透他。

"站在那做什么？想赖在这里过夜还是怎么？"这时，沈国辉严厉的声音传来，沈言宁吓了一跳，见沈国辉瞪着她，"还不过来？"

沈国辉来接她了，她也没有留在这里的理由。

她走到沈国辉跟前，沈国辉见她那模样，气就不打一处来，言语之间也是责备。

"小小年纪一声不吭来这里兴师问罪，人家想考什么大学还要经过你同意？你是不是太看得起自己了？"

沈国辉这句话成功刺激到了沈言宁的自尊心。她就是太看得起自己了。

沈言宁不想哭的，可沈国辉这话说出来，她的鼻子一阵酸涩，眼眶红了起来。

高大的身影无声无息地挡在沈言宁身前，顾牧呈对沈国辉说："叔叔别怪言言了，这事是答应过她却没遵守约定的那个人不对。"

沈言宁一怔，一双红彤彤的眼睛震惊地看着顾牧呈的背影。

顾牧呈转头，墨色的双眼看着她，对她说："言言，以后不要轻易相信别人的承诺，这样就不会失望。"

沈言宁神情恍惚地问："你也不能信吗？"

"是。"说完，顾牧呈勾起一抹温和的笑，"我们言言回去一定会好好学习，不会再让家人生气的，对不对？"

沈言宁的心一点点地下沉，原来他什么都知道……

知道沈言宁所谓的约定好一起考大学的人不是别人，是他。

这一路，顾牧呈看沈言宁这么难受，却只字未提。她以为他已经忘记了，所以即使心里有气，也不知道该如何对他说起。

这一刻看起来，自己就像个笑话。

"算了，算了，看在牧呈的分上，我懒得说你，赶紧跟我走，你妈还在外面等你！"

沈国辉先走了两步，见沈言宁没跟上来，回头正要说她，却见她已经泪流满面。

沈言宁望着顾牧呈，一边哭一边问："哥哥，是不是因为我年龄小，所以答应过的事情都可以不算数？"

面对沈言宁的责问，顾牧呈的目光暗了暗。

倒是沈国辉看见自家姑娘这样，吓了一跳，又气又担心地走过来："这孩子怎么哭了？又没说你什么，你一个人跑出来，还不能说了？"

沈言宁没有理会沈国辉的指责，抹了抹眼泪，不想让自己哭得那么难看。

她放下怀里的旋转木马，从书包里拿出一个盒子，将盒子递给了顾牧呈，难受地说："哥哥，你好好生活吧，我以后都不会给你添麻烦了。"

沈言宁没等顾牧呈回答，抱着旋转木马走到沈国辉身边说："爸爸，对不起，让你担心了，我们回家吧。"

说完，大步离开。

伫立在原地的男人打开那个盒子，里面有很多东西。有他模仿她的笔迹改过的试卷，有他模仿沈国辉的笔迹签字的试卷，还有一张银行卡以及写着"北城大学"四个字的便利贴和"给牧呈哥的礼物"的卡片。

江南本以为小姑娘给顾牧呈的是什么宝贝，凑过来一看，却发现自己根本看不懂，不由得问："顾少，小姑娘都给你这些做什么？"

曾韬也看不懂。顾牧呈却懂，所谓礼物就是那次她进步了二十名后，给他准备的礼物，如果他没猜错，礼物就是这张银行卡。

因为顾牧呈说过想自己赚钱，她就以为他缺钱。

而写着"北城大学"四字的便利贴——

那是他答应与她一起考北城大学的那晚补习，小姑娘在台灯下一个字一个字写下来的。写完后，她认认真真地将这个便利贴贴在书桌前。

那时候的小姑娘眼睛里都是光，高高兴兴地对他说："贴在这里就能每天激励我了。"

第五章　好到她不配拥有

1

燃烧的大火，眼前一片烟雾呛得人睁不开眼，顾牧呈在大火之中寻找着，喊着，可没有人回应。

就在顾牧呈看见倒在地上的顾渊，正要冲过去时，一根火柱落在他面前，下一秒，他被人拉了出去。

顾牧呈奋力地挣扎，想救大火中倒下的父亲，却被束缚着，越走越远，无论他怎么挣扎都靠不近……

安静的卧室里，顾牧呈倏地从床上坐起来。他的额间冒出冷汗，胸前剧烈起伏，他又梦到了过去。

顾牧呈起床，去卧室外厅的冰箱里拿了一瓶冰可乐，拧开瓶盖，仰头喝了下去。冰冷的气泡刺激着味觉，他喝了一大口之后，回到了卧室。

他没了睡意，坐在落地窗边，曲着左腿，可乐瓶搁在左腿上。往胃里灌的冰可乐冲刺着喉间胃里，仿佛只有这样才能让他从噩梦中清醒过来。

保持清醒，不被感情左右。正是顾牧呈这些年最需要的。

这天沈言宁来这里让顾牧呈想起了第一次见沈国辉。

那时，沈国辉站在他面前，说："你是牧呈？我是你妈妈的好朋友，以后就让叔叔照顾你和你妈妈好吗？叔叔会给你一个家。"

可后来这个家没给几个月，他就被赶出来了。

顾牧呈仰头又喝了一口，味觉被刺激得更厉害了。

他在沈家寄人篱下的那几个月，其实也不是都是坏事，他脑海中闪过一张纯净的小脸蛋。

他总想，如果他妹妹能健康长大，是不是也会像沈家小姑娘一样漂亮可爱。

从清泉市回北城市的路上，沈言宁一直在掉眼泪。

徐妍心疼得不行，指责沈国辉是不是说了什么特别难听的话，女儿才哭得这么伤心。

沈国辉想了半天也没想明白，他没说什么特别过分的话，怎么女儿就哭得这么伤心呢？

但最终，沈国辉还是先低了头。他对沈言宁说："是不是刚才爸爸说的话太伤你的心了？如果是，那爸爸跟你道歉。但是你一个人跑到这么陌生的地方，这种做法是不对的。如果你出了什么事，你让爸爸妈妈怎么办？"

一向不怒自威的父亲第一次道歉，沈言宁心里难受又愧疚。她为了一个不遵守约定的人，独自来到了清泉市，让父母这么担心，还要父母跟她道歉。

想到这里，沈言宁的眼泪根本止不住。

从小父母对她很好，母亲徐妍一直宠着她，从来不舍得骂她。父亲沈国辉虽然对她很严格，但只是在教导她做人与学习方面严格，其他事情都对她千依百顺。

沈言宁从小被宠着长大，没有受过一丁点苦。

回去之后，沈氏夫妇没再说什么，怕刺激了她，让她早早去房间休息了。

那天沈言宁做了两件事，第一件，是将她书柜里的书清理出来；第二件，是将她带回来的旋转木马、之前在糖果店买错了的玩具以及他送给她的糖果罐子放进去锁起来。

高二分班后，沈言宁选择了理科，她的学习成绩现在一直在年级前二十名，班级前十名。她的数学和化学特别厉害，每次都是满分。

很多人都来向沈言宁讨教，是什么让她从以前的理科不及格做到如今的理科满分。

沈言宁想了想说：“我以前遇到一个辅导老师，他教得好吧……”

有人问：“哪个辅导老师，能不能介绍认识一下？有没有联系方式？”

“没有，已经删掉了。”

很多人遗憾：“为什么要删掉？多可惜啊！”

“因为太好了。”

2

随着年龄的增长，沈言宁的五官长开了，脸上的婴儿肥渐渐消退，看起来更加惊艳好看。

沈言宁被评为北城高中的校花。

她比以往更努力了，基本每天都泡在书海里，时时刻刻都在刷题，连路知知喊她一起去上厕所，她都没时间去。

有一天体育课解散，回教室的路上，路知知问她：“言言，你最近是不是学习过头了啊？”

沈言宁看着头顶的太阳眯了眯眼，说：“等我们上高三的时候换的教室是不是就是以前的高三（1）班？”

对于沈言宁的答非所问，路知知不解，但还是点点头：“对啊。”

“哦。”沈言宁说，“那这次期末我想考年级第一。”

沈言宁听说高三的座位是根据成绩来定的。

她继续向前走，留路知知站在原地。

路知知因为沈言宁方才那句话久久不能平静。虽然她不知道沈言宁怎么忽然想考年级第一了，但她都想考年纪第一了，自己怎么还在班级倒数第一徘徊啊……

忽然，路知知的脑袋被人从后面轻轻地敲了一下。她恼怒地回头，穿着篮球服的严选站在身后面无表情地看着她。

“严选，你敲我干什么？”路知知眉眼一横，凶巴巴地质问，“你不知道脑袋敲多了会变笨吗？”

严选冷笑：“本来就够笨，用得着敲？”

这话成功地激怒了路知知。她一怒之下就朝严选拳脚相向，可奈何严选比她高出一个头，他一只手摁住她的脑袋，她的拳脚便怎么也够不着他。

路知知气馁了，嘴巴一撇，万分委屈地说：“为什么别人都那么聪明，想学习的时候，成绩就能进步。怎么我不管怎么学，成绩还那么差？”

严选一怔，第一次看见路知知因为学习而难受委屈的样子。

他薄唇微抿，心里竟有一丝愧疚，正打算安慰，便听路知知一声长叹后，道：“像我这样的人，就是老师口中那种没有未来的人吧，大概我以后就只能去工地打工了。严选，你以后要是在工地看见我在搬砖会不会假装不认识我啊？”

严选翻了个白眼，没理路知知，往教室的方向走去。

“严选，我跟你说话呢，我认真问你呢，你怎么不理我？”

“跟笨蛋待久了会被传染。”

“你说谁笨蛋？严选，你给我把话说清楚，学习委员就了不起了？”

“……”

高二下学期期末考试，沈言宁第一次考到了年级第一名，这成绩不仅让沈国辉非常高兴，更震惊了全校。毕竟颜值高、学习成绩又好的女生实在太少了，加上高一时沈言宁是班级垫底，这次考到第一名不仅在北城本校出名了，就连其他学校也以她为典型，教育其他学生什么叫只要努力，就有机会逆风翻盘。

高三开学分座位，按照惯例，学生可以按名次选座位，排名第一的沈言宁有优先权。但大家都没想到年级第一的沈言宁选择了最后面靠窗户的位子。

下课后，带着全班同学的不解与疑问，路知知走到沈言宁的位子上，问她：“言言，你怎么选这样的位子啊？你可是全班第一个选座的人，想坐哪里都可以。这位子有什么好的？第二、第三排不好吗？”

沈言宁看着窗外郁苍碧绿的竹林，清风摇曳，温雅氤氲。

是啊，这个位子有什么好的？只不过靠近竹林而已。

这个位子有什么好的？只不过有一次分班考试，他分到了高三（1）班，趴在这里睡过觉而已。

这一年，沈言宁坐在顾牧呈的座位上，看着他看过的竹林。

后来，沈言宁的成绩虽然一直在年级前五，但始终在班级第一以下。

高考时，沈言宁和严选被李葵委以重任冲刺北城大学，但分数下来的时候，她的分数却没有李葵预期的那么高。

李葵问沈言宁除了北城，还有其他中意的大学吗？沈言宁没回答。

李葵以为她是因为没考好而失落，安慰了几句。

回去之后沈言宁坐在书桌前发了会儿呆，然后拿出日记本，在日记本上写下了一段文字——

“没达到北城大学的分数，大家都安慰我。其实不用安慰，因为我从始至终没有想考北城。

老师问我除了北城，还有其他中意的大学吗？我想告诉他，有啊……清泉大学。”

3

沈言宁九月一日去了清泉大学报到。

报到之前沈言宁跟“棉棉”道别，“棉棉”已经胖成球了。“棉棉”的脾气很好，可沈言宁总觉得“棉棉”的性格像顾牧呈。

沈言宁去清泉大学让所有人都意外，更令人想不到的是，沈言宁报的竟是摄影专业。

没过多久，沈言宁被评为摄影系系花，甚至有人在清泉大学的论坛上进行了新一轮“清泉大学校花”投票，摄影系沈言宁被顶到前面跟上两届校花，如今医学系大三的学姐夏彤彤 PK（对决）。

有人评论：“夏彤彤已经当了两届校花了，这一届总算有学妹可以超过她了。”

这种评论显然是挑事的。

周末，沈言宁去了学校对面的“千年”旗下的商场兼职。

“千年”公司经营广泛，其中包含了奶茶、蛋糕、茶楼、台球、KTV、酒吧、电竞馆，甚至酒店，好像没有它们家不能涉及的领域。

但“千年”旗下的消费场所收费极高，所以沈言宁去兼职的地方，是只属于清泉大学的富家子弟玩乐的场所。

沈言宁在商场二楼的娱乐休闲区兼职，这天是她第一天上班，介绍她这份工作的是与她同寝室的张小舟。

沈言宁提出找兼职的时候，张小舟惊讶了半天。开学那天，她亲眼看见沈言宁的家人开车送她来学校，那车价格不菲，像她这样的家庭条件，怎么可能要做兼职赚钱？

可当张小舟问她原因的时候，沈言宁只回道：“缺钱。”

“言言，这些东西是桌球区那边的人点的，你送过去。”

收到任务，沈言宁接过经理递过来的餐盘，往桌球区走去。

沈言宁走远了，张小舟才问：“林经理，桌球区是又被那些客人承包了吗？”

“不然呢？那不是你们清泉大学富家子弟的聚集地吗？”

“那夏彤彤是不是也在？”

“她经常跟他们在一起玩，有什么好奇怪的？”

张小舟想到学校论坛上那些帖子，没想到学校的两大校花居然以这种方式见面。

桌球区，夏彤彤坐在沙发上。她留着齐腰的波浪卷长发，穿着嫩粉色的吊带短裙。她面前是一排茶具，此时她正双腿交叠，一只手拿着青花瓷壶在沏茶。

“不打了，不打了。”江南将手中的台球杆一放，对着正弯腰中了一球的男人吐槽，“顾少，好歹我们也是兄弟，你让我们一次不行吗？让我赢几千块钱请你们吃饭不好吗？”

男人懒洋洋地起身，吹了吹枪头，修长挺拔的身形再次弯下腰，墨色的眼睛看准了前面的 7 号球。只听“啪”的一声，又进一球。

旁边响起热烈的掌声。顾牧呈放下球杆，走到沙发边，不咸不淡地说：“我已经在放水了，是你技术太差。”

“南少这话说得。”夏彤彤拿着沏好茶的杯子站起来，“你南少会缺这么几千块钱？”

“哼！”江南冷哼一声，“说得好像顾少缺一样，最近他设计的软件可是赚了不少。”

“夏大美女，这你就不知道了。南少怕的不是输钱，是怕在你面前没有面子。”有人附和道。

桌球区大约有七八人，基本上都是清泉大有名的公子哥。夏彤彤是校花，加上她的父母在清泉市也是有头有脸的人物，所以她跟这些人混在一起并不奇怪。

不过，只有夏彤彤知道，她愿意经常跟这些人玩在一块儿，很大一部分原因是她是这群公子哥里唯一的异性，每个人都对她千依百顺，把她当成公主一样宠着，除了……

夏彤彤不由得将目光落在顾牧呈身上。

能来“千年”消费，谁家里没点背景？可没有人知道顾牧呈的家庭情况，大家只知道他非常有钱，他的座驾是这里所有人里最好的，他出手也是所有人里面最大方的。

不但如此，他的容貌也是所有人里顶级的，每次看见他，夏彤彤都抑制不住心中的欢喜。

这些都不够的话，他还是有名的学霸，当年从高一跳级到了高三参加高考，以全市第一的成绩进入了清泉大学。

如此优秀的人，夏彤彤迫切地想要得到他，想要将他占为己有。可他一直对她很平淡，说不上排斥她，但也从不接受她的好，更别提主动跟她说话。

即使夏彤彤主动去讨好顾牧呈，他的态度也不咸不淡，好像根本没将她放在眼里。

夏彤彤总觉得顾牧呈的性格非常冷漠，即使有时候在笑，眼神也是冷漠的。

“彤彤，你最近不是找了老师教你打桌球吗？我们顾少是现成的高手，让顾少教你啊！”

话题开始往夏彤彤身上扯，这些男生大概是怕她一个女孩子无聊。

“据说彤彤请那个老师花了大价钱，但我们顾少可不差钱。如果真让顾少教，彤彤……就回一个吻作报酬怎么样？”

这群人玩得久了，经常开一些玩笑。

夏彤彤在这方面不拘小节，有时候玩笑开得比他们还大。她看了一眼顾牧呈，笑道：“只要顾少同意，我没意见啊。”

可他们口中的男主角没说话。夏彤彤看顾牧呈有些心不在焉，浅色的双眸一直看着某个地方。

夏彤彤顺着顾牧呈的视线看过去，很意外地发现他居然在看一个服务员。

那个服务员穿着“千年”的工作服，正在将他们点的东西一一放在桌子上。

她扎着简单的丸子头，有碎发从鬓角落下，皮肤白皙细腻，睫毛细而长。

“这妹子有点眼熟啊？”有人说，“我想起来了，她不就是咱们学校论坛里跟彤彤PK校花，被人说是颜值能超过彤彤的大一新生吗？”

是她啊……

关于学校大一新生跟自己PK校花的事，她也听说过，不过……

夏彤彤轻蔑地笑了笑，就算长得好看又怎样？不过是个兼职的服务员罢了，还想跟她比？说得不好听一点，她在清泉大学是众星捧月的公主，这新生只配当她身边的一个丫鬟！

“沈师妹？”喊出这一声的是清泉大学艺术系大三的学生潘少卿，他最喜欢勾搭长得好看的女生。

正在摆东西的沈言宁抬头看了看他。

这时，大部分人才第一次看清沈言宁的面容。

小姑娘扎着丸子头，露出纤细白皙的脖子，肌肤似雪，双眸澄澈，如不谙于世的仙女，一尘不染，却惊艳万分。

沈言宁看人时眼神有几分清冷，看见这阵仗面上也没有露出诧异与惊吓，只是平静地看着他们。

“这届学妹真是没礼貌，看见学长、学姐在这里，都不打声招呼的吗？”潘少卿一边调侃，一边走近沈言宁，挑眉道，“学妹很差钱吗？

在这里兼职多辛苦，你叫我一声哥哥，哥哥让你整个大学期间都不用做这么辛苦的工作了，好不好？”

沈言宁看了潘少卿一眼，歪了歪头，问他：“你的脑子是不是有点毛病？”

这骂人的话说出来却是柔软的，软糯清甜，一点威胁性都没有。

沈言宁说完之后，没再看这里的人一眼，拿着盘子离开了。

人长得好看，声音也好听……潘少卿简直被沈言宁迷住了，好半天才反应过来。他立刻追了过去：“不要以为长得漂亮，哥哥就不会对你怎么样，我说……”

就在潘少卿的手即将碰到沈言宁的肩膀时，一直坐在沙发上沉默不语的男人眉头微皱，搁在沙发扶手上的手紧握成拳。

只要潘少卿的手触碰到那女孩，他会废了对方的一只手。

沈言宁微微侧头，看见身后伸过来的手，眉头也微微一皱。在所有人都没来得及反应时，她抓住潘少卿的手，毫不犹豫地给了他一个过肩摔。

等到潘少卿疼得被人扶起来的时候，沈言宁已经走开了。

“潘少，没事吧？把经理喊过来，怎么请的服务员啊！”那人说着就要喊负责人。

“算了，算了！”潘少卿从地上站起来，阻止了对方。他看着沈言宁的方向，眼神有些意味深长，“这小学妹有点意思。”

沈言宁闻言脚步一顿，继而听见潘少卿不着痕迹地将话题转移：“好了，我们继续刚才的话题吧。彤彤啊，刚才的话可是你说的，顾少要是教你打球，你就要亲他一下当报酬。”

大家的注意力很快被他带了过来。潘少卿笑道：“要不这样，彤彤，你先亲一下顾少，再让顾少教你怎么样？”

比起一个长相好看但他们并不熟的沈言宁，其他人更在意夏彤彤的吻。

但也有人质疑：“可我听说顾少是有女朋友的，就是那个罗家千金，你提这要求，不怕罗千金找彤彤算账啊？”

听人这么一说，潘少卿心虚了一下。谁都知道罗家在清泉市的实力，罗雨诗更是被她爸宠得蛮横不讲理。

他看向夏彤彤，扯了扯嘴角：“要不算了？”

夏彤彤有些不爽。潘少卿这样一说，就好像她怕罗雨诗一样。她好歹也是夏家千金，在这么多人面前怎么可能认尿？

反正罗雨诗也不在现场，夏彤彤抱着侥幸心理说：“你也说了是听说，再说了，顾少可从来没承认过自己有女朋友！”

潘少卿的眼睛一亮，朝夏彤彤竖起大拇指：“我就知道彤彤不尿，来，亲一个！”

周围立刻有人吹起了口哨。

夏彤彤其实男朋友也交过不少，但认识她的人都知道她在恋爱方面有洁癖，至今她所有的恋爱都只停留在牵手阶段。如果为了这个玩笑，她能献上自己的初吻，那可真是有意思！

夏彤彤的眉眼一弯，落落大方地应下：“好啊。”

女主角答应了，男主角却一直不为所动。顾牧呈靠在沙发上，还是方才的姿势，听见他们的话，只是抬头看了夏彤彤一眼。黑色碎发落在额前，挡住了他浅淡眸中的几分冷意。

夏彤彤一直喜欢顾牧呈，想要靠近他，她知道这是一次机会，而顾牧呈也不可能当着这么多人的面拒绝她。

她主动走过去，顾牧呈没动。她咬了咬唇，主动弯下腰倾身吻过去。

她的嘴上涂着口红，顾牧呈看着那红唇即将靠近自己，偏过头，让她扑了个空。

夏彤彤愣住了，望着近在咫尺却面无表情的顾牧呈，眼中满是震惊与不可思议。

“顾少，你……”

其他人看见这一幕也不敢多嘴，虽然顾牧呈当着这么多人的面拒绝夏彤彤不太绅士，可平日里宠着夏彤彤的他们却没有一个人敢站出来指责他。

顾牧呈起身，将一张卡丢在桌子上：“今天清泉市内的任何一处消费场所，你们随意。我请客，就当赔罪。”

这个赔罪还是很有诚意的。有人提醒夏彤彤：“彤彤，快接卡。”

夏彤彤又气又心软。她知道自己不能较真，既然顾牧呈已经有所表示了，她应该大度点，毕竟先动情的那个人是她。

而对此，顾牧呈没有过多解释。他绕过夏彤彤，独自往外面走去。

“顾少今天心情不好？”潘少卿问江南。

江南回想了一下这天发生了什么，摇头：“没听说。”

“那顾少今天有点奇怪。”

是挺奇怪的，江南还没见过这样的顾少。

4

从包间出去后，沈言宁有点烦躁。

难道人有钱就会变坏吗？以前还在早餐店兼职的顾牧呈身边才不会有潘少卿这种狐朋狗友。

对于顾牧呈忽然变得这么有钱这件事，沈言宁并不意外。

刚才她听到江南说的那句“他最近设计的软件赚了不少”，也想起了高中那会儿，顾牧呈帮她补习的时候总会在草稿纸上写写画画，说是编程的符号数字。

沈言宁知道他很厉害，一定会让自己过得更好。

她明明应该为顾牧呈感到开心，可一想到他变得这么厉害，会认识各种各样的人，那些人还会跟他说“如果真让顾少教，彤彤就回一个吻作报酬怎么样”，她就气得不行。

顾牧呈真是脾气好到谁都可以亲了吗？

罗雨诗不是他的女朋友吗？怎么都不管？

沈言宁心中的烦躁更甚，做什么事都没心思。

好在来“千年”消费的人不多，沈言宁大部分时间都在工作间休息。

下班之后，沈言宁路过了“千年”楼下的面包店。她舔了舔嘴唇，心情不好的时候，她总想吃甜食。可是她兜里只剩下五十元了，而她想吃的蛋糕要四十五元。她要是买了蛋糕，第二天就没饭吃了。

真的好想吃啊……

沈言宁看着橱窗里的蛋糕犹豫了一秒，推开门，指着那个蛋糕说：“麻烦给我来一个这个。”

却不想服务员一脸抱歉地告诉她：“抱歉，同学，这是今天的最后一块招牌蛋糕了，已经被人预定了。”

沈言宁更郁闷了，怎么想吃个蛋糕都这么难？

虽然心里有气，但沈言宁不是个生气会祸及无辜的人，正当她要离开时——

“顾学长！”

那面包店的服务员忽然喊了一声，沈言宁一怔，身体僵在原地。

“怎么回事？”低沉慵懒的男声从身后传来，那是每个午夜梦回沈言宁想忘却忘不掉的声音。

顾牧呈怎么会出现在这里？他不是应该跟夏彤彤他们在一起吗？

沈言宁没有回头，反正这么长时间没见，顾牧呈也不一定认得出她。刚刚在“千年”，他不是也没认出她吗？毕竟他从来没将她放在心上。

“是这样的，这位同学想要买今天的招牌蛋糕，但这蛋糕刚刚被顾学长您电话预定了，所以……”

这么巧？

沈言宁心里暗自吐槽，如果不是知道顾牧呈没把她当一回事，她差点以为他是故意的。

“给她吧。”

沈言宁因为顾牧呈这话回头了。

而顾牧呈墨色的双眸正望她。他微微歪了一下头，懒懒散散地喊了一声：“小姑娘？”

沈言宁没出声，那服务员也是清泉大学的学生，在这里兼职，以为沈言宁不认识顾牧呈忙说：“同学，这位是我们清泉大学的顾学长，是我们这里的常客！”说完，她将蛋糕打包好给沈言宁，“同学，给，你的蛋糕。”

沈言宁回过神来，小声说：“谢谢，顾学长。”

顾牧呈却因为沈言宁这声“顾学长”挑了挑眉。

沈言宁拿着蛋糕走出蛋糕店的时候，已经是黄昏了，巨大的落日像个煎熟了的鸡蛋黄挂在天边。

她走到马路口等红绿灯的时候，一辆豪车停在她身边。此时正是下班高峰期，可那辆车不顾来往的车辆和行人，固执地停在那里，只等她上车。

往来的人都朝这边投来奇怪的视线，沈言宁不想自己被人当猴看，打开副驾驶座的门，坐了进去。

车子这才正常行驶。

沈言宁没看身边的男人，只说："我想回学校……"

顾牧呈没说话，点点头，然后调整方向往学校开去。

"千年"就在学校对面，并不远，顾牧呈开着车很快便进了学校，在沈言宁寝室不远处的一个树荫处停了下来。

此时天色已经完全暗了下来，停车的这个地方稍偏，没什么人流。

沈言宁也没问顾牧呈是怎么知道自己的寝室在第几栋，说了一声"谢谢"打开门就要出去，刚迈出一只脚，眼见寝室的同学张小舟和程唐往这边走来，吓得她立刻又缩回了车内。却不想顾牧呈不知道何时俯身过来在副驾驶座的储藏箱拿东西，她缩回来的时候跟身后的他撞了一下，疼得闷哼一声。她回头，见近在咫尺的俊颜，只差几厘米的距离就可以亲到他。

沈言宁有一两秒在思考要不要亲顾牧呈，最后她还是退缩了，没那个胆子。

这时，她听见窗外张小舟和程唐经过的脚步声，张小舟甚至探头往副驾驶座这边看过来。

沈言宁吓了一跳，条件反射地把眼前的男人往自己这边压低身子藏起来。

于是他们的姿势变成——沈言宁几乎蹲在副驾驶座下面，后脑勺抵着前排车厢，顾牧呈则被她抱着脑袋，整个身体不得不俯下来。她能感受到他轻微的呼吸，像小猫在她心尖上挠痒痒，酥麻难耐。

反应过来的时候，沈言宁全身都僵了，抱着顾牧呈的手慢慢地松开。

但顾牧呈没动。

他离得太近，沈言宁觉得周围的温度在不断上升，炙热缱绻，她脸上的肌肤好像在燃烧，不可抑制地红了。

沈言宁周身都是顾牧呈不可忽略的气场与淡淡的薄荷气息。

她咬了咬牙，下意识地喊了一声："牧呈哥。"

那是刻在沈言宁心尖上的字眼，喊出来的那一刻，她的心里还隐隐作痛。

"不叫顾学长了？"顾牧呈抬了抬上半身，一双墨色的眼睛沉沉地看着沈言宁，似乎对这个陌生的称呼很不满意。

沈言宁抿了抿唇，不敢看顾牧呈，直直地看着驾驶座与副驾驶座之间扶手箱上的薄荷糖盒："叫顾学长有什么不对吗？不然叫顾少？"

这是下定决心要跟他撇清关系了。

顾牧呈的眼神更暗了。

就在这时，沈言宁看见副驾驶座窗前的一片阴影，是张小舟探着脑袋往里面看："这不是顾学长的车吗？怎么停在这里啊？"

"顾学长都大三了，在学校基本上是看不见他的。咦？里面好像没人。"

沈言宁一动不敢动，生怕被张小舟看见自己在顾牧呈的车内。

和他在一起就这么见不得人?

顾牧呈看着曾经经常黏着自己喊哥哥、求补习的小姑娘，现在竟要跟自己撇清关系，神色冷了下来。

车内的气压忽然低了。沈言宁也感觉到了，甚至打了个冷战。

"她们已经走了……"沈言宁说，"你可以起来了……"

这个姿势太暧昧了，好在外面的人看不见，否则还以为他们在车内做什么不可描述的事。

"我的腰不太好，言言能不能扶我起来？"顾牧呈看着沈言宁粉嫩的唇说得很认真。

沈言宁没办法，只能伸手撑着顾牧呈的肩膀帮助他起来。她刚使了一点力气，就看见顾牧呈慢慢起身离开自己。她也试图站起来，可双脚已经蹲麻了，一点力气都使不上。

身体失去平衡的瞬间，沈言宁的手一松，原本被她推开一点距离的顾牧呈因为没了着力点又压了下来。

电光火石之间，沈言宁感觉到自己的双唇擦过顾牧呈的下巴、衬衫衣领，虽然只有一下子，但她真真切切地感受到了。

沈言宁正要说话，就听见顾牧呈低声说：“别动，她们又回来了。”

不一会儿，沈言宁便听见了车窗外的声音，张小舟说：“程唐，趁顾学长没来，快帮我跟顾学长的车来个合影！”

“……”

沈言宁格外仔细地听着外边的动静。

就在这时，车外忽然传来一阵手机铃声：“哥哥的腿不是腿，塞拉河畔的春水；哥哥的背不是背，保加利亚的玫瑰；哥哥的腰不是腰，夺命三郎的弯刀……”

“我的手机响了，我接个电话！”是程唐的手机。

沈言宁心想，这是什么手机铃声？！

程唐接了电话后，又帮张小舟拍了几张，两人这才满意地离开。

沈言宁刚松了一口气，回过神，却发现顾牧呈的脸埋在她的肩膀上也不知道多久了，他呼出的热气灼烧着她的脖颈、锁骨，令人心痒难耐。

沈言宁想起程唐的手机铃声……她觉得自己快疯了。

“牧……牧呈哥。”沈言宁结巴地喊了一声。

“嗯？”男人懒懒地回应。

“她们走了……”

男人没有声音。

沈言宁不敢动，像根木头一样，浑身僵硬，直到她身上的人慢慢地离开她。

男人懒洋洋地“哦”了一声，不紧不慢地撑起身体，重新坐回了驾驶座。

沈言宁看着顾牧呈，结结巴巴地问：“你……你刚才不是说你腰不好吗？”

顾牧呈漂亮的眼睛眯了眯，声音漫不经心：“可能刚刚好一点了。”

沈言宁看见顾牧呈白色的衬衫上有浅粉色的口红印，便想起方才自己的触碰。

她被顾牧呈弄得心乱如麻，他却毫无察觉的样子，这让她很懊恼。

过去了这么久，沈言宁本以为自己对顾牧呈的感情已经淡了下来，至少没有之前那么热切，可现在看来，只要遇见他，她总能慌了手脚。

避免再发生什么奇怪的事，沈言宁说：“我下车了。”

这一次沈言宁顺利地开门下车。

夜晚的凉风吹在脸上，沈言宁用手拍了拍发热的脸，心想，算了，就当是最后一次跟他有接触吧！反正他们之间，他不找她，她不找他，彼此也没有交集的可能性。

那一年，离开清泉市之后，沈言宁在心里下定决心，就算自己在心里想他一千次一万次，她也不会再去找他了。而他，从不会主动找她。

5

晚上，顾牧呈直接开车去了“千年”的酒吧。

江南和曾韬已经在那里等着了。

下午曾韬有事，所以没来，结果一跟江南碰见，就听他说起了下午的事情。

江南：“我总觉得那女孩有点眼熟，却想不起来在哪里见过。”

曾韬却没关心这个，只问：“顾少真的把卡给夏彤彤让她在清泉市随便消费了？”

江南诚实地点头：“对啊。”

“难道顾少真的喜欢上夏彤彤了？”

“喜欢什么？”曾韬刚问完，就收到了本人的反问。

曾韬抬头，见顾牧呈在对面的沙发上坐下，长腿交叠，懒洋洋地靠在沙发上，跟走过来询问的服务生要了一杯苏打水。

“顾少，我听江南说了下午发生的事情，你把卡给夏彤彤是什么意思？”说完，曾韬的眼神意味深长，“不会是我们清冷温雅的顾少真的心有所属了吧？”

顾牧呈没吭声，也没反驳。

曾韬和江南对视，眼里都是好奇。江南：“顾少，你跟我说说啊。你真的对夏彤彤上心了？虽然这夏彤彤的确长得挺好看，但她比较虚荣，我觉得顾少你适合更好的。”

“顾少，您的苏打水。”服务员将顾牧呈的苏打水端了上来。

顾牧呈接过杯子。

酒吧里光线朦胧，拿着杯子喝水的男人目光浅淡，十指修长。他的侧脸线条流畅，气质看似温和，却处处透着漫不经心，好像什么事情都不能令他上心。

“那张卡是给你们所有人的。”顾牧呈放下杯子，靠回沙发上，白色的衬衫袖子随意挽起，手支着下巴，看着江南，懒洋洋地说，“是你们非要给她的。”

这个“她”指的是夏彤彤。

江南哀号一声，仿佛错过了一个亿：“早知道是这样，我一定要拿顾少的卡去刷一辆车！”

江南家里其实挺有钱的，但他的父母对他还是有要求的，大学就开车这种事当然不允许。

曾韬却“啧”了一声。

顾牧呈：“怎么？”

“我一直很好奇，夏彤彤就算了，像罗小姐那样的，你也不喜欢。顾少，你到底喜欢怎样的？”

江南对此事也很感兴趣，忍不住坐直身体去听。

“顾少，可以坐下喝一杯吗？”

这时，两个穿着性感，画着精致妆容，颜值不低的女生走了过来。

曾韬和江南的眼睛一亮，立即道：“当然可以。”

“千年”虽然离清泉大学近，但这附近除了清泉大学，还有很多其他的大学。

这两个女人一看就不是清泉本校的，但经常来酒吧玩的曾韬和江南对她们还是很感兴趣。

“顾少，能坐你旁边吗？”一个女生开口问。

她们其实是冲着顾牧呈来的。以往她们都只是听过顾牧呈的名号，看过一些照片，没想到这次来“千年”酒吧能遇见他。

加上现在时间尚早，来酒吧的人还不算多，她们这才得了机会过来搭讪，否则以顾牧呈的人气，是要被这酒吧里的姑娘“生吞”的。

斑斓的光线，旖旎的气氛，女生的瞳孔中映出男人沉默的影子，随后她便看见他衬衫领子上一抹浅粉色的口红印，错愕道："难道顾少已经名草有主了？"

女人的错愕不是没有道理的，顾牧呈是各所大学课间必不可少的话题人物，他的背景神秘，连清泉大学那些嚣张的富家子弟都要以他马首是瞻。

虽然顾牧呈身边总出现各种莺莺燕燕，可没有谁被他承认过女友的身份，包括罗家那位大小姐。所以"不知道怎样的女生才能入得了顾少的眼"这样的话题讨论过一届又一届。

女生这话一出，其他三人都看了过去，果真看见了顾牧呈衬衫衣领上的口红印。

被问的当事人，没否认也没承认。

大家都是明白人。面对顾牧呈神色中的冷漠与疏离，两个女生互相看了一眼。

"打扰了。"她们很识相，不舍又失落地离开了。

"这……这……"曾韬指着顾牧呈的口红印，"顾少，这是真的吗？哪家姑娘这么厉害，能在我们顾少身上留下印记啊？"

而且向来爱干净的顾牧呈竟然没有换衣服就直接来酒吧了？可见这姑娘在他心里很特殊。只不过，曾韬真没见过他身边出现过任何被他特殊照顾的姑娘啊……

顾牧呈不理他们，似乎因刚才两个女生的打扰而失去了兴致。他食指敲了敲桌子起身道："回去了。"

"啊？这么早就回去？"还没玩够的江南和曾韬鬼叫了一声。

"明天有实验。"男人丢下这句话就走了。

曾韬和江南面面相觑："顾少的课哪天没实验？明天的实验课就这么重要？"

第六章　言言希望被哥哥宠坏吗

1

沈言宁在一周前接到了次日的摄影任务。

周六，清泉市第一人民医院的专家会来清泉大学的医学院实验室做指导工作，需要摄影在校报上报道。学校将这个任务交给了摄影系的大一新生，想培养新生的实践能力。

摄影系一共两个班，两个班的老师都格外重视此事。他们派出了各自班上成绩第一的学生参与，分别是摄影系（1）班的沈言宁和（2）班的班长成易。

第二天九点半，沈言宁准时到了医学院，虽然在同一所大学，但这还是沈言宁第一次来医学院。

由于是周六，整个医学院都很空旷。沈言宁远远地看见医学院大堂站着一个和她穿一样校服的少年。少年戴着一副银色边框眼镜，看起来干净斯文，眉清目秀，神色之间却隐隐带着一丝傲慢与不可一世。沈言宁知道他是（2）班的成易，他身边还站在一个身材娇小的女生。女生见她来了，主动打招呼："沈同学，你好，这是我们班班长成易。我是他的助理，你可以叫我小小。"

成易身上空无一物，小小身上却背着大包小包的拍摄器材，看那重量几乎要将她小小的身子压垮了。

"你好。"沈言宁象征性地打了声招呼。

成易见沈言宁身上只带了一个相机包，皱眉道："沈同学，你就带这点东西？你可知今天的拍摄任务关系到我们摄影系的名声？"

沈言宁听出了成易话里的不满。

她想了想，说："成易同学，我记得摄影专业年级排名，我是第一，你第二？"

这一句话把成易噎得半天没说出话。

既然没有共同话题，沈言宁便独自站在一个角落，看着医学院大厅的墙壁上贴着的一些往届从医学院走出去对社会有所贡献的名人的照片。

小小在一旁打量着沈言宁，觉得她的睫毛又长又翘，肤色白得发光，气质温软中带着一丝清冷，忍不住小声对成易说："班长，沈同学长得真好看啊……"

成易不屑地说："好看有什么用？还不是个花瓶？"

没多久，带他们去拍摄现场的老师来了。老师一进来，便感觉到他们之间的气氛古怪，但也没多问，只说："大家都到齐了？自我介绍一下，我是医学院的张老师，摄影系的导师跟我说今天负责拍摄的同学是沈言宁和成易。请问是你们三人中的哪两位？"

沈言宁和成易分别介绍了自己。

张老师看着成易身边的女孩，问："这位是？"

"张老师，您好，这是我的助理小小，我负责这次的拍摄，她负责协助我。"

张老师笑了笑："你们跟我来吧。"

在去医学院实验室的路上，张老师跟他们简单介绍了这天拍摄的要求。

一进医学院的实验室，沈言宁便闻见了浓浓的消毒水味。

他们拍摄的地点是一间很大的实验室，上面摆着各种医学器材，领着他们过来的老师离开之后，沈言宁便拿出摄影器材，开始试拍。

相对于成易从大包小包中拿出的相机、三脚架，甚至是遮光板，沈言宁只带了一台相机，这确实感觉很"敷衍"。

沈言宁在试拍的时候，听见成易一边摆弄摄影器材，一边对拿东西的小小说："你小心一点，你知道这台相机多贵吗？是我爸专门去M国帮我带回来的，还有这些辅助的设备，都是我花了心思跟其他设备仪器测评后选的，很多东西国内都买不到。"说完他又说，"小小，你跟着我学，我会把摄影技术慢慢教给你，但前提是你对摄影专业要尊重，所谓的摄影可不是拿着一台相机拍两下就叫摄影，你知道吗？"

小小点点头："知道了，班长。"

对于这种含沙射影的话，沈言宁只当没听见。

五六分钟之后，外面传来了一群人的脚步声。

为首的是医学院的院长，他正跟身边两位年龄相仿，大约四五十岁的老先生说话，他们应该就是这天来的专家了。

"老张，老李，请你们两位过来也是为了完成今年上面给的工作。"老院长和两位专家是多年的老相识，自然不客套，"牧呈是我们院最出色的学生，将来前途不可限量啊。我这可便宜你们了，你说我们清泉大学这么多年来，为你们医院输送了多少人才……"

沈言宁没想到昨天以为不会有交集的人，这天就遇上了。

这群人中除了医学院院长和两位专家，还有一位专家的助手以及顾牧呈等多名学生。

因为学校对此次活动着装有要求，顾牧呈这天穿了清泉大学的校服，身型修长挺拔，犹如一棵笔直的青松。阳光下，他的脸部轮廓线条流畅，如精心雕琢的美玉。

清泉大学有统一的校服，学校的学生每人都有一套，只不过平常不用穿，只有有重要活动时学校才会规定。

明明大家穿的是同一套校服，白色衬衫，黑色金边西装，可顾牧呈的校服外套一点褶皱都没有，让人忍不住想知道他的校服是不是特别定制的，怎么穿在他身上如此好看。

可是再好看有什么用，又不是她的。看起来倒像是跟身边的女生穿了情侣装似的。

沈言宁收回目光，不让自己想太多，开始了这天的拍摄任务。

这一拍就是一上午，中途休息的时候，沈言宁找了个人少的位置坐下来，她看着方才拍的照片，大多都是医院专家做实验，旁边围着一堆人观看的场景。

这类照片看起来很好拍，但真的想要拍好还是需要一定技术。除了构图，光线的利用也很重要。平常人拍这种集体照很容易把人都拍全了，人脸却一张都看不清，不然就是人脸能看清，但照片上的人脸表情各种怪异不和谐。

沈言宁拍的这组照片，每个人都站在合适的位置，脸部的表情很平衡，尤其是这组照片的光线，对阴影的把控恰到好处，增加了照片中每个人和物的立体感。

“沈同学，辛苦啦，这是给你的水。”沈言宁正在看照片的时候，小小递过来一瓶实验室统一发的矿泉水。

“谢谢。”沈言宁接过。

小小看见沈言宁相机里的照片，惊讶地道：“你这组照片拍得太好看了！能不能教教我拍照的技巧啊？”

相较于成易莫名其妙的自傲，小小可真比他讨喜太多了。

沈言宁也不是斤斤计较的人，既然她开口问了，她也真诚地教。

另一边——

“小呈啊，大三下学期实习有没有兴趣来第一医院？老李亲自带你。”张教授拍了拍好朋友的肩膀，“我快要退休了，不然你这么好的人才，我可不会让给老李。”

两位专家在清泉市都非常有名，外界称他们是医学界的“神雕侠侣”。因为他们年轻的时候从同一所大学毕业，在学校常年霸榜年级第一第二，毕业后分开了十六年，最后又在清泉市第一医院相聚，这个外号从此而来。

面对老教授的邀请，顾牧呈并没有拒绝。

老教授亲自邀请，是多么荣耀的一件事，在旁边的其他同学只有羡慕的份。

顾牧呈一边跟教授们交谈，偶尔会转移目光看向不远处的沈言宁。

大概是因为实验室太热，小姑娘脱了校服外套。她里面穿着白色的衬衫，头上扎着简单慵懒的丸子头，低头跟人说话时长睫轻垂，双唇水润粉嫩。

从前那个喜欢跟在他身后喊“哥哥”的女孩变得不一样了，不再需要他手把手地补习了，已经可以成为别人的小老师了。

想到这儿，顾牧呈忽然想到了昨晚小姑娘在自己衬衫上留下的口红印。

他的喉结上下滚动了一圈，轻舔了舔唇，忽然觉得有些口干舌燥。

2

沈言宁正在跟小小说话时，手机响了，是路知知的电话。

小小见了，很识相地让沈言宁接电话。

高三毕业之后，路知知没能跟沈言宁考上同一所大学，但都考到了清泉市。

两人不久前见过一面，那时候路知知一个劲地跟沈言宁抱怨：“我以为高中毕业就能脱离严选的魔掌，没想到上大学了，他还阴魂不散！”

严选是他们那一届北城市的高考状元，被北城大学录取了。但严选是清泉市人，他上大学之后，每个周末都会回清泉市，美其名曰回家，但基本上每周都会约路知知出来，辅导她的英语。

“我严重怀疑他说的回家是借口，他只是为了监督我学习。”路知知抱怨，“他说不管成绩好不好，总要有一门拿手的，所以就给我挑了英语。”

后来，路知知实在受不了了，问：“严选你为什么总管我啊？”

严选思忖片刻，面无表情地说：“不想看见你以后在工地搬砖的样子，给我丢脸。”

路知知把这事讲给沈言宁听的时候，特别不服气：“言言，你评评理，就算我真的去工地搬砖，丢的也是自己的脸，怎么就丢他脸了？”

站在沈言宁的角度来讲，严选说这话没错。路知知对人生没有太多追求，严选则是那个努力掰正她的人。

很多时候，沈言宁觉得路知知和严选的性格很互补，只不过路知知还像个小孩子，比如现在……

路知知：“言言，这周严选有事来不了了，我太高兴了，我们去逛街吧！”

沈言宁想了想这天的工作，上午虽然能拍摄完，但还得修图，实在分不出时间，只能抱歉地说：“我今天有拍摄任务，周一学校要拿到精修图，这两天得修出来。”

路知知哀号一声。

沈言宁说：“要不然，你来我这里找我玩？”

刚开学时，徐妍怕沈言宁在学校里不适应，瞒着沈国辉在学校附近给沈言宁租了一个小公寓。可沈言宁不想让自己格格不入，平时都住在寝室。

这周末肯定是要专心修图，路知知又想来找她玩，她心想两人可以去公寓待着。

沈言宁这样说，路知知当即开心得不行：“我现在就来找你！”

拍摄任务下午就结束了，路知知来的时间刚好。

挂了电话之后，沈言宁准备回实验室。

刚走到楼梯口，听见有人在表白：“顾同学，马上就要大四了，大家都出去实习了，我不想把遗憾带到大学毕业，我喜欢你！我知道这表白成功的概率比治愈绝症的概率还要低，但我还是想试一试，亲耳听见你的拒绝，我这辈子才不会有遗憾。”

原本想上楼的沈言宁靠在转角处，这是什么运气啊，怎么偏偏是她遇见别人向他表白？

然后，她听见熟悉的男声懒懒地回道：“那么，抱歉，我拒绝。”

真是干脆直接的答案啊。

被拒绝的女生没有掩饰自己眼中的伤心与失落，临走时，她又问：“这么长时间以来，你都没交过女朋友，你就没有一个喜欢的女生吗？”

女生的这句话，让靠在转角墙壁的沈言宁也竖起了耳朵。

沈言宁本以为顾牧呈会说有，没想到他清淡的声音很干脆地说：“没有。”

沈言宁翻了个白眼。

——你就骗人吧！没有的话，罗雨诗是怎么回事？她可是亲口跟我说过她是你的女友！

就在沈言宁在转角暗自吐槽时，不知道何时，被表白的某人已经踱步到她面前。

“看够了？”顾牧呈居高临下地看着沈言宁，“看见我遇到困难，你就在一旁看戏，都不帮我，嗯？”

顾牧呈慢悠悠地抬起右手，撑在沈言宁后面的墙壁上，将她整个人都圈在一个小小的圈子里。

他没穿校服外套，跟她一样穿着白色衬衫校服打着黑色领结。

大概是热了，他左手松了松领结，解开了衬衫上的一颗扣子，喉结轮廓线条流畅，说话时上下滚动，性感又好看。

在他高大的身型下显得特别娇小的沈言宁咽了咽口水。

“牧呈哥，是有人向你表白，我能怎么帮你？”

还是“牧呈哥”听着顺耳，只不过这小姑娘跟以前一心一意对他时相比，现在说话透着几分凉薄，几分事不关己。

“小白眼狼。”顾牧呈说，“我找一个你喜欢的女孩做女朋友不好吗？”

说起这个，沈言宁很有怨气，“哼”了一声：“牧呈哥不是已经有女朋友了吗？尽管并不是我喜欢的，但你现在说这话，要不要脸啊！”

既然是顾牧呈先提这事的，就别怪当“妹妹”的她打他的脸了。

虽然顾牧呈对于脸面这种事情从来不在意，但第一次被小姑娘说“要不要脸”，他还真有一种无奈感。

顾牧呈轻舔嘴唇，低醇的声音懒洋洋地问：“小家伙，这话怎么说？”

他说话就说话，舔什么唇啊？这不是赤裸裸地勾引人吗？

沈言宁没说话，绷着一张脸瞪着顾牧呈，腮帮子气得鼓鼓的，好像他做了什么令她生气的事似的。

她的小丸子头跟她气鼓鼓的脸搁在一起看起来十分软糯可爱，顾牧呈像往常一样伸手想揉揉她的小丸子头。

沈言宁却后退了一步，绷着一张脸严肃地说：“牧呈哥，我现在不是以前了，而且你也有女朋友了，你不能动不动就摸我的头了。”

被拒绝的顾牧呈收回手，那双琉璃般的浅色双眸暗了暗，带了点莫名的情绪，喉咙里发出一声笑："嗯，小姑娘长成大姑娘了，跟我也生分了，这我能理解。但是我有女朋友这件事，我自己怎么不知道？"

"你不是已经跟罗雨诗在一起了吗？"沈言宁绷着一张脸，横着眉毛，一副"你休想骗我"的表情。

"谁跟你说的？"

"罗雨诗亲口跟我说的。"

顾牧呈沉吟片刻，问："言言，我以前没教过你吗？"

"什么？"

"陌生人说的话都不要相信。"顾牧呈并不是个喜欢跟别人解释的人，罗雨诗一直对外宣称是他的女友，他没放在心上，但面前的小姑娘，他不想……让她误会。

顾牧呈慢悠悠地说："她不是我的女朋友。"

他的声音温柔润泽，可这句话在沈言宁的心里如一颗雷般炸开。

她信以为真了这么久，气了那么久，酸了那么久，可到头来罗雨诗竟然是骗她的！

沈言宁咬唇，鼓起勇气问："除了罗雨诗呢？有没有其他人？"

她没有发现自己问这话的语气，已经超过了"妹妹"范畴。

"当然没有。"顾牧呈静静地望着沈言宁。

沈言宁心里一惊，忽然觉得这件事顾牧呈没有骗自己。虽然跟她一起上北城大学这个约定他没有做到，但因为这个眼神，她觉得这件事应该是真的。

沈言宁内心有一丝窃喜，因为这说明从开始到现在他根本没有喜欢过别人。

可她表面上还是板着一张脸，拍了拍顾牧呈的肩膀："牧呈哥，你年纪也不小了，好好找个姑娘谈恋爱吧。"说完，上楼，溜之大吉。

3

接下来的拍摄沈言宁的心情一直非常好，拍摄结束后，顾牧呈要跟院长他们去吃饭，她自己回了寝室，准备收拾一下后去公寓等路知知。

她收拾得差不多的时候，电话响了。

是个陌生的号码，沈言宁接起，那边传来陌生的男声：“你好，你的外卖到了，麻烦你下来取一下。”

沈言宁：“我没点外卖啊？”

“请问你是手机尾号 ×××× 的小女士吗？”

“我的尾号是 ×××× 没错，但我不是小女士。”

外卖骑士思索了片刻，迟疑地问：“‘小东西’女士是你吗？”

“……”

沈言宁拿着外卖上楼时，都能感觉外卖骑手从后面看自己的眼神有多意味深长。

这不是她第一次收到不是自己定的外卖，她刚来学校那时被评为系花，多的是男同学追求。有的送过花，有的送过礼盒，什么奇奇怪怪的东西都有，统统被她拒绝了。

只有这一次的外卖，是她亲自下去取并且接受的。

因为从小到大，叫过沈言宁“小东西”的人，只有顾牧呈。

沈言宁打开外卖包装，里面是一个礼盒，上面印着“千年”的LOGO（图标），打开盒子后，里面是刚出炉的招牌蛋糕。

她看着软糯可爱的蛋糕，心尖划过一丝甜蜜。

沈言宁带着相机卡，回了公寓处理照片。

徐妍给沈言宁请了一位家政阿姨，阿姨每周都会过来打扫一次，所以即使沈言宁没在这里住，房间也是干干净净的。

路知知来的时候，看见了桌子上的蛋糕，十分开心地问：“言言，这个是你特意帮我买的吗？”

沈言宁一愣，正犹豫着该怎么回答，脸就被路知知亲了一下：“谢谢！我最爱你了！”

路知知刚要打开蛋糕盒，沈言宁忍不住说：“知知，你想吃蛋糕，我们去楼下买好吗？”

沈言宁心里终究还是不舍得，因为那蛋糕是顾牧呈送的。

路知知瞪着铜铃般的大眼望着沈言宁，沈言宁想着刚才说的那句话是不是不好。

路知知千里迢迢过来找她玩，结果连一个蛋糕都不舍得给人家吃。

沈言宁心里很纠结，正想着解释，就听见路知知“啊”了一声：“言言，快告诉我，你什么时候交男朋友了？这么重要的事情怎么都不告诉我？”

这思维跳跃有点快，沈言宁一时之间不知道该怎么回答。

路知知说：“这蛋糕是男朋友送的吧？你眼睛里的不舍骗不了我。我们小学霸的感情终于开窍了，会喜欢男孩子了。”

沈言宁本身心里就有鬼，被她这么一说，双颊不自觉地红了起来。

“是他吗？”路知知指着沈言宁桌子上的电脑。

那是沈言宁在做饭之前处理的一张照片，在实验室里拍到的顾牧呈单独的一个侧影。他正低头做实验，眼神专注，一身白衣，一尘不染，犹如芝兰玉树。

“好帅啊……”路知知凑到屏幕前看，“我怎么觉得有点眼熟？”她看着看着，脑子一灵光，“这不是我们顾牧呈学长吗？你今天的拍摄对象有他啊？”

沈言宁心虚地点头：“嗯。”

“顾学长真的优秀，在我们高中的时候就是第一名，来这边上大学了还有专门的人给他摄影。他这是在做实验吗？他学什么专业？”

“医学。”

“医生啊！”路知知羡慕地说，“医生什么的简直太好了，我就喜欢穿着白大褂的英俊小哥哥。天啊，顾学长要是真的当医生，不知道要迷倒多少小姑娘……”

听路知知这样说，沈言宁不自觉地开始脑补顾牧呈当医生的模样。他那么温柔的一个人，肯定有很多小护士天天围在身边。很多病人一看到他心情就很好，心情一好，病就痊愈了……

正在沈言宁沉浸在自己的幻想中时，面前忽然出现一张放大的脸，她吓得往后一跳：“知知，你干吗？”

路知知坐直身子，撑着下巴笑盈盈地看着沈言宁：“言言啊，我怎么不知道你跟顾学长居然有一腿。”

沈言宁：“你别乱说。”

“我怎么乱说了……”路知知“啧啧”了两声，“刚才我说那句话的时候，你脑海里第一个浮现的是不是顾学长穿白大褂的样子？你不用骗我了，你脸上控制不住的笑已经出卖你了。”

既然被路知知发现了，沈言宁也不想遮掩了。她说：“我跟他不是你想的那种关系。”

“那是什么关系？”

沈言宁知道这天自己是瞒不过去了，于是将自己和顾牧呈之间发生过的一切慢慢跟路知知讲了。

路知知听完后羡慕极了：“为什么我身边就没有发生过这么浪漫的事？”

沈言宁脱口而出：“严选不浪漫吗？”

路知知立刻奓毛：“什么啊！怎么可能？严选？我跟他？绝对无可能！”

沈言宁偏头，打趣：“为什么他只欺负你，不欺负我，不欺负其他人？”

路知知听沈言宁这样一说觉得好有道理，但是她一点不想承认，说：“那是因为我脾气好，看起来很好欺负。”

“你脾气好？知知，你说这话羞不羞？”

路知知也觉得心虚，说：“好了，不说他了，说你吧。顾学长已经跟你说了他没有交过女朋友，一个喜欢的女生都没有，你还等什么？”

“什么等什么？”

路知知恨铁不成钢地说：“你不打算主动出击吗？难道真的打算做他一辈子的妹妹啊？顾学长这么优秀，觊觎他的人可多了！他没交女朋友是因为他没有喜欢的人，万一有一天有了呢？你真的要眼睁睁看着别人当你的大嫂？”

沈言宁问：“不然我能怎样？”

“当然是主动争夺这个大嫂的位子啊！”

4

路知知原本想在沈言宁这里过夜，但临时接到了严选的电话。

虽然路知知表面上对严选有诸多不满，但是他一个电话就能把她喊回去。

路知知连晚饭都没来得及吃就离开了，临走时千叮咛万嘱咐："没钱了一定要去找你的牧呈哥，你的卡在他那里，他养你理所当然啊！"

沈言宁之所以要兼职，是因为沈国辉给她打生活费的那张卡，早在高三那一年就给了顾牧呈。

这事，她从没跟任何人说过，刚才她跟路知知说过去的事时，不经意间说了出去。

想着路知知的话，沈言宁看着桌子上的剩菜，终于下了决心。她拿出手机拨通顾牧呈的电话。

这个被她删过的电话，再一次被记在手机里，还得从顾牧呈主动加她的微信开始说起。

昨天沈言宁从顾牧呈车里下去后，晚上洗完澡就看见了微信的好友申请，头像是一只小乳猫，看上去像一只小布偶，跟她的"棉棉"很像。

名字是很简单的一个"G"，沈言宁猜测是他的姓氏大写，备注写：小东西，加我。

通过好友验证之后，顾牧呈并没有立刻说话，直到当沈言宁快要睡着的时候，他才发来一条信息："188××××××××，这是我的手机号，有事找我。"

那天晚上，沈言宁反复看了好久他的微信，尽管他朋友圈里只转发了一些关于医学方面的相关链接，她看不懂，却也反反复复看了好几遍。

此刻，拨通了顾牧呈的电话后，沈言宁的心跳飞快，如同高一那次第一次给他打电话，紧张又期待。但不同的是，那一年，她紧张又期待的心里带着小小的胆怯，而现在则是一种豁出去的心态。

如果做不了"大嫂"，她也不稀罕做名义上的"妹妹"了。

不多久，电话那头被接起："喂？"

"牧呈哥，我是言言。"她说。

"嗯……"依旧是慢条斯理的声音，"我知道。"

沈言宁虽然奇怪顾牧呈是怎么知道的，但她没有问，她想起路知知叮嘱的事情，既然顾牧呈现在单身，她主动一点也没什么不对。不过现在表白肯定不适合，她咬了咬牙，鼓起勇气说：“牧呈哥，我没钱吃饭了。”

沈言宁和顾牧呈约在清泉大学校门外见，她知道顾牧呈不住校，应该会比她来得晚，所以磨磨蹭蹭半天才出门。她本以为自己会早到，没想到远远就看见一辆纯黑的豪车以及靠在车边抽烟的他。

那是沈言宁第一次看见顾牧呈抽烟的样子，颀长的身子随意地靠在车边，剪裁得体的西装裤衬托着他颀长的腿。他穿着黑色衬衫，解开了两颗扣子，刘海落在眉前，遮住了那双好看的眼睛。他只是安静地站在那里，便吸引了无数人的视线，被黑夜包裹住的他，慵懒随意中带着痞雅颓废的气质。

“是顾学长！”

“好帅啊，我看他在那等了有一会儿了。”

“也不知道是哪个人这么幸运，让顾学长等了这么久。”

周围都是人议论的声音。

沈言宁走得近了，顾牧呈看见她，灭了烟，站直了身体。

“想吃什么？”不知道是不是因为刚抽完烟，顾牧呈的嗓音有些哑。

沈言宁摇摇头：“不知道。”

其实沈言宁不是很饿，看见顾牧呈就更不饿了，只剩下紧张。

顾牧呈习惯性伸手想揉沈言宁的脑袋，然后又想到了什么，最终放下了，哑着嗓子道：“先上车。”

他打开副驾驶座的门，让她先上车，然后自己绕到另一边，上了驾驶座。

车子驶离校门口后，众人惊叹——

“是我眼花了吗？顾学长等的是个女生？”

“他还亲自帮那个女生开车门！”

“难道近几天隔壁学校传言的顾学长名草有主这件事是真的？”

“不，我接受不了！我的顾学长，我的顾少，我的人间理想！”

“我看是人间妄想吧！”

顾牧呈带沈言宁去了“千年”的中餐厅，“千年”的服务员看见他来也是一脸惊讶，他还是第一次看见顾少只带一个姑娘来吃饭。

在服务员们惊讶又羡慕的眼神中，沈言宁接过顾牧呈递过来的菜单本，翻看着上面的中餐菜品。

沈言宁看见自己最喜欢吃的韭菜炒蛋，毫不犹豫地说：“我要这个。”

顾牧呈让服务员记下了，再问她：“还想吃什么？”

沈言宁又点了一个自己喜欢吃的干锅娃娃菜和蒸蛋。

顾牧呈问：“点完了？”

沈言宁点头。

顾牧呈看起来很苦恼：“言言，你只点这些，会不会显得我请你吃饭太小气了？”

沈言宁很认真地说：“牧呈哥，你以为你只要请我吃这一顿饭吗？”

顾牧呈一愣。

“不是的。”沈言宁说，“我可能很长一段时间都会很穷，直到我大学毕业找到工作，所以你最好做好长期请我吃饭的准备。”

面对小姑娘的理所当然，顾牧呈失笑：“好，我一辈子养着你都行。”

虽然知道顾牧呈只是随口说说的，但沈言宁心里因为这话泛起了涟漪。

顾牧呈总是这样，把她当小孩子看，口无遮拦，好像不管对她说什么话都不用负责。

小姑娘不满意了，等服务员走了之后才说：“牧呈哥，我现在已经成年了，不是小孩子了。”

看着小姑娘严肃认真又带着愤怒的眼睛，顾牧呈疑惑道：“我说错话了？”

小姑娘一本正经地说：“我现在已经成年了，牧呈哥你对我说的每一句话都是要负责的！”

顾牧呈笑了起来，笑容雅痞极了，说：“我负责啊，只是，言言给我养吗？”

这笑容撩拨得沈言宁双颊泛红，心跳得厉害，偏偏表面上还要装成很淡定的模样："反正你先养我到大学毕业，我看看牧呈哥这段时间的表现再说。"

"好啊。"

也许连沈言宁自己都没发现，顾牧呈只要跟她待在一块儿，心情就会特别好，特别好时就喜欢逗她。

说完这话后，顾牧呈便没再开口。

沈言宁也不敢看顾牧呈，但她总觉得他在盯着自己看，看得她本就紧张的心更加局促不安，最后她忍不住找了个话题："牧呈哥，你是怎么知道我微信的？"

"1××××××××××……"顾牧呈说了一连串数字，"是不是你的手机号码？"

"是……你怎么知道？"

"我不光知道，我还知道这个号码的小主人在三年前给我打过一个电话，电话刚通不久就挂了。"顾牧呈慢悠悠地细数，"这个电话的小主人在高考的时候给我发过高考顺利，而且……"

眼见顾牧呈把自己曾经做过的事都说了出来，沈言宁连忙红着脸阻止："牧呈哥，你别说了！"

沈言宁早该想到的。她高中偷偷跑来清泉市找他时，也是用这个手机号给他打的电话，只不过她没想到他竟然还知道自己以前给他打电话不说话和发过短信的事。

"那牧呈哥，你一直存着我的手机号码吗？"

"当然。"顾牧呈扬眉，"言言的手机号码，我怎么会不存起来呢？"

很快饭菜被一齐端上来了，除了沈言宁点的菜，顾牧呈还帮她点了一份清蒸鲈鱼。

沈言宁埋头吃饭的时候，顾牧呈就用干净的筷子帮她挑鱼刺，挑完鱼刺的鱼肉都搁在她旁边的空碗里。

沈言宁问顾牧呈："牧呈哥，你怎么不吃？"

"刚才和别人吃过了。"

沈言宁这才知道顾牧呈是半途从一场饭局中跑出来的。

她想起顾牧呈站在车边抽烟的模样，问："我是不是打电话打得不是时候？如果你有事可以不出来的。”

顾牧呈不紧不慢地挑着鱼刺，回答她：“言言想什么时候打电话给我都行，言言吃饱更重要。”

沈言宁吃着鱼肉，鼓着腮帮子不赞同地看着他：“牧呈哥，你嘴巴这么甜，以后谁要是当你的女朋友，是不是会被你宠坏了？”

顾牧呈挑了挑眉：“那言言希望被我宠坏吗？”

沈言宁郁闷地说：“我又不是你的女朋友。”

顾牧呈笑了笑，没说话。

气氛变得古怪起来，沈言宁也不知道哪里古怪，反正顾牧呈不说话，她也不知道该说什么。

她吃饭时会忍不住偷偷看他，大概是光线太亮，她看着看着便看出他脸上有几分疲惫，

沈言宁想起高中那时候，顾牧呈经常凌晨去做兼职。她本以为他有钱了就不用像以前那样辛苦，但现在看来，他好像还是很辛苦，而且饭局中途还得带她这个小朋友出来吃饭。

她心里正内疚着，忽然一抹阴影站在饭桌边。

“牧呈，你就是为了她？爸爸那么重要的饭局，你说中途退场就退场了？”正是好久未见的罗雨诗。

5

面对罗雨诗的指责，顾牧呈放下手中夹鱼刺的筷子，懒洋洋地靠在椅背上，嘴角勾起一抹嘲讽的弧度，散漫地问：“跟踪我开心吗？”

前来兴师问罪的罗雨诗一见顾牧呈这样的表情，整个人都慌了：“牧呈，我不是故意的，我只是看你走得那么急，又是在那么重要的场合，以为你出什么事了……”

“姐，干吗跟他解释这么多啊……”

沈言宁这才发现罗雨诗身后跟着一个男的，长相跟罗雨诗有几分相似。

罗宇歌早看顾牧呈不爽了，明明他才是罗家人，可他的亲姐姐喜欢顾牧呈，父亲罗森也喜欢顾牧呈，甚至在顾牧呈上大学的时候就有要将

家里的产业交给顾牧呈的计划，现在每周都会带顾牧呈参加各种重要的饭局。

顾牧呈有什么好的？不就是长得好看一点，比他聪明一点？再好能好过他这个亲生的儿子？

罗宇歌一点不嫌生疏，用手直接捡起沈言宁小碗里顾牧呈帮她挑好的鱼肉丢进嘴里，说："我以为顾少天生对谁都冷漠，看来不是啊，还会帮小姑娘挑鱼肉？啧，真细心。"

面对罗宇歌的冷嘲热讽，顾牧呈淡淡地说了声："谢谢。"一副理所当然把他的话收下的模样。

罗宇歌最讨厌顾牧呈这副别人说什么他都无所谓的样子。

他怒视顾牧呈道："顾牧呈，你别以为有我爸给你撑腰你就可以为所欲为！我爸只不过是因为你聪明，利用你而已！"

顾牧呈这才抬起尊贵的头，好笑地看着罗宇歌，嘴角嘲讽的弧度越加明显："总好过有的人连利用的价值都没有。"

"顾牧呈！"

罗宇歌面色铁青，双手握拳，咬牙切齿地瞪着顾牧呈，恨不得把眼前这张漂亮的脸揍得稀巴烂。

从小到大罗宇歌都希望能得到罗森的重视，可罗森宁愿天天带着顾牧呈这个外人在身边，都不愿意正眼看他，这让他非常难受，也更加针对顾牧呈了。

他指着顾牧呈："是啊，像你这么不要脸的人，就算明知被别人利用也很乐意吧。我听说这人是你的妹妹？连妹妹都下得了手，真是不要脸！"他看向沈言宁，露出一抹邪笑，"你是不是以前就对她有意思了？长得这么粉琢玉雕的小模样，换成是我也受不住。"

话音刚落，罗宇歌整个人就被压在了另一边的空桌上，桌上的餐具噼里啪啦地掉在地上砸了个粉碎，只听"咔嚓"一声，顾牧呈将罗宇歌的一只胳膊扭断了，整个餐厅里都传来罗宇歌的惨叫声。

"顾牧呈！啊！你放开我！"

罗宇歌疼得挣扎，顾牧呈拿一旁碎了的餐具碎瓷片抵在了罗宇歌的眼睛上，吓得他一动不敢动："顾……顾牧呈，你想做什么？"

一边的罗雨诗也被吓坏了，连忙跑过来抓着顾牧呈的胳膊："牧呈，你不能这样对小歌，他是我亲弟弟，他说错了话是他不懂事……但你不能这样对他……"

顾牧呈没理罗雨诗，而是用碎瓷片对着罗宇歌的眼睛，放狠话："以后说话的时候注意点，再有一次废的就不是你的胳膊，而是你的眼睛。"

罗宇歌看着差一点就能捅到眼睛的碎片以及顾牧呈冰冷的表情，吓得面色惨白，他丝毫不怀疑顾牧呈话里的真实性。

从前，罗宇歌只知道顾牧呈很听话，在罗森面前，基本上罗森要顾牧呈干什么，顾牧呈都不会拒绝。即使以前他总在顾牧呈面前说一些难听的话，顾牧呈也是漫不经心，没放在心上的样子。

这是罗宇歌第一次见顾牧呈发脾气，一发脾气就几乎要了他半条命。

方才顾牧呈看他眼神中的那股狠意，光是想起来，他心中都发颤，估计这辈子都不会忘记。

这样的顾牧呈，他觉得他姐根本驾驭不了，在他眼里，只有父亲罗森才能驾驭住。

于是，待顾牧呈松开罗宇歌之后，罗宇歌捂住胳膊，朝他吼："我一定会把这件事告诉我爸！顾牧呈，你给我等着！"

对于罗宇歌的威胁，顾牧呈连眼皮都没抬："随意。"

随后顾牧呈走到在一旁大气都不敢出的服务员面前，递了一张卡："今天的损失在这张卡里扣，另外，麻烦找两个人把罗大少送去医院接手臂。"

"好……好的，顾少。"

服务员大汗淋漓地接过卡，叫了两个人去扶着罗宇歌。

罗宇歌正在气头上，说什么都不用顾牧呈的人。

顾牧呈也不急，不紧不慢地说："不急，随他。"

罗雨诗知道这废了的手不及时接起来对以后都有影响，忙让人带着罗宇歌去医院。

临走时，罗雨诗狠狠地瞪了沈言宁一眼。

其他人都散了后，顾牧呈看向一直沉默吃鱼肉的沈言宁，在别人眼里，她看起来很镇定，但在顾牧呈看来，她的模样有点傻。

他温声问："吓到了？"

沈言宁老实地点点头："有点。"

何止是有点，顾牧呈发起脾气来也太吓人了吧？

沈言宁哪里见过这样的顾牧呈，她平日里故意气他，他也从没跟她发过脾气。

她以为顾牧呈是没脾气的人，可看见这天这场面才知道如果他真的发脾气，她的双手都要断了吧？

想到这里，她的双手不自觉地颤了颤。

"别怕。"顾牧呈说，"我不会凶你。"

沈言宁眨了眨眼睛，眼前的男人眼神温雅，声音低醇柔和，和方才面目狠厉的男人判若两人。

沈言宁承认自己很没有原则，她无条件被这样的顾牧呈蛊惑了，即使这个温柔的他刚刚才卸了人家一条胳膊。

6

吃完饭后，顾牧呈问沈言宁想去哪里玩。

沈言宁摇摇头："我还得回去处理今天拍摄的照片。"

顾牧呈很宽慰："小姑娘变成负责任的小摄影师了，走吧，我送你回学校。"

沈言宁又摇了摇头："我去我妈妈给我在外面租的小公寓。"

顾牧呈点了头，没说什么。

上了车之后，沈言宁系好安全带乖乖地坐着。

车子发动了，顾牧呈轻描淡写地问："言言，你怎么会缺钱花？"

以沈家的家境，谁都不信沈言宁会缺生活费。她也知道这一点，所以她早就想好了措辞："都被我花了啊……"

"是吗？"

原本沈言宁回答的时候脸不红心不跳，可被顾牧呈这样问，顿时觉得心虚起来。

她点点头："是……是的……"

顾牧呈没拆穿沈言宁，只说："言言，还记得你给我的银行卡吗？"

沈言宁以为顾牧呈看出了什么，但他的语气那么平静，她根本猜不出他的心思，只能顺着他的话说："记得。那是我给你的，你不用还我。就算你要还给我我也不会收的。"

她坚定了自己的立场。

顾牧呈却忽然笑出了声，侧脸在忽明忽暗的灯光下俊朗柔和。他"嗯"了一声："不还，就当是给言言存的嫁妆钱。"

沈言宁有点郁闷，他明明叫她"小家伙""小东西"之类的，总把她当小朋友，现在却连自己出嫁的事情都已经想过了吗？

她心里这样想着，不自觉地说了出来。

对于小姑娘的抱怨，顾牧呈失笑："在我心里，言言一直是小姑娘。可是小姑娘终究会变成大姑娘的，难道言言不想吗？"

沈言宁想了想，高中认识顾牧呈之后，她最想做的事情就是快点变成大姑娘，大到能跟顾牧呈站在一起的时候，他就再也不会觉得她是个小孩子。

可是现在真的变成大姑娘了，顾牧呈觉得她不是小孩了，却要为她准备嫁妆了。

想到这里，沈言宁一点心情都没有了，鼓着一张脸没说话。

直到车开到了公寓楼下，沈言宁的神色也没有变得好看，气鼓鼓地打开车门说："牧呈哥，我回去了。"

沈言宁打开车门刚要下车，手腕却被人从后面扯住。她的身子不稳，一个踉跄往后倒，正巧倒在他宽厚的胸前。

当时沈言宁脑海里顿时蹦出几个字——胸肌太结实了！

"生气了？"顾牧呈低沉的声音传来。

因为靠得近，他的声音几乎贴着沈言宁的耳朵，她甚至能感觉到他暖暖的气息。

本该是个很旖旎的场面，偏偏沈言宁想到这么温暖的怀抱以后都不属于她了，这么好听的声音也不是她的了，整个人都不好了。她的鼻尖一酸，眼泪在眼眶里聚集，怎么都控制不住，豆大的泪滴往下落。

顾牧呈见沈言宁忽然哭了，以为是扯痛她了，忙上下检查了一遍：“怎么了？我扯痛你了？”

沈言宁摇摇头：“我只是想到了一个我喜欢了很久，但他不喜欢我的人，忽然觉得很累。”

顾牧呈沉默了片刻，再出声时声音有点哑：“言言有喜欢的人了？”

“嗯。一直有。”

顾牧呈还没开口，沈言宁就说：“人家都说有喜欢的人应该是一件很幸福的事，但我一点都不幸福，我只能偷偷地喜欢他，因为他一点也不喜欢我。我偷偷努力跟上他的脚步，做他做过的事，吃他喜欢吃的糖。他离开我，我就想办法再靠近他，可是不管我怎么努力，我都觉得他离我好远，一想到总有一天他会有自己喜欢的人，我就觉得好难受。”

沈言宁悲伤地说着，眼泪狂流不止。

顾牧呈拿出抽纸巾，帮沈言宁擦眼泪：“既然这么难受，为什么还要喜欢？”

“我……我也想过放弃，但是他太好了。我后来遇见了那么多人，没有一个比他好。”沈言宁抽抽噎噎地说，“我有时候真讨厌他，他难道不知道自己有多好吗？为什么还要对我千依百顺？从一开始就遇到了这么宠着我的人，我以后还怎么找自己喜欢的人？”

“嗯，他是挺讨厌的。”顾牧呈像是自言自语，又像是在说给沈言宁听。

沈言宁泪眼婆娑地看着顾牧呈。他离得那么近，声音那么温柔地哄着她，耐心地听她讲话，像他这么成熟的人，一定觉得她的故事听起来很幼稚吧……

可是顾牧呈脸上一点烦躁都没有。沈言宁眨了眨眼睛，又想哭，一想到这么好的他以后都是别人的，就想哭。

沈言宁抹了抹眼泪，推开顾牧呈，哽咽地说：“牧呈哥，我真的回去了。”

顾牧呈下车：“我送你。”

“不用！”沈言宁觉得在顾牧呈面前哭成这样已经很丢脸了，现在只想离他越远越好，哪敢要他送。

见小姑娘态度坚决，顾牧呈也不强迫，只说：“到家跟我说一声。”

“好。”

看着沈言宁走进了小区里，顾牧呈并没有立刻上车。他靠在车边，点燃了一根烟，静静地抽着。

曾韬在这个时候来电话，顾牧呈接起电话，曾韬说：“我从洗手间回来就发现你走了，你一走，罗总的脸色就不好了。后来罗小姐和她弟弟也走了，罗总的脸色看起来更差了。”

自从顾牧呈回到清泉市，就被罗家的人控制了。曾韬为了帮助顾牧呈，便在罗氏集团工作，罗雨诗为了讨好顾牧呈，要求罗森把曾韬带在身边。罗森疼这个女儿，即使曾韬没有什么社会经验，也把他安排做行政助理的助手，有顾牧呈出席的饭局，必然带上曾韬。

顾牧呈弹了弹烟灰：“说重点。”

“所以这么重要的饭局，顾少，你有什么事非去不可啊？”

顾牧呈想了想：“带小朋友吃饭。”

“啊？谁家的小朋友？你亲戚家的？”

顾牧呈敷衍道：“算是吧。”

“真是耽误事！”曾韬说，“你不知道，后来在饭局上罗总也不知道是怎么回事，居然跟合作伙伴说你毕业后就跟罗小姐订婚。”

“……”

见电话那头没反应，曾韬问：“顾少，你不反对吗？”

顾家发生那件事后，顾少大部分的时间都在学习与工作上，爱情这种事在顾少的人生计划里，估计只能排到倒数几名。虽然跟谁结婚顾少好像挺无所谓，但曾韬觉得很亏。人这一生要是不跟自己喜欢的人结婚，不能说这人生就毫无意义，但人生的意义至少要失去一半。

曾韬正想着，就听见顾牧呈淡淡地说：“以前无所谓，不过……”

“不过什么？”

“不过有个小姑娘喜欢了我很多年，我不想辜负她。”

曾韬当时就惊了：“顾少，你这话说得……这几年，多少小姑娘喜欢你啊？那罗家小姐也喜欢了你很多年！我怎么就没见你半点心软？顾少，说实话，面对喜欢你的女孩……们，你对她们什么时候善良过？现在居然为了一个小姑娘想做人了？”

曾韬和江南私底下没少当着顾牧呈的面说他是个“斯文败类”，用一张长得好看的脸和一副好脾气骗了多少小姑娘的芳心，结果没一个能真正走进他的内心。别看表面上他对谁都温温和和、平易近人，那都是假象。曾韬和江南总觉得他的心是铁打的，冰做的，什么都融不化，喜欢上他的女孩上辈子一定造了孽！

没想到现在，顾牧呈居然为了一个小姑娘想改过自新了？！

电话里的顾牧呈笑了一声，掐灭了烟头，脑海里划过小姑娘泪流满面的模样，懒洋洋地说：“小姑娘太单纯了，在她面前，我想做个好人。”

第七章　我家的小朋友

1

回到家后，沈言宁很懊恼。她怎么在顾牧呈面前哭了，还说了那么多不该说的话，她觉得丢脸死了。

顾牧呈一定觉得她很幼稚吧？原本在他眼里，她就是个小孩一样的存在，现在她更觉得不能转变自己在他心中的形象了。

这一晚，沈言宁为了不让自己处于懊恼之中，熬夜修图，在六点的时候全部完工。

熬了一夜的沈言宁这才感觉到困意，洗了个澡抱着枕头沉沉睡去。

这一睡直到电话铃声响起，她迷迷糊糊地接起电话，还觉得自己在梦中。

于是，特意空出时间准备中午带小姑娘去吃饭的顾学长便听见电话里她迷糊的声音：“喂……”

“还在睡？”

“嗯……”

含混不清的嘟囔声让顾牧呈失笑，声音低醇地哄着：“那你先睡。”

挂了电话，曾韬正准备出去买菜，顺便问顾牧呈：“顾少，今天想吃什么？”

“不吃了。”顾牧呈拿了车钥匙和外套，“我出门一趟。”

“你干吗去？”原本说好在复式楼吃，怎么忽然又要走了？

顾牧呈沉吟片刻，似乎在考虑用怎样的措辞，最后说：“给小朋友做饭。”

曾韬条件反射地问：“又是那个亲戚家的小朋友啊？”

顾牧呈想起昨天在电话里敷衍曾韬的那句话。他觉得自己得为小姑娘正名，于是否定了昨天的说法：“不是。”

“那是哪家的？”

顾牧呈：“我家的。”

“……”

后知后觉反应过来的曾韬惊叫一声：“顾少，有情况啊！”

然而他家顾少已经驱车离开，不给他八卦的机会。

沈言宁再次睁眼时，屋子里黑漆漆的，窗帘不知道什么时候被拉上了，而且……有饭菜的香味。

她躺在床上发了一会儿呆，感觉自己没在做梦。她走下床，打开卧室门，饭菜的香味更真切了。

公寓不大，沈言宁一眼便看见小小的厨房内，穿着黑色短 T 恤的男人正在做饭。她揉了揉眼睛，走近，趴在厨房门外喊：“牧呈哥？”

最后一道菜做完，顾牧呈关了火，看了一眼她光着的白皙小脚，不太满意地皱眉：“去穿鞋。”

“哦。”沈言宁乖乖地跑去穿鞋，洗漱之后才出来。

顾牧呈正在接电话，虽然她听不懂他在说什么，但低沉温润的声音是那么真实。

沈言宁坐在椅子上，看着桌子上的菜，有她喜欢吃的爆炒鱿鱼、韭菜鸡蛋、青椒炒藕丁和西红柿蛋汤，看起来就令人食欲大增。

顾牧呈接完电话之后，走到餐桌前，沈言宁已经盛好两碗米饭了。

他放下电话点了点桌子：“昨晚没睡好？”

沈言宁不敢让顾牧呈知道昨晚自己一夜没睡，只说：“想早点把照片修出来。”

“是吗？”顾牧呈勾了勾嘴角，“我还以为言言是因为昨天在我面前哭鼻子，不好意思了，所以睡不着觉。”

顾牧呈……一定要猜得这么准吗？

沈言宁皱了皱鼻子，低头往嘴巴里扒饭，心虚地否认：“才没有！”

“没有就好。”顾牧呈看穿没拆穿，淡淡地说，“好好吃饭，我先走了。”

本以为要跟顾牧呈一起吃饭的沈言宁一愣：“牧呈哥，你要走了？你不跟我一起吃饭吗？”

“嗯，临时有个比较重要的会得回去开。”

既然顾牧呈这样说，沈言宁也不好挽留了，虽然心里有点失落，但面上只说：“那好吧，你记得吃饭。”

“嗯。”顾牧呈应了一声，想起在复式楼临走时跟曾韬的对话，他眉眼弯了弯，说，“好好吃饭，我家的小朋友。”

“哦。”沈言宁撇了撇嘴，表示自己很不满意，怎么称呼又从“小东西”变成“小朋友”了？

算了！看在顾牧呈千里迢迢来给自己做饭的分上，就不跟他计较了！

不过顾牧呈是怎么进来的？公寓用的可是密码锁啊……

坐着吃饭的沈言宁好多问题，最后她倏地睁大眼睛。难道顾牧呈猜出她设置的密码是他的生日了？还有刚刚临走时顾牧呈喊她什么？

——我家的小朋友？

沈言宁拍了拍脸使自己清醒一点，一定是她这天睡得太久了，脑子都糊涂了！

因为睡了一天，时间过得飞快。晚上沈言宁将修好的图发给宣发部的老师后，便写了一会儿日记。

她很久没写了，这一次的日记内容比以往好像没了那股涩意，多了几分甜。

沈言宁在日记本上写：“牧呈哥真的很喜欢给我取外号，从‘小姑娘’到‘小家伙’，再到‘小东西’。今天他又给我取了个外号叫‘小朋友’……难道上辈子我姓“小”，但是竟然有点甜是怎么回事？”

她看着自己写下的话，看着看着就傻笑了起来。笑着笑着忽然看见暗下的电脑屏幕里自己的脸，像个傻子，可明明知道自己笑得像个傻子，怎么她的嘴角就是忍不住上扬……

她滑动了一下鼠标键，原本睡眠中的电脑屏幕亮了起来，桌面上显示的是她在实验室拍顾牧呈的那张单人照。

皎皎君子，泽世明珠。

怎么办啊？还是好喜欢他。

2

周一的清泉大学沸腾了，清泉市第一人民医院专家莅临清泉大学参观指导的照片被放在了校门口的宣传栏中。

沈言宁一到教室，便收到班上同学不约而同看过来的目光。

她觉得这目光有点恐怖，一开始还以为是自己的错觉，直到有同学主动说："言言，你知道吗？你这次可为我们班争光了！"

沈言宁一脸莫名："什么争光？"

"我来说，我来说！"同寝室的张小舟早已经迫不及待了，"就是你周末参加的摄影活动。学校都贴出来了，总共十张照片，你就占了八张，剩下的两张是隔壁班成易的！成易气炸了！平时他不可一世，总觉得自己是天才转世，摄影作品能走向国际，天那么大，都不够给他飘。"

"对，这人平时太嚣张了，还很喜欢炫耀，总觉得我们言言比不过他，成绩那么好是老师偏心。这次照片贴出来，论坛上都炸开了，还引来了校外爱好摄影的人观看，大家一致认为成易跟言言的拍照技术根本就不是一个档次的！"

"言言，你真是为我们班争气了！"

沈言宁听着同学们你一言我一语，半天才梳理清楚话题内容。

她对跟成易比较这件事一点兴趣都没有，拍照纯粹是她的爱好。

不过这一次她的作品实在太优秀了，加上确实为班级争光了，上课时，老师都没忍住在班上夸了她几句。

这一上午的下课时间，沈言宁的课桌周围都围绕着不少人，全是向她请教摄影技术的，她耐心地把平常拍照用的技巧一一分享，一上午的时间过得特别快。

最后一节课上到一半的时候，沈言宁收到了顾牧呈的微信：“下课后去接你。”

沈言宁知道顾牧呈平常很少来学校，这一来肯定又得轰动全校了，如果他来摄影系找她……她都能想象那情景。

虽然女孩子都会期待喜欢的男生下课后等自己的场面以及收到其他同学羡慕的眼神，但想到后续的一些麻烦，沈言宁觉得还是算了。

再者，顾牧呈只把她当妹妹看，就算别人投来羡慕的眼神又有什么用？

想到这里，沈言宁回复：“你在校门外等我就好。”想了想又加了一句，“找一个比较隐蔽的地方等我。”

沈言宁回过去之后，那边很久没有回复。

她原本也没将这事放在心上，直到快下课了才收到顾牧呈的信息：“言言，在你心里，我这么不能见人，嗯？”

最后这个“嗯”字，沈言宁光看着，脑海中都能浮现出顾牧呈懒洋洋地问这话的样子，散漫中又带着一丝痞气，或许他还会加上一句：“言言，真没良心，以前黏着我，现在就开始嫌弃我了。”

沈言宁想到这里就背脊发凉，立刻给顾牧呈回复：“就是因为牧呈哥你太能见人了，一出场就引起轰动，我才……这不是为了你好吗？万一别人误会了我们之间的关系，你不是还得花时间解释。”

回复完，沈言宁自我感觉这回复还挺好的。

不多久手机传来信息，沈言宁点开一看，上面写着：“为什么要解释？”

沈言宁的呼吸一滞。是因为她有自己的小心思吗？这句话怎么看起来这么……令人容易想歪？

脑海中，有一个声音在问，顾牧呈为什么不想解释？难道是她想的那样？又一个声音否认，不会的，他一直把她当妹妹，只有她一直对他图谋不轨。

上一个声音又说，可是她现在变成大姑娘了，没道理一直把她当妹妹看啊。又一个声音反驳，谁会对被自己一直当成是妹妹的小姑娘产生别的感情？

沈言宁晃了晃脑袋，将这些想法统统都晃掉，与其自己瞎想倒不如直接问当事人。她在手机上一个字一个字地打：“为什么不要解释？”

发完后，她紧张地等着信息，等待期间脑子里的两个声音又交战了一会儿，直到短信回复：“浪费时间。”

果然……是她想多了。

沈言宁松了一口气，同时又有点失落。

这些年，在对待顾牧呈这件事上，这种让她误会的事情已经发生过好多次了。小小的失落感涌上心头，很快又被她压了下去。

这时下课铃声响起，老师宣布下课。

沈言宁收拾好东西准备出门，之前问她专业问题的同学又过来问了几句，她不好意思地拒绝了，再出门的时候，楼道里安安静静，大家差不多都走了。

沈言宁正要发信息给顾牧呈说自己正往校门口走，迎面走来了一个人。她低头将消息发了出去后，发现来人挡住了她的去路。

她抬头，看着站在自己面前的清秀少年，皱了皱眉：“找我有事？”

那少年说：“我看了你这次跟我一起拍摄的照片，我觉得你很好。”

“……”

沈言宁这才想起他是昨天跟她一起参加拍摄活动的隔壁班班长成易。

沈言宁问：“有事吗？”

成易犹豫了片刻，似乎做出了很大的决心，才说：“沈同学，我觉得你很好，我喜欢你，请你做我的女朋友吧！”

如果沈言宁没记错，昨天成易看见自己好像很不屑的样子？怎么这么快就喜欢上她了？

沈言宁觉得有点荒唐。她说：“成同学，我觉得‘喜欢’这两个字虽然很简单，但应该不属于脱口而出的话，‘喜欢’一定要跟对的人说。”

成易愣了一下，居然生气了：“你以为我是那种随便的人吗？我从来没跟任何人说过‘我喜欢你’这种话，因为我觉得他们都不配得到我的喜欢，你是第一个，因为我觉得你配。”

对于成易的话，沈言宁简直受宠若惊。虽然之前也听班上的同学说过隔壁班的班长有一种迷之自信，但她并未放在心上。现在看来，这种自信真让人哭笑不得。

沈言宁说：“你太客气了，谢谢你的欣赏，我觉得你很优秀，我配不上你。”

本想随便找个理由就走，谁知成易居然将沈言宁的话当真了：“沈同学，你怎么可以这样小看自己？虽然你离我对另一半的要求还差那么一点点，但你能做到现在这种成绩在我的要求里已经算很好了，所以我说你配，你就配！”

沈言宁心想，这哥们儿家里是配钥匙的吗？一直配配配的。她无语了，正想用其他理由摆脱他，就听见他说：“沈同学，跟我约会吧！”

沈言宁更无语了。

“言言。”就在这时，身后传来熟悉的声音。

沈言宁一怔，是顾牧呈。

顾牧呈不是在校门口等她吗？怎么进来了？被他看见这么尴尬的场景，沈言宁这会儿心里恨死成易了。

她看向越走越近的顾牧呈，虽然很尴尬，但很奇妙，心里那股子被成易引起的厌倦与烦躁渐渐平息了下来。

沈言宁问：“你怎么来了？”

顾牧呈说：“等了你许久，发现你没出来就进来看看。”

“我没事……”明明是她被表白，可在眼前男人淡如琉璃的双眸的注视下，她居然感觉自己好像做了什么坏事……

“嗯，那走吧。”

“好。”

沈言宁正要跟着顾牧呈离开的时候，身后的成易忽然说话了：“你是医学院的顾学长？沈同学，你跟他是什么关系？”

沈言宁脚步一顿，正纠结要怎么开口。

来了之后就没正眼看过成易的顾牧呈听见他这么问，难得停住脚步。他浅色的双眸漠然地扫了他一眼，嗓音低醇慵懒，替沈言宁回答：“她是我家小朋友。”

这一次不仅成易震惊了，连沈言宁都震惊地望着顾牧呈，一时半会儿没反应过来。

倒是顾牧呈看着沈言宁怔怔地望着自己的神情，轻轻一笑，握住她的手腕往外面走。

顾牧呈直接将车开到了摄影系楼下，此时是午间，楼里的人虽不多，但晚出来的同学看见这一幕都难以置信。

同学甲："我是不是被闪光灯闪瞎了？医学系的系草顾学长牵着我们系的系花？"

同学乙："我看我可能也被闪瞎了。"

沈言宁一直被牵到顾牧呈的车边，他打开车门，沈言宁坐了进去，小声问："牧呈哥，'我是你家小朋友'这句话是什么意思……"

顾牧呈淡然地回答："难道言言不是我的小朋友吗？"

原本心里因为这话想歪的沈言宁，在听见顾牧呈如此淡定的反问时，又不那么确定了。

或许真的是她想歪了吧……

不过沈言宁发现大学相遇后，顾牧呈对她说的话越来越容易让她误会了。以前虽然他也总爱逗她，但分寸拿捏得很好，不会让她误会太深，而现在好像一点顾忌都没有，根本不怕她误会的样子。

沈言宁也不知道顾牧呈对其他女生是不是都这样，又不敢问，怕他根本就不是她想的那个意思，问了显得她太自作多情了。

就在沈言宁胡思乱想的时候，身边的男人忽然压了过来，她吓了一跳，身体本能地往后靠，紧紧地贴在车座椅背上。

"牧呈……哥，你干……干吗？"沈言宁结结巴巴地问。

顾牧呈好笑地看了沈言宁一眼："言言很紧张？"

"虽……虽然是哥哥，但是男女有别，靠这么近不太好吧？"

"哦？"顾牧呈扬了扬眉，问，"言言变成大姑娘了，所以想恋爱了，不要我了？"

虽然沈言宁不知道为什么话题会扯到她想恋爱了不要他了，但她还是实话实说："我没有……"

“那怎么我帮你系安全带，你都一脸嫌弃的样子？”说完，他修长的手指“咔嗒”一声，帮沈言宁系好了安全带。

沈言宁心里本就有鬼，见顾牧呈靠得这么靠近，完全是下意识地紧张，却不想他完全误会了自己的意思，忙解释道：“我没有嫌弃牧呈哥。”

顾牧呈却好似不信，一脸伤心的样子：“难怪要让我在校门外找个偏僻的角落等你，原来是有人要跟言言表白。”

这什么跟什么啊？沈言宁哭笑不得：“我不知道成易会跟我表白。”

“是吗？那么言言喜欢他吗？”

“当然不喜欢。”沈言宁坚决否认。

“哦。”顾牧呈应了一声，声音变得轻快起来，“那么言言想吃什么？”

这话题转换的速度也太快了吧？沈言宁觉得很不对劲，皱着眉头上下打量着顾牧呈。

顾牧呈倒是很淡定，任由她打量。

看久了，他又开始不正经起来：“言言，干吗一直这样盯着我？我太好看了？”

每次顾牧呈这么不正经，沈言宁都会被撩拨得脸红心跳，她说：“牧呈哥，我觉得你刚刚有点不对劲。”

顾牧呈一怔：“嗯？”

“你……你刚刚的样子好像在吃醋。”沈言宁大胆地将心中的想法说出来。

却不想顾牧呈很大方地承认：“我就是在吃醋。”

沈言宁的脑子短暂地空白了片刻：“为什么？”

难……难道她期许的事情终于实现了？他终于发现，他的小姑娘变成大姑娘了，可以当女朋友处处看了？

小姑娘不像眼前的男人，她不擅长掩饰自己的情绪，什么情绪都写在脸上，被男人看在眼里。

顾牧呈的心情忽然变得很好，嘴角勾起笑，声音和煦温柔：“我的言言要跟别人跑了，我当然吃醋啊。”

沈言宁在心里翻了个白眼，真讨厌这种坐过山车的心情，顾牧呈一句话总能让她的情绪忽高忽低。

她郁闷地说：“我没有要跟别人跑，但是我的确有喜欢的人了。”

似乎没料到沈言宁会加上后面一句，顾牧呈浅色的双眸渐渐变深：“言言，有喜欢的人了？”

沈言宁重重地点了点头：“嗯！”

顾牧呈：“言言喜欢的人是谁？”

沈言宁咬牙，语气恨恨的：“是个大魔头！”

顾牧呈沉吟片刻，喉结上下滚动，哭笑不得地重复了她说的话：“大魔头？”

“对！大魔头！”沈言宁觉得自己形容得一点都没问题，几乎是咬牙切齿地说，“明明撩拨了别人可他自己一点感觉都没有！”

“嗯，那他怎么撩拨我们言言了？”

沈言宁想了想，是啊，顾牧呈怎么就撩拨她了？明明是第一眼看见他，她好像就心动了……

因为心动了，所以顾牧呈后面的一举一动都会撩拨她的心弦。想到这里，她心生委屈，难过地说：“他什么都没做，只是站在那里，就很撩我。”

小姑娘低着头，声音软软糯糯的，委屈得不行。一向不爱做人的顾牧呈第一次良心发现，决定再逗她了，声音微哑，问：“言言这么喜欢，怎么没告诉他？”

“他又不喜欢我。”沈言宁说，“说出来只会让彼此更尴尬。”

也许连兄妹都做不了了。

沈言宁心里这般想着，便听见身旁的男人哑着嗓子说：“你不说，怎么知道他不喜欢你？”

沈言宁诧异地抬头，男人正专注地开车没有看她，侧脸轮廓隐在阴影中，表情看不真切。

她隐隐感觉他好像知道了一些什么……可看他此时的神情，又不敢确定了。

“牧呈哥……”沈言宁忽然喊了一声。

“嗯？”

“你……是不是知道了什么？”

空气静默了片刻，红灯停车。顾牧呈刹车，转头看向沈言宁。他黑色的碎发落在额前，墨色的双眼专注地凝视着她：“我应该知道什么？”

沈言宁双手紧紧拽着自己的衣摆，有那么一会儿她真的很想豁出去告诉顾牧呈一切，但最终，她还是没那个胆子，像泄了气的气球一样，软软地说：“没什么。”

3

沈言宁和顾牧呈在车上不欢而散。

回寝室后，她一直在想顾牧呈说的那句话——你不说，怎么知道他不喜欢你？

洗完澡后，沈言宁看着镜子中的自己，唉声叹气。

张小舟见了，忍不住问：“言言，你已经对这镜子叹好几次气了，你怎么了？”

“这一看，我们言言就是有心事啊。”程唐一副“我最懂”的神情。

清泉大学的女生寝室是四人制，但沈言宁所在的502寝室只有三个人，其中一个床铺是空着的，没安排人。

沈言宁性格安静聪敏，张小舟心思简单没心事，程唐最爱言情小说，自封“情感天后”。

相对于其他四人寝室，沈言宁寝室三人的关系都挺和谐。

沈言宁想了想，说：“我有一个哥哥，他一直只把我当妹妹看，但是我一直对他有别的想法，每次看见他都好想拥有他，我是不是心里有点问题啊？”

张小舟捂着嘴巴：“谁啊？这么优秀，能被我们学霸系花看上？”

相对于张小舟的一根筋，程唐显然是情感大神，光听沈言宁一句话就能联想到背后一定有故事：“言言啊，你这个哥哥跟你有血缘关系？”

沈言宁摇头。

“那你为什么喊他哥哥？”

沈言宁想了想：“他比我大，以前辅导过我作业。”

“言言，你也需要别人辅导作业？”张小舟惊叹。

沈言宁没说自己以前学习成绩吊车尾，是某人帮她补习，纠正她的学习方式，她的成绩才慢慢上来的。

程唐一巴掌拍了拍张小舟的脑袋：“张小舟，抓重点！”

张小舟一脸茫然：“重点是什么？

程唐翻了个白眼，放弃了跟她说话，转向沈言宁：“没有血缘关系，也就是像邻家小哥哥那样的？”

“算是吧……”沈言宁不想将沈国辉收养过顾牧呈的事情说出来，听程唐这样问，也顺势应答。

“邻家哥哥啊，光听这身份就让人想入非非！”程唐一本正经地说，“首先从你这两句话可以看出，他比你大，能辅导你作业，肯定比你还厉害。我们言言长得这么好看，他却一直把你当妹妹看，说明他是正人君子，坐怀不乱。这么优秀的人，加上你们辅导作业时朝夕相处，你喜欢他很正常啊，为什么要说自己心理有问题？”

“可是他只把我当妹妹看……”

程唐：“你问过他了？”

沈言宁摇摇头：“不过今天有婉转地问过。”

“嗯？怎么说？”

于是，沈言宁便将中午发生的事情说了出来。

程唐说：“他真的跟你说‘你不说，怎么知道他不喜欢你’这句话？”

沈言宁点点头。

“那你就跟他直接告白啊！”

“啊……”

“啊什么啊？”程唐拍拍沈言宁的肩膀，“你家哥哥都说得这么明白了，你不告诉人家，怎么知道人家只把你当妹妹？所以勇敢地告诉他，也许你会得到不一样的惊喜呢？”

张小舟一脸八卦：“我真的很想知道，是什么样的男人能让我们系花心动……”

是什么男人啊……沈言宁心想，感觉是她永远得不到的男人！

结果，没等到沈言宁考虑好要不要表白，502 寝室的另外两人就刷到了一条爆炸性的消息。

程唐在学校论坛刷到这条信息的时候揉了好几次眼睛，举着手机给张小舟看："来，帮我看看，我是不是近视加深了，这照片上牵手的两个人是顾学长和我们寝室的言言？"

张小舟举了举自己的手机，一脸"你没看错，就是他们"的表情。

两人不约而同地看向正在床上考虑要不要向顾牧呈表白的沈言宁。

"言言……"程唐幽幽地问，"你的那个邻家哥哥不会就在清泉大学吧？"

正发呆的沈言宁听见她这么一问，不由得说："你怎么知道？"

"不会恰巧还在医学系吧？"

"……"

"又恰巧姓顾？"

"……"

张小舟难以置信："言言，你喜欢的人是顾学长？"

沈言宁没否认，只是疑惑："你们怎么知道的？"

程唐举了举手机："不仅我们知道，全校人都知道了。"

沈言宁从床上下来，拿过程唐的手机，上面正是她被成易告白后，被顾牧呈拉走的照片。

张小舟震惊过后异常兴奋："我怎么有一种要当丈母娘的感觉？辛辛苦苦守着的小姑娘就要跟人谈恋爱了，还是我偶像！"

程唐却显得忧心忡忡："言言，你对顾学长了解吗？"

张小舟说："言言不是说以前顾学长给她补习过吗？应该是很早就认识吧？"

"从那时候到现在都没断过联系吗？"程唐问。

沈言宁摇头："中间有段时间没联系。"

"那就对了！"程唐打了个响指。

张小舟和沈言宁都一脸莫名："对什么？"

程唐严肃地问："言言，这么长时间没有联系过，你确定他还是你印象中的邻家哥哥吗？虽然我也觉得顾学长很好，校草、学霸、脾气还很好，简直就是理想男友。但是我也听过很多他的传闻，就我个人感官而言，顾学长脾气好是假象，他是个十分难接近的人，而且还有点危险。”

张小舟却不赞同：“顾学长吗？怎么就具有危险性了？”

程唐翻了个白眼：“你记得之前明目张胆追他的夏彤彤吗？”

沈言宁问：“夏彤彤怎么了？”

“这个我知道，夏彤彤半个月前请病假休学了。”张小舟举手发言。

“对，我起初也以为只是单纯的请病假。可我后来听说夏彤彤是被逼休学的。”

“被逼的？”

“对啊，这消息很快被人给封锁了，但是我在封锁之前就知道了。夏彤彤那次在‘千年’收了顾学长的一张卡，到处跟人炫耀这是顾学长专门给她的，不限额，随意消费。但在第二天，夏彤彤就忽然请病假休学了，这是背后有人安排的。”程唐神秘地小声说，“这背后的人就是罗家人！”

张小舟耳朵一紧：“怎么说？”

“听说，罗家以前跟顾家是邻居，这个罗雨诗从小就很喜欢顾学长，喜欢到心理扭曲，凡是跟顾学长有所亲近的女生都被她威胁过。”

“可是夏彤彤家不也挺有点背景吗？”

“有背景没错，但一山总比一山高，相对于罗家来讲，夏彤彤的背景连鸡毛都算不上。”

沈言宁听着程唐和张小舟你一言我一语，脑子里一会儿闪过罗雨诗，一会儿闪过夏彤彤，心情很复杂。

程唐和张小舟见沈言宁一直没说话，问：“言言，你有什么看法？”

沈言宁摇头：“没有……”

她确实没什么看法。

程唐说：“我个人觉得顾学长其实也有责任。”

程唐的话一出，其余两人都看向她。

程唐被看得紧张，说：“你们别这样看我，我压力很大，我只是觉得如果顾学长不喜欢夏彤彤为什么要把卡给她？这不是很容易引起人误会吗？”

沈言宁记得，顾牧呈给夏彤彤卡的那天，正是她跟顾牧呈在清泉市相遇的那天，她不知道为什么顾牧呈会把卡给夏彤彤，但直觉告诉她顾牧呈不是那样的人。

沈言宁："我觉得他不是那样的人。"

程唐虽然对此有所怀疑，但她将自己所知道的客观分析给沈言宁听，其他的就需要沈言宁自己去判断了，她也不方便再说什么。

"但是顾学长真的很好。"程唐拍了拍沈言宁的肩膀，"如果换成是我，即使知道这些，也会奋不顾身喜欢他，总觉得他值得……感觉你在你那个年龄承受着不该承受的诱惑。"

沈言宁没说话。

诱惑吗？顾牧呈就是那个诱惑。

4

那晚，沈言宁睡得并不好，她觉得程唐说的话并不是毫无道理。别说之前顾牧呈在沈家的那段时间她就不了解他，分开这段时间，顾牧呈身边发生过什么样的事，遇到过怎样的人，她都无从知晓。

可那又怎样？只要他是顾牧呈，是她认识的牧呈哥，就……还是很喜欢他……

因为晚上睡不好，第二天沈言宁上课没什么精神。

论坛的帖子却在一夜之间被顶上了热门，有关沈言宁和顾牧呈的关系，帖子下面留言的争议也越来越大。

"这个女生不就是刚来清泉大学就跟夏彤彤争校花的新生吗？今年新生真不自量力，又是争校花，又是跟校草闹绯闻，脸皮厚得能赶上我早上吃的韭菜馅饼了！"

"就是，顾学长是她能染指的吗？这指不定是自己送上门，提前计划找人偷拍的。"

"这人是以为自己活在娱乐圈吗？戏怎么这么多？真觉得自己是女主角，所有帅哥都围着她转？"

"简直太不要脸了，其他事可以忍，扯上我顾学长炒作不能忍！"

"反对沈言宁倒贴顾牧呈，没见过这么不要脸的女人！也不照照镜子，她配吗？”

“同反对！抱走我家顾哥哥，她不配！”

在这些争议中，也有人坚持站在沈言宁这一边，一个叫“梦奇”的ID(昵称)回复：“人家郎才女貌天生一对，轮得着你们这群人反对？”

沈言宁虽然没有上课刷手机的习惯，但她能感受到班上一些同学若有似无看过来的眼神。

程唐提议：“反正下一节课老师也不点名，要不，言言，我们提前回寝室？”

沈言宁虽不爱沾染是非，但也是个聪明人，问她：“发生什么事了吗？”

张小舟是个心里藏不住事的人，激动地把手机上的信息递给她看：“这些人太过分了，说你倒贴顾学长，还说是你找人偷拍的照片，为了拉顾学长炒作！”

沈言宁看着论坛上一条条的消息，没吭声。

程唐瞪了张小舟一眼，对沈言宁说：“言言，别听她们瞎扯，她们就是酸，自己得不到也不允许别人得到。”

沈言宁看着手机屏幕上的留言，心里有些苦涩，她也没得到过啊，干吗这样说她……

她本就没什么精神，看到这些也没什么精神生气。

这种没精神持续到中午下课，她都没收到顾牧呈的信息。

自沈言宁说没钱吃饭，每天一日三餐，顾牧呈都会帮她安排好。如果他在忙，会给她订好餐厅的外卖，如果他不忙会亲自带她吃饭。不管哪种情况，他都会在吃饭之前，提前发微信或者打电话跟她说一下。

然而这天她一直没收到顾牧呈的信息……

沈言宁有点不开心。

张小舟见了，小声问程唐：“言言，怎么了？”

“还不是你给她看了不该看的。”

“可在这之前，上第一节课那会儿，我就发现她总看手机微信。”

“那就是在等人的信息。”

“谁的啊？”

程唐翻了个白眼：“当然是顾学长的。”随即又说，“不过肯定是没等到，不然也不会这样。”

“哪样？”

“暗恋中的女孩一个样，患得患失，惶恐不安。”

5

沈言宁下午没课，去了公寓，心情不好的时候她就喜欢独自待着。

她拿着手机反复地看，想给顾牧呈发一条信息，又害怕得不到他的回复，心情更郁闷。

这样反反复复，想着想着就睡着了。

她再次醒来的时候，是外面传来了敲门声。

她看了一眼窗外，已经晚上了，这么晚谁会敲她家的门？

虽然这个小区的安保设施算得上非常严格，但如此巨大的敲门声，让沈言宁不得不防备起来。

她顺手拿起客厅里的拖把走到门口，往猫眼里看，楼道里黑漆漆的什么都看不见，只有砸门声。

楼道的灯这天坏了，物业还没来得及修，沈言宁握紧拖把倒是也不害怕。

高二暑假那一年，她特意去学了点防身术防身。

沈言宁做好准备，倏地拉开了大门，外面站了两个陌生的男人正要继续敲门，见她开门，手上还举着一个拖把，双方都愣了一秒。

从屋子里探出的光线中，沈言宁看见了两个陌生男人中间的顾牧呈，她一愣，下意识地喊：“牧呈哥？”

另外两个男人一愣：“你是顾少的妹妹？”

沈言宁懒得解释，只问：“牧呈哥怎么了？”

“顾少喝多了。”左边的男人说，“原来是顾少的妹妹，难怪顾少坚持要来这里。来，小妹妹搭把手，把你哥哥扶进去。”

沈言宁下意识地往后退了一步，那两人丝毫不客气，扶着顾牧呈往里走，边走边问：“卧室在哪里？”

沈言宁一愣：“要去我卧室吗？”

那人理所当然道："你不是顾少的妹妹吗？"

沈言宁哑口无言，领着他们去了卧室。

她租的公寓不大，卧室门前只能容纳两人，沈言宁先开门进去了，剩下一个男人扶着醉了的顾牧呈进了卧室："来，妹妹扶着你哥哥。"

沈言宁刚要伸手，那人便放了手，她眼睁睁地看着顾牧呈高大的身影压了下来，将她压在床上不能动弹。

耳边只听见客厅里传来说话声："小妹妹，好好照顾顾少，我们走了。"

接着便是门被关起的声音。沈言宁看着压着自己的顾牧呈，他的头埋在她颈边，她能感受到他轻微的呼吸，能闻见一丝酒气。他应该没喝多少酒，怎么能醉成这样？

沈言宁尝试地喊了一声："牧呈哥？"

身上的人半点没动。

顾牧呈确实没喝多少酒，但他的酒量不行，基本上一杯就倒。

那天因为在罗森的饭局上，他中途走了，罗森口头上虽然没说什么，但在这天的饭局上邀他喝了一杯酒。罗森明知道他不能喝酒，除了一杯倒，还对酒精过敏起红疹。

罗森的这杯酒却非要他喝不可，是警告也是惩戒，顾牧呈没理由不喝。

整整一天，顾牧呈都被罗森以各种理由留在身边，别说找沈言宁，连手机都没机会碰着。

一天没任何信息，小姑娘该着急生气了吧……

心细如他，怎么会不知道沈言宁的心思。所以即便喝醉了难受，他也让人把他送到了这里。

此时的顾牧呈意识尚清醒，只是头昏脑涨，不想说话，只想闭眼休息。

见自己压得小姑娘难受，他微微撑开身子，侧躺下。

感觉身上忽然一松，沈言宁对着天花板眨了眨眼，看向身边的男人问："牧呈哥，你醒了吗？"

"言言，可不可以帮我倒一杯水？"

男人躺在床上，闭着双眸，眉心蹙起，看起来十分难受。

“好，我去倒水。”

沈言宁忙去客厅倒水。据说蜂蜜解酒，她在温水里加了一勺蜂蜜，拿着水杯走进卧室，见顾牧呈靠在床头，一只手扶着额头，双眉紧蹙。

沈言宁小时候贪玩，喝醉过一次酒，深知醉酒的滋味别提多难受了。

“牧呈哥，水。”沈言宁将水杯递了过去，“我加了一点蜂蜜。”

顾牧呈接过，蜂蜜水入口，温润清甜。

沈言宁看着顾牧呈喝了一点，问：“牧呈哥，你觉得好点了吗？”

顾牧呈半眯着眼睛，头昏昏沉沉的，看眼前的小姑娘也那么不真实。

回清泉市之后，顾牧呈一直受罗森的掌控，罗森以顾牧呈的母亲徐一倩为要挟，这些年，他一直卧薪尝胆，等待时机脱离罗森的掌控。

一切都如他预料的情况稳步发展，只不过在他的计划里，没想过会出现沈言宁。

对于顾牧呈而言，当年沈家收养他时，是沈国辉的选择，也是他的选择。

沈国辉为了弥补学生时代没追求到徐一倩的遗憾，顾牧呈则是想利用沈国辉的收养离开清泉市，脱离罗森的掌控，没想到最终沈国辉也没能保住他。

在这个过程中，遇见沈言宁是个意外。

长达半年的顾家生活，真心对他的人只有十六岁的妹妹沈言宁。在他眼中，他待沈言宁的感情如兄妹，不曾有过半分其他的想法。

发现小姑娘喜欢上他，也在他意料之外。

高一那一年，小姑娘忽然独自一人来到清泉市找他，当她哭着问他：“哥哥，是不是因为我年龄小，所以对我说过的话，答应过的事情都可以不算数？”

那一刻，平日里对男女感情这种事从未上过心的顾牧呈有了动容。

当年顾家发生意外之后，顾牧呈见识了太多世间冷暖。

徐一倩受了刺激，成了痴呆，尚未成年的顾牧呈寻求家里亲戚的帮助，平日里经常巴结他父亲的亲戚们避之不及，生怕跟他们扯上关系被拖累，亲情对他而言一文不值。

那时出手帮忙的竟然是罗森，罗森也并非没有目的，罗森的大女儿罗雨诗对顾牧呈有情，年幼之子罗宇歌是个纨绔子弟太不争气了。罗森需要一个继承人，他选中了顾牧呈，想培养他当继承人，做罗家未来的女婿。

这些罗森虽然没说出口，但顾牧呈那么聪明怎会不知？

可顾牧呈尚没有跟罗森对抗的能力，只能忍。

沈言宁见喝完水的顾牧呈只是望着自己，也不说话。她很担心他是不是太难受了，试探地喊了一声："牧呈哥？"

顾牧呈抬了抬眸。

"你是不是很难受？"

顾牧呈懒洋洋地"嗯"了一声，喝了点酒，声音有些沙哑。许是路上热了，他的衬衫衣领开了两个扣子，可以看见他弧度优美的颈项，偶尔上下滚动的喉结，只是他原本冷白的脖子上因为酒精过敏起了点点小红疹，分明是令人心疼的景象，沈言宁看着却莫名想在他脖子上咬一口。

她只觉口干舌燥，本能地咽了咽口水，视线从顾牧呈的锁骨渐渐往下移，衬衫领口锁住的是线条硬朗紧绷的胸膛……

停！她在想什么啊？！

一定是卧室里太热了，才让她想了些乱七八糟的东西。

"言言，"这时一直沉默的男人冷不丁喊了她一声，"想不想占我便宜？"

沈言宁觉得喝醉的好像是她吧？否则她怎么会出现幻听？

顾牧呈那一刻觉得……酒精真是个好东西，平日里一直抑制的情感在这一刻爆发，不管什么计划，不管什么罗家，此刻，他眼中只有被他一语吓住的小姑娘。

她像一只受惊了的小猫，瞪大眼睛不可思议地望着他。

顾牧呈的生命中没有见过像沈言宁这么纯真的姑娘，像一只可爱软糯的布偶猫，任人随意摆弄，脾气好到不行。

可沈言宁不明白，她越是这样乖巧，越会让人想逗弄她、欺负她、占有她。

顾牧呈本不想这么快就结束他们的“兄妹”关系，因为还有很多事没有解决，他想要等到他有能力给她想要的时候，再告诉她，他有多喜欢她。

但他见不得别人说沈言宁，说她配不上他。

被吓坏了的沈言宁倏地从床上站起来，结结巴巴地说：“牧呈……哥，你还要喝水吗？我帮……帮你去倒。”说完逃也似的往外面走。

可沈言宁没走掉，手腕被一道力道拽过去。她只觉得眼前一黑，整个人被顾牧呈压在身下。她口干舌燥地看着眼前的人，一颗心跳得飞快：“牧呈……哥，你怎……怎么了？”

顾牧呈一只手揽着沈言宁纤细的腰，一只手食指轻轻划过她的唇，声音沙哑性感：“想跟我接吻吗？”

平日里双眸淡漠清冷的男人，此刻眼里多了几分七情六欲。

沈言宁紧张地咬了下唇，下一秒，一个吻便落在她唇间，炽热的、柔软的，带了一丝酒味，却不难闻，苦涩中含着一丝清甜，吻得她昏昏沉沉的。

那一刻，沈言宁的脑子里一片空白，像做了很久的梦终于实现了，又像一切只是虚无缥缈。等那人酒醒之后，也许此刻她所做的一切都不记得了。

她明知道是这两种结果之一，仍甘愿沉沦在顾牧呈的温情当中。

一直以来，沈言宁小心翼翼地喜欢着他，无人知晓的非分之想，压抑的情绪终于得到了放纵，她不想再像以前那样事事谨慎，害怕他发现她心里所想，像论坛里的那些人一样看不起她。

“牧呈哥。”沈言宁搂住顾牧呈脖子的双手都在发抖，细软的声音中带着令人心疼的胆怯与哽咽，“言言真的好喜欢好喜欢你。”

怎么能不喜欢啊？遇见了顾牧呈之后，每一天都在喜欢。

沈言宁记得以前，有个男生问她为什么总是若有所思，她说她在想她哥了。

那男生好奇地问：“他很好吗？”

沈言宁说：“他很好，非常好，特别好。”

那男生被她的几个词吓蒙了一会儿，才问：“有这么好？”

当然了。顾牧呈有多好，就是给她讲题，她哪怕听了几遍听不懂，他也不会发脾气，会一遍一遍温柔细致地慢慢讲给她听；就是她生气了，他会哄她，迁就她；就是像现在这样抱着他，吻着他，觉得还不够啊，想一直一直黏着他、拥抱他、亲吻他。

顾牧呈有多好啊，就是自己满身阴暗还想着要给她一点阳光，就是分开了，也无法令她忘记，因为再也没遇到一个比他更好的人。

第八章　小姑娘在躲他

1

次日清晨，沈言宁醒过来时，天已大亮。

她不记得自己是怎么睡着的了。她望着墙面发了一会儿呆，正要起来，却发现腰间被一只长臂揽着。

她的脑袋一蒙，瞬间有万千朵烟花在脑海中炸开。昨天晚上的场景排山倒海地袭来，牧呈哥醉酒，牧呈哥抱了她，牧呈哥亲了她……

想到这里，沈言宁全身僵硬起来。她没敢直接回头看身旁抱着自己的男人是否还在睡着，只敢先静静地观察了一会儿，见顾牧呈没有动静，才轻轻地移开他揽在自己腰间的长臂，轻手轻脚地从床上起来……

她第一次这么近距离明目张胆地看顾牧呈躺在床上的睡颜，黑色碎发落在额前，五官线条柔和，如精心雕琢的美玉。睡着时的顾牧呈看起来特别温和，她看着他，便想起方才他们睡着时候的姿势，他从身后侧躺着抱着她，一个极具有安全感的姿势。

随即沈言宁又想到昨晚的事情……

她不敢再想下去，转身跑了出去。

她捧着热乎乎的脸，去浴室里刷了牙洗了脸。她脑子里总控住不住想起昨晚发生的事，顾牧呈身上的体温，唇间的触感……

停！沈言宁用凉水拍了拍火热的脸，不能再想了。

趁着顾牧呈还没醒，先开溜吧？她心里这样想着，身体已经行动。

当顾牧呈起床时，公寓里早已没有了小姑娘的身影。

只有桌子上留着的早餐和纸条：“牧呈哥，我先上学去了。”

男人懒洋洋地倚靠在桌子上，倒了一杯温水，看着便利贴上小姑娘的字迹，相比较高中漂亮成熟了不少。

所以，小姑娘是……害羞了？

男人嘴角勾起似有若无的弧度，拿起一旁一直振动的手机，上面有二十多个未接电话，此时，电话依旧不断，他不紧不慢地接起：“说。”

曾韬说：“顾少啊，打了你这么多电话，不会才刚醒吧？”

顾牧呈没理会曾韬的调侃：“在楼下？”

“对啊，我和小南南等了你一上午。”

顾牧呈挂了电话后，简单用沈言宁准备好的一次性洗漱用品洗漱了一番后下了楼。

曾韬和江南一眼就看见从楼梯口下来的男人，虽然顾牧呈还是穿着昨天的衣服，一向熨烫平整的衬衫起了皱褶，发丝凌乱，但有颜值撑着，反倒让他添加了几分痞气和性感。这个男人，就是站着不动都勾人，是从骨子里勾人的那种。

顾牧呈走到这边并未上车，而是点燃了一根烟，倚在车边抽着，瞥见车内两个人盯着他一副痴傻的模样，瞬间无语。

曾韬从驾驶座探出的脑袋：“顾少，说真的，如果我是女人肯定也会爱上你。”

顾牧呈一打火机直接丢在曾韬的脑门上。

江南笑嘻嘻的：“昨天跟学妹相处得怎么样？”笑意里尽是暧昧。

顾牧呈没理他。

“不会什么都没干吧？”

顾牧呈看了江南一眼，江南忙说：“好，我不问，不问了。

曾韬暗自笑了一会儿，随后才认真说：“不过话说回来，顾少，论坛上的事你已经看见了，事件已经发酵得越来越厉害，骂学妹的人越来越多，我觉得是有人在网上带节奏。”

“嗯。”顾牧呈淡淡地吸了口烟，轻轻吐了出来。

曾韬看着只觉得真性感。

顾牧呈问："怎么骂的？"

"就一些难听的话。一个是医学系的校草学长，一个是摄影系的系花学妹，校花的竞争者之一，本应该是一段佳话，但没想到这群人一点主见都没有，因为一张照片就浮想联翩。"江南说，"我估计这背后是罗小姐在操作，以罗小姐以往的手段，她会找学妹的麻烦一点都不奇怪。"

说到这里，曾韬问："顾少，你之前不是不想跟学妹这么早公开关系吗？不是说小不忍则乱大谋，想等所有的事情都尘埃落定才告诉学妹，不想让她沾上危险吗？"

顾牧呈看着指间忽明忽暗的烟头，低沉的声音带着几分沙哑："没忍住。"

昨天知道论坛上发生的事情之后，看着论坛上一字一句谩骂沈言宁的话，一向平和的顾牧呈怒了。他见不得宠着的小姑娘在别人那受委屈，他本不想现在就正面跟罗家翻脸，但既然罗家的人触碰到了他的底线，撕破脸也只是早晚的事。

再加上，他上次看见有人向小姑娘表白了。

他的小姑娘变成大姑娘后，更耀眼了。

不过这些话，顾牧呈都没说出口。

曾韬和江南互相扫了对方一眼。

在他们的印象里，没有什么事情能让他们家顾少失去控制的，被罗家人牵制之后，顾少表面上唯命是从，实则早已私下画沙聚米，慢慢强大，等待时机。

在部署战略的过程中，曾韬和江南有时遇事都会心急或者失策，唯独顾牧呈从未走错过一步。一路走来他都淡定如初，谨慎沉稳，仿佛不会被情绪左右。

曾韬和江南觉得像顾牧呈这样的人天生就是做大事的，没人能左右到他的想法、情绪与决策。可现在，一个小姑娘竟然让他说出"忍不住"这样的话。

曾韬除了意外，还有一种松了口气的感觉。他说："顾少，你知道吗？

这个学妹来了之后，你眼里就没有了那种漠视苍生的神色了，感觉有了牵挂，多了几分七情六欲。我觉得这是好事。人如果真的没什么感情，活着还有什么意思？有机会叫妹妹一起吃饭。”

江南举手：“同意！”

对于曾韬的话，顾牧呈不置可否，修长的手指掐灭了烟头，上了车：“走吧。”

2

沈言宁本以为到了学校就能逃过一劫，谁知道学校里有关她和顾牧呈的话题居高不下。一进教室，她就感觉有人投来各种奇异的目光。

沈言宁自入学开始，因为成绩和她本身的长相以及为人处世，都得到班上同学的认可，所以看见网上那些议论声，班上有些同学很不平，甚至跑去网上跟他们理论。

像是为了鼓励沈言宁，她一坐下，便有人说：“言言，提前先恭喜你呀！可别听网上那些人说的话，我觉得你跟顾学长就很配！好事将近记得发帖子啊！”

搞得好像沈言宁马上就要跟顾牧呈结婚一样。

更夸张的是，连其他系的女生下了课都围着摄影（1）班的教室，想看看这位能跟校草闹绯闻的女生究竟长什么样。

虽然网上已经有不少沈言宁被别人偷拍的照片了，但人的好奇心永远得不到满足，不亲眼看看她长什么样，就是不甘心。

于是沈言宁当了一上午的熊猫被人围观。

虽然网上谩骂得厉害，但现实生活中，没有人敢当着沈言宁的面骂她，毕竟在网上做个键盘侠又不用负责，现实中就不一样了。

如果说在昨晚之前，沈言宁可能还会一本正经地觉得这些人比她还会脑补，顾牧呈只是把她当妹妹，怎么就成绯闻情侣了？

可昨晚发生的事……她还能正视自己跟顾牧呈之间的“兄妹”关系吗？

沈言宁觉得自己做不到，甚至一整个上午都在走神，老师讲的课也没听进去多少。

下课之后，沈言宁慢吞吞地收拾着自己的课桌，想着顾牧呈是还在公寓睡觉，还是已经走了？她应该回寝室还是回公寓看看他？毕竟昨天他醉成那样，还酒精过敏，不知道有没有事。

正在沈言宁犹豫不决的时候，她收到了顾牧呈的微信："老地方，我在校门口等你。"

沈言宁心一紧，她没有回复，直接收拾东西逃回了寝室。

她有点……不知道怎么面对顾牧呈。

顾牧呈等了许久没见小姑娘有反应便直接打了电话过来。沈言宁看着电话，没接。

"言言，怎么不接电话啊？"

去食堂打饭，顺便帮沈言宁带了饭的张小舟和程唐回来，见她的手机一直在响，又捧着手机在发呆。

沈言宁咬唇，说了个谎："是骚扰电话。"

"那就别管它了，来吃饭。"

沈言宁接过她们带的饭，说了一声"谢谢"。

她垂着脑袋，脸因为撒谎而红扑扑的。那亮起来又暗下去的手机屏幕上分明显示了"哥哥来电"字样。

沈言宁的脑子里像被塞了糨糊，整个人都不在状态。一看见他的来电显示，就想到昨晚顾牧呈低哑旖旎地在她耳边说："想跟我接吻吗？"

被安排在校门外偏僻的角落等沈言宁的顾牧呈看着没接通的电话，挑了挑眉，小家伙这是在……躲他？

沈言宁确实是在躲顾牧呈，电话不接，短信不回……

从这天起，她每天除了上课、吃饭，就没有做过别的事情。周末去"千年"兼职时，原本她还挺犹豫，害怕会在"千年"遇见顾牧呈，但连续两个周末都没遇到他。

沈言宁心里有点庆幸，但庆幸过后袭涌而来的是无限失落。

明明选择躲着不见的是她，结果每天闷闷不乐的人也是她。

可她想不到更好的办法，喜欢一个人是无法控制的，她唯一能做的是尽量不去见他。

这两周论坛上的事件未停息，甚至比之前讨论得更甚，因为清泉大学来了一名交换生，跟顾牧呈更加亲近。

论坛里的人是这么说的："那个女生叫周思元，是隔壁市北城大学的校花，最关键的是据说顾学长转学去北城高中那一年，她跟顾学长关系非常好！"

有人看热闹不嫌事大："真的假的？怎么顾学长身边出现的都是女神级人物？"

"不信？"有人立刻在论坛中甩出了顾牧呈和周思元走在一起的照片，虽然只是个背影照，却也是郎才女貌，赏心悦目。

呵呵哒："老同学见面，不知道会不会擦出一点火花？"

嘻嘻哒："扎心了！"

你看起来很好吃："前几天不是还传沈言宁跟顾学长的绯闻吗？你们这些人太善变了，今天绯闻女主就变人了？"

呈元 CP 崛起："我觉得这周思元跟顾少才般配！"

梦奇："我觉得你眼神指不定有毛病，赶紧挂个专家号看看！"

呈元 CP 崛起："……"

这个叫"梦奇"的 ID，大家都知道他是沈言宁的粉丝，经常在论坛里怼嘲讽沈言宁的人。

随后，有人发了新帖子——"顾少 vs 周思元新 CP 楼""呈宁 PK 呈元 CP 楼"，等等。

沈言宁看着论坛上发的那张照片，周思元这个名字又陌生又熟悉，陌生是因为很久都没听见过了，熟悉是因为她第一次吃醋，就是因为这个女生。

那也是她第一次壮着胆，借由自己年龄小，"童言无忌"让顾牧呈不要早恋。

没想到他们居然以这样的方式相遇。

这话虽然很土，但缘分这东西有时真是妙不可言。

沈言宁有点郁闷，干脆关了手机不再看。

直到中午吃饭，跟程唐和张小舟正在食堂窗口排队的时候，身后忽然传来了惊呼的声音，三人朝后看去，是论坛上讨论热度巨高的新"呈元CP”出现了。

同时，有人发现老“呈宁CP”中的女主角也在现场，食堂里的气氛立刻诡异起来。

当顾牧呈不紧不慢地朝沈言宁的方向走来时，更多人觉得这是一种无声嘲讽。

最后，沈言宁也不知道怎么回事，他们五个人会在同一张桌子上吃饭。

程唐和张小舟明显很紧张，只顾埋头吃饭，沈言宁食不知味，只有对面两人聊得很和谐。

周思元：“最近清泉市经常下雨，为了驱寒，今天食堂的汤都放姜，我特意跟食堂阿姨要了一碗不带姜的汤，我记得你以前不喜欢姜。”

“谢谢。”低沉的男声道谢。

沈言宁咬着筷子，心想，周思元知道得还真多，不过补过几天的课，连人家不喜欢吃姜都知道。

“言言，这个给你。”一旁的程唐将一碗汤推给沈言宁，“我们特意给你打的！”说完冲她做了一个“wink（眨眼）”，再怎么说气场上也不能输给人家。

学长有人送汤，她们家言言也得有。

沈言宁接过汤，说了句“谢谢”正要喝，却被一只好看的手伸过来截住。顾牧呈拿过沈言宁的碗，将那碗没有姜的汤跟她替换，在众人的讶异中，淡然地说：“她不吃姜。”

空气一时间凝固，大家很默契地选择沉默。

周思元低头吃饭不知在想什么，程唐偷偷给张小舟使了使眼色，小声说：“照目前的情形看来，顾学长心里还是有我们家言言的。”

一顿饭吃得索然无味，周思元提议：“离下午上课好有段时间，不如请我去‘千年’喝茶？”

这话是对顾牧呈说的，可周思元还礼貌地邀请沈言宁：“言言，一起去吧？”

沈言宁一点都不想当电灯泡，刚要拒绝，却听见顾牧呈替她回答：“好，言言一起。”

她一点都不想一起！

沈言宁在心底默默地翻了个白眼。

偏偏程唐扯着想走的沈言宁，小声在她耳边说："言言，去啊！怕什么！顾学长心里的人是谁还没个定数呢！这仗还没打，我们不能先认输啊！"

程唐这么一说，沈言宁心底也有几分不服气，明明才吻了她没多长时间，他怎么就理所当然撩别的姑娘去了？

于是三人来到了"千年"。

3

喝茶无非是聊天、打牌，顾牧呈三人去时，常去"千年"的一些老朋友已经在牌桌上打得火热。

见顾牧呈来了，身边还跟着两个大美女，众人的眼神意味深长。

要知道他向来不近女色，夏彤彤喜欢他那么长时间，顶多也只得到了他的一张黑卡，连衣袖都没蹭到过，此刻他身边站着的这两位，想不让人注意都难。

有人邀请他们一起打牌，周思元虽然是学霸，但这些年来，打牌、唱歌等一些娱乐她有涉及，既然有人邀请，她也不拒绝，直接上了牌桌。

沈言宁对打牌一窍不通，本以为来这真的只是喝茶聊天，谁知道竟然还要上牌桌。

她见周思元落落大方，不想输了气势，一咬牙，硬着头皮上。

之前曾经对沈言宁有非分之想的潘少卿在顾牧呈、沈言宁和周思元三人之间认真观察了一下，随后问："顾少，要不你也一块儿上桌？"

顾牧呈摇头："我就不打了。"随即在沈言宁身边的空位坐下。

潘少卿嘿嘿一笑："那我就不客气了，先陪两个美女玩牌！"随即又朝身后招了招手，"三缺一，再来一个！"

很快便有一个男生加入了牌桌。

四人玩的是清泉市独有的扑克玩法。沈言宁以前看沈国辉玩过，但因为不感兴趣，所以也没多看。

开局前，坐庄的是潘少卿，他整理好牌后，率先出了一个顺子。

第二个轮到沈言宁，她看了一眼自己乱七八糟的牌，根本无从下手，正想说不要，便见一只手伸过来，从她手中抽出了几张牌，接下了潘少卿的顺子。

沈言宁不用看也知道帮自己打牌的人是顾牧呈，没想到，在牌都没整理的情况下，他居然能得心应手地出牌。

潘少卿见顾牧呈出手了，嚷嚷："顾少，你这是站在哪边啊？今天两个美女都是你带过来的，你现在帮沈学妹，就不可以帮另一个了。"

另一个指的是周思元。

周思元笑道："言言是牧呈的妹妹，牧呈帮她是理所当然的。"

"啊？沈学妹是顾少的妹妹？"牌桌上另一个人诧异道，随即又喃喃，"难怪有人拍到他们在一起的照片……"

潘少卿也很诧异，随即想到上次在"千年"他胆大包天撩拨沈言宁的事，顿时冷汗淋漓，难怪那时候顾牧呈忽然离开，原来是因为这个。

他生怕顾牧呈想起这事，立刻转移话题，问："沈学妹既然是牧呈的妹妹，那周同学又是顾少的什么人？"

沈言宁觉得很烦，怎么走哪儿都是有关于顾牧呈和别的女人的事？

她开口："你们是来这打牌的还是聊八卦的？"

沈言宁言语里有生气的成分，可声音依旧软绵绵的，潘少卿听得骨头都酥了，要不是她是顾牧呈的人，他还真不想放过这么个可人的姑娘。

他用几乎是哄着的口吻说："学妹别介意，我们这不是没见过你牧呈哥身边带着姑娘，所以好奇吗？再说了，学妹你就不想你牧呈哥早点帮你找个嫂子？"

说到找嫂子，沈言宁更郁闷了。她瞪着潘少卿说："我哥都不着急，你着急什么？"

"你怎么知道你哥不着急啊？"

沈言宁下意识地看向顾牧呈，恰巧对上他望过来的双眼，她咬了咬唇，鼓起勇气直视他。

后者被沈言宁圆溜溜的大眼睛瞪得失笑，顾牧呈望着她，眼眸中有她的小身影，淡淡地反问："如果我说我有点着急了呢？"

沈言宁心一凉，如被一盆冰冷的水当即对着脑门淋下。潘少卿说得没错，就算以前她能用“不能早恋”当借口，可现在顾牧呈早已不是当年的顾牧呈了，未来，他也不可能一直不找女朋友。

她抿了抿唇，低声说：“那牧呈哥你就找吧。”

接下来的时间里，沈言宁整个人都很飘忽，整局牌都是顾牧呈帮她打的。到了中午，“千年”的人越来越多，也有不少人过来观战，于是大家便看见这一幕。

坐在牌桌上的小姑娘心不在焉地摸着牌，连对牌都不会，坐在她身边的男人却依然可以教她打牌并且赢全场。

下午沈言宁有课，在“千年”待了一小时要回去，赢了钱的小姑娘看起来却一点都不开心。

顾牧呈想送沈言宁，被她无情地拒绝了。她说：“牧呈哥，你谈你的恋爱吧，我自己回去就行了。”说完也不等他回话，转身大步走了。徒留下清俊温雅的男人站在原地，眼神意味深长。

“小姑娘这是吃醋了？”身后幽幽的女声传来，周思元走了过来，“正中你的心意。牧呈，我配合你演了这出戏，你要怎么感谢我？”

男人心情很好，客气地说：“以后有需要帮忙的，随时说。”

周思元看着他清俊漠然的侧脸，想起方才他嘴角的那抹浅笑。

这个男人啊，以前就是这样，冷冷淡淡的，对什么事都不上心的样子。可只有对那个小姑娘的时候，他才是真的温柔。

周思元记得高二那会儿，顾牧呈以转学生的身份进入北城高中的情景。他穿着蓝白校服，嘴角似有一抹温柔浅笑，眉眼却冷漠。一张颠倒众生的脸，再多的形容词都不足以形容他有多好看，只要一说“顾牧呈”，见过他的人脑海里已经自动浮现他有多好看。

后来，“顾牧呈”这三个字，就是个好看的代名词。

顾牧呈刚转来的那会儿，学校的女生们都疯了，一个个下课趴在窗口、门边看他。

以至于顾牧呈那个班的女生们因为能跟顾牧呈同班而心生一种莫名的骄傲，只不过他看似平易近人，却没有人真的敢主动找他说话，他周身总有一股令人止步的冷漠气场。

周思元不是个死缠烂打的女人，既然明知道顾牧呈对自己没意思，她也不会再去烦他。

只是心里还是很喜欢他啊，这些年即使上了大学，也没有一天忘记过他。

周思元总想着该是什么样的女生才能得到这么好的顾牧呈。没想到，那个女生，她一早就见过。

不过这沈学妹好像还不知道她家哥哥对她有意思，还傻乎乎地以为顾牧呈跟别人有关系。周思元是个聪明的女人，知道既然自己得不到顾牧呈，让他欠自己一个人情也好，所以便配合他演了一场戏。

从沈言宁的反应看来，这场戏演得很成功，过不了多久，顾少应该可以得偿所愿，抱得美人归。

那天沈言宁离开“千年”之后，很长一段时间只在寝室与教室之间穿梭。除了去“千年”兼职，连食堂都没再去了，她也没再关注论坛上的消息，一心扑在书海里。在她心里，顾牧呈已经跟别人在一起了，她再关注也没什么意思。

寝室里的气氛也因此有所改变，在程唐和张小舟的眼里，沈言宁这种状态看起来就是失恋的人才有的自我封闭的状态，两人挺担心，又不知道该怎么办。

好在论坛上不知何时已经没有了顾牧呈和周思元的讨论帖，一夜之间关于两人的消息神奇般被删光了，论坛里也再无人提及此事，仿佛两人从未有过瓜葛。论坛上曾经的“呈元 cp”宛若从未存在过，倒是“呈宁 CP”的楼越盖越高，持续保持在热门。

大家开始在论坛上卖顾学长的照片。有人在论坛上又甩出了新消息：“听说了吗？顾学长已经去第一医院实习了，‘神雕侠侣’专家中的李教授亲自带他！”

“顾学长可太优秀了吧！一想到他穿白大褂的样子，我就觉得自己要把持不住了。求分享照片！我出一百元一张！”

“我出两百元！”

论坛里都是关于拍卖照片的话题，其中也有不喜欢沈言宁的人趁机蹦跶——

“我插句话，如此优秀的顾学长是某些人能够看的吗？”

梦奇：“对，是你不能看的。”

又是一番吵闹，如今看来，没有了“呈元 CP”，这番争吵倒显得意外亲切。

手头上刚结束完工作，顾牧呈摘了手术手套，往办公室走去，路上遇见了两个医院的实习护士，见到他，红着脸喊了一声：“顾少！”

顾牧呈摘下口罩，朝她们点了点头，算是打招呼。

两个女生等顾牧呈走后，看着他的背影，惊叹：“穿白大褂的顾少真是太帅了！迷死我了！”

旁边的实习小护士拿出手机拍了一张顾牧呈的背影照：“我老公当然帅了！”

很快，论坛里更新了一张顾牧呈在医院走廊穿着白大褂的背影图。一束昏黄暖光从走廊尽头的窗台落下，将他颀长挺直的身型笼罩在一片光晕里。

论坛又爆炸了。

4

顾牧呈回到办公室，脱下白大褂，随手扔在座椅上。

桌子上的手机一直在响，他拿起，看着上面十余个未接电话，挑着几个打过去。挂了电话，看着窗外渐渐变黑的天色，他再一次拨打了小姑娘的电话。

顾牧呈本以为和之前一样，又是一连串的忙音，没想到这次那头很快接了起来：“谁啊？”嗓音哑哑的，带着浓重的鼻音。

他顿了片刻，喊沈言宁：“言言？”

“嗯……”沈言宁的意识似乎并不清楚，却仍下意识地喊，“牧呈哥，言言难受……”

顾牧呈听出沈言宁声音里的不对劲：“言言，你现在在哪儿？”

“寝室……”

顾牧呈二话没说，打开办公室的门，大步走了出去。

正巧遇上医院的同事老刘和老郑：“哎，牧呈，我正要跟你讨论一下下午手术的事……”

“抱歉，我现在有急事要出去。”顾牧呈说完，快步离开。

老刘和老郑互相看了一眼，再看着顾牧呈疾走的背影。

老刘摸了摸鼻子：“还从没见过我们未来的顾医生这么失控的样子，我还挺想知道发生了什么事。”

“你怎么这么八卦？！”

老刘横了他一眼：“你不想知道？”

“倒是也想。”

“……”

沈言宁醒来的时候已经是第二天早晨了。窗外一片雾气，天气好像是一夜之间变冷的。

她记得自己一开始只是打了几个喷嚏，没太注意，接着便头昏脑涨，她本以为是这些天想事情想多了。可头越来越疼，她迷迷糊糊地倒在床上睡觉，却越睡越难受，之后便失去了意识……

沈言宁调转视线，便看见了靠在床边椅子上，一只手支在桌子上撑着脑袋闭着眼睛的顾牧呈。

那是她第一次看见顾牧呈穿白大褂的样子。五官清俊，气度出尘，她的眼神渐渐往下，看见他脉络分明的脖颈，让人好想咬上一口。

她没忍住，伸手轻轻地点了点顾牧呈的喉结，食指从他的喉结渐渐往下轻滑了一下。

她咽了咽口水，皱了下眉，发现喉咙疼痛无比。

沈言宁正要缩回手，就在这时，一只手倏地抓住了她缩回去的手。她一惊，就见顾牧呈漂亮的眼睛睁开了。

“牧呈……哥，你……你什么时候醒的？”沈言宁慌乱地问，想抽回手，顾牧呈没让。

“一直醒着。”

沈言宁心更惊了，但事已至此，她也没办法，只能豁出去。

她咬了咬唇，看着自己被顾牧呈握住的手，道：“牧呈，你先放开我。”

没想到顾牧呈很听话地就放开了。

虽然沈言宁的手被放开了，但手上残留着的温度灼热无比。她盯着自己的手，没敢看他，问：“牧呈哥，你没睡为什么我碰你的时候，你不出声？”

谁知道顾牧呈没回答，而是反问：“你说呢？”

沈言宁被顾牧呈反问得心跳如擂鼓。她紧张地咽了咽口水，喉咙似乎更痛了。

见她皱起眉头，顾牧呈起身，弯腰探身到她跟前，温和地问：“还很难受？”

之前沈言宁不敢面对顾牧呈，是因为那晚“吻”的事，后面不想面对他，是因为周思元，没想到再次见面是以这样的方式，还发生了刚刚那么尴尬的事。

面对顾牧呈眼里丝毫不隐藏的关切与担心，沈言宁摇摇头：“没有，就是喉咙有点痛。”

“嗯。”顾牧呈伸手去探沈言宁的额头。

沈言宁下意识地躲了一下，就见顾牧呈的手顿在了半空中。她失神地说：“牧呈哥，这样不好吧？”

顾牧呈眉头微蹙，似乎很不悦。他的手固执地触到她的额头，探寻温度：“你昨晚发高烧，虽然今天已经退了，但喉咙的炎症还需要一两天才会消。”

沈言宁原本退烧的额头，因为顾牧呈的手掌，温度好像又上升了。

她的脸红扑扑的，因为顾牧呈靠得近，她可以清楚看见他眼底的血丝，以这种情况来看，他可能在这里陪了她一晚上。

一时间，沈言宁心里又暖又苦涩。暖是因为顾牧呈一直这么好，苦涩是因为他的好只是对待“妹妹”的好。

这时，门外响起了敲门声，沈言宁看过去，程唐和张小舟两人缩在门口，一脸怯懦的神情，好像病房里有会吃人的猛兽。

沈言宁还从来没见过她们这样，有些奇怪。

张小舟绷着一张脸，大气不敢出，还是程唐鼓起勇气说：“顾……顾学长，我……我们可以进来吗？我们给言言买了粥。”

顾牧呈没吭声，只对沈言宁说：“你先吃点东西，我出去一下。”

沈言宁点点头，看着顾牧呈出去了之后，程唐和张小舟才敢走进来。

她见她们如此小心翼翼的样子，不免觉得好笑，沙哑着声音问：“你们怎么了？”

程唐和张小舟一脸愧疚：“对不起啊，言言，我们昨晚只顾着看八卦，都没发现你发高烧了，要不是顾学长及时出现，我们就酿成大错了。”

“是啊。”张小舟也心有余悸，“当时你都昏过去了，送进医院的时候，医生量了体温，都快到四十摄氏度了，说再烧下去，脑子就要烧坏了。”

“啊……”沈言宁有点意外，“是他把我送进医院的吗？”

“是啊！”说到这里，程唐还心有余悸，“当时我跟小舟刷网页刷得正起劲，寝室门就被人从外面撞开了。当时顾学长的脸沉得可怕，他看了一眼寝室环境，直接走到你床边，喊了你几声没反应，就把你抱起来大步走出寝室。”

程唐说这些的时候，沈言宁脑海中不禁浮现出她描述的场景，如果只是这样……

“你们刚刚怎么好像很怕他的样子？”

“能不害怕吗？”程唐说，“我都快吓死了，顾学长虽然什么都没说，但一路上脸冷得跟冰块一样，好像在责怪我们没照顾好你，反正我一想起我就觉得我有罪！”

张小舟连连点头，表示同意。

沈言宁失笑：“就算你们没照顾好我也不是你们的错啊……”

她一直觉得大家虽然在同一个寝室，但照顾双方并不是义务。

她话还没说完，张小舟就说：“怎么不是？之前我家里遇到一些经济上的困难，不是你心细发现了借钱给我？如果不是你，我那几个月还不知道怎么过，说不定就饿死了！”

“对啊！我有一次感冒难受在医院里打点滴，也是你们在医院照顾我。我们既然有缘在同一个寝室，就应该互相照顾。如果今天你真的因为我们的粗心发生了什么意外，我们这辈子都不会原谅自己！”

这些事沈言宁其实一直没放在心上，当她们提起的时候，她有片刻恍惚。她这才发现，这些年能让她放在心上的也只有顾牧呈了。

“那么，你们能不能帮我个忙？”沈言宁忽然开口。

程唐和张小舟异口同声：“什么忙？”

“我想出院。”趁顾牧呈还没回来。

程唐和张小舟对视一眼，程唐问：“为什么？就算出院也要跟顾学长说一声啊……”

沈言宁叹了一口气：“我就是不想面对他，才想趁他不在的时候离开。”

沈言宁这样一说，程唐和张小舟顿时明白了。沈言宁可能跟顾学长有矛盾了。

她们识趣，没问是怎么回事，只说：“言言，如果有天我们离奇去世，你一定不要怪顾学长，这些都是我们罪有应得，你只要替我们收尸就行。”

没有及时发现沈言宁发高烧也就算了，现在还要背着顾学长把沈言宁从医院里偷偷带出去，顾学长肯定讨厌死她们了。

沈言宁摇头：“放心，他不会怪你们，这是我自己的事。”

如果喜欢一个人又无法得到，沈言宁觉得自己唯一能做的就是逃离。

自昨晚把沈言宁送进医院，顾牧呈一整夜都守在她床边，看着她的体温慢慢下降到平稳，没有复发的迹象，才闭眼休息了一会儿。

顾牧呈不想妨碍沈言宁和室友相处的时间，所以先去办公室洗漱，顺便换了一套衣服。

他算好时间，去了病房，一打开门，却发现病房里空荡荡的，原本应该躺在病床上休息的小姑娘早已不见踪影。

他孤零零地站在原地，静默不语。

他眉宇间流露出的疲惫没再隐藏，他知道，小姑娘这是在躲自己。

第九章　我想好好保护她

1

都说清晨雾色浓，天气必久晴。下午清泉市的天气很好，许久未出的太阳照耀大地，清泉市某处的疗养院，穿着粉色制服的护工推着徐一倩在草地上晒太阳。

帮徐一倩盖好腿上的毯子，护工便看见心心念念的男人朝这边走来。

她做这份工作最开心的事就是每周能见他一次吧？

“顾先生，您来了。”护工红着脸打了一声招呼。

顾牧呈点头应了一声，女孩心里所想，他心里很清楚。

眼前的护工是个二十岁出头的女孩，年龄虽然不大，但做事细心温柔，这是顾牧呈看中她的一点。至于其他，不在他的管辖范围，只要不逾越，他不会放在心上。

护工见顾牧呈来了，便退到身后，将空间留给母子二人。

徐一倩虽已上了岁数，但颜值依旧在，只不过平日里眼神呆滞，只有在看见顾牧呈的时候才会像个小孩一样，拉着他的手一脸期待地问：“小呈，爸爸回来了吗？”

温文尔雅的男人半蹲在母亲身边，低声哄着她：“快回来了，妈，您再等等。”

“哦。”女人信以为真，心情很好，忽然又变了脸色，抓着顾牧呈的手，小声道，“罗家人，坏……坏蛋，别……别招惹他们！”

徐一倩小心翼翼地说给自己儿子听，生怕别人听见。

这样的场景与对话，重复进行过很多遍了。

罗家会成为徐一倩的心结，是因为以前的事让痴呆中的她记忆深刻。

顾父以前是做医材生意的，罗森过去想垄断清泉市的医材市场，想拉拢顾父，却被顾父拒绝。于是罗森三番四次刁难顾父，让徐一倩印象深刻，以至于在痴呆了之后还记得罗森是坏人。

顾家出事之后，第一个提出要当顾牧呈监护人的是罗森。

他用的是“要”而不是“想”，要在这件事上采取强制措施。

但顾牧呈拒绝了，很长一段时间，罗森都让人从中周旋，要他非答应不可。

直到罗雨诗不想让顾牧呈厌恶罗家，向罗森求情，罗森看在罗雨诗的面子上，才放过了顾牧呈。

顾牧呈为了逃避罗森的掌控，选择离开清泉市，去了北城市沈家。

他高一刚从北城市回来后，罗森再次找上门来。

罗森提出资助顾牧呈上学直到大学毕业，但大学毕业之后，顾牧呈必须做罗家的人。

所谓做罗家人，就是娶罗雨诗，继承罗氏集团，为罗家传宗接代，并且保罗家后世富足昌盛。

顾牧呈拒绝了，可后来罗森却挟持了徐一倩。他让人把徐一倩带到了疗养院的楼顶，对顾牧呈说：“只要我让人轻轻这样一推，明天的新闻就会写‘清泉市疗养院病人失足坠楼死亡’，甚至没有人会质疑这条新闻的可信度，你信不信？”

顾牧呈现在还记得当时罗森妄自尊大的表情。他的威胁如此明目张胆，是因为罗家在清泉市基本做到了一手遮天。

“我很看好你，牧呈，你是我这么多年来见到的最好的苗子，我想培养你成为我的接班人，但是……如果好苗子不听话，我不介意在他还没成长起来的时候，先毁了他。”

少年有倔强倨傲、桀骜不驯的心，但他也知道什么是含垢忍辱，卧薪尝胆。

那时，顾牧呈逼自己放平心态，慢慢变强，不到万事齐全，便不跟罗森翻脸，可遇见了沈言宁，他却有些忍不住了……

曾韬问顾牧呈："小不忍则乱大谋，过去那么长时间都坚持下来了，怎么还急于这一时？"

顾牧呈想，那是因为过去他的生活是一片没有阳光的荒原，萧条贫瘠，满目疮痍。他站在那里，孤立无援，他必须学会独当一面。

他一路走来，披荆斩棘，无所畏惧。直到头顶云层拨开，沈言宁从厚厚的乌云中挤了进来。

她拉着他的手走过的每一片荒地上开始生根发芽，繁花在脚下盛开，湖泊滋养大地，山川在远处伫立。

万物复苏，向阳而生。

沈言宁是他荒原里生生挤进来的小太阳。

想到这里，顾牧呈的双眸晦暗不明。他握着母亲的手，看着她天真的双眼，却没有像往常一样回复她"妈妈，我知道了，我会忍"，而是说："妈妈，过去我一直听您的话，一直忍，可我没想到我会……喜欢上一个女孩。我想好好保护她。因为她，我不想再忍。"

日子照常一天天过去，论坛上的热度却没有低下去。

依旧有人在帖子里每天更新顾牧呈在医院的日常，不过大多都是背影或者侧面，发照片的人也许因为藏有私心，或许知道这样侵犯肖像权，所以没有上传过顾牧呈的正面照。

可即便如此，光是背影和侧面就够顾牧呈的女粉丝们尖叫一天了。

在这种情况下，依旧有人在论坛里就"沈言宁配不配得上顾牧呈"这个话题说三道四。每天也依旧有不知道从哪个系过来的学生，偷偷在摄影（1）班窗口观察顾牧呈的绯闻女友沈言宁。

程唐和张小舟每天都关心着论坛的进展，有时候也会披着马甲上去跟骂沈言宁的人对骂，倒是沈言宁已经习惯了这种状态，觉得在论坛上被骂就被骂，她也不会少块肉。

这事就连在外校的路知知都知道了，特意打电话过来问情况。

沈言宁轻描淡写地说："没事。"

路知知说："没事就好，你放心，有人骂你，我就帮你怼回去，那群人根本说不过我！”

沈言宁想了想，问：“那个‘梦奇’是你吗？”

“被你发现啦？”

“我记得高中那会儿你玩‘王者荣耀’，最喜欢用的英雄就是梦奇。”

“哈哈！果然是我的好姐妹！”路知知在电话里佩服地说，“我就特别佩服你的聪明淡定，你知道吗？这段时间我都快疯了。”

沈言宁一惊，问了缘由，才知道路知知这段时间没联系她，是因为她也遇上麻烦了。

“你不知道，严选在北城大学有多受欢迎，也不知道是谁把我的电话号码泄露出去的，我每天都能接到莫名其妙的电话和短信，都是骂我的，说我勾引严选，说我不配跟严选在一起！嘿，我就无语了，明明是严选自己每周都来清泉市找我好不好，她们怎么不去找他啊？”

沈言宁没想到路知知竟然也发生了和自己类似的事，便问：“严选怎么看这事？”

“他还不知道啊，这事我不敢跟他说。”路知知说，“他那个脾气你也知道，我怕他一生气，做事情不顾后果，反正也就是骚扰电话，我不理会就行了。”

别看路知知口头上总抱怨严选这里不好那里不好，但真的遇到与他相关的事，她总是先站在他的角度想，再考虑自己。

“我觉得这件事情你最好跟严选说一下，不然……你可以换个手机号？”

“才不要！换手机号多麻烦！好多联系人都得重新加过，而且明明是她们的问题，我干吗换号？！我偏不！”说到这里，路知知又说，“说着说着，电话又打进来了，我先去拉黑电话了！言言，你自己照顾好自己啊！”

“嗯，你也是。”

挂了电话之后，沈言宁回到了教室，没多久上课铃响了，最后一节是英语课。

因为和路知知通了个电话，沈言宁一直没什么心思上课。

她最近也经常收到莫名其妙的电话和短信，起初她没太在意，因为电话每次通了之后，对面都没人说话，短信则是一些诅咒谩骂她的话。

现在想来，可能是她的电话号码泄露了。

就在沈言宁低头想事的时候，一声熟悉的“言言”把她的思绪拉了回来。

四周不知何时都是尖叫的声音，还有人抑制不住地“哎哟”了几声：“校草和系花撒狗粮了！”

接着是一片欢笑声。

“是谁说我们言言倒贴啊？他们明明是两情相悦好吗？”

这话自然是说给外头看热闹的人听的。

沈言宁这才发现不知道什么时候已经下课了，她看着朝自己课桌走来的顾牧呈。

两人最后一次见面还是一周前在医院里，再次见到顾牧呈，好像在做梦一样。

顾牧呈穿着烟灰色的衬衫，深色长裤，身姿挺直修长，犹如一棵笔直的青松。

他的目光深沉，面容英俊温和。

沈言宁下意识地站起来，瞳孔随着顾牧呈靠近的步伐而渐渐紧缩：“哥，你……你怎么来了？”

相比较沈言宁的惊诧，顾牧呈显然淡定多了，轻和温柔地说：“接你回家。”

就好像他们从来没有冷战，他从没有过别的女人，他们一直如以前那般好。

沈言宁整个人都是蒙的，在周围人的惊呼声中，她被顾牧呈牵着一步一步走出教室。

身后，张小舟和程唐都看呆了。

程唐：“顾学长不愧是我偶像，太帅了！直接来教室找言言！这简直是在宣示主权！”

张小舟：“我就看见顾学长脸上写了几个字。”

“嗯？”

“沈言宁是我顾牧呈的。”

直到坐到顾牧呈车上，沈言宁依然呆呆地看着前方。她说：“牧呈哥……你知不知道自己在做什么啊……”

顾牧呈一只手搭在方向盘上，并未发动车，只是侧头看她：“嗯？”

沈言宁深呼吸一口气，转头看顾牧呈，板着一张认真又严肃的小脸：“牧呈哥，我一直觉得我很有必要跟你确定一件事！”

面对沈言宁的严肃，顾牧呈也收起了笑意：“你说。”

“牧呈哥，我跟你说过很多次我已经不是当年那个你刚认识的我了，我是大姑娘了。”

“嗯，我知道言言是大姑娘了。”

沈言宁咬了咬唇：“可你知道大姑娘意味着什么吗？变成大姑娘了，意味着你不可以像以前那样对我做过的事情、说过的话不负责；变成大姑娘了，意味着我也有自己的想法和心思。”

“我知道，言言有自己的想法和心思，所以这些天我发的信息不回，电话也不接。”

面对顾牧呈轻描淡写的“责怪”，沈言宁有那么片刻是恼火的。

这些日子她也不好受，如果不是强大的意志力让她不去翻顾牧呈的微信和电话，她早就和以前一样，当作那晚什么都没发生过，当作他没有女朋友，继续跟他以“兄妹”的关系相处。

可沈言宁总觉得这样不对。

她反问：“难道牧呈哥觉得你没错吗？”

“嗯？”顾牧呈似乎没想到她会如此一问，他不确定地问，“我错了吗？”

沈言宁咬牙，心里的火气终是没忍住：“那天你喝多了，不记得发生过的事情我不怪你，可是你今天直接来我教室，又这样对我……难道牧呈哥不觉得你对我做的事情已经超过了兄妹之情吗？”

她很怕顾牧呈对自己只是兄妹之间的感情，可他的逾越行为，让她觉得自己不能再用“逗小孩”这样一个词去解释了。

如果她一而再，再而三地纵容他，只会让她自己越陷越深。

沈言宁铿锵有力地指责：“牧呈哥，你现在越来越多的举动让我非常容易误会。”

小姑娘即使在生气，语气却依旧细软，一点威胁性都没有。

顾牧呈垂眸望着沈言宁气鼓鼓的脸，沉默着出神，脑海里忽然浮现出她以前的样子。巴掌大的小脸蛋，有些婴儿肥，生气的时候腮帮子鼓鼓的，像藏了食物的小仓鼠。而眼前的小姑娘变成大姑娘了，五官比过去更精致，婴儿肥稍微退了一些，短发也留长及腰，做了微卷，很美，也更有女人味了。

顾牧呈搭在方向盘上的手指动了动，哑声问："我怎么对你，让你误会了？"

正生着气的沈言宁没想到顾牧呈会这么问，想到他对自己做的事情，顿时脸红起来，懊恼又生气地指责他："你……你那天亲我了，刚刚还牵我的手。"

"那言言喜欢我这样对你吗？"

顾牧呈如此一问，让沈言宁根本不知道该怎么回答。她的心跳得厉害，又不自觉地想歪了，他这样问是什么意思啊？是她想的那个意思吗？

沈言宁紧张极了，眼皮跳了一下，不敢看顾牧呈，刚才的火气顿时被浇灭了一半。

"牧呈哥，你这话是什么意思？"

"言言觉得是什么意思？"

沈言宁觉得自己快疯了。她咬咬牙，最后豁出去了，抬头瞪着顾牧呈凶巴巴地说："牧呈哥，你都这么大的人了，接吻和牵手这种事只能对自己喜欢的人做，你不知道吗？"

"知道……"

"那学校里到处在传我们的绯闻你不知道吗？"

"我知道。"

面对顾牧呈如此淡然的态度，沈言宁简直匪夷所思："牧呈哥，你是真的知道还是假的知道？他们都说我们在谈恋爱！"

"嗯，我知道。"

她鼓起勇气气势汹汹地责问人，结果对方很平静地回答她，他什么都知道，这反倒让她不知道该说什么了。

车内的气氛顿时安静下来，沈言宁忽然觉得没意思极了。她说：“我每天都在躲着你，你也知道，对吗？”

“嗯。”

“那你为什么还来找我？还对我这么好？”

“我是你哥哥。”

沈言宁笑了，说得好像真的是她的亲哥哥一样，她说：“那天你亲我也是因为你是我哥哥？”

顾牧呈没回答。

沈言宁又问：“有哥哥亲妹妹的吗？”

“……”

小姑娘这一次是下定决心摊牌了，一步一步紧逼顾牧呈，追问：“牧呈哥，你怎么不说话？”

过了许久，顾牧呈才开口：“我没喜欢过女孩子，这是第一次，所以可以请你跟我谈恋爱吗？”

这话说完，沈言宁脑袋空白了好一会儿，才说：“什么请我……你……你不是在跟周思元谈恋爱吗？”她望着顾牧呈，显然被他的话吓傻了，“你……”

顾牧呈看见沈言宁被吓傻的模样，一直皱着的眉头不着痕迹地松了些：“谁说我在跟周思元谈恋爱？”

“他们都这么说……而且在‘千年’你也没否认。”

“嗯？”顾牧呈，“我没否认什么？”

沈言宁认真想了一下，顾牧呈似乎从没亲口承认过他和周思元的关系，顶多是在“千年”说过他想交女朋友了。

见沈言宁一脸心虚的模样，顾牧呈不紧不慢地问：“外面的人说什么我不关心，但是刚刚言言说那晚我亲你了？”

“是。”沈言宁回答得有点乖有点呆，像是一时间没从刚才的话题跳跃过来。

顾牧呈轻轻地“嗯”了一声，低哑的声音在她耳边响起：“可是我那晚喝得太多，有点不记得亲言言的感觉了……”

沈言宁愣愣的，反应过来时，脑子里第一次闪过几句骂人的话。

所以……顾牧呈是不承认那晚他对她做的事了？难道他觉得这种事是她瞎编的吗？程唐说得没错，男人果然没一个是好的！

就算再生气，有涵养的小姑娘也说不出骂人的话。

沈言宁的胸口起伏得厉害，一看就是被气的。她鼻头一酸，说出来的话都带着哽咽："不记得就算了！"

她气呼呼地就要开门走人，发誓以后再也不要理他了。

可沈言宁双肩被顾牧呈摁住了，整个人被他转了回来。她委屈的大眼睛对上他深色的双眸，只见他眼睫低垂，目光从她的双眼划过鼻尖，落在她粉嫩嫩的唇上，目光动了一下，轻声说："我不记得了，所以，言言，我们再回忆一次。"说罢，还未等她反应过来，他便倾身压了上来，温暖的唇吻上她柔软的双唇。

这一次，不仅是蜻蜓点水，而是将沈言宁的双唇含在他唇齿之间，辗转反侧。

沈言宁吓傻了，像只受惊的小猫咪，睁大眼睛望着顾牧呈。

随之而来的是沈言宁清清楚楚地体会到顾牧呈的吻，和那晚的迷迷糊糊不同。

有个声音在对她说，他是清醒着的，他会再次做出这样的举动，证明他没有把她当妹妹了……

可是沈言宁又不敢那么确定。她总是不知道顾牧呈心里在想什么，以前他刚转到北城高中时，有人说他对谁都彬彬有礼，却心思莫测，总让人觉得与他之间隔着很远的距离。

沈言宁太清楚那种感受了，就像顾牧呈总是在笑，她却不知道他究竟开不开心。

直到嘴角传来一丝疼，沈言宁回过神，便见顾牧呈稍稍离了些距离，看着小姑娘柔软被吻红的双唇说："言言，接吻要闭上眼睛。"

沈言宁咬唇，不服气地说："我又没接过！"

"所以……"他倾身，唇无意间擦过她红成一片的耳郭，"我现在在教你啊……"

沈言宁早已经被顾牧呈撩得酥软一片，嘴上却没忘记问："你到底把我当成什么？”

望着沈言宁酡红的脸，顾牧呈的喉结上下滚动了一下，声音越发低哑了：“我喜欢言言，言言要不要做我的女朋友？”

沈言宁咬了咬唇：“这一次你没喝酒吧？”

“上去找你前喝了一点。”顾牧呈大方承认，“但没醉。”

沈言宁咽了咽口水：“为什么喝酒……你不是酒精过敏吗？”

“嗯……”顾牧呈的声音就在沈言宁的耳侧，撩得她的心痒痒的，他告诉她，“是为了壮胆。”

两人的呼吸离得近，沈言宁能感觉到他的呼吸渐重。

她下意识地问：“壮什么胆？”

“我第一次主动跟人表白……”顾牧呈指骨分明的手轻轻描绘着沈言宁的双唇，“害怕会被拒绝。”

狭小的空间，温度渐渐上升，沈言宁根本分不清他话里的真假，像他这么好的人，居然会怕被拒绝吗？她还没来得及问出口，下一秒，她便感觉到他的手指轻捏她的下巴，想问出的话被消音……

是的，顾牧呈的话一点没错，所向披靡的顾牧呈在面对喜欢的小姑娘时，第一次品出了紧张，决定向她表白后，他甚至不顾酒精过敏，喝了一点酒。

的确是为了壮胆。

2

不知道被摁着吻了多久、多少次。每一次长吻，沈言宁都觉得要结束了，可是下一秒待她喘过气了之后，顾牧呈又吻了上来。直到她感觉自己的嘴巴都被亲肿了，才被放开。

沈言宁喘着气靠在顾牧呈怀中，喘着喘着，才发现不知道什么时候，她已经坐在了他的双腿上。

她这才想起，方才接吻时，她被顾牧呈从副驾驶座抱到了驾驶座上。他调整了座椅靠背，驾驶座空间很大，她被抱坐在他双腿上。

所以……沈言宁现在坐着的是平日论坛中总被人议论的大长腿，抱着的是顾牧呈劲瘦的腰，靠的是他结实性感的胸膛……如果现在能拍下他的照片发到论坛，是不是能一次性卖到很多钱？他们想买几张，她就拍几张，一定可以赚大发了！

“抱歉……”就在沈言宁发呆时，低沉的男音在她头顶不紧不慢地响起，“第一次，有点上瘾。”

沈言宁后知后觉知道顾牧呈话里是什么意思，脸上才稍微退去的热度，倏地又上来了。随即，她又想到他话里的意思，第一次……他居然是第一次跟女孩接吻？

沈言宁蓦地从顾牧呈怀里坐起来，一脸惊讶地望着他。在她的认知里，他这么受女生欢迎，怎么着也是第好几次了吧？她想起潘少卿说过的话，二十年了，他居然真没交过女朋友！

小姑娘眼中的诧异太明显，聪明如顾牧呈怎会不知她的意思，眉梢微扬：“不信？”

当然不信了啊，明明就吻得很熟练，一点不像第一次。

沈言宁的小脸蛋红扑扑的：“那……那你怎么那么会……”接吻。

后面两个字沈言宁始终说不出口。

顾牧呈却懂。他眉目含笑，看起来有点痞有点邪。他俯身在她耳边，也不知是有意还是无意，薄薄的唇瓣几乎触碰到了她的耳骨。

小姑娘忍不住哆嗦了一下，整个人都酥软了，便听见顾牧呈低哑的音调：“遇到你就无师自通了。”

那天之后，顾牧呈和沈言宁谈恋爱的消息传遍了清泉大学。

当程唐和张小舟问沈言宁的感受时，沈言宁说感觉就像是一场梦。

“就没有和以前不一样的地方吗？”程唐问。

沈言宁想了想，由妹妹变成女友之后，沈言宁和顾牧呈的相处方式和以前并没有太大的变化，除了肢体间的接触比以前多了……

这个……是因为沈言宁发现顾牧呈好像很喜欢亲她。

想起之前顾牧呈说“上瘾”的理由，沈言宁竟无法反驳。

“呀！言言，你的脸怎么红了？”程唐放大的脸忽然凑到了跟前，沈言宁吓得往后退了一步，接着便是程唐和张小舟的坏笑声。

相对于沈言宁第一次恋爱，程唐和张小舟显然很有经验。

“还是有点不一样的地方？”程唐笑得很邪恶，“我真想知道被顾学长亲亲抱抱是什么感觉。”

“顾学长平时看起来好高冷好禁欲啊，真难想象他有七情六欲的样子。”

张小舟这样说着，沈言宁脑子里都是顾牧呈因情而动的模样，心下又暖又甜。真好啊，他的另一面，只有她能看到。

那天，顾牧呈很忙，中午带她吃完饭后就匆匆赶去医院了。

下午，在沈言宁下课之前给她发了信息：“晚上到医院食堂吃饭可以吗？”

沈言宁也听说了顾牧呈去医院实习之后，越发忙碌了，但他依旧每天都遵守着之前与她的约定，每天都带她一起吃饭。

不过她并不是个任性的女生，知道顾牧呈真的很忙，便回：“你有事先忙，我自己在学校吃也可以。”

不多久，那边回道：“可是我想你了。”

这好像才一下午没见面吧？

沈言宁握着手机，眼睛盯着这几个字，脸上飘起了红晕，真的难以想象，在外人面前正经得不行的“顾学长”居然也会撒娇……

晚上，来接沈言宁去吃午饭的人是曾韬。

曾韬一早就想见见弟媳的容颜了，待沈言宁上车之后立刻看了一眼。她坐下后，他又回头看了一眼，快开车时从后视镜里看了好几眼。最后忍不住问：“弟媳，我们是不是在哪里见过？”

沈言宁被“弟媳”这个称呼惊了一下，但最近惊到她的事情太多了，反应还算淡定：“有一年暑假我来过清泉市一次。”

曾韬想了一下，一句“天啊”差点就要脱口而出，但及时止住了，毕竟在女孩子面前，他还是要保持形象的：“原来你就是之前顾少第一次带到复式楼的女孩。”

曾韬想起了过去：“难怪了，我说这些年怎么顾少都没找女友，像我这样的没人要也就算了，顾少这种高岭之花，身边可从来不缺女生啊，现在想来，原来是早已心有所属啊！”

沈言宁见曾韬一脸“顾家有女初长成”的欣慰，不知为何，竟然也开始想入非非了。

有个声音在脑海里问，难道从很久之前，顾哥哥就已经喜欢她了吗？

3

曾韬一直将沈言宁送到了清泉市第一医院：“顾少最近有点忙，这几天接弟媳吃饭的工作就交给我了！”

帮沈言宁打开车门后，曾韬如是说。

沈言宁说了声“谢谢”。正要朝医院走去，忽然前面的路被拦住了，三辆黑色的私家轿车稳稳地停在她面前，堵住了她的路。

曾韬立刻挡在沈言宁面前。

从黑车上走下来几个面无表情的人，其中领头的人沈言宁认识，正是罗雨诗的弟弟罗宇歌。

那人走过来，看着沈言宁冷笑了一下，对曾韬说：“怎么？想英雄救美？”

罗宇歌这人一看就不是善茬，曾韬的眉头不着痕迹地皱了一下，面上对罗宇歌却很礼貌：“罗少，这么大阵仗是干吗？”

罗宇歌伸手指了指沈言宁，开门见山：“我爸让我带她回去。”

见曾韬仍挡在眼前，他嗤笑一声：“你有想法？”

曾韬笑着说：“罗少哪里的话？我是带言言过来见顾少的，要不，我们等顾少出来一起过去？”说完拿出手机要拨顾牧呈的电话。

罗宇歌二话不说直接将曾韬的手机打落在地上，曾韬的脸色变了变，罗宇歌却丝毫不在意，只道：“打什么电话？我爸要见她还得经过顾牧呈同意不成？”

说完罗宇歌对身后的人挥了挥手：“把她带走！”

眼看罗宇歌身后的人就要上前，沈言宁双手握着书包带子，已经做好反击的准备。

曾韬却朝沈言宁使了个眼色，示意她不要轻举妄动，低声对她快速说道：“弟媳，委屈你先跟他们走，我会尽快通知顾少，保你周全。”

沈言宁忍了忍，没动，任由罗宇歌的人将她带上车。

三辆车掉了个头开走了。

沈言宁坐在黑色的轿车中，身旁是一边转着手机玩一边看她的罗宇歌。

沈言宁知道罗宇歌在盯着自己，说不上紧张，只是有点反感。

跟牧呈哥不好的人，她都不喜欢。

“你喜欢顾牧呈？”车内，罗宇歌首先开口说话了。

沈言宁却不想理他，选择沉默。

罗宇歌并不介意，又道：“你知不知道顾牧呈表面上看起来风光，其实就是我家养的一条狗，我爸让他向东，他不敢向西。”

沈言宁这才看向罗宇歌，问：“你为什么说你自己是狗？狗做错了什么你要这么侮辱它？”

罗宇歌被沈言宁一怼，片刻没反应过来，直到明白她话里的意思，冷笑道：“挺伶牙俐齿的啊。平时装得那么乖，装给顾牧呈看的？”

沈言宁没理他。

罗宇歌说：“顾牧呈高一时，他爸被烧死了，他妈因此得了病，现在还在疗养院养着，如果不是我们罗家，他现在能有这么风光，开着豪车，在学校里装富二代？呵，他这样的人，也就骗骗你这种小女生。”

这是沈言宁第一次在别人口中听说了顾牧呈过去的事，之前她也隐隐猜到高一那年，他家一定发生了很大的变故，才导致他被自己的父亲收养。只不过他没主动说过，她也不会去探究他的隐私。

如今从罗宇歌口中听到，心里不是不意外，只不过再怎么意外与好奇，沈言宁也不想从她不喜欢的人嘴里听到有关顾牧呈的过去。而且，她也相信牧呈哥不是这么容易被他人掌控的。

“听说你每天都让顾牧呈请你吃饭？家里情况不好？”罗宇歌换了个方式跟沈言宁说话，“要不你跟哥哥我算了，我保证带你吃香喝辣，说不定未来还能让你当罗夫人。”

“好啊。”沈言宁转过脸，笑了笑，“我最近的确穷得紧，你先给我转一百万元零花钱吧？”

小姑娘只不过是随意一笑，笑意中还有几丝嘲讽，可她天生长着一张毫无攻击性的脸，即使是嘲讽的笑，看在别人眼中也自带几分甜美。

罗宇歌竟有片刻呆滞，他忽然有点明白为什么顾牧呈把这她当成宝了，为了她不惜与父亲翻脸。

他轻咳一声，掩饰自己的尴尬，举了举手中的手机："卡号报一个。"

沈言宁说了一连串的数字。

罗宇歌摆弄了一会儿手机，说；"现在没那么多，到时候转你。"

沈言宁没将罗宇歌的话当真，但还是说了一句："好啊。"

她发现，跟顾牧呈待久了真的会学坏，戏弄人都不带脸红的。

不过自这以后，罗宇歌都没再找沈言宁说话了，独自低着头玩着手机不知在想什么。

沈言宁则乐得安静，只要他不在她耳边说牧呈哥的坏话，他想干什么都不关她的事。

4

曾韬一见罗宇歌上车离开后，立刻就掉头跑进医院去找顾牧呈。

他找到顾牧呈所在的办公室，推开门却空无一人，他的手机被罗宇歌砸坏了，无法使用。

出门时碰巧遇上个护士，曾韬抓着便问："你好，请问顾牧呈医生在哪里？"

"你找顾医生啊……"那护士光说到这名字，脸都红了一下，"他被李教授喊去办公室了。"

"那么请问李教授的办公室……"

曾韬话未说完，护士便看着他身后红着脸说了一句："顾医生，有人找。"

曾韬转身，便看见走过来的顾牧呈，忙走上去说："顾少，出事了，弟媳被罗宇歌带走了！"

顾牧呈的脸色一沉，直接开车带曾韬去了罗家。正值下班高峰期，车水马龙，正是堵车的时候。

一路上，曾韬看起来比顾牧呈还紧张："罗宇歌说罗总想见弟媳，但我觉得肯定不是见见面那么简单，我本来想给你打电话，谁知道罗宇歌那小子直接把我的手机摔在地上。"

曾韬一想到自己的手机摔了个粉碎，气不打一处来："这小子简直无法无天，也只有你能治得了他！”

面对曾韬一紧张就话多的性格，顾牧呈显得安静多了。

曾韬见了，忍不住问：“顾少，你都不怕小弟媳出什么事吗？”

顾牧呈反问：“怕有用吗？”

曾韬的心一沉。

一路上，顾牧呈的情绪平静淡定，平常人见了，还以为他根本不在意沈言宁的安危。连曾韬都以为他心里有谱，对罗森做出的事情有把握，却不想，他只是将情绪藏得深，不代表他不紧张不在意。

四十分钟的路程，顾牧呈仅用二十多分钟的时间便开到了罗家。

如果不是发生了这件事，曾韬还不知道清泉市里有那么多条小路可以穿梭，也不知道原来他家顾少的车技那么好！

到了罗家后，罗森似早有准备，已经让助理在门口接应，见他们下车后，立刻走了上来：“顾少，罗总有请。”

曾韬看了顾牧呈一眼，后者没说什么，跟着罗森的助理往里走。

罗家非常大，里面装修豪华，没人带着走简直会迷路，反正第一次来的时候曾韬就迷路了。

助理一直领着他们去了二楼的餐厅，推开厚重的大门，罗森已经在里边等着了，除了他，还有罗雨诗和罗宇歌，并未见到沈言宁的踪影。

罗森见顾牧呈和曾韬过来，和往常一样，和蔼可亲地叫顾牧呈入座。

罗森是个标准的商人，表面上对谁都笑呵呵的，看起来非常容易相处的样子，但所有人都知道，那不过是逢场作戏。

就像罗森表面上将顾牧呈视如己出，比对自己亲儿子还好，实际上只不过是想借由顾牧呈帮他打理罗氏集团，能让他在花甲之年离开之后，保罗氏集团还在自家人手中，保罗家下一代依旧能够富足安康，在清泉市有一席之地。

顾牧呈来了之后，菜开始一盘一盘地上，直至上齐，罗森才说：“牧呈，还没吃饭吧？来，我们先吃再说。”

曾韬根本没胃口吃东西，他觉得顾牧呈也一样，但显然此时并不是发作的时候，他们没看见沈言宁，不知道罗森究竟想对她做什么。

曾韬象征性地夹了口菜，他身边的顾牧呈没动。

这是曾韬第一次见顾牧呈跟罗森正面冲突，平日里他从未展露过自己的棱角，外人看上去，他对罗森事事顺从，一点脾气都没有。

“既然牧呈没胃口吃饭，那就带他去看他想见的人吧。”

忽然，罗森开了口。

罗雨诗神情一动，刚想阻止，罗森拍了拍她的肩膀，意有所指：“男人一辈子身边如果只有一个女人，小雨，这种男人不能说专情，只能说太没用，你显然不希望你未来的男人是如此这般的男人，对吗？”

罗雨诗没吭声。

罗森不着痕迹地转移视线，看向顾牧呈：“牧呈啊，我一直把你当成亲儿子一样培养，小歌有的，你也有，小歌没有的，我依然能给你。你是个聪明的孩子，我可以让你喜欢的女人留在你身边，但谈婚论嫁这种事情不是儿戏，聪明的人都会选择能在事业上对自己有帮助的女人结婚，这事你好好考虑。”

说完，他对助理说：“带他去吧。”

助理点头：“好的，罗总，顾少，您跟我来。”

顾牧呈什么也没说，起身跟着罗森的助理离开。

餐桌上只剩下罗森和他的一对儿女以及曾韬。

罗雨诗的表情很难看，罗宇歌一脸若有所思，不知在想什么。

罗森拍了拍罗雨诗的肩膀：“小雨，既然想跟牧呈在一起，就得做个听话懂事的女人，名分爸爸会给你争取，其他的就得靠你自己了，知道吗？”

罗雨诗咬咬牙，点头。

罗森随即看向曾韬：“小曾啊。”

如同上课被教授点名，曾韬立刻应了一声：“罗总，我在。”

“作为牧呈的好友啊，我想你也应该劝劝他，女人嘛，留在身边就行，别看得那么重，毕竟在他身上还有更重要的事和更重要的人，不是吗？”

曾韬不知道罗森口中所谓更重要的事具体是什么，但更重要的人一定是顾少在疗养院的母亲徐一倩，如果不是罗森用徐一倩威胁顾少，顾少也不会一直忍声吞气地待在他身边。

但表面上他什么也不敢说，只能顺从地点头：“罗总，我知道该怎么做了。”

“你们都是聪明的孩子。”罗森作势叹了一口气，“牧呈是个重情重义的人，当初顾家运气不好，出了事。顾渊发生了意外，小徐大病一场后就……牧呈啊，就剩下他母亲一个亲人了。这些年牧呈都围着小徐转，如果小徐再发生什么意外，这孩子一定不好过吧……就像我看见我女儿天天以泪洗面，作为父亲，我也会很难受的……”

罗森意有所指。

曾韬的眼皮狠狠一跳，心中大骂罗森卑鄙无耻，表面上却什么都不能说，不能做。

5

顾牧呈一直跟着罗森的助理来到了三楼一间房门外，助理停住脚步，对身后的他说：“顾少，您想见的人就在里面，罗总交代了，今天已经很晚了，让您就在这间房里休息。”说完，那助理便走了。

顾牧呈站在门前片刻，伸手打开了房门。

这是一件极大的卧室，他穿过卧室客厅，走进里边，便看见躺在床上的小姑娘。

小姑娘躺在床上，身上盖着被子，听见动静，往这边看了过来。顾牧呈见沈言宁面色红润，但眼神有些呆滞，立刻快步走到她身边。

“言言？”

沈言宁听见有人喊自己的名字，眼睛眨了眨，挣扎地从床上坐起来，被子从她身上滑落。

她身上穿着一件粉色的丝质睡衣，里面是一条小吊带，外面套着一件蕾丝外套，几乎透明的材质裹着她粉嫩的肌肤，黑丝般顺滑的长发散开在脑后，衬得她的脖颈更加白嫩似雪，晶莹剔透。

沈言宁觉得浑身很热，扒着顾牧呈的胳膊坐了起来，身上的睡衣因为她的动作滑落了一点，露出她圆润光滑的右肩。

顾牧呈撇开视线，喉结上下滚动了一下。

他脱下身上的外套，披在沈言宁身上，才正视她的双眼问：“他们对你做了什么？”

沈言宁摇摇头：“没做什么，只是来的时候让我泡了个澡，喝了点红酒，让我穿上这样的衣服，就把我送到这间房了。”

顾牧呈看着沈言宁红彤彤的脸，问：“喝了多少？”

沈言宁伸出一根手指：“满满一杯。”

“嗯。”顾牧呈将沈言宁额前凌乱的碎发整理了一下，柔声问，“头晕吗？”

“晕啊……”喝了满满一杯红酒的小姑娘看起来格外乖巧，“所以我一进来就躺在床上，刚要睡着的时候，就看见牧呈哥你来了。”

沈言宁无意识地揉了揉眼睛，因为醉酒，除了脸红发热，眼皮还特别重，很犯困。

顾牧呈见沈言宁这副模样便说：“躺下睡会儿吧。”

虽然头很晕，但沈言宁知道这里不是自己的地盘，问：“在这里吗？”

“嗯。”

“可这里不是罗家吗？”

“嗯。你害怕吗？”

沈言宁摇摇头，又点了点头：“起初刚来的时候有点，但现在看见你就不怕了。”说完还傻兮兮地笑了一下。

她的笑容天真无邪，纯粹得没有一丝杂质，丝毫不知道从他们确定关系的那一刻，她便踏入了危险当中。

顾牧呈没有告诉沈言宁这些，其实是有一点私心的。他害怕她知道之后会退缩、会远离他、不要他。

向来对别人的想法不在意的顾少爷第一次有这种顾虑与担忧，全是因为不知道什么时候，他喜欢透了眼前的小姑娘，就算前路充满荆棘险境，也想带着她一起。

见顾牧呈没吭声，小姑娘眨了眨眼睛，歪着头好奇地问：“牧呈哥，你怎么了？怎么……”不说话。

她后面没说出口的三个字被吞进了顾牧呈的唇齿之间，他一把扯过她，倾身吻了上去。

即使不是第一次接吻了，沈言宁也惯性地屏住呼吸，在他的唇与她碰触的那一刻，她整个身子都酥软了，感受着他冰凉却滚烫霸道的灼热，渐渐地，她的衣衫乱了，神情乱了，整颗心也乱了。

唇舌齿之间的缠绵，清淡的红酒味，仿佛将双方都迷醉了，顾牧呈手掌的热度透过薄衫几乎烫到沈言宁的肌肤，让她紧张又欢喜。

紧张是因为他，欢喜也是因为他。

就在沈言宁迷迷糊糊地以为他们会发生点什么的时候，顾牧呈缓缓地松开了她。

耳边是彼此稍显粗重的呼吸声，顾牧呈抵着沈言宁的额头，双眸黑如墨，亮如琉璃。

沈言宁听见顾牧呈轻轻地说了一声："还好。"

她看着他墨色的双眸，高挺的鼻梁，薄而红透的唇。她舔了舔唇，下意识地问："什么还好？"

顾牧呈没回答，心里有个声音却在警告他，还好这一次的大意没让她受伤，还好她还平安地在他身边，还好她没事。

自此以后，即使前途凶险，他也不会放开她的手，他倾尽所有都要护她一生平安，宠她一生喜乐。

第十章　喜欢草莓吗

1

“砰。”

监控室里，罗雨诗一把将整个监控画面砸烂，可方才监控画面里顾牧呈和沈言宁亲昵的模样依旧深深地刻在她的脑海里。

罗宇歌坐在椅子上淡漠地看着自己姐姐抓狂的模样，有几分无动于衷。

罗雨诗见了，生气地问：“小歌，你在想什么？你把沈言宁带回来之后，整个人就不在状态，你跟她之间发生了什么？”

罗雨诗从小被家里人宠着长大，平日里罗宇歌也让着她，导致她被惯得脾气十分暴躁，只有在顾牧呈面前才会伪装自己，收敛脾气。

罗宇歌被罗雨诗这么一问，愣了一下，说：“姐姐，你这是往我身上撒气吗？”

罗雨诗自觉理亏，语气软了下来：“我只是很烦躁，我不懂爸爸这么做的意义在哪里。”

罗宇歌安慰她：“爸爸不是说了吗？大家各自退一步，只要顾牧呈肯娶你，就算他在外面有别的女人也无所谓，他这样做的目的就是想强调这一点。当着你的面，把沈……”罗宇歌说起这名字时，奇怪地停了一下，又改口，“把那个姓沈的姑娘亲手送给他，撂个底，以后就算他在外边有其他女人，你也不能有任何意见，我们整个罗家都会站在他那边。”

“你也站在他那边吗？”

罗宇歌忽然之间不知道怎么回答，过去他的想法也跟罗森差不多，大千世界诱惑那么多，作为男人怎么可能一生身边只有一个女人，他觉得罗森的想法没问题。可这天他改变了想法，忽然觉得一生陪着一个可以令他很喜欢的女人也不错。

“小歌？”面对弟弟的神思游离，罗雨诗不满意地喊了他一声。

罗宇歌回过神，说：“可是，姐姐，你要一个不爱你的人娶你，你就不能要求太多，不是吗？”

罗雨诗冷笑：“为什么不能要求更多？从小到大，我想要的就没有得不到的，包括这一回的顾牧呈也是。”

罗宇歌没再说什么了，虽然他一直很看不上顾牧呈，也很讨厌顾牧呈，但他知道，顾牧呈哪里是那么容易掌控的人，否则罗森也不会主动退一步了。

2

沈言宁不擅长喝酒，撑了一会儿就困得不行。她看着陌生的房间，问身边的男人：“牧呈哥，我们现在要走吗？”

虽然这间房很豪华，床大到睡三个人都没问题，但这里是罗家，沈言宁还是很不习惯。

顾牧呈靠在床沿边，垂眸看着她说：“今天不回去了。”

乖乖躺在床上的沈言宁望着顾牧呈眨了眨眼：“所以，牧呈哥会一直在吗？”

沈言宁没有问为什么不回去，也没有跟顾牧呈抱怨被罗家人抓来这里时内心的不安，虽然不习惯待在这个陌生的环境，但是只要他在身边，这些都无所谓了。

“会。”低沉的男音温柔地哄道，“我一直在。”

“嗯。”沈言宁点点头，乖巧地盖好被子，闭着眼睛睡觉。

睡了一会儿之后，沈言宁又睁开眼，看了看顾牧呈之后又闭上。之后又睁开，又闭上。反反复复几次之后，顾牧呈笑问：“怎么了？”

沈言宁摇摇头。

片刻顾牧呈问："会害怕吗？"

沈言宁摇摇头，又点点头，老实地说："害怕过，但不是怕罗家人，只是怕我喝醉了找不到回家的路。"

随后沈言宁又道："但是我知道我只要待在这里乖乖等，牧呈哥总会把我领回去。"

顾牧呈没说话，只是神情有极细微的变化，因为沈言宁简单的这句话而心疼。

沈言宁因为顾牧呈的存在，原本杂乱的情绪都变得简单了，她没想太多，闭着眼睛渐渐睡着了。

顾牧呈凝着沈言宁的睡颜，才明白她方才反复睁眼闭眼，只是要确定他会一直陪在她身边，不会等到她睡着了，他就消失不见。

从事情发生开始到现在，沈言宁的反应都在顾牧呈的意料之外。当他听见曾韬说当时在医院门口她想对黑衣人动手，可她到见到他时，情绪意外平静，以及现在舒缓的呼吸声，从头到尾，她一个抱怨的词都没有，没有问为什么她会被抓来这里，也没担心未来会不会再发生这样糟心的事，好像只要有他在，所有糟心的过程都可以忘记。

顾牧呈将床头的灯暗灭，整个房间里变得漆黑一片。

以前时间晚了，顾牧呈也在罗家留宿过，罗森专门留出这间卧室给他。每次在罗家过夜，这间卧室都是一夜灯亮，他从没躺过这张床，要么工作到天亮，要么在办公椅上闭目养神，没有其他特别的原因，只因为他不喜欢罗家，所以连睡觉这么简单的事情都变得讲究起来。

此刻，感受着身边人清浅的呼吸声，顾牧呈第一次觉得，在罗家的地盘上，也不全是令他厌恶的人和事。

3

第二天，沈言宁醒过来的时候顾牧呈已经醒了。她睁开眼，便看见他侧着身子在她身边，一只手撑着头，安静地看着她。

沈言宁昨天喝醉了，但隐隐还能记得昨天发生的一些事。见顾牧呈在身边，她先是回忆了一遍昨天的事，才说：“早啊，牧呈哥。”

“早。”清晨的男人声音雅润清爽，他穿着衬衫，领子松散地搭在两边，露出健硕的胸肌，弧度优美的锁骨。他的头发微湿，轻轻搭在额前，望着她的双眸中像藏着阳光，让她不敢直视，脸不自觉地红了起来。

空气里是淡淡的木香，气味轻浅好闻，沈言宁才发现顾牧呈洗了澡。

她脑海里忽然自动浮现出程唐的手机铃声：“哥哥的腿不是腿，塞拉河畔的春水；哥哥的背不是背，保加利亚的玫瑰；哥哥的腰不是腰，夺命三郎的弯刀……”

一大早的想什么啊？！

沈言宁赶紧终止脑海里乱七八糟的东西。

“牧呈哥，现在几点啊？”

“六点。”

“你怎么一大早就洗澡啊？”这话是沈言宁条件反射顺着顾牧呈的话问的，可问完之后，她才似想起了什么，脸更红了。

沈言宁这个年龄不是什么都不懂的年纪，以前的生物课以及网上的一些段子，她听过也看过，比如男生在早上会有自然的身体反应。

沈言宁走神的样子落进了顾牧呈的眼里，再回过神来的时候，她发现他的脸更靠近了一点，黑发因为洗过但明显没整理过，随意地让它晾干显得有些凌乱，就是这种凌乱的模样，禁欲又性感。

沈言宁咽了咽口水，紧张地问：“牧呈哥，你想干吗？”

顾牧呈的眼神柔和，像沾染了清晨的水雾，他大胆而直接地说：“想吻你。”

沈言宁愣了一下，随即捂住嘴巴表示不行：“我没刷牙。”

顾牧呈依旧靠了过来，沈言宁本能地侧过头。她穿着蕾丝吊带，即使外面套了一层薄薄的轻纱也不过是画蛇添足。她侧过头时露出白皙柔软的颈项正对着顾牧呈，他眼睛一眯，对着那诱人的肌肤吻了下去。

原本捂着嘴巴、闭着眼睛躲避的沈言宁倏地睁开了眼睛，浑身僵硬了起来，一动不敢动。

“言言……”顾牧呈的唇稍退，哑着嗓子喊了她一声。

沈言宁昏昏沉沉的，迷离地应了一声。

“喜欢草莓吗？”

“啊……”

沈言宁理解了字面上的意思，未来得及说出口，便感受到脖子上的吮吸，湿润又酥痒。

顾牧呈温和的气息纠缠在沈言宁的颈项处，空气中似乎都沾染了甜腻的气息。

沈言宁僵硬的身体在顾牧呈的亲吻中渐渐酥软了下来，手不自禁穿过他短而柔软的发。

这时外面有人敲门打断了他们：“顾少爷，您醒了吗？”

是罗家的用人，顾牧呈不情不愿地起身，打开门。

罗家的老用人说：“顾少爷，早餐已经准备好了，老爷让我上来喊您和沈小姐下去用餐。”

“好。”用人离开后，顾牧呈关上房门，看向床上将自己埋在被子里不肯见人的人，停留了一会儿，随即走进了浴室里。

不多久，沈言宁便听见浴室里某人的声音，说：“言言，热水放好了，过来洗澡。”

两人磨磨蹭蹭下楼时已经是半小时之后了。顾牧呈在卧室的衣柜里有换洗的衣服，沈言宁惨了一点，没有换洗的衣服，于是顾牧呈将自己的白衬衫给了她一件，外面还是套着她自己的外套，里边穿着他的衣服，总有一种说不清道不明的暧昧。

沈言宁不是第一次穿顾牧呈的衣服，她记得上学时他还住在她家的那会儿，有一次早上还是大晴天，到了下午放学骤然下起了大雨。那时候她等顾牧呈一起回家，她早上穿得少，冻得在楼梯拐角处瑟瑟发抖，顾牧呈看见了，二话不说脱了校服外套穿在她身上。

走在回家路上的时候，沈言宁收获了不少女生羡慕的目光，大多是羡慕她能跟顾牧呈走在一起，还能明目张胆地穿他的校服。

小女生都有一点虚荣心，那时候的沈言宁也有。

不过那时候也只能在心里面想想，做梦的时候想想，现在呢？

沈言宁看着身边的人，现在不用只限于心里面，也不用只在梦里，现在的顾牧呈真的是沈言宁的了。

4

沈言宁跟着顾牧呈下楼后，罗家两兄妹都坐在餐桌前。罗雨诗看着他们下楼，脸上的神情很不好，罗宇歌则是靠在椅子上玩游戏，听见声响，朝他们瞟了一眼，眼神在沈言宁身上停留了一会儿，又低头继续玩游戏。

一旁的用人见顾牧呈二人下来了，便走开了，随后罗森出来了，和以往一样跟他们打招呼："都来了，就一起坐下吃个早饭吧！"

从昨晚到现在，罗家人对沈言宁做的一系列事情，她完全不知道意义在哪里，她正想着要不要跟顾牧呈一起坐下的时候，顾牧呈说话了："不用了，早上言言有课，我们先走了。"

"就算有课，也不急于这一时吧？"一直没出声的罗雨诗终于忍不住说话了。

罗森也笑着圆场："一会儿让司机送你们过去，保证小姑娘上学不迟到，来，都坐下吃饭。"

按理说，罗森都退让到这一步了，沈言宁觉得他们没有拒绝的道理。她在来的路上听曾韬说过顾牧呈和罗家的事，知道现在不是得罪罗森的时候。她不想让顾牧呈因自己而为难，试图扯了扯他的衣袖，想让他一起入席。

顾牧呈却忽然抓住沈言宁扯着他衣袖的手，她被吓了一跳，本能地想缩回手，却被他紧紧地抓在掌心中。

罗雨诗看着他们相握的手，眼睛都红了。

沈言宁虽然很喜欢他，但确认时间的关系太短，还没习惯在别人面前亲昵，所以顾牧呈握住她的手时，她觉得很别扭，抽了半天没成功。

顾牧呈淡淡的声音传入沈言宁的耳中："我说了，不用。"

这话简单又直接，还带着冷漠，可谓直接打了罗森的脸。

果然，看上去把家庭氛围一直保持在其乐融融的状态……至少在表面上看起来其乐融融的罗森脸色在这一刻暗了下来。

昨天是沈言宁第一次见到罗森，他跟她想象中不一样，表面看上去是个很和蔼的大叔。直到他变脸之前，沈言宁都觉得这个人看起来十分好相处，浓眉大眼，常常笑呵呵的，看起来像她高中上学路上经过的肯德基店门前放着的肯德基大叔。可他不笑时，沈言宁觉得他像极了小时候她没考好，站在她面前将要发火的沈国辉。

整个餐厅的气氛顿时冷下来，罗森光坐在椅子上，朝这边看过来，周身就笼罩着一股让人不敢惹的气场。

原本对顾牧呈还有抱怨的罗雨诗知道这是父亲发火的前兆，虽然她对顾牧呈有诸多抱怨，但这些抱怨与其说是对顾牧呈，不如说是对沈言宁。所以面对这种情况，她第一时间想的不是对顾牧呈的抱怨，而是罗森对顾牧呈的态度，她一点不想看见罗森对顾牧呈发脾气，一直以来，她都不舍得对顾牧呈发脾气，又怎能容忍别人朝他发火？连罗森，她也不想。

“爸爸，牧呈不想吃就算了。”罗雨诗扯着罗森的手，温声劝道，“让他们走吧？”说完朝着顾牧呈使了使眼色，示意他快走。

顾牧呈却站在原地，没动。

直到此刻，罗森都不想跟顾牧呈彻底翻脸，所以当罗雨诗用眼神示意顾牧呈先走时，他什么都没说，算是给彼此一个台阶可以下，但这个少年牵着他的小姑娘站在那里，不卑不亢，丝毫没有想退让的意思。

罗森漠着一张脸，冷笑着问：“牧呈，我一直以为你是个聪明的孩子，你想清楚了，你真要为了这个小姑娘，跟叔叔翻脸？”

被点名，沈言宁心慌了一下。她想起罗宇歌的话，经过这一晚，她已经猜到牧呈哥一直在忍声吞气，只为了等到足够强大的一天，自由地做自己想做的事，保护自己想保护的人。

这么久都忍过来了，此时时机未到，她怎么忍心破坏？

沈言宁一咬牙，原本被顾牧呈抓着的手趁他没注意，倏地抽了出来。

她清楚地看见他怔了怔，而后看向自己。

沈言宁没敢看顾牧呈，只说：“牧呈哥，这里的早餐看起来挺好，我们就在这里吃吧！”说着，率先入座。

沈言宁坐下了，顾牧呈也没走，在她旁边坐下，只是他再也没说过话。

一顿食不知味的早餐，沈言宁不知道自己怎么吃完的。离开的时候，顾牧呈都没怎么说话，她想说话，却不知道该怎么开口。

一路开车到了学校，顾牧呈将沈言宁送到了寝室楼下不远处没什么人路过的大树下。沈言宁记得他们在“千年”重逢的那一次，他也是在这棵大树下停车，这里是个死角，没什么人会经过。

沈言宁忽然察觉每次顾牧呈来找她的时候，好像都会将车子停在人少的地方，之前她没想太多，这一刻想起来，是因为曾经他们去吃午饭的时候，她在信息里跟他要求过，让他找一个偏僻的角落等她，所以他一直这样做？

她心里顿时不知道什么滋味，虽然到了寝室楼下，但她一点不想下车。

然而顾牧呈已经下车，绕到副驾驶座帮她将车门打开。

沈言宁不得不下了车，眼看着顾牧呈要走，她一咬牙，鼓起勇气，从后面抱住他。

她不知道顾牧呈是不是因为在罗家时，她抽手的动作让他生气了，她抽开手不是因为不能在外人面前正视他们的关系，她不是想放开他；让他找个偏僻的角落等她，不是因为他不能见人，而是那时她以为他喜欢的人不是自己，不想给他招惹其他闲话。

可这些话，沈言宁不知道该如何说出口，演变到最后，只剩下五个字：“牧呈哥，对不起。”

顾牧呈的心情的确不好，却不是因为在生她的气，是因为他觉得很无力。他想要单方面保护好他的女孩，可最后他发现，他想要保护的女孩，在事情发生的第一时间做出的第一反应居然是在护着他。

从后面抱着顾牧呈的沈言宁看不见他的表情，不知道他在想些什么，就是这种未知的恐惧，让她的双手越抱越紧。

沈言宁对于他们两人之间的关系认知特别单薄，即使他对她表白了，她依然觉得这些都非常不真实。

她害怕历史重现，害怕她如果现在放开手了，就会像当年高一那会儿，她兴高采烈地拿着考好的分数想要跟他分享的时候，找遍了整个北城市都找不到他。

沈言宁感觉到顾牧呈的大掌握住自己的手，试图将她抱着他的双手拿开，但她一咬牙，抱得更紧了。

顾牧呈：“……”

沈言宁闷闷的声音从后面传来：“牧呈哥，我错了，我以后再也不会像刚才在罗家那样放开你的手了，你不要再一声不吭地离开我了。”

原本只想转过身好好跟沈言宁说话的顾牧呈听见这句话，眉头微蹙。

没多久，沈言宁听见他无奈地叹息：“小朋友，你这样一直抱着我，我要怎么跟你说话，嗯？”

小朋友这才慢慢地松开了两只小爪子，沈言宁感觉顾牧呈转过来正面对着她，她一抬头，便落进了那双沉黑的眼睛中。

沈言宁有点急，急的时候解释就显得慌乱又没有逻辑：“我不是觉得你见不得人，也不是怕罗家的人，我只是想要……想要……”

想要什么？沈言宁一时间却说不明白，好像解释得太清楚，就暴露了自己当初的小心思。

“刚刚言言说不要我再一声不吭地离开了，是什么意思？”沈言宁不说，某人自会谆谆诱导。

心思简单的沈言宁顺着顾牧呈的话回答：“之前在北城牧呈哥不是一声不吭地离开了吗？我找遍了整个北城市都没找到你。”

“嗯，为什么言言要在北城市找我？”顾牧呈很平静地问沈言宁，就像在问这天的天气好不好那样简单，“我那时候跟言言才认识几个月，只是个认识不久闯入你家里被收养的哥哥，不是吗？”

“才不是！牧呈哥那时候才不只是哥哥，牧呈哥那时候是……是……”

后面的话，沈言宁无法说出来。

“那时候是什么？”某人却得寸进尺，继续谆谆诱导。

“牧呈哥是……吗，牧呈哥是……”沈言宁忽然觉得口干舌燥，舔了舔唇，在顾牧呈的压迫感中，终于说出来，“牧呈哥那时候是言言心里很重要的人。”

“嗯？”顾牧呈心情转愉，面上却很平静地问，“原来从那个时候开始，我就这么重要了？”

这话要换成任何一个人来问，都会让人觉得问得极其不要脸，可偏偏问出来的人是顾牧呈。他说出这话时，非但不会让人觉得有什么，反而感觉酥到骨子里，像被羽毛轻轻滑过心间般，痒痒的，撩人心魄。

沈言宁觉得此刻自己脸上的红晕都能染色了。她倏地将脸埋进了顾牧呈怀里，装作小鸵鸟，什么都不说了。

顾牧呈眼角眉梢都是宠溺的笑，任由沈言宁把害羞藏起来。

不知道过了多久，顾牧呈才提醒沈言宁：“再不去上课要迟到了。”

小姑娘这才从顾牧呈怀里撤了出来，脸上的红晕半点没消，还一本正经地说：“那我去上课了，等我下课，牧呈哥你来接我。”

“好。”

虽然沈言宁心里不怎么舍得跟顾牧呈分开，但顾忌到自己脸上的红晕恐怕不离开是不会消散，再加上上午上课的老师是出了名的严格，她不得不离开。

沈言宁刚转身要走时，又似想到什么，回身对顾牧呈说：“牧呈哥，刚刚那样得罪罗家不会有什么问题吗？”

“会。”

顾牧呈简单干脆的回应让沈言宁惊了一下，立刻担忧起来，还未开口说话，便听见男人随即而来的声音：“他们可以做任何伤害我的事，但对你，不行。”

即使知道现在不是得罪罗家的时期，但是他们先对她出手了，他不能忍。

话不用说得太明白，沈言宁已经明白了。

她望着顾牧呈，千言万语涌在心头，说：“牧呈哥，不管发生什么事，言言都会保护你！”

沈言宁说这话的表情很认真，顾牧呈也认真地回答：“好。言言要好好保护哥哥。”

“嗯！”沈言宁重重地点了点头。

一时间无言，两人站在原地对视了一会儿。

在沈言宁被顾牧呈的目光注视得脸越来越红时，她说：“那……

牧呈哥，我先上课去了。”

“嗯。”

不用太多言语，转身离开的时候，沈言宁在心里默默做下决定，以后一定要更爱他才好。

5

由于昨晚没回来，沈言宁需要先去寝室拿书，刚走进宿舍大厅，手机就响了起来，是程唐的电话：“言言啊，你什么时候来教室啊？我们帮你带了书，你直接来上课就行。”

“我已经到寝室楼下了，一会儿就过来。”

“嗯。”

沈言宁直接去了教室，教室里已经坐了不少人了，远远就看见后排的程唐和张小舟朝她挥手，她一路小跑过去。

程唐把沈言宁的书给了她，眼睛直愣愣地看着她的脖子。

沈言宁奇怪地问：“你看什么？”

张小舟满脸通红地指着她的脖子，小声说：“草……草莓……”

沈言宁这才想到了什么，脸立刻跟张小舟一个色，忙用衣领遮了起来。

程唐和张小舟平时虽然总喜欢看一些漫画和小说，但真的遇上这种事情，两人的害羞程度不亚于沈言宁。

于是班上的其他人看见的就是502寝室三个人的脸统一红成了番茄酱色，低着头发呆。

沈言宁在想回去之后该用什么遮挡脖子，程唐和张小舟脑子里则在各种脑补沈言宁是怎样被顾学长种上“草莓”的画面……

整个上午的课，三人各怀心思一直到下课。

沈言宁收拾好课本打算回寝室，正当她准备走时，程唐扯住了她：“言言，你等等。”

“怎么了？”

程唐等到班上同学都走光了之后，才拿出手机给沈言宁：“你看这是怎么一回事？”

沈言宁疑惑地接过手机，上面是学校论坛里最新盖的高楼，不过一节课的时间，楼已经被盖得非常高，因为帖子的标题特别引人注目——顾少有青梅竹马，沈言宁其实是个第三者？

沈言宁预感不好，打开帖子后，果然看见帖子里面好几张照片，都是罗雨诗和顾牧呈小时候的照片，楼主用各种难听的字眼抹黑沈言宁。

照片下面有附言，这些照片是从罗雨诗的微博里找到的，并且附上了罗雨诗的微博链接。

沈言宁点进去，罗雨诗的微博里发了不少跟顾牧呈的照片，还发了一些忧伤的文字——

“我一直不打扰你，你会不会忘了我？”

“没事的，只不过是回到原点罢了，我本来就一无所有。”

“你就去喜欢你喜欢的人吧，我没事。”

程唐指着罗雨诗的微博说：“我怎么觉得这些话说得这么酸？”

沈言宁没吭声，翻了一下微博和论坛的评论。

微博都是论坛里的人随着地址过来围观的。

“小姐姐爱得太卑微了，为沈言宁这样的人伤心不值得！”

“做人不能太沈言宁！”

论坛上基本都是跟着楼主带节奏骂沈言宁的。

沈言宁没再看下去，把手机还给了程唐：“我们先回去吧。”

见沈言宁没说什么，程唐和张小舟也没敢多问，跟她一起回寝室。

教学楼和寝室有一段距离，三人回去的路上，收到了不少人异样的眼光。

其中还有不怕事的人故意大声说：“快看，那个就是沈言宁。”

“长得真挺好看啊！”

“不好看怎么当第三者！”

“哈哈哈……”

一阵欢声笑语，程唐没忍住，朝那群人瞪过去：“我看你才像第三者！”

那群人为首的一个女生冷笑一声："谁是第三者谁心里有数，再说了，这又不是我们说的，论坛里可都把事实写在上面了，要骂就去那里骂啊！"

"我看她们不敢吧？"有人嘲笑说，"毕竟心虚。"

"你！"程唐快要被气死了，偏是气急的时候什么话都怼不出来。

这时，一直没吭声的沈言宁走过去，偏头问她们："你们说的是我吗？"

那群人一愣，似乎没料到沈言宁会问得这么直接。

愣过之后，领头的女生哼了一声："我们可没有点名道姓，不过，我在骂谁是第三者，你心里没点数？"

沈言宁平静地点头："嗯，真没点数，所以你能不能说明白一点？"

"我说的就是你啊，你能不能要点脸？"

"我是谁啊？"

"你是不是蠢啊？"那人忍无可忍，指着沈言宁一字一板地说，"我说的就是你，沈言宁，就是个第三者！"

"好。"沈言宁点点头，挥了挥手上的手机，"你说的话我已经录下来了，等着收律师函吧。"

说完，在众女生没反应过来的情况下，沈言宁跟程唐和张小舟说："我们走吧。"

程唐和张小舟一脸蒙地跟着沈言宁走，身后那群反应过来的女生不屑地说："你告啊！我还怕你了不成？"

程唐正要反骂回去，被沈言宁扯住了，她看见沈言宁神色平静地说："不要跟她们吵。"

程唐不服气地说："我就是看不得她们那么嚣张。"

沈言宁说："放心，嚣张不了多久。"

她想了想，问："对了，你知道刚才领头的那个女生叫什么名字吗？"

程唐不知道，但这对于八卦女王程唐来讲不过是小意思，她很快利用自己的关系，从别人那里打听到刚刚那女生是大一传媒系的，叫徐薇。

6

回到寝室之后，沈言宁拨通了路知知的电话，在电话里拜托路知知问在北城大学学法律的严选，这件事如果用法律的手段处理，该怎么处理。

路知知知道后，愤恨地说："言言，你放心，这件事就交给我了，这一次不教会这些人怎么做人，这群键盘侠还真以为自己可以在网上无法无天了！"

沈言宁说："谢谢。"

挂了电话之后，程唐和张小舟担忧地看着沈言宁。

沈言宁一愣，才笑了笑，说："别担心，很快就能解决了。"

中午，论坛里发布了一则律师函声明，以侵犯"名誉权"为由给本帖的楼主发了律师函。

顿时，论坛又炸开了，有人开骂沈言宁不要脸，当第三者不让人说。

也有人开始站在沈言宁这边，说仅仅几张照片不能说明什么，青梅竹马不一定就两小无猜，毕竟顾学长可从来没公开过两人的关系，但顾学长就在前几天主动公开了跟沈言宁的关系。

论坛一时热闹沸腾，但从一开始就很活跃的论坛楼主一直沉默着。

沈言宁下午上完第一节课后，接到了一个陌生的电话。

电话里是一个女生，说："您好，请问是沈言宁同学吗？"

"是。"

"你好，我是学校论坛里关于你是第三者的论坛楼主，非常抱歉我一时冲昏了头发了那种帖子，给你造成麻烦了。"

沈言宁没吭声。

那边顿了一会儿，小声说："对不起，真的对不起，你能不能不起诉我？我可以马上就把那个帖子删了，请你原谅我，不要起诉我。"

沈言宁知道对方并非真心道歉，只不过是因为害怕被起诉，所以才给她打了这个电话，她问："你怎么知道我的电话？"

"我是问了你们班的同学。"

沈言宁"哦"了一声，声音很冷漠："如果想要我停止起诉你，就去论坛发一个道歉声明。"

那边一听，连忙说：“好好好，我这就去发。”

“等等。”沈言宁喊住她，警告地说，“不管是谁让你做的这件事，下不为例。”

那人声音都哽咽了：“不会的，再也不会了。”

很快，论坛里出现了神级反转，楼主主动删帖，并且发了道歉信。

一时间原本在帖子里跳脚骂沈言宁的人，反过来骂楼主。

寝室里，刚发完道歉信的女生关闭了论坛，一双眼睛红通通的，手机响起的时候把她吓了一大跳，她拿起手机接通：“雨诗……”

罗雨诗的语气听起来十分生气：“你为什么把帖子删了，还发了道歉函？”

女生吓哭了：“沈言宁要给我发律师函。我害怕……”

“你怕什么？我说了我会保你。”

“可是他们已经知道了论坛里的ID是我，到时候他们公开我名字的话，我就在学校待不下去了。”

而且诽谤沈言宁这件事，本身就胡编乱造的，对方告名誉权一告一个准，即使最后有罗雨诗保她，她身上也有了一个案底。她不过是一个大一的新生，平时耍耍嘴皮子还行，真的碰到这方面的事，她还是很害怕的。

“雨……雨诗，对不起，我真的好怕……”

罗雨诗气得挂了电话，暗骂：“废物！”

论坛帖子是罗雨诗找了清泉大学大一新生发出去的，目的就是想制造舆论给沈言宁施压，但她没想到，沈言宁这次能处理得这么冷静直接。

她冷笑一声，倒是她小看了沈言宁。

第十一章　不用担心我

1

同一时间，沈言宁和程唐、张小舟回到寝室，看见寝室门口站了几个女生，见到她们，几个人立刻迎了上来。

沈言宁并不意外，那是徐薇等人。

中午才骂过沈言宁的几个人，现在一脸尿样，站在沈言宁面前说："沈同学，我们错了，我们是受论坛那个楼主的蛊惑才会在中午说那些不该说的话，你原谅我们好吗？"

程唐和张小舟想起眼前的女生中午还那么趾高气扬，实在生气："什么受到楼主的蛊惑？你们都上大学了，难道都不带脑子吗？别人说什么，就跟风骂什么？怎么考上大学的？"

几个人被骂了也不敢吭声。

这个年龄的女生虽然爱八卦，嘴也碎，但真的遇见关于法律上的问题时，还是很害怕，尤其是律师函上写了要巨额的精神损失赔偿，她们都是普通家庭，根本赔不起这些钱。

"对不起，我们真的错了，求求你，沈同学，能不能不起诉我们？我们真的错了！以后再也不会了。"

徐薇等人苦苦哀求。

沈言宁最后才松了口说："人言可畏，你们从来不知道你们随便说的一句话会毁了别人的一生，回去好好反省吧。"说完，她没再说什么，回了寝室。

她们没等到沈言宁的原谅，正想要追上去道歉，被程唐和张小舟拦住了。

程唐说："没听见吗？我们言言说了让你们好好反省。"说完，当着她们的面，"砰"的一声关上了门。

程唐和张小舟从门的猫眼上看见她们站在门口不知所措的样子，对视一眼，笑了起来："真是大快人心啊！言言，你太厉害了！"

沈言宁也没想到路知知的办事效率竟然这么高，她打电话过去感谢，路知知才茫然地说："什么律师函……我们还没来得及发啊，严选认识在清泉市特别厉害的律师事务所，是他师哥，我们现在正在聊你这件事呢。"

沈言宁愣了一下，才说："知知，那可能不用了……"

"啊？怎么回事？"

沈言宁把律师函的事说了，路知知说："你看了那所律师事务所是哪里的吗？"

路知知这么一问，沈言宁才想起把这事给忘记了。她打开电脑，点进帖子，拉到了律师函那一页，是清泉市的一家律师事务所。

路知知听了之后"哇"了一声，说："这家律师事务所是清泉市的龙头，一般都是跟大型上市公司合作，不接这种小案子的……"

路知知说的时候，沈言宁脑子里忽然闪过一个人。

如果不是路知知，在清泉市能帮她的人只有顾牧呈了。

不过沈言宁没有跟顾牧呈去证实这件事，起初，她只想自己去解决，她知道牧呈哥忙，所以很多事情她都想自己处理，她想让他看见她的成长，她想成为能跟他共同进退的人，而不是成为什么事情都需要他操心的人。

医院里，顾牧呈接到周思元的电话："事情帮你办妥了。"

"谢谢，改天请你吃饭。"

周思元就读于北城大学的法律系，认识不少知名的事务所，两人虽然没有成为情侣，但一直是朋友关系，这天中午的论坛事件就是顾牧呈请求周思元帮忙的。

电话那头的周思元“啧”了一声，故意打趣道：“可不可以约单独的饭局，不带曾韬、江南的那种？”

电话那头的男人没说话。

周思元顿了顿，才笑着说：“好了，开个玩笑，知道你这朵‘高岭之花’有主了，我只是想问你平时已经很忙了，还要帮她处理这些事，不累吗？”

顾牧呈沉吟片刻，说：“放在心上的人，怎么都不为过。”

“我是被莫名其妙地塞了一把‘狗粮’吗？唉，挂了，挂了！”

挂了电话后，周思元原本戏谑的笑容消失在嘴角。有点难受啊，明明知道顾牧呈心里有人了，怎么还要问这种莫名其妙的问题给自己找虐？

结束通话之后，顾牧呈看见手机上沈言宁的微信：“牧呈哥，我在去医院的路上。”

考虑到顾牧呈在医院实习比较忙，曾韬也给她发短信这天没法去接她。小姑娘决定懂事一点，放学后自己去医院找他吃饭。

顾牧呈看了一眼时间，已经到了下班时间。他脱了白色工作服，关上办公室门，去公交站接小姑娘。

从清泉大学过来有直达的公交，沈言宁和往常一样上了公交。

车上的人不多，沈言宁上车后挑了靠窗的位子坐下，身后跟着几个男生坐在最后一排。

下一站，车上的人都陆续下去之后，只剩下她和后排几个男生以及司机。

起初沈言宁没太在意身后的男生们，但后来发现他们一直往她这边看，等她下车后又跟着她一起下车。

即使沈言宁不想往坏的地方想，心里也不禁防备起来。

就在这时，其中一个男生被其他几个人推到了沈言宁面前，差点撞了她个满怀。

沈言宁条件反射地退了一大步，一脸防备地瞪着他。

那几个男生人高马大，模样也长得俊俏，看起来一点都不像坏人。

被撞到沈言宁面前的男生清了清嗓子说：“沈学妹，我是清泉大学大二英文系的陈奥，我关注你挺久了，想跟你认识认识。”

沈言宁听见这个名字觉得有点耳熟，似乎在程唐那听过陈奥，也是清泉大学的风云人物，据说他的英语非常好，已经获得了去某国著名的大学当研究生交换生的资格。

不过沈言宁对这些都没兴趣，摇了摇头，礼貌地说：“抱歉，我没什么好认识的。”

陈奥一愣，随即笑了笑：“没关系，我觉得你值得认识就行。”

沈言宁皱了皱眉，不想再跟他说什么，转身准备走。

陈奥见沈言宁要离开，下意识地伸手去扯她。

他的手还没碰到沈言宁，她就被一个身影护在了身后。她看着忽然出现的顾牧呈，整个眼睛都亮了起来。

顾牧呈将沈言宁护在身后，一双墨色的眼睛淡漠地看着陈奥等人。

陈奥扯了扯嘴角，说：“老同学，好久不见啊。”

2

陈奥和顾牧呈曾经是高中同学。陈奥家世好，人也聪明，小学和初中成绩都是年级第一，可有顾牧呈在清泉高中的那年，陈奥基本上是清泉高中的万年老二，所以他一直看顾牧呈不顺眼。

后来顾牧呈的家里发生变故去了北城市之后，陈奥才拿到了第一。

陈奥刚觉得吐了一口气，没想到顾牧呈转回清泉高中之后居然直接跳了两级，上了大学更是直接成为他的学长！

他简直郁闷得不行。

他起初对沈言宁并没有过多关注，只是偶然被身边朋友“安利”了新校花的照片，觉得她长得还挺好看。

尤其在他们说这个新校花是顾牧呈看上的人时，他竟然想要招惹一下这个能被顾牧呈看上的姑娘。

对于陈奥的招呼，顾牧呈并没有搭理。他回头揉揉沈言宁的小脑袋，温声说：“走吧。”

“嗯！”面对顾牧呈时，小姑娘的笑容又甜又柔。

这一幕看在陈奥眼里非常刺眼。他自认为不比顾牧呈差，偏偏什么都争不过他，连在沈言宁眼里当朋友的资格都没有。

想到这里，陈奥忽然说了句：“其实我觉得小学妹跟了你挺委屈的，毕竟你没有了爸爸，妈妈又在疗养院不知道什么时候能好，真可怜。”

顾牧呈转身的背影停了下来。

有那么一瞬间，耳边的风声都停住了。

陈奥的朋友们没想到他会这样刺激顾牧呈，他们其中也有人曾经跟顾牧呈是高中同学，有人扯了扯陈奥，小声说：“陈总，你说这些做什么？顾牧呈那脾气不好惹。”

陈奥却一点都不害怕，甚至抬高了下巴，一脸无所畏惧。

他就是故意刺激顾牧呈，如果说以前的顾牧呈是天骄之子，现在的顾牧呈算什么，他有什么值得骄傲的？凭什么看不起人？

就在所有人都把注意力放在顾牧呈身上时，原本站在顾牧呈身边的沈言宁忽然大步走到陈奥面前，当着所有人的面，双手狠狠地推了他一把。

陈奥没防备，被沈言宁推开了好几步，一脸惊诧地看着她。

沈言宁瞪着眼睛，满脸愤怒地说：“你才可怜，跟你这种没人品的人做朋友才最可怜！就算你学习再好，也是掩盖不了你是个人渣的事实！”

在陈奥铁青的面色中，沈言宁连一个眼神都不屑给他。

沈言宁说完转身，拉着顾牧呈的手说：“牧呈哥，我们走吧！”

小姑娘的手软软的，明明自己个子那么娇小，还去挑战比她高两个头的陈奥，一副护犊子的模样。

顾牧呈的心立刻就软了下来，嘴角扬起一抹温和的笑：“嗯。”

别人再说什么，在这一刻都抵不过小姑娘一句“牧呈哥，我们走吧”。

顾牧呈去了医院附近一家沈言宁最近特别喜欢吃的自助餐厅。

两人找了位子之后，沈言宁去自助区拿自己喜欢吃的，回来的时候看见有两个女生站在顾牧呈的桌子前，满脸通红地问：“你……你好，我们可以跟你坐一起吗？”

顾牧呈这天的心情看起来不怎么样，尤其是刚才陈奥那一出，以往清雅温煦的他这一刻脸上的表情太冷，冻得那两个对他仰慕的女生情不自禁哆嗦了一下，就听见他用没音调的声音拒绝：“不可以。”

两女生忙不迭地走了，走的时候还忍不住说：“帅是真帅，凶也是真凶！”

“算了，算了，长得好看的人脾气都不好吧！”

沈言宁拿完好吃的走过去坐下，用叉子叉了一只虾肉饱满的虾递到顾牧呈嘴边说：“牧呈哥，我把我最喜欢吃的虾给你吃，你别不开心了，好不好？”

像陈奥那样的人，顾牧呈不是第一次遇到。

那些年，顾牧呈是天骄之子，风头太盛，有服的也有不服的，可不服也拿他没办法。直到他家道中落，很多以前嫉妒他的人就在私底下落井下石。

不过，这些顾牧呈都不曾放在心上，有些伤痛他也不愿提及。

但刚才陈奥说完话后……沈言宁的反应让顾牧呈猜到她可能已经从别人那里知道了他的过往，加上论坛因他而起的、对她的非议，这一切都让他心生厌倦。

沈言宁也知道顾牧呈心情不好，想了想，说：“牧呈哥，我们就当是在升级打怪吧！为了以后更好的生活，我们携手将现在的妖魔鬼怪都打败！”

小姑娘说这话的时候又软又充满了斗志，可爱得不行。

顾牧呈见了，心中的烦郁也渐渐被磨平。

顾牧呈说：“今天……遇到论坛上的事，言言也不害怕吗？”

其实他这些天有安排曾韬关注沈言宁，就怕发生之前在罗家发生的事。

他已经查过了，论坛上的照片是罗雨诗放出来的，目的就是想让沈言宁在学校遭受非议。

面对顾牧呈的问题，她神色坦然地说：“一点也不害怕！而且牧呈哥不是第一时间就帮我摆平了吗？”

沈言宁一副“有他在，我上天入地都不害怕”的神气样。

顾牧呈见沈言宁那可爱的表情，终于忍不住笑了起来。

沈言宁见他笑了，整个人都精神了。她说：“牧呈哥，不用担心我，总有这样那样的人喜欢干涉别人的生活，当一个耀武扬威的臭鱼烂虾。但是有你在，我什么都不怕！”

“嗯。”顾牧呈柔和地应了一声，心中却想，一定要把她保护得更好一些。

吃完晚饭后，顾牧呈送沈言宁回了公寓，本想送她上楼，结果临时接到曾韬的电话，说那边出了点问题。

沈言宁虽然还想跟他单独待着，但她很懂事听话，见顾牧呈有事要忙，便说：“牧呈哥，你快去吧，我自己上去就行。”

顾牧呈离开之后，沈言宁刷开了公寓楼下的门禁卡，刚走进去，身后原本自动关起的门忽然被一只手拦住了。沈言宁看过去，是一个戴着口罩的男人，看起来像这里的住户，见她回过头甚至跟她点头打了个招呼。

沈言宁也礼貌地打了个招呼，坐电梯的时候，那人跟她一起进去，她先摁了楼层之后，等着电梯上升。

电梯上升的过程中沈言宁发现那人一直没有摁楼层，隐隐觉得有点不安。她拿出手机，接了个电话：“喂？牧呈哥，你忘记东西了？你还在楼下吗？哦哦，我现在下来找你。”

说着，等到电梯到达楼层之后，电梯门打开，身后跟着的人没有出去，而是摁了比她更低的楼层，到达楼层后，那男人出去了。

沈言宁松了口气，摁了自己的楼层出去了。

刚刚的电话是她假装接的，刚刚那戴口罩的男人的确把她吓了一大跳。她经常看见新闻里说有坏人假装是邻居，尾随住客上楼然后实施犯罪。

看方才的情况确实很像，但男人又摁了往上的楼层……

大概是她想太多了吧……

3

沈言宁回到家之后给顾牧呈发了条信息，说自己安全到家了。

手机刚放下来，就听见门口有人敲门。

这个时候会有谁找她？

沈言宁走到玄关处，开门之前从猫眼里往外看，外面空荡荡的，并没有人。

她皱了皱眉，再往猫眼看去，发现猫眼被什么东西堵住了。她一愣，还未反应过来，猫眼上突然出现了血红的眼睛。

沈言宁吓了一大跳，接着就是大门“砰砰砰”地被敲响了。

她连忙将门反锁了，再看猫眼，已经再次被人从外面给堵住了，没了血红的眼睛，但也什么都看不见。

外面的砸门声不断，沈言宁正准备打电话给物业，走到卧室才听见手机响了。

沈言宁接起，是顾牧呈的电话。

刚刚顾牧呈在忙，看见她到家的信息就给她打电话过来了，但打了两个她都没接。电话那头的顾牧呈问：“怎么这么久才接电话？”

沈言宁犹豫了一下，小声地说：“牧呈哥，我害怕。”

十分钟后，顾牧呈出现在了沈言宁的家门口。他看着沈言宁家门前一片狼藉的烟蒂和用口香糖黏住的猫眼，给沈言宁打了电话：“言言，我在门外。”

半晌，门被打开，沈言宁探出一个小脑袋，软绵绵地喊了一声“牧呈哥”。

沈言宁也看见了门口的狼藉，赶忙将顾牧呈拉了进去，一点都不想要这么干净清明的他站在那种脏兮兮的地方。

进了屋子后，顾牧呈摸摸沈言宁的小脑袋问：“没事吧？”

小姑娘显然被吓到了，一张小脸看起来没什么血色。

顾牧呈说：“收拾一下。”

“啊？”沈言宁一时间没反应过来。

“这里的事我找人调查一下，没查清之前，你先去我那里住好吗？”

顾牧呈没有现在调监控是因为怕再吓到沈言宁。

经过刚才那事和电梯里的事，说实话沈言宁也不敢再一个人待在这里了。

她点点头，跑到卧室里去收拾了一下东西。

不多久就背了个小书包出来，看见顾牧呈正在接电话："对，×× 小区，你带人过来调查一下……嗯，辛苦了。"

挂了电话后，看见小姑娘背着书包乖巧地站在后面等他，大概是收拾东西收拾得急，脸上总算有点血色。

顾牧呈的黑眸中划过一丝心疼。

小姑娘没看见，乖乖等他打完电话才问："牧呈哥，你是让人过来这里调查吗？"

"嗯。让曾韬和江南过来，江家是这片小区的投资商之一。"

"哦！那调查出结果也告诉我一下。"

"好。"顾牧呈看了一眼沈言宁的小书包问，"收拾好了？"

沈言宁点点头。

"走吧。"

沈言宁本以为顾牧呈会带她去复式楼，没想到他带她去的是清泉市近海边的一个小区。她以前听说过这里是清泉市很早开发的一个奢华小区，因为优越的地理位置和环境，房价一直很贵。

她一路跟着顾牧呈坐电梯来到了他家，问："牧呈哥，这里也是你家吗？"

顾牧呈"嗯"了一声，房子是很早的时候顾渊买的，偶尔他们一家人放假的时候会过来住几天，发生意外后，他很长一段时间没来过这里。

不过这里每天都有阿姨打扫，顾牧呈觉得现在的小姑娘需要一个安静的地方好好休息一下，忘记那些污浊的事，所以就带她来了。

果然，小姑娘来了之后，眼睛都亮了起来。

"这里好舒服啊！"

客厅的阳台是靠着海的，沈言宁靠着阳台上的围栏，闭着眼睛吹着海风，风吹起她额前的刘海，露出她粉嫩嫩的小脸蛋。

她闭着眼睛享受了一会儿海风，笑着对顾牧呈说："牧呈哥，你看那海边的月亮，我突然想到以前看到的一句话。"

顾牧呈看着沈言宁甜美的笑脸，眼睛干净清透，他的心下像被什么一下子填满了，目光柔和地问："什么话？"

"晓看日光夜看月，醒也思君，梦也思君。"说完这句话，沈言宁才感觉到有点文艺，不禁害羞起来，趁顾牧呈还没反应过来，忙说，"我……我先去洗澡了！"

小姑娘的话题转换得太快，顾牧呈却也能明白她在害羞，指了指卧室的位置说："去大卧室洗吧，那里东西齐全。"

沈言宁点了点头，拿了自己的东西就往浴室里跑。

洗完澡出来的时候，沈言宁的心情总算彻底好了，正要去客厅找他，就看见卧室的衣柜旁放了一个行李箱，行李箱是打开的，里面装了一些衣物和洗漱用品。

沈言宁愣了一会儿，随即心里闪过一丝不好的预感。他要去哪儿？怎么没跟她说？

接着，高一那一年顾牧呈不辞而别的恐惧感浮现在沈言宁的心头，她的心忽然绞痛起来。

4

顾牧呈见沈言宁去浴室洗澡很久都没出来，去浴室找她时，却看见她蹲在大卧室的行李箱旁边，眼睛无神地望着地上，呆呆的。

他的心猛地一紧，快步走到沈言宁身边，半蹲下，问她："言言？怎么了？"

沈言宁缓缓抬头，看着顾牧呈，眼神里都是痛苦之色。她说："牧呈哥，你是不是又打算不跟我说就走了？"

顾牧呈眉头微蹙，听着沈言宁的话，再看着她身边的行李箱，很快明白了她的意思："没有。言言，这个行李箱是我拿过来还没来得及收拾。"

见小姑娘一脸不信，顾牧呈第一次感觉心疼又心慌。他没想到高一那年没跟她说一声就离开，会给她造成这么大的心理阴影，仅仅只是看见一个行李箱，就以为他又要不告而别。

“言言，我们起来说好吗？”

顾牧呈将小姑娘从地上打横抱起来，坐在床上。小姑娘则是坐在他怀里，一声不吭，又恢复到晚上他去找她时被吓坏了的样子。

“言言……”无所不能的顾牧呈有点不知道该怎么把小姑娘哄好。

小姑娘忽然从顾牧呈的双腿上站了起来。他刚松开她，就被她用力地推倒在床上。

沈言宁也不知道哪里来的狠劲，将顾牧呈推到之后，直接扑了上去，对着他的唇就亲了上去。

小姑娘不会亲人，亲得毫无章法。

被沈言宁压在下面的人任由她胡乱地亲着，手臂还护着她，生怕她掉下去。

沈言宁亲了半天，看见他原本漂亮的唇被她弄得红通通的，她的眼睛也红了。

自始至终，顾牧呈都没有任何动作，任由她发泄。

直到沈言宁发泄完之后，埋头在他怀里没动。

顾牧呈感觉到胸前的衬衫一片凉意，他知道小姑娘哭了。

房间里静静的，谁也没再说话。沈言宁情绪稳定下来之后，才说：“牧呈哥，你是不是被我吓到了？”小姑娘还埋头在他胸前，声音闷闷的。

“没……”顾牧呈说，“言言，今天被吓坏了吗？”

沈言宁一直隐藏着自己的情绪，不就是在电梯里遇到一个不摁楼层的陌生人，不就是家里的房门被人砸吗？她也没受到什么实质性的伤害。

可一想到自己刚刚经历过这些，沈言宁就觉得毛骨悚然，觉得恶心，浑身都难受得不行。

就像不小心掉进垃圾堆里，回去却怎么洗都感觉洗不干净。

这样的情绪一直到误以为顾牧呈又要不告而别，那阀门好像一下子就被打开了，情绪怎么也控制不住。

面对顾牧呈的询问，沈言宁终于没再掩饰，点点头，说了自己在电梯里遇见那人的事。

最后顾牧呈说："言言，搬过来跟我一起住吧……"

沈言宁没立刻回答，很久后，才在顾牧呈怀里点头："好。"

几天后，在沈言宁家门口砸门的人被抓到了，居然是陈奥。

沈言宁挺意外的，据陈奥说是因为上次向她表白失败了，所以出于报复的心理跟踪她，砸门想吓吓她。

至于真假，沈言宁不想去验证，从那以后，她搬到了顾牧呈的家。

说起来有点不好意思，沈言宁以前经常幻想过和他的同居生活。有一个不用太大的房子，早上醒来一睁眼就能看见他，白天两人一起去上班，晚上下班后，可以一起回家买菜做晚餐，或者找一个餐馆喝点小酒。晚上一起在河边散散步，或者来个运动长跑……

那天沈言宁路过一家奶茶店，听见一个小姑娘问她的男朋友："你知道周周的《枫》最后一句歌词是什么吗？"

沈言宁飞快地想了一下，是"我要的只是你在我身边"。

没有特别想出人头地，也没有特别伟大的梦想，沈言宁想要的就是能和他过平凡的幸福生活，想要的只是他在身边。

这一刻真的实现了，沈言宁特别珍惜，有时候会情不自禁拿起相机把某个幸福的瞬间拍下来，比如说他穿着她买的围裙在厨房给她做饭的时候，比如早晨睁开眼，看见他沉睡的侧颜……

沈言宁把这些日常记录在微博上，设定了一个"偏爱顾先生"的标签，希望等到自己老了之后，这些印记都还在。

很快就到了寒假，沈言宁本想在清泉市待几天再回去，但放假那天接到了阿姨的电话，问她能不能早点回家，徐妍住院了。

沈言宁立刻赶回了家。

回到家后，阿姨带沈言宁去了医院，才知道徐妍是抑郁症复发。

最近沈国辉的生意发展得不顺利，夫妻俩经常因为这事吵架，徐妍提及了陈年往事，抑郁症就这样犯了。

在病房跟徐妍说了些话后，见她情绪稳定睡着了，沈言宁才轻手轻脚地离开病房。

刚走出病房便遇见了沈国辉，沈言宁乖巧地喊了一声："爸爸。"

"嗯。"沈国辉问，"你妈妈睡着了？"

沈言宁点点头。

"放假的这段时间多抽空陪你妈，别让她总瞎想。"

沈言宁这才看见沈国辉眼睛里的红血丝，整个人都很疲惫。

她不想往坏的地方想，但接二连三发生的事情让她不得不联想在一起，她问："爸爸，陈姨说你生意上出现了问题，是跟罗家有关吗？"

沈国辉一愣，本不打算跟沈言宁说这些，但她这样一问，他叹了口气："出去说吧。"

两人走到了医院的草坪上，不少住院的病患在护工的陪同下在晒太阳。

沈国辉说："这件事是跟罗家有关，不过你也不能说都跟他们有关，你妈妈的病其实是她一直藏在心里的心结。"

沈言宁看向父亲。

只听他说："爸爸年轻的时候曾经喜欢过徐阿姨……也就是牧呈的母亲。牧呈家里出事后，我把牧呈接回我们家，你妈妈因此跟我闹了很久的别扭。我实在没办法，加上后来……牧呈无意间听到我们因为他吵架……"

沈言宁这才知道那年顾牧呈不告而别的真相："所以后来……是爸爸让牧呈哥离开的吗？"

"嗯……你妈那时给我放话，只要牧呈在家，就没有她。我也没办法，总不可能因为这事把家给拆散了。对于牧呈这孩子，我想补偿他。我给过他卡，也说过要在清泉市给他买一套房子，找专门的人照顾他，但都被他拒绝了，卡也被退回来了。爸爸没办法，只能偶尔给他打电话。这孩子，表面上看起来挺好相处，但其实外人很难走近他的内心，尤其是顾家发生变故之后。"

听着沈国辉说着那时候的事，沈言宁只觉得心一抽一抽地疼。她张了张嘴，想说什么，却发现喉咙发涩，什么都说不出。

"至于罗家，我也是生意上出现问题才知道这些年牧呈和罗家……

以及牧呈和你的那些事。”沈国辉说，“这段时间，我一直因为生意的事情苦恼，所以脾气也不好，忽略了你妈妈的感受，加上这件事的源头是牧呈，你妈妈又想到了过去的事情，所以病情复发了。”

沈国辉说完，沈言宁没吭声，她已经想到了接下来沈国辉会跟她说的话。

“生意上的事情，爸爸会想办法。现在，爸爸想跟你说说你跟牧呈之间的事。”

沈言宁搁在身侧的手紧紧握成了一个拳头，她这点紧张落在了沈国辉眼里，他只是笑了笑说：“你别紧张，爸爸是过来人，并不会因为这件事阻止你们在一起，爸爸只是想让你认真考虑考虑自己和牧呈到底合不合适。”

父亲将选择权交到自己手里，沈言宁还挺诧异的。她抬头望着沈国辉，就听见他继续说：“言言，你从小就没吃过苦，但是牧呈不一样。从我的角度看，牧呈是个很复杂的人，你跟他在一起将会遇到各种各样的问题，甚至会吃你以前没吃过的苦。作为父母，肯定不想看见你吃苦。言言，你年龄还小，你没有了他，世上还有千千万万个人任你挑，世界上不是只有一个顾牧呈。”

沈国辉说完，手机响了。他拍了拍沈言宁的肩膀，示意她在一旁的长椅坐一会儿，他接个电话。

她依言坐在长椅上，不知道在想什么。

沈国辉打完电话后，就听见沈言宁喊了一声：“爸爸。”

小姑娘抬眸，望着他，认真地问：“你讨厌牧呈哥吗？”

讨厌吗？当然不讨厌。甚至，沈国辉对顾牧呈一直很欣赏。

虽然每次见面，少年眉宇轮廓间都带着几许锋利冷峻，让人觉得这个少年是个很难接近的人。

鲜少人知道，小时候的顾牧呈有过一段自闭症史，但沈国辉在收养顾牧呈之前，还是调查到了。顾牧呈对什么都不感兴趣，从小到大都喜欢独处，在顾渊出事之前更是很少笑。

这种自闭症直到顾牧呈上初中才好了一些，不过他的性格依旧很冷，甚至脾气还不好。初中那会儿经常一言不合就跟人起冲突打架，以至于很多学生对他又敬又畏。

虽然性格上有点问题，但顾牧呈从小学习成绩好，是老师和亲戚口中“别人家的孩子”，学生仰慕的学霸。

顾牧呈上初中那会儿，已经是清泉市的市第一。

顾渊有个亲戚的孩子学习成绩特别不好，想让顾牧呈帮忙辅导，央求了顾渊很久，最后在顾渊和徐一倩的说服下，顾牧呈才勉强答应。

只不过经过顾牧呈辅导后，那小孩的成绩依旧没有明显的进步。

顾牧呈也不想再补习，认为那小孩根本没有把心思放在学习上，再怎么补习都没用，他也不想浪费时间。结果这亲戚对此耿耿于怀，在顾渊出事之后到处跟别人说：顾家出了这种事，一定跟他们有个冷漠的怪胎儿子有关，就是因为有个这么冷漠的儿子才克了顾渊一家。

但后来沈国辉调查到顾家这亲戚的儿子是从小被家长宠坏了，不爱学习就算了，脑子还不怎么灵光，谁都教不会，家长不知反省，最后却把责任都怪在别人身上。

世界上这种人太多了，然而不是每个人都知道背后的事实经过。

所谓人言可畏，顾家这亲戚把这谣言传开了之后，很长一段时间，大家都认为真的是顾牧呈克死了顾渊一家。

别人知道，顾牧呈自然也知道。

沈国辉不知道那时的顾牧呈听去了多少，又有几分上心。

总之，当高一那年，沈国辉见到他时，少年已经完全不是资料里的样子了。

顾牧呈会笑，很听话，脾气很好。

当沈国辉说：“以后就去叔叔家住吧？叔叔会照顾你，也会想办法照顾你清泉市的妈妈。”

少年懒洋洋地笑了笑，说：“好啊。”

脾气好到好像要他做什么他都不会拒绝。

5

“爸爸？”见沈国辉许久未说话，沈言宁又喊了一声。

沈国辉长叹一声，摇摇头：“他是个优秀的孩子，爸爸不讨厌他。”

“是啊，他很优秀。”

沈国辉回头，便见小姑娘神情坚定，眼里有光，她说：“爸爸你说得对，世上有千千万万的人没错，可他只有一个，这千千万万的人里没有一个是他，言言只要他，言言喜欢的人只能是他，换成任何一个人都不行。”

世界上真的只有一个顾牧呈，她喜欢的那个顾牧呈。

沈国辉微讶，他看着长大的小姑娘不知不觉中已经长大了。她有自己的思维和想法，不再是过去那个大人说什么，她就听什么的小姑娘了。

沈国辉叹了一声。是啊，谁又会一直停留在原地，时间在流逝，人也是会跟着变的。

他拍了拍女儿的肩膀：“那就做好和你喜欢的人共同进退的心理准备吧！到时候无论遇到什么，可别哭鼻子，别人可不会像家人一样对你手下留情。”

沈言宁笑了起来。阳光下，她的笑容璀璨，她说：“不会的，爸爸，牧呈哥会保护我，而且我也长大了，是那个可以和喜欢的人共同进退的大人了！”

“嗯。”沈国辉似想到了什么，说，“言言，有件事，爸爸一直没告诉你。”

“什么事，爸爸？”

“那只布偶猫，其实是牧呈当年送给你的礼物。只是当时刚好发生了那件事，我怕你伤心，所以你以为猫是我送给你的时候，我没跟你说明白。”

沈言宁一直以为顾牧呈从没把自己的话放过心上，没想到他曾经有，只是她不知道。

“谢谢你，爸爸。”沈言宁有点激动，“谢谢你还记得这件事，并且告诉我。”

沈国辉拍了拍沈言宁的肩膀，说：“加油吧，朝你想要的人生努力。”

“嗯！”

沈言宁回家之后经常去医院陪徐妍，加上沈国辉对徐妍的谦让，两人之后没再吵架，徐妍的病情很快好转。

徐妍出院时，已经将近除夕了。

沈国辉开车带着全家人去买年货，回到家后陈蓉已经开始准备包饺子了。

因为过年，沈国辉给家里的用人都放假了，陈蓉是徐妍家小时候收养的女儿，所以每年过年都在沈家。

全家人坐在一起包饺子的时候，沈言宁看起来有点心不在焉。

她在路上接到了曾韬的电话，问她过完年能不能早点回去："是这样的，我本来想跟江南一起留下来陪顾少一起过年，但顾少不让。小弟媳，我听说……你也知道顾少家里的情况了，自那以后，每年过年他都是一个人，所以就想如果你在他身边，会不会好一点。"

"牧呈哥不跟他妈妈一起过吗？"

"过也是在疗养院里，和一群老头、老太太，而且疗养院休息得早，八点就要熄灯了，剩下的时间顾少只能自己回去一个人待在家里。

接完这个电话后，沈言宁就一直不在状态。

曾韬不说，沈言宁也想到了。虽然她很想去陪他，但也不能丢下家里的父母，不管不顾地去清泉市。

沈言宁第一次想异想天开，如果自己有分身就好了，一个陪父母一个陪他。

下午顾牧呈给她打了电话，和往常一样问她的近况，最后发现小姑娘情绪很低落，便问："言言，你不开心？"

电话这头的沈言宁摇摇头，又发现他看不见，才说："没有，就是……"

"嗯？"

"牧呈哥，我想你了。"

"言言……"

"牧呈哥，我没事。"沈言宁吸了吸鼻子，忙转移了话题。她不想他因为她这点小情绪影响心情，本来他这天一个人过年就很可怜了。

好不容易熬到吃完年夜饭，陪沈国辉和徐妍看完春晚，他们睡觉了之后，沈言宁才赶忙给顾牧呈打了电话。

电话接通后，沈言宁道："牧呈哥，新年快乐！"

"新年快乐，言言。"

沈言宁听见顾牧呈那边格外安静，心想这一刻他一定是一个人孤孤单单在家里。

这样一想，她的心就开始忍不住地疼，她问："牧呈哥，你晚上吃了什么？"

"在疗养院吃了点东西。"

果然和曾韬说的一样，他是在疗养院陪他妈妈的。

"那你现在在哪里啊？回家了吗？"

电话那边没吭声，不一会儿，耳边忽然炸开，有烟花的声音，同一时间，沈言宁眼前亮了起来，是外边有人在放烟花。

可是这声音，为什么会从电话里传来？

沈言宁随即想到了什么，心怦怦直跳，直到顾牧呈对她说："言言，我在你家楼下。"

她一颗心就差跳出来了，说："牧呈哥，你等我，我马上下来！"

这时候沈国辉和徐妍已经睡着了，沈言宁套了件羽绒服准备下楼。路过厨房的时候想起了什么，去厨房拿了晚上没吃完的饺子，在微波炉里热了一下后，抱着饺子出了门。

她打开院子的门，左右看了看，看见家对面的暗处停了一辆熟悉的车子，忙抱着饺子跑了过去。

顾牧呈穿着黑色的大衣，整个人笼罩在阴影中，身影高大又孤独。

见沈言宁跑过来，他迎了过去。

小姑娘穿着睡衣，外面只裹了一件白色羽绒服，大概是着急想见他，光着脚穿着毛茸茸的拖鞋就出来了。

顾牧呈还没来得及严肃地批评小姑娘，就见小姑娘从怀中变戏法似的变出一个保温盒，喜笑颜开地说："牧呈哥，你晚上一定没吃饱吧？我给你带了饺子。"

小姑娘展颜欢笑的那一刻，冬夜都变得不那么冷了，像初升的暖阳，像夜间的星辰，温暖耀眼。

顾牧呈一张严肃英俊的脸，立刻就柔和了下来，他说："先上车。"

上了车之后，顾牧呈把暖气调到最大，等车内渐渐暖和了下来，才调了适中的温度。

他问："冷吗？"

沈言宁摇摇头，想到他在下面，她根本顾不得冷。她把保温盒打开，里面是热腾腾的饺子，她用勺子舀了一个递到顾牧呈嘴边："牧呈哥，快趁热吃了。"

虽然顾牧呈什么都没说，但沈言宁知道这个年他过得不怎么好，疗养院的饭菜再怎么好吃也不如家里的。

而且顾牧呈从清泉市开车一路过来，这么远的路程肯定饿了。

沈言宁没有问顾牧呈关于过年的事情，只是在车内一口一口喂他吃饺子，现在她能为他做的只有这些了。

她喂饺子的时候不小心碰到了顾牧呈的脸颊，冰凉一片，她才意识到也不知道他一个人在楼下待了多久。

沈言宁以前不知道，但后来听沈国辉说了他把顾牧呈送走的事，她想，牧呈哥肯定再也不肯进他们家了，寄人篱下的滋味本就不好受，结果他们还把他赶走了。

想到这里，沈言宁就觉得又愧疚又难受。她问："牧呈哥，如果不是我给你打电话，你是不是都不准备告诉我你来过啊？"

顾牧呈确实没打算告诉沈言宁自己来过，只是听见小姑娘在电话里的声音，没忍住想见见她。至于为什么会开车来这里，他的自制力一向很好，对于忽然做出这种冲动的事，仅仅是因为下午小姑娘情绪低落的那句"牧呈哥，我想你了"。

顾牧呈吃完沈言宁喂的最后一个饺子，没回答她，而是细细地打量着她，温和地笑："小姑娘在家养胖了一点。"

沈言宁才不管自己有没有胖，鼻子一酸，瞪着他的眼睛立刻就红了起来，眼眶里都是泪水。

顾牧呈叹了一口气，打开车门下车，从车的另一头绕过去，走到副驾驶座边，打开门。

他坐在了副驾驶座上，将小姑娘抱起来搁在自己腿上。

小姑娘身上被暖气吹得暖暖的，又软又香。

不用说得太明白，顾牧呈就知道小姑娘心里在想什么，他轻声哄着她：“不哭了，我在这里。”

小姑娘趴在顾牧呈的怀里，小手紧紧地搂着他的腰，觉得这样还不够，想要每天都陪在他身边，看不得他大过年还一个人孤零零的。

“牧呈哥，我会努力的。”

小姑娘突如其来的励志话，顾牧呈一时间没懂，问：“努力什么？”

“以后的每一天言言都会努力陪在你身边，言言想给你一个家。”

顾牧呈的心一紧，隐藏了眸底因为她这句话而翻涌的情绪。他哑着声音问：“小姑娘脑子里都乱想什么？”

沈言宁没说自己脑子里都在想他一个人过年有多难受，便听见他低缓沉静地对她说：“我会等言言，等言言给我一个家。”

许久，怀里的小姑娘都没有说话，就在顾牧呈以为她睡着了的时候，脖子上感觉到了细微的痒。小姑娘正扒着他的脖子细细地啃，小牙齿像小猫一样，啃得并不重，却能让人心猿意马。

顾牧呈虽然自制力很好，但也是个正常人。他眼眸幽深漆黑，声音都被她咬哑了似的低低说了一句：“言言，你在勾引我吗？”

沈言宁从顾牧呈的怀里抬起头，一双眼睛湿漉漉的，在他耳边轻轻地说了一句话。

顾牧呈的眼神渐渐红了起来，狼一般地盯着她，下一秒，俊脸压了上去，薄唇吮着她柔软的唇。

只因为沈言宁在他耳边说了一句话——我想吻你了。

6

沈言宁离开车里的时候已经是五点了，陈蓉每天五点半会起床准备早餐，她必须在陈蓉醒来之前回家。

虽然非常不舍得，但她还是强压住内心翻涌的情绪，看着顾牧呈驱车离开。

直到顾牧呈的车消失在拐角再也看不见，她才情绪低落地回到家里。

去浴室洗漱了一番后，沈言宁躺在床上想补个觉却怎么也睡不着，她决定等过完初三就去找他。

这天是大年初一，例行要去亲戚家里串门。串了一整天的门，沈言宁收获不小，怀里都是满满的红包。

回来的时候，徐妍的好友也一起回来，所以和徐妍、陈蓉三个人坐一辆车，沈国辉开车载着沈言宁回家。

路上，沈国辉忽然问："牧呈昨天来过了？"

沈言宁本看着窗外发呆，被沈国辉这样一问，吓了一跳。

沈国辉却说："别紧张，爸爸昨晚睡得晚，听见你出门的声音，在阳台看见了。"

既然看见了，沈言宁也不隐瞒了，点了点头。

"你这两天看起来心不在焉的，是不是想去找他了？"

沈言宁说："我就是觉得牧呈哥一个人过年特别孤单。"

"去吧。"本以为沈国辉要教育她，没想到她还没开口说要先回清泉市，就听见他说，"这孩子过年一个人的确挺可怜的，你过了初三之后就去找他吧，反正那时候该走完的亲戚也走完了。"

沈言宁正有此意。她觉得沈国辉就跟她心里的蛔虫似的，她想什么他都知道。

沈国辉跟沈言宁探讨过她跟顾牧呈合不合适的问题，她以为在沈国辉内心其实不赞同自己跟顾牧呈在一起，让她做选择不过是缓兵之计，没想到他真的是让她做选择。

沈言宁忽然想起那日在医院时，阳光下的沈国辉说的那声"加油"，觉得鼻子酸涩涩的。明明爸爸是一番好意，她还在心里揣摩他。

想到这里，沈言宁有些哽咽地说："谢谢你，爸爸。"

这么多年，她对沈国辉一直又敬又畏，算不上亲近。

她一直觉得沈国辉对自己太严格，现在才发现其实他和每一个父亲都一样，对孩子充满了父爱。

沈国辉听到沈言宁说"谢谢"倒是愣了一会儿，随即笑道："傻孩子，一家人说什么谢谢！"

沈言宁是初三那天回清泉市的。

她特意没跟顾牧呈说，想给他一个惊喜。结果坐高铁从北城市到清泉市的路上她自己紧张得不行，不知道他看见她忽然出现会有什么反应，真想看看他总是漫不经心的脸上出现惊喜的表情啊！

到达顾牧呈小区的时候已经是下午两点了，她一路拖着行李箱坐电梯上楼，打开门的时候她深呼吸了一会儿，才摁了密码锁。

一打开门，沈言宁像只小兔子一样蹦进去，喊了一句："牧呈哥！我回来啦！"

结果没有惊喜，只有惊吓。客厅里坐着五个人，顾牧呈、曾韬、江南，还有两个沈言宁不认识的人。

他们听见她这一声喊，都将目光转移过来。

沈言宁愣在原地，脸渐渐通红。

最后还是顾牧呈走了上来，摸了摸她的小脑袋，温声说："回来了，先去房间等我，嗯？"

"好！"沈言宁跟大家问了声好，连行李也不敢要了，拔腿就往卧室跑。

"牧呈的妹妹？"这时，客厅里，一直没吭声的中年男人问了一句。

顾牧呈更正："秦总，是女朋友。"

"哦？挺可爱的一个小姑娘。"秦风说完起身，他身边的助理也跟着站了起来，"好了，我们牧呈的家属回来了，我也就不打扰了，我的条件你可以考虑考虑。希望我们能合作成功。"

"好，谢谢秦总。"

送完秦风两人离开之后，曾韬迫不及待地问："顾少，这次我们终于找到了可以投靠的靠山。这个秦总长期居住在Y国，如果他肯投资我们，我们就能自己开公司了，最关键是这个秦总根本不怕罗家。"

"可秦总不是有条件的吗？"江南说，"要去Y国考察一年，我们是没有问题，但顾少呢？"

江南说完，曾韬看向顾牧呈想说什么，但没说出口，最后只说："顾少，你好好考虑吧，这次真的是非常难得的机会。"

“我知道。”顾牧呈应了一声。

寒假之前，曾韬带来了一个好消息，他们开发的产品找到了投资人。

“他叫秦风，是个华人，长期住在Y国。他对我们的产品十分感兴趣，但条件是需要带我们的核心团队在Y国待一年，他想用一年的考察期做最后的决定。”

创业一直是顾牧呈正在做的事。

虽然他们的核心团队说起来不过三人，顾牧呈、江南，还有曾韬自己。但这些年他们赚的钱一点都不少，只不过即使这样，他们依旧很难成立起一家公司。

过去，不是没有人对他们的产品感兴趣，甚至已经谈好了投资合同，但总有这种那样的原因，最后对方毁了约定。

他们都知道这是罗森在背后的小动作，于是曾韬尝试把眼光放向国外，罗森的手再长，不可能长到全世界。

他们目前缺的不是钱，而是一个背景，一个能与清泉市罗家对抗的投资人。

这次机会很难得，如果有这种背景的人支援他们，他们就真的能成立一个正式的公司，而不是像现在这样只能以个人工作室的方式将产品卖出去。

虽然卖产品的收入很高，但长久下去没有正规的经营方式，所有发展都被限制了，他们根本无法真的做到强大。

最赚钱的那一年，除去顾牧呈给曾韬和江南的工资与红利，顾牧呈已经赚到了很多。他想用这些钱成立公司，罗森却在其中设置各种障碍，让他们连手续都办不下来。

顾牧呈一气之下把这些钱砸进了车里，也就是外界人一直以为是罗森送给他的豪车。

但曾韬知道，买这辆车有一时冲动，也有一个不为人知的原因。

那个牌子的车是顾渊很喜欢的一辆车，那年大火发生的前一天，顾渊带着妻儿去预定这款车，还说等拿到车之后，要带一家三口开车出去玩玩。

顾渊平日里工作很忙，但他很爱妻儿，每个周末都会亲自开车带妻儿去清泉市周边游玩。

谁知，再也没有机会了。

曾韬回过神，看向顾牧呈，让他更想不到的是，这么好的一次机会，顾牧呈犹豫了，只因那个投资人需要他们在Y国待一年。

曾韬知道顾牧呈顾虑的人是沈言宁，但这次机会如果放弃了，下一次不知道还要等到什么时候。

他忍不住对顾牧呈说："顾少，我知道你的顾忌，但目前以我们的状况，如果没有一个比罗森更强大的人做后盾，即使你的实力毋庸置疑，但真正摆脱罗森也要多花好几年的时间。"

站在落地窗边的顾牧呈一直背对着他们，整个人都笼罩在午后的阳光中，分明是很暖的光芒，却让人从他身上感受不到半分温暖。

顾牧呈沉默着，没有人知道他在想什么。

有那么片刻，曾韬竟然在他的背影中看见了无助。

无助……

这个词划过曾韬脑海的时候，他觉得自己疯了。在无所不能的顾少身上怎么可能会出现这个词？

整个下午，曾韬都在试图说服顾牧呈。

直到最后，顾牧呈才转过身对他说："我再想想。"

曾韬一怔。他心里挺着急的，害怕秦风一不高兴，他们就错过了这个宝贵的机会。

正在三人沉默时，江南用手推了推曾韬，示意他先离开，另想办法。

曾韬才心不甘情不愿地说："那我和江南先走了。"

"嗯。"

第十二章　有风有月，有星辰还有我

1

两人离开之后，顾牧呈在客厅里坐了一会儿，才起身去卧室。

打开卧室门，顾牧呈看见将脸埋在被子里不敢见人的沈言宁。

看见这么可爱的小姑娘，他心中的躁意忽然就消散不见。他走上去，将小姑娘连同被子一起抱在怀里："别把自己捂坏了。"

小姑娘红通通的一张脸委屈巴巴地望着他："丢脸死了……"

顾牧呈没回答，只问："怎么提早回来了？"

沈言宁闷闷地说："想你了……"

她不知道自己委屈的小神情落在顾牧呈眼里，让他只想一口将她给吃了。

顾牧呈伸手将沈言宁的脸蛋抬了起来，沈言宁便对上了他幽深明灿的双眸。她本就觉得丢脸，被他这么一看，更觉得浑身不自在，想都没想，搂着他的脖子亲了上去。

亲了一会儿之后霸气地命令他："不许这样看着我！"

顾牧呈"嗯"了一声。

沈言宁裹着被子觉得有点闷，将手从被子里抽了出来，摸了摸顾牧呈的脸，感觉到真实的体温在掌心之中，她才放心下来，说："本来想给你一个惊喜，但没想到家里有人……刚刚那两人是谁啊？"

"一个投资商。"顾牧呈简单地解释。

“投资商？”沈言宁眼睛一亮，“意味着牧呈哥想做的事情终于有人投资了吗？”

“嗯。”顾牧呈不想打破小姑娘眼睛里的亮光，应着她的话说下去。

“那太好了！我们晚上一定要吃好吃的庆祝一下！”

“嗯。”顾牧呈什么都应着她。

“那我晚上要吃你做的饭，我想吃葱爆虾，还有……”

听着小姑娘如数家珍般说着晚上想吃的菜，这一刻，顾牧呈忽然在这个家里找到了久违的烟火气息。

大年初三之后，沈言宁就住在清泉市，直到开学。

沈言宁在微博上发的“偏爱顾先生”原本只是当个日常发的，没想到竟然吸引了很多网友的关注，在她回家的这段时间没有更新的情况下，网上都是催她更新的消息。

大家都对“顾先生”充满了好奇，也对沈言宁和“顾先生”的相处日常充满了羡慕。

有忠粉甚至在微博上建立起了“偏爱顾先生”的“超话”，每天都有粉丝在里面打卡，有粉丝用小说的形式描写她心目中沈言宁和顾先生的恋爱生活，也有粉丝用漫画的形式画出他们的日常。

沈言宁每天打开微博都会收到很多评论和私信，她会花很长的时间一个个看，其中有很多看了让她动容的话——

“虽然日常都是一些关于顾先生的琐事，但不知道为什么，光是看这些平常到贴近生活的事，就让我觉得很温暖。沈小姐和顾先生要一直一直好好的啊。”

“沈小姐和顾先生的爱情让我觉得，世界上最好的爱情就应该是这样子的吧……沈小姐从学生时代就喜欢顾先生，一直没有放弃。她告诉我们喜欢一个人要努力争取，如果自己都不争取，那怎么能拥有呢？”

也有一些让她看了哭笑不得的话，比如——

“看了又看，每一天都是顾先生，什么都好，就是看多了容易做梦。”

“甜是真的甜，但我害怕太甜了会掉牙。日常发问，世界上真的有顾先生这么好的人存在吗？”

也有一些黑粉的攻击——

“一看就是假的，自己幻想的吧？有本事放正面照！”

“我赌一毛钱，这是个新的营销号，营销号的套路都是这样的，树立一个人设吸粉，后期赚钱！”

“真恶心，呸！”

对于网上各种评论，沈言宁一开始还挺在意，因为她没想到会受到这么多人的关注，但是时间长了，她渐渐地学会了用一颗平常心对待。

反正最初沈言宁发这些都只是因为个人爱好，受到关注是意外，但也是好事。

她只需记得，不忘初心，方得始终。

沈言宁也收到来自出版社的私信，问她有没有考虑将摄影做成书出版，她想了想，拒绝了。

因为她觉得自己的作品还没成熟到能集成一本书出版的程度，目前，能在微博上被众多粉丝的喜欢，已经让她很开心了。

她希望等到自己的作品很成熟了的时候，再考虑这件事。

“偏爱顾先生”摄影日常的热度持续上涨，甚至在某一天的晚上上了微博热搜前十。一时间，沈言宁的微博粉丝数猛涨，更有营销号自动过来贴热度，带起了“偏爱顾先生甜”“顾先生火”“神秘的顾先生”之类的话题。

连程唐和张小舟她们都打电话过来询问，上微博热搜的人是不是她。

沈言宁也没什么可隐瞒的，直接承认了。

程唐和张小舟在电话里连连惊叫，说要她开学后请吃大餐。

沈言宁笑着答应了。

开学之后的一天上完课后，沈言宁接到了一个陌生的电话：“请问是沈言宁同学吗？”

“对，我是，请问您是？”

“沈同学你好，我们是‘青梅国际摄影大赛’的主办方，‘陆知集团’

旗下的子公司‘青梅文化传媒’。是这样的，我们在网上看见了你发的摄影微博日常，请问您有兴趣参加我们举办的摄影大赛吗？”

沈言宁有点激动，在这段时间邀请她参加比赛的也不少，但像陆知集团这么大的公司，又是她心仪的公司，她还是第一次接到他们的电话。

她努力控制自己激动的心情说：“好，可以的。”

“好的，那稍后会有我们的工作人员跟你联系，聊具体细节。”

“好的，谢谢。”

“不客气，祝生活愉快。”

挂了电话之后，程唐和张小舟凑了过来问：“谁啊？我好像隐约听到陆知集团之类的字眼，是我知道的陆知集团吗？”

在两人期待的目光中，沈言宁点了点头。

“哇？真的是陆知集团？那个长得超级帅又有钱还特别专一的陆执，陆少爷的陆知集团？”

沈言宁笑着点了点头。

“太好了！言言，你太棒了！不愧是我们摄影系年年成绩第一！我听说这次总决赛颁奖的时候，陆执少爷会亲自为冠军颁奖！言言，你一定要加油！把冠军拿下！”

“我努力。”

沈言宁其实没想过要陆执给自己颁奖，能被陆知集团选上参加比赛，她就很开心了。

即使最后没得奖，也算是一种成长。

三人回寝室的路上，程唐和张小舟已经知道沈言宁跟顾牧呈住在一起了，话题从摄影大赛聊着聊着就成了脸红心跳的话题。

还是程唐问：“言言啊，你跟顾学长现在到哪一步了？”

这话问出来，沈言宁的脸立刻爆红起来。

程唐一看，眼睛一亮：“不会是已经……”

“没有！”沈言宁忙否认，生怕她想歪了。

谁知道程唐听见这话诧异极了：“不会吧，言言？你们都在一起这么久了，居然还没到最后一步？”

沈言宁红着一张脸说：“没有……这很奇怪吗？”

“当然奇怪了！哪有每天跟喜欢的人住一起，不想跟他更进一步？”程唐问。

“……”

沈言宁本没将这种事放在心上，但听程唐这样一说，她的心沉了沉。

2

回去的路上，沈言宁一直在想程唐的话。她说的话不是没有道理。

以前她从没想过这方面的事，但这种事一旦放在了心里，就怎么都放不开了。

但这事又不好意思跟别人说，沈言宁只能上网查，没想到居然有跟她一样烦恼的女生。

网友给的建议则是主动出击，他是不是真心喜欢，成败就在此一举。

沈言宁看着看着，忽然在心里做了个决定，晚上她要把自己送给他！

为了壮胆，沈言宁晚饭的时候甚至买了一瓶红酒，她知道他不能喝酒，所以这酒是为她自己准备的，美其名曰，庆祝她被陆知集团选中参加摄影比赛。

顾牧呈一直宠着她，任由她开心就好，只是叮嘱她在其他人面前不能碰酒。

一顿晚饭吃完之后，沈言宁说自己要先去洗个澡。

回到卧室后，沈言宁觉得头很晕，但她还是有一点意识，记得自己这晚有很重要的任务。

在花洒下冲洗了一会儿后，她走到浴室外，拿起准备好的睡衣。

这件睡衣是上次在罗家时，罗家人给她穿的。当时离开的时候，她觉得是自己穿过的，不想留在罗家，所以一起带走了，后来好像是落在了他的车上……

这周有一天沈言宁在衣柜找衣服的时候意外发现了，她当时也没想太多，只是好奇地拿着衣服问他怎么把这件衣服带回家了。

沈言宁记得顾牧呈沉吟片刻，说：“你穿挺好看的。”

穿好睡衣的沈言宁站在镜子面前看了半天，想知道有多好看，不过她只能看见自己红彤彤的脸和迷茫的表情。

这件睡衣有多好看她不知道，但还挺凉快的。

沈言宁在镜子前发了一会儿呆之后，转身走了出去，打开门后，见顾牧呈懒洋洋地倚靠在门口，嘴里叼了一根烟，但没有点燃。

顾牧呈会抽烟是大学开始的，平时他睡觉的时间太少，忙起来通宵是经常的事，高三之前一直靠薄荷糖提神，大学之后靠烟和咖啡。渐渐有了一点瘾，不抽的时候偶尔会叼着醒神。

顾牧呈的气质里有一种漫不经心的痞邪不羁，每次等沈言宁的时候，她都能感觉到他虽静静地倚在那儿，但有一股君临天下的气质，有点痞、有点邪、有点懒散，又有点霸气。

其实不只沈言宁有这种感觉，很多人都有。

更早的时候，顾渊还在，顾家还是过着一家三口平静的生活时，顾牧呈在清泉中学曾是谁都不敢招惹的人。他小时候很自闭，初中稍微好了一点，但脾气很不好，能动手绝对不动口，那时候他是清泉中学学习成绩巨好又痞邪不羁的学霸。

后来因为家里出事了，顾牧呈的性格又发生了特别大的转变，虽然现在看起来清冷温雅，彬彬有礼，但骨子里还是对任何人都有漫不经心的距离感。

当沈言宁拉开卧室门的时候，看见的就是这样的顾牧呈。

顾牧呈一直没离开，害怕沈言宁喝多了在里面出什么事，就倚在门口等她。

只是没想到会等到眼前的场景。

沈言宁穿着性感的睡衣，长睫轻垂，嘴唇粉红柔嫩，呆呆地看着他，眼里仿佛氤着水雾，又湿又软。

顾牧呈的喉结忍不住上下滚了一圈。

他将烟丢在一边，走近沈言宁。

沈言宁顺着他靠近的脚步，抬头望着他，问："牧呈哥，这样穿好看吗？"

顾牧呈哑着嗓子"嗯"了一声，但没有动。

沈言宁张了张嘴，小说里好像不是这样写的啊。她穿成这样站在他面前，他不是应该主动做一点什么吗？为什么他只是应了一声，什么都没有做，看起来还挺平静的？

就在沈言宁绞尽脑汁想要说话的时候："牧呈哥……"

顾牧呈倏地低头吻上了她。

她惯性往后面退了一步，顾牧呈干脆将她摁在门上，一点一点地亲吻她。

什么时候躺在床上，沈言宁都不太记得了，眼前只有顾牧呈的脸，好看得不行。

他双眸深沉，因为方才的举动，有点衣衫不整。

沈言宁看见了顾牧呈衬衫下的锁骨，让人忍不住想咬上一口。

心里这样想着，她的身体已经很诚实地扑了上去，咬了一口。

得逞的沈言宁脑袋重新落回床上，还晕乎乎的，但能看见顾牧呈锁骨上湿漉漉的一个牙印。

顾牧呈的瞳孔更黑了，声音哑得不行，问："言言，跟谁学的？"

"什……什么……"沈言宁故意装作不懂地问，"什么跟谁学的？"

"跟谁学的……撩拨人，嗯？"

沈言宁心里又紧张又害怕，咽了咽口水，不再隐藏心里的想法，说："他们都说男生对喜欢的人都……可是牧呈哥……言言只是想知道你喜不喜欢我……"说到后面她有点委屈，"言言已经变成大姑娘了……"

顾牧呈双眸漆黑，没说话。

他这个样子让沈言宁心里特别没底，她又问："那……那……你喜欢吗？"

回答沈言宁的是更深更重的吻。

沈言宁其实做好准备了，从网上寻找攻略到今晚的红酒、睡衣……

只是没想到还是有点不适应……

当沈言宁无措地想要寻找什么抓住的时候，一只指骨分明的手握住她，与她的十指相扣，薄唇靠近她的耳骨边，轻轻地吻了吻，在她耳边低喃："可以乱想，但不用担心，我一直在爱你。"

沈言宁一怔，倏地睁开眼，面前是他墨色的双眼，迷离又性感。

她张了张嘴，轻声说：“牧呈哥，你的眼睛真好看，有风有月，有星辰还有我。”

——牧呈哥，我也爱你，每一天都爱，很爱，偏爱，非常爱。

3

对于自己做好的攻略，沈言宁从准备到结束都算完美，只是完美中稍微有一点不足，就是把她累坏了。

第二天生物钟都没能叫醒她，醒过来的时候已经将近中午了。

卧室的窗帘关着，周围安安静静的，身边的人已不在。

沈言宁在床上发了一会儿呆，脑海里不自觉想到昨晚发生的事，嘴角忍不住扬起笑，等到她反应过来的时候，忙用被子捂住脸。

——沈言宁，你害不害臊啊……还笑！

——可是，真的很开心……

——沈言宁，就算很开心也不要表现出来啊，矜持啊！

为了不让自己胡思乱想，沈言宁起床去准备洗漱，感觉到身体某一处的疼痛时，她忍了一下，穿好拖鞋去浴室。

明明是为了转移注意力，可是刷牙刷着刷着，脑子又忍不住想起昨晚，想着想着，嘴角又忍不住扬起。沈言宁看见镜子里笑得像个傻瓜一样的自己时，立刻命令自己收起笑，可为时已晚，不知什么时候，镜子里多了一个人，顾牧呈正倚在浴室门边，似笑非笑地看着她。

沈言宁吓了一跳，就听见顾牧呈问：“想什么？这么开心？”

“没。”沈言宁心虚地低下头，打开水龙头洗掉嘴巴上的泡沫，又用冷水冲洗了脸，让自己冷静了之后才抬头。

顾牧呈没再笑她，只说：“出来吃午饭。”

“嗯。”

吃完饭后，沈言宁将准备好参赛的照片按要求发给了主办方。

很快主办方公布了初选的名单，接下来的比赛需要参赛选手每周提供给主办方一组摄影作品。

沈言宁之前已经拍过不少自己觉得满意的作品，所以在投稿这方面倒是不急。

因为主办方是陆知集团这种大公司，大赛的关注度非常高，这也带动了参赛选手的热度，沈言宁微博上的粉丝最初是以千为单位往上涨，到了后来变成以万为单位。

沈言宁因为“偏爱顾先生”的日常照片已经积累了很高的人气，大家都耳濡目染，在参赛后关注度比一般的参赛选手高。也有人以为她只会拍这种小女生喜欢的日常，却没想到她参加比赛的摄影作品也是一鸣惊人，小女生喜欢的日常、大气磅礴的山川河流、写实派的人物摄影，只要主办方能想出的参赛题目，没有她拿不出的摄影作品。

连续的晋级比赛后，沈言宁的作品在网上好评不断，热度非常高。

在参赛选手当中，以沈言宁和另外一名叫“曰勿”的参赛选手人气最高，大家都在观望究竟沈言宁和“曰勿”谁会成为最终的冠军。

比赛很顺利，沈言宁还在微博上收到了酬劳丰富的代言广告的邀请，但她暂时没有接，她想等比赛完了再看看，不想在比赛时因为这事而分心。

可在提交最后一个赛季的参赛照片后，沈言宁却接到了主办方陆知集团的电话。

当时沈言宁正跟室友在食堂吃饭，看清来电后，程唐和张小舟自动噤声，沈言宁接起电话：“您好，张经理。”

跟沈言宁联系的人一直是陆知集团分部的张经理，电话里张经理先跟她打了一声招呼：“你好，言言。”

“有什么事吗？”

“嗯，的确有点事。”张经理沉默了片刻，说，“是这样的，关于最后一个赛期的参赛作品，有个人传过来的作品和你给我的一模一样。但我发现的时候，你的作品已经被工作人员传到了投票网上，现在引起了很大的议论。加上你给我的时间晚于对方作品传到网上的时间，所以现在网上对你的骂声很大。”

张经理的话让沈言宁的脑子有那么一瞬间一片空白，虽然张经理没有明着说，但这种事发生了，别人肯定直接认定是她盗用照片了。

张经理一直很欣赏沈言宁，所以他并没有因为这事直接怀疑沈言宁，而是站在客观的角度向她说明了这件事。

见沈言宁没说话，张经理说："我打这个电话是想告诉你，暂时先别管网上的舆论怎么样，你需要做的就是证明这幅作品是你的。"

"好的，我知道了，张经理。"沈言宁问，"我想知道是谁的作品跟我撞了？"

"这人你不陌生，是'曰勿'。你可以去投票网上看看他的作品……对了，'曰勿'跟你同一所大学，你们之前认识吗？他的本名叫成易。"

沈言宁皱了皱眉，这名字有点熟悉。她想了半天，才想起是隔壁（2）班的班长，上次跟她一起参加医学院的拍摄活动，还跟她表白的那个……

其实参赛的时候，每个人的作品后面都有署真名，只是沈言宁并没太关注。

"好的，张经理，我会尽量快给您一个交代。"

挂了电话之后，程唐和张小舟忙问："发生了什么事？你的脸色看起来很不好。"

沈言宁深呼吸一口气，说："我有点事，得先回去了，你们先吃。"说完就起身离开了。

4

盗用照片这件事比较棘手，因为沈言宁的原件已经丢失了。她投稿的这张照片是她后期处理后保存在邮箱里的，所以日期并不是拍摄时间。

她记得这个原件丢失的时候是参加医学院的拍摄那天，她回去整理照片的时候，发现里面少了几张照片，最初她没有太在意。

现在想，那天动过她相机的人只有成易的助理小小。

当时小小看见沈言宁拍摄的照片很喜欢，问她能不能看看她以前拍的照片。她见她喜欢，就将相机里的照片翻给对方看。

后来她接了个电话，相机就暂时放在了小小那里。回来之后，小小将相机完好无损地交回她手里。

在沈言宁的印象里，小小唯唯诺诺，一味地顺从成易，她当时只觉得小小可怜，却没往这方面想过。

那段时间她一心都在重遇他的喜悦当中，也没注意这些细节，现在想来只觉得细思恐极。

她不想把一个小姑娘往那么坏的方面想，现在她只想尽全力处理好这件事。

当沈言宁登录微博之后，网上的舆论已经越来越大，微博评论里基本上都是骂她盗图的话，其中夹杂着相信她的留言寥寥无几，被淹没在键盘侠们的评论里很快消失不见。

虽然陆知集团的张总在电话里的语气比较温和客气，但其他工作人员就不会这么好说话了

接连两天，陆知集团的工作人员都在催沈言宁赶紧澄清这件事，如果不澄清，将要取消她的参赛资格。

取消参赛资格意味着官方确认沈言宁盗图参赛的行为，这将对她未来的摄影职业生涯造成非常大的影响。

沈言宁因为这事心情特别焦虑，她不想让顾牧呈知道这件事，害怕他担心，所以一直在自己处理。

她去找过学校的辅导员，希望能够拿到去医学院拍摄那天的现场监控，但辅导员一直说调监控这件事需要得到上级领导的同意，需要一步一步往上申请。

可一直申请了好几天都没有得到回应，沈言宁每次去问，学校方面都说还在申请当中。

这天周末，沈言宁接到张总的电话，说让她去一趟分公司。

沈言宁到的时候，现场除了赛方的工作人员，还有成易。

张总开门见山地说："是这样的，由于现在比赛出现的状况影响太大，所以我们请两位过来，是希望两位能给出一个有力的解释。"

成易还是那副高高在上的姿态，说："领导，我觉得这件事需要解释的不是我吧？"

成易这句话意有所指，所有人都看向沉默的沈言宁。

沈言宁眼神明亮，对于成易的话并没有半点心虚："首先我要申明我没有盗用别人的图，这张图就是我本人拍的。我只希望能再给我

一点时间，我已经在找证据了。”

“沈同学这话说得，既然你信誓旦旦地说照片是你原创的，怎么还需要花时间证明自己呢？”

沈言宁看向成易。他眼里都是嗤笑，如果不是她知道这照片确实是自己的，都要在成易的自信和蔑视里觉得自己才是那个盗图的人了。

她不慌不忙地看着成易说：“不好意思，的确是我的疏忽，没想到我当初只是去参加学校的摄影活动会遇见人品低劣的小偷，以后我会多多注意。”

沈言宁说这话的时候，成易的神色很明显地变了一下，但他很快控制住自己的面部表情：“沈同学，这话什么意思？”

“什么意思？成同学自行体会。”

说完，沈言宁对大赛方的工作人员说：“请给我一点时间，我一定会给主办方一个交代。”

主办方的人很苦恼，虽然这事给比赛增加了前所未有的热度，但毕竟是负面新闻，需要很快处理好：“最多只能再给你一天的时间。”

沈言宁咬了咬牙说：“好。”

“但是沈同学，我需要提醒你，现在关于盗图这件事对你的影响很大，如果一天之内你不能给出一个满意的答复，我们将不得不取消你比赛的资格。”

“我知道了。”

“行。”张总说，“那么你们先回去吧。”

沈言宁和成易都出去了之后，张总才推开会议室里间的门，偌大的办公室里，男人站在落地窗前，背影修长，浑身上透着一股孤冷的气质。

尽管岁数比眼前的男人大，但张总在面对他的时候，竟然还有点紧张。

“陆少，已经按照您安排的做了。”

“好。”男人转过身，气质清雅出尘，一举一动都优雅至极，声音清冷，“辛苦了。”

“应该的，陆少。”张总忙说。

眼前的人是陆知集团的创始人陆执，有着一张过分英俊的脸。他是陆氏的“太子爷”，也是商业圈的创业神话“陆少”，一手创建了以他跟太太程只名字相结合的“陆知”集团。

据说是因为陆少的小娇妻特别喜欢沈言宁的摄影作品，所以才有陆少亲自来到宜城市处理这件事。

张总从办公室走出去了之后，一个小小的脑袋从办公室里的休息室门口探了出来。

陆执看见后，棱角分明的脸上线条都柔和了许多，朝她招了招手：“过来。”

程只乖巧地走到陆执身边，拉着陆执的手问：“阿执，只给言言一天的时间，会不会太少了啊？”

陆执看着眼前的小娇妻一脸担忧的模样，笑了笑：“只有能经历考验的人才值得只只喜欢不是吗？”

程只眨了眨眼睛：“那如果她做不到，阿执真的要取消她的比赛资格吗？”

眼前的小娇妻眼里心里只有她喜欢的参赛选手，可陆执眼里却只有她。他墨色的双眸静静地从她的眼睛划过到她小巧的鼻头，再到她樱红的唇，喉结上下翻滚了一圈，问：“只只想吗？”

程只摇摇头。

“嗯……”陆先生淡淡地应了一声，弯腰，手指轻轻碰了碰她的唇，声线低沉中带着一点哑，“只只给点利息，我再考虑考虑。”

说完，还没等程只反应过来，男人便压上去，吻上了她的唇。

5

因为只剩下一天的时间，沈言宁从陆知集团分部出来后直接打车回了学校，在车上她闭眼休息了一会儿。早上起床她就觉得有点不对劲，头昏昏沉沉的，本以为是没睡好，现在想来应该是感冒了。

沈言宁给她请求帮忙调监控的辅导员打了电话，但一直没有人接，这天是周末不上课，她只能去学校的教师宿舍找辅导员。

只不过她去教师宿舍也扑了个空，辅导员并不在。

沈言宁为了赌一把，又给她打了个电话，那边很久才接了起来。她说明了来意，辅导员说："不是跟你说了，有消息了就会告诉你吗？"

"可是已经过去一周了，拜托老师，这个监控对我而言真的很重要。"

"今天是周末，我要很晚才会回宿舍。"辅导员说，"你明天来找我吧！"

"没关系，老师，我在这里等你回来。"

辅导员没好气地说了声："随便你。"

挂了电话之后，沈言宁一直在教室宿舍楼下等。

等到辅导员回来的时候已经是晚上了，楼道很暗，辅导员摁亮楼道的灯，看见门口蹲着一个身影时吓了一大跳。

看清人时，她面上有些为难与纠结，见沈言宁靠坐在地上没动，像睡了过去的样子，喊了一声："沈同学？"

对方没有反应，她用手推了推："沈同学？"

沈言宁才像忽然惊醒了一般，睁开眼，有片刻的迟钝后，才忙从地上站了起来："老师，您回来了。"

辅导员见沈言宁这副疲倦却还要强装微笑的样子叹了口气，拿出钥匙开房门说："进来吧。"

沈言宁深呼吸一口气，跟着她走了进去。

辅导员直接去房间的抽屉里拿出一个U盘，对她说："其实监控一周前我就帮你调出来了，但是一直有人不让我给你。沈同学，我不知道你怎么会得罪了背景那么大的人物，不过现在已经没关系了，反正有人帮我找了个更好的工作，这辅导员我早不想干了。"

沈言宁接过辅导员递过来的U盘，虽然她一直知道辅导员拖了这么长时间一定有原因，但没想到是这种原因。

"给老师添麻烦了。"沈言宁真诚地说。

"没事，时间不早了，快回去吧！"

等到沈言宁离开之后，辅导员看着她的背影，想起这整整一周如同做梦一般的经历。

一周前，她被罗家的人威胁不能把监控录像的U盘给沈言宁，否则她这份工作不保，再到这日白天陆知集团的工作人员找到她，对她说只要她把U盘交给沈言宁，就能给她一份更好的工作。

当时辅导员并不相信，直到她亲眼看见了陆知集团陆总的妻子程只。

本以为是一个特别仗势欺人的权贵千金，没想到却是个软萌如同少女的小姑娘，她丝毫没有豪门贵族的那种矜骄，并且很有礼貌地对她说："老师，您好，我很欣赏言言，我知道关于网上盗图那件事与她无关，您手中的U盘是非常重要的证据，所以希望您能帮帮她，毕竟您一定也不希望一个这么有才华的摄影师因为这件事而被埋没吧？"

想到这里，辅导员忍不住感叹："小丫头年纪轻轻，就得到陆知集团陆太太的喜欢，未来前途无量啊，我也算是托了你的福能谋得一份更好更安稳的工作。"

沈言宁打车回了家，因为白天跟顾牧呈说学校里有事需要忙到很晚，他便没有打扰她。

为了不让顾牧呈发现，沈言宁先回了一趟学校，然后才让他来学校接自己。

坐上车之后，沈言宁才感觉自己头昏脑涨，原本想靠在椅子上休息一会儿，结果竟然睡了过去。

她醒过来是因为感觉到一只大手在自己的额头上探了探，才迷迷糊糊地睁开眼睛，看见的就是顾牧呈一张严肃的脸："你在发烧。"

沈言宁摸了摸自己的额头，果然滚烫。她不想让顾牧呈担心，说："我没事。"

顾牧呈没回答，沉默地发动车，往医院的方向开去。

一直到医院，顾牧呈亲自帮沈言宁看了病，打点滴的时候是在他的休息室。

躺在床上的沈言宁看着顾牧呈安排小护士去帮忙拿药，等到休息室只有他们两人的时候，她才小声说："牧呈哥，你生气了吗？"

顾牧呈心里是有气的，实际上这些天所发生的一切，以及沈言宁独自承受的所有，他都知道。

他不是不想出手帮忙，只是看沈言宁隐藏得小心翼翼，生怕被他发现，他没忍心揭穿她。

面对眼前可怜巴巴望着他，生怕他生气的小姑娘，他所有的脾气都被磨光了，最后还是温声说："没有。好好睡一觉，嗯？"

"嗯……"见顾牧呈真的没有生气，沈言宁一颗心才落了下来。她是真的累了，眼皮都快睁不开了，还抓着他的手喃喃地说，"牧呈哥……你别生气，言言错了。"

顾牧呈帮沈言宁盖好被子，将点滴的速度调慢了一点。

"顾医生，药拿回来了……"外面的护士风风火火地跑了进来，看见这一幕，先是一愣，随后看见顾牧呈示意她出去说。

出去之后，小护士才将药交给他，没忍住问："顾医生，那位是你女朋友吧？长得真好看。"

"谢谢。"对待医院爱慕他的小护士，他一直保持着距离和礼貌。

看着顾牧呈回到休息室后，小护士无不羡慕地说："能当顾医生的女朋友该有多幸福啊。"

在顾牧呈的精心照顾之下，沈言宁第二天就变得活蹦乱跳了。

沈言宁没敢让顾牧呈知道被盗图这件事，也一直以为自己藏得很好。她知道他平时很忙，根本没时间上网，所以想尽快将这件事处理完。

她已经看了U盘里的监控，那天在医学院，她接电话的时候，相机确实是在小小手上，但中途小小被人喊去拿什么东西，相机交给了成易。成易翻了一会儿照片之后，在几张照片上停了许久。

从监控里可以看出成易拿出手机，跟相机放在一起摆弄了一会儿之后才又将手机放了回去。

如果沈言宁猜得没错，应该是成易连上了她的相机蓝牙，将照片传进了手机里，随后删除了她相机里的照片，后来小小回来了，成易才装成什么事都没有把相机给了她。

看到这里，沈言宁大概知道照片是怎么弄丢的，只是这个监控还不能完全说明成易的那个动作就是在盗图。

离陆知集团跟沈言宁约定的澄清时间越来越近了，就在沈言宁犹豫要不要将监控视频发出去，发出去是有多少可信度的时候，陆知集团的官博上忽然发了一条微博："最近关于陆知集团旗下校园摄影大赛临近冠军之夜，却出现作品相同的事情大家讨论得很激烈。众所周知，沈言宁同学和成易同学都是很有实力的选手，所以关于'盗图'事件，我们决定提供一个地点，让沈言宁同学和成易同学同时进行拍摄，证明各自的实力。至于'盗图'事件的后续，我们会陆续跟进。"

网上很快出现了各种声音，有人觉得谁盗谁的图这事说不清，沈言宁以往的作品评价都非常高，人气值和作品分数一直高于成易。

成易的人气值高其实并不在作品，而是他经常在微博上晒自己的照片，吸引了一片迷妹，这帮迷妹每天都帮他刷作品的投票数，他的作品人气高完全是刷上去的。

"其实说真的，我一直觉得成易的摄影作品并不怎样，只不过他在微博上的人设可以，人又长得不错，所以才有这么高的人气。"

"加一。过往的作品，沈言宁完胜他。而且个人觉得沈言宁很低调，微博上除了发摄影作品，根本没有她的个人照片！"

"呵呵，说不定她人丑不敢晒？以为谁都有我们易易颜值那么高？再说了，我们易易可是就读于清泉市的重点大学清泉大学！你以为谁都能像易易一样才貌双全？"

"楼上，说话可别打脸，你查过沈言宁上的是什么学校吗？沈言宁也是清泉大学的，而且刚入学就被评选为新一届的校花，长长见识再出来说话，谢谢！"

陆知集团的官博一发，立刻又上了各种热搜，有人扒出了沈言宁的个人信息，发现沈言宁跟成易是同一所大学，同一个系的。

有人提出异议："离得这么近，那盗图的话也不是没有可能啊……"

"你怎么就知道一定是沈言宁盗成易的？不是我说，这幅相似的作品里更多的都是沈言宁以往的拍摄手法跟风格，反而跟成易的相差很大！"

"请睁大你的'钛合金眼睛'看看，这个截图上的日期，易易投稿的日期比沈言宁的早一天！"

"没想到你们摄影圈也这么复杂，啧啧！"

最让人意想不到的是，在这种时候，成易还落井下石，晚上在微博上发了一句话："真的很不希望有本校的学生做出这种不耻的事给学校抹黑。"

虽然没有点名带姓，但大家都知道成易意有所指。

于是又是各种热搜，成易一夜之间涨了几万粉丝。

程唐和张小舟刷着微博，顶着各种小号跟键盘侠对骂，一边对骂一边说："没想到（2）班班长成易居然是这种人，简直不要脸！言言，明天的比赛，你一定要赢他！"

对于明天的比赛，沈言宁倒是没多大担心，虽然她平时很低调，但对于自己的摄影水平，她心里也有底。

只是目前的热搜太多，连没关注这方面的路人都体会了一把这个比赛的热度。

沈言宁现在唯一害怕的是被顾牧呈知道这件事。

结果让比赛热度更爆炸的是第二天现场拍照片，一组五张，由直播的形式播出，比赛现场的人和网友基本上是同一时间看到拍摄作品的。作品公开之后，引起了巨大的轰动，因为成易的现场拍摄水平跟他平时参赛的投稿照片的水平相差甚大。

网上甚至有更犀利的评论："这拍的都是什么垃圾？成易的作品跟沈言宁的作品完全不在同一个水准，跟沈言宁的名字排在一起都侮辱了她！"

"呵，这要是说沈言宁偷了成易的作品，谁信！"

一时间各种攻击的声音全部倾向成易，成易的微博评论被沦陷，"成易作品垃圾"被顶上了热搜。

在成易背后的人开始花钱撤热搜的时候，有网友公开发了一段视频，视频里是成易向沈言宁表白遭拒的全过程。

于是成易刚花钱撤下的热搜，瞬间又因为这个视频被送上了热搜。

在家里的成易急得走来走去，他本以为这次能够稳赢沈言宁，没想到会发生后面这些事。

成易看着网上清一色骂自己的评论，气得不行，没忍住直接开小号跟网友对骂。

结果不小心上了大号，用大号在评论区跟网友对骂，各种难听的话都发了出去。

在恼怒中的成易尚未发现，还是有人给他打电话说："成易，你是不是疯了？居然用大号在网上跟网友对骂，还说脏话？"

成易才恍然大悟，可为时已晚，早有网友把他骂人的截图发了出来，一时间"成易说脏话""成易没素质"之类的话题又成了热搜。

他气得直接把手机砸了。

"我的天，这段时间真是各种神反转。"

寝室里，程唐拿着手机不停地刷着："我以为言言比赢了成易就足够让人开心了，没想到还有更劲爆的！"

张小舟兴奋得不行："这次成易真是自己打脸啊，你们看见他骂的话了吗？太粗俗了！最没想到的是这么粗俗的成易居然跟我们言言表白过，他竟然觉得自己配得上我们言言？哪来的自信啊？言言拒绝得好啊！这视频看得太爽了！而且视频里还出现了顾学长，虽然没拍清脸，但他那身材那气质，一看就不是普通人！"

沈言宁没在意成易说脏话上的热搜，只关注了那个视频，她其实并不想让这件事曝光，尤其是视频里出现了顾牧呈，她一点都不想顾牧呈参与进来。

可让她没想到的是，因为这个视频，大家的注意力更多的是放在只能看见背影的顾牧呈身上。

有眼尖的人认出了那个背影，就是曾经出现在沈言宁的日常摄影作品中，人气非常高的名为《偏爱顾先生》的男主角。

更多的人因为这个作品中的人物真实存在而兴奋。

"没想到顾先生真的存在！光是看他的背影就想让他娶我！"

"这位哥哥，你被逮捕了，罪名是——偷心盗贼！"

于是，沈言宁微博上的人气更爆了，以往骂她的喷子们统统闭嘴不敢再出来蹦跶。

就在大家以为这是事件最高潮时，忽然出现的"成易语音"又上了微博热搜。

6

最开始发现这条热搜的是一直在刷微博的张小舟，她打开热搜，里面有一段语音，是成易跟某个人的对话，里面除了成易的声音，其他人都被消音了。

但从成易的声音里可以听出，这段语音，是他盗取沈言宁摄影作品的整个过程。

“言言、唐唐，你们快过来听听！我真的没想到成易居然是这种人！”

张小舟把手机开了外放，成易的声音很快响起：“这样做真的没问题？你能保证沈言宁不会麻烦？我确实看她不顺眼，她竟然拒绝了我的表白……有什么了不起……呵，那就这么做……你要保证我拿到这次摄影的冠军……好，没问题。”

张小舟放完录音之后，奇怪地说：“谁这么厉害啊？居然能把成易的录音都放出来。”

程唐说：“不管是谁，这个人一看就是站在言言这边的，我猜网上告白的那个视频也是出自他之手。”

“可是这个录音里怎么只有成易一个人的声音，和他对话的那个人却被消音了。”

“可能是这个爆出语音的人不想把那个人放出来……”

程唐的话还没说完，沈言宁忽然起身，往寝室外面跑去。

两人吓了一跳，问：“言言，你去哪儿？”

她们追出去时，沈言宁已经消失在寝室的拐角。

此时，沈言宁心里只有一个人。也只有他会无条件地站在她这边，一声不吭地把所有事情处理好。

是视频里仅出现的一个模糊背影就备受瞩目的人；是原来这段时间一直知道她承受着这些非议，却因为她没有提，他也没提起半分，只在背后默默帮她的人；是她最喜欢、最喜欢的他。

其实沈言宁也不知道自己为什么要忽然跑出去，她只知道自己很想见他，非常非常想见。

沈言宁直接打车去了复式楼，这天是周末，顾牧呈不去医院一般都在复式楼。

当她到了复式楼之后，那里只有江南。

江南对于沈言宁的忽然到访也吓了一跳，反应过来她是找顾牧呈的时候，说："顾少不在，跟曾韬去了罗家。"

江南正要说"要不弟媳你在这里等等"的时候，沈言宁已经转身离开了。

那是沈言宁第一次庆幸自己去过罗家，她出了复式楼，直接打车去了罗家。

此时的罗家，罗雨诗坐在沙发上看着手机上的微博热搜，语音里跟成易对话的人是她，为了不把她供出来，此时的成易已经在微博上公开承认是他盗取沈言宁的照片，并且发了道歉声明。

罗雨诗放下手机，看着眼前的男人："这个结果，你满意了吗？"

顾牧呈没说话，手上拿着一瓶可乐瓶子把玩着，神情漫不经心又冷漠，看起来一句话都不想再跟她说，清冷又沉静。

罗雨诗急了。她特别害怕顾牧呈不理她，从小到大都是，只要顾牧呈一不说话，她就㞞了。

罗雨诗的脾气很差，罗家人都知道，但罗森就爱惯着她，越惯脾气越差。

可罗雨诗从没在顾牧呈面前展现过她脾气差的那一面，不是她故意装，是一见到顾牧呈，即使知道他心里只有别的女人，她心里很气，却始终朝他发不了火。

"一物降一物，说的就是你和牧呈。"罗森之前这样说过罗雨诗，"这辈子你就栽在他手上了。"

"牧呈，对不起，我知道我不应该找成易盗取沈言宁的照片，不应该害她，我错了。你别生气了，我以后再也不针对沈言宁了，好不好？"罗雨诗的声音缓和了下来。

顾牧呈坐在沙发上没动。

罗雨诗走到他身边，轻声问："我就是嫉妒她……牧呈，你以前不是跟我说过，不想这么早找女朋友吗？"

“遇到她，就想了。”顾牧呈喝了口可乐，仰头时的颈项弧度很漂亮，喉结上下滚动了好几下，禁欲又性感。

喝完可乐之后，顾牧呈将瓶子丢进垃圾桶里，起道身：“这是最后一次。”

临走时，顾牧呈又道：“别再动她。”

罗雨诗一怔，忙喊住顾牧呈：“牧呈，如果你现在走，我一定不会放过沈言宁！”

顾牧呈停住脚步，转身看着罗雨诗：“你可以试试。”

他的目光淡如琉璃，冷到没有丝毫温度。

罗雨诗从没敢跟顾牧呈这样说话，只是看见他要离开，刺激他的话就脱口而出了。

可当顾牧呈真的停下脚步看向她时，她在他的眼神中渐渐不安起来：“你其实一直知道是我做的，是吗？沈言宁在公交车上被人跟踪告白，还有公寓的那件事……”说到这里，她鼓起勇气问，“既然你都知道了，为什么不骂我？你不怕以后我还伤害她吗？”

顾牧呈说：“不会有以后了。”

罗雨诗心中的不安越发强烈，说话的声音都是颤抖的：“你说这话是什么意思？”

顾牧呈的声音没什么温度：“以后我们不要联系了。”

罗雨诗的心慌得无以复加，好像什么东西已经彻底从她手上流走了。当她反应过来，想要追上去时，顾牧呈并没有给她机会。他上车之后，曾韬很有眼力地开车离开。

罗雨诗站在原地很久都没有离开，直到用人看不下去，走上去小心翼翼地说：“小姐，外边冷，我们进屋吧？”

罗雨诗什么都没说，转身进屋。

正巧看见用人在收拾垃圾，她忽然跑过去，将那个用人拽开，从垃圾桶里把方才顾牧呈扔了的可乐瓶捡起来：“谁让你收拾这里的？滚出去！”

那用人吓得一哆嗦，连忙跑了。

其他人都不敢再吭声，连走路的动作都放轻了。

拿着那个可乐瓶的罗雨诗走到卧室后，脱了鞋，光脚踩在地毯上，走到房间拉开一个靠在墙壁上的玻璃柜。

那玻璃柜占了一整面墙壁，柜子里摆放的东西很奇怪，有未开动的矿泉水瓶、饮料瓶，也有各种口味的糖果……

这些都是顾牧呈曾给过她的东西。

喜欢上顾牧呈之后，罗雨诗就开始收集他给过她的东西或者是他的东西，一瓶矿泉水也好，一颗薄荷糖也罢，都不舍得丢掉，好像只要藏着，就能假装他在她身边。

罗雨诗想起，沈言宁高一那年来清泉市找顾牧呈，把她的试卷和草稿什么的一股脑地给他，即使她什么都没说，罗雨诗也知道那代表什么。

这种“收藏”不仅仅是沈言宁有，她从很小的时候就有了。

与顾牧呈有关的东西，就算是张糖纸都不舍得丢掉。

只是罗雨诗不明白，她的爱分明不比沈言宁少，可顾牧呈为什么从来不肯多看她一眼。

罗宇歌走进罗雨诗房间的时候，房间里一片漆黑。他打开灯，看见罗雨诗靠在玻璃柜旁边发呆，手上是一瓶未开封的苏打水。

罗宇歌听用人说了顾牧呈来过的事。

罗雨诗虽然脾气很差，但从小对他很好，姐弟关系一直不错。

他将罗雨诗手中的可乐瓶拿过，打开玻璃门，放进了一格空着的柜子里。

“我比所有人都爱他，可没用。”罗雨诗轻飘飘的声音传来。

罗宇歌关上玻璃门，看着自己的姐姐：“你以为你很爱，可你的爱在他眼里什么都算不上，你的爱只感动你自己，感情里最怕的就是自我感动，姐。”

“是吗……我比所有人都爱他，爱也没用。”罗雨诗无神地望着眼前的某处，低低地说了一声，“可没用我也爱。”

7

曾韬开着车驶出了罗家，远远地看见门口蹲着的人有点眼熟。他再三确定确实眼熟后，才对后排的顾牧呈说："顾少？你看那个蹲在那边的……是不是小弟媳啊？"

顾牧呈正在接电话，顺着曾韬指着的方向看去，果然见小区的路牌下面蹲着一个小小的人影。

他的心一紧。他快速地挂了电话之后下车，只见小家伙蹲在寒风中，白皙的小脸冻得通红。

顾牧呈心里又生气又心疼，脱下大衣走过去，将大衣裹在她身上。

蹲在地上等顾牧呈的沈言宁感觉到一股暖意，一抬头就看见了自己想见的人。

她的鼻子一酸，什么都没说，扑到了顾牧呈的怀里。

顾牧呈被沈言宁突如其来的动作吓了一跳，原本到嘴边训斥的话变得柔和下来，低声问："言言，怎么了？"

沈言宁摇摇头："没什么，就是忽然特别想见你，我去复式楼找你，江南说你来罗家了，所以我就来找你了。但是这个小区管理严格，我进不去，只能在这里等你。"

顾牧呈没再说什么，任由沈言宁抱着。

不知道过了多久，沈言宁才从他怀里抬起头，吸了吸鼻子："牧呈哥，我们回家吧？"

"好。"

顾牧呈摸了摸沈言宁冻得通红的鼻梁，该训斥的话，还是得说："以后想见我也找个暖和的地方等着，不能像今天这样任性，知道吗？"

"嗯。"沈言宁点头，白净柔软的小脸上乖巧得不行，让顾牧呈接下来的训斥再也说不下去，只能叹息一声，将她带回车上。

到了车上后，车里开着暖气，沈言宁感觉整个人都暖和了不少。

车子开出小区的时候，顾牧呈让曾韬停车，他下去了一趟。再回来的时候，他手上拿了一杯热牛奶，塞进沈言宁手里。

沈言宁小口小口地嘬着，最终没忍住问："牧呈哥，网上那些事情你都知道了吗？"

顾牧呈“嗯”了一声。

“那些语音和视频都是你放的吗？”

“嗯。”

虽然只有简简单单的两个字，但沈言宁心底像手中的牛奶一样，暖成一片。

她将牛奶放在一边，钻进了顾牧呈的怀里。

顾牧呈对于沈言宁这天这么黏人，多多少少也有点明白了。

倒是曾韬为了不让沈言宁想那些乱七八糟的事情，活跃了一下气氛：“弟媳，多关心一下我啊，我在这开车呢。”

沈言宁平时跟顾牧呈不会这么腻歪，但这个时候什么都不想管了，说：“对不起呀，你就当没看见吧。”

曾韬：“……”

自此，车厢里没人再说话。

沈言宁靠在顾牧呈怀里，双手紧紧抱着他的胳膊。

就在曾韬以为沈言宁睡着的时候，她的声音轻轻地、仿若梦话一样喃喃地说：“有你在真好……”

好到，明明都这样抱着了，还是觉得不够。

这段时间，沈言宁太累了，盗图、生病，瞒着不想让顾牧呈知道，心理上的压力，在这一刻统统卸下了。

她抱着顾牧呈，在他身边太安心了，安心到她什么都不再想，闭上眼，睡着了。

曾韬从后视镜中看去，小姑娘正闭着眼睛真睡着了。透过镜子，他都能看见她眼睛下的黑眼圈，该是有好几晚没睡好吧……

旁边，顾牧呈正垂眸，小心翼翼地将车上的毯子盖在沈言宁身上。

到达顾牧呈家时已经是半个小时之后了，将车停在小区楼下之后，顾牧呈将睡着的沈言宁从车里抱了出来。

曾韬怕吵醒沈言宁，用口型小声地对顾牧呈说：“我走了。”

顾牧呈点头，说了声：“谢了！”

“顾少，你太见外了！”曾韬说完发动车，朝顾牧呈挥了挥手，“走了。”

清泉市这天下了一上午的雨，此刻虽然雨停，但又有要下的迹象，地上湿漉漉的。

顾牧呈抱着睡着的沈言宁往楼上走，回到屋子里后，将她放在床上，帮她盖好被子，调好温度，见她睡得沉，这才从卧室出来。

他在客厅里点了一根烟，静坐了一会儿，窗外天气阴阴沉沉，开始下起了大雨，雨珠“噼里啪啦”地砸在玻璃窗上。

他很讨厌雨天，小时候只要一下雨，他的心情就会变得非常差，会把自己关在一个狭小又密闭的空间里，像现在这样，任它外面风吹雨打，任它世界糟糕，反正隔着玻璃，碰不到他。

直到后来，很多问题不得不直接面对，外面的大雨，世界的糟糕。

人不可能一辈子躲在自己的空间里，除非没有在乎的人。

微博上的事情爆发后，顾牧呈就已经开始找人调查了。不管对方是谁，碰了他想要护着的人，就得承担后果。

罗雨诗是，罗家人也是。

没有例外。

顾牧呈静静地抽完一根烟，等到空气中的烟气散了之后，才起身走到了卧室。

卧室里，沈言宁侧身睡着，半张脸都陷在枕头里，长睫乖巧地搭着，应该是很久没睡个好觉了，此时睡得格外沉。

他按了床头开关，卧室窗帘自动关起。他弯腰，在沉睡的小姑娘额头上印上一吻：“小朋友，晚安。”

第十三章　言言真的好喜欢你啊

1

沈言宁睡了一个很好的觉，一夜无眠，睁开眼的时候，屋子里漆黑一片，分不清黑夜白天。她拥着被子坐在床上发了一会儿呆，习惯性摁开了床头的灯。

昨天的记忆闪现在脑海里，沈言宁倏地从床上站起来，光脚跑了出去。

房子很大，沈言宁一间间房地找过去，每间房都没有人。

她跑到客厅、厨房，甚至洗手间，也没有见到自己想找的人。

但在洗手间闻见淡淡的木香气息，她狂跳的心才渐渐平静了下来。

因为那是她熟悉的味道，是他身上的味道。

“言言？”

耳边忽然传来顾牧呈的声音，沈言宁立刻从洗手间冲了出来，刚巧与走进来的顾牧呈撞了个满怀。她的鼻子被撞疼了一下，干脆一把抱住他的腰，将脸埋在他的大衣里。

顾牧呈身上有刚从外面回来的风的味道，空气中都是他的气息，让沈言宁安心满足得不得了。

“言言？怎么了？”

头顶是顾牧呈询问的声音，带了一点担心。

沈言宁摇摇头，依依不舍地从顾牧呈怀里撤出来：“就是刚睡醒没见着这个英俊帅气的男朋友，有点想念了。”

顾牧呈笑笑，接受了沈言宁的赞美：“只是有点？”

“很多很多。”

“男朋友也是。”顾牧呈揉了揉沈言宁的小脑袋，“去洗漱，出来吃早餐。”

“好。”小姑娘很听话，一溜烟地去洗手间里洗漱了。

新的洗漱用具顾牧呈出门前已经搁在洗漱台上了。

洗漱完之后，沈言宁走出来，卧室的窗帘已经被打开了，冬日的阳光暖暖地照进来，像暴雨过后重生的希望。

走到客厅时，顾牧呈已经将做好的早餐摆好了。

见沈言宁出来，朝她招招手。

沈言宁乖巧地走过去。

早餐是牛奶和三明治，三明治是顾牧呈亲手做的，最上面是非常漂亮的溏心鸡蛋。

沈言宁正安静地吃饭时，顾牧呈的手机响了。

他接起，里面是曾韬焦急的声音，但沈言宁没怎么听清。

顾牧呈挂了电话后，脸色看起来不怎么好，这还是沈言宁第一次看见他有情绪显露的时候。

她问：“牧呈哥，发生什么事了吗？”

“你先吃，我要去一趟疗养院。”

沈言宁立刻反应过来：“是阿姨出什么事了吗？”

“疗养院的人说她失踪了。”

沈言宁立刻站了起来，说：“我跟你一起去！”

“好。”

两人赶到疗养院的时候，曾韬和江南正在跟疗养院的人起争执。

曾韬的脾气冲，又知道徐一倩对于顾牧呈而言是他在这个世界上仅剩的亲人了，所以对于疗养院的人把徐一倩弄丢这件事非常生气：“好好的一个人怎么会弄丢？如果出了什么事情你们负责得起吗？”

疗养院的院长一直道歉："抱歉，这件事是我们的错，我们已经加派人手在找人了。"

"找到了，找到了！"有个护士模样的人急匆匆地跑过来，与顾牧呈擦肩而过，对院长说，"有人在维克路找到了病人，但病人一直在那里，不愿意回来……"

顾牧呈脚步一顿，转身往来时的方向走。

"顾少！"曾韬和江南看见了，忙追了上去。

一路开车来到维克路，远远就看见一片荒废的空地上，站着一个瘦弱的身影。

顾牧呈下车，大步朝她走了过去。

从车里下来的其他三人没有跟过去。

沈言宁看着顾牧呈走过去，将在车上拿去的毛毯裹在徐一倩身上。徐一倩的模样还是呆呆的，看着眼前的一片空地，顾牧呈跟她说话，她也没有反应。

"这里是……"沈言宁似乎想到了什么。

"这里是顾少以前的家，被烧了之后，就成了一片空地。"

三人都没说话，彼此心照不宣地懂了为什么徐一倩会站在这里不动。

站在徐一倩身边的顾牧呈没跟妈妈说太多话，只是陪她在寒风中站了一会儿，才说："妈，我们回去吧。"

徐一倩的眼神动了动，看了一眼顾牧呈。

他挽着徐一倩的肩膀，她没有反抗，往车的方向走去。

将徐一倩送上车之后，顾牧呈接到了罗森的电话。

他看了一眼沈言宁，说："言言，先上车等我。"

"好。"沈言宁很乖巧地坐到了车里，徐一倩的旁边。

虽然这是沈言宁第一次见他的妈妈，但她非常乖巧，她立刻萌生想要和他一起好好照顾她的心。

2

顾牧呈接通电话后，罗森的声音从电话那头传来："牧呈，我之前说的提议，你考虑得怎么样了？”

顾牧呈没说话。

罗森说：“和小诗订婚。婚后你想做什么都可以，哪怕想跟那个小姑娘在一起，叔叔都不会阻拦你。这种条件，你还有什么可考虑的？”

“我没考虑，这个始终不在我考虑的范围内。”

那天，顾牧呈在罗家警告了罗雨诗，并且删除了她所有的联系方式之后，罗森便开始逼顾牧呈和她订婚，但一直被顾牧呈拒绝。

可能是被拒绝了太多次，此时，顾牧呈再次没有丝毫挽留余地的拒绝让罗森伪装的脾气终于表露出来：“是吗？牧呈，如果这样，未来，你母亲失踪这种事说不定会经常发生。这次只是让人带她去从前的房子那里回忆了一下，下一次，就不知道会发生什么事了。”

罗森说完后，挂了电话。

他的话直白地向顾牧呈说明了，这天徐一倩“失踪”这一事，都是他一手策划的。

如果顾牧呈不跟罗雨诗订婚，将来罗森还会以各种方式针对他。

想让要一个人听话，就得抓住他的软肋。

罗森很清楚这一点。

顾牧呈收了通话后，在寒风中站了一会儿，才往车边走去。

回到车上后，一直留意着顾牧呈的沈言宁注意到他挂了电话后，站在寒风中似乎在思考什么。

见他上车后，她一脸担心地问：“牧呈哥，你没事吧？”

“没。”顾牧呈揉揉沈言宁的头发，没让她担心，反而说，“我开车的时候，帮我照顾一下妈妈。”

“好。”小姑娘乖乖地点头。

沈言宁想起方才在外面打电话的顾牧呈，高大的身影处在柔光的阴影中，侧脸平静温和，偶尔回对面的话。

从事发到现在，顾牧呈除了接电话的时候稍显异常，其他时候都非常冷静，冷静地处理一切事。

在她的印象里，无论发生什么事情，顾牧呈都是如此淡定平静，处变不惊。

就像曾韬以前说过的一句话，顾少所向披靡。

没有什么是他不能的，像个超人。只是不知道超人有时累不累。

他们一路开车回了疗养院，将徐一倩带到病房。

人找到了，但疗养院出了这种差错，还是要调查的。

沈言宁让顾牧呈放心去处理事情，她在病房里照顾徐一倩。

“辛苦了。”顾牧呈其实并不想让小姑娘参与到这件事当中，但小姑娘的懂事和乖巧，让他心软到无法拒绝。

顾牧呈走了之后，沈言宁去打了一盆热水，帮徐一倩擦了擦脸。

回疗养院之后，徐一倩一直没动，躺在床上，顾牧呈让她做什么就做什么。

沈言宁帮她擦脸的时候，她也一动不动。

在这之前，沈言宁没怎么照顾过人，帮她擦脸的时候动作又轻又柔，因为眼前的人是他的妈妈啊。

尽管已经到了一定的岁数，但仍然可以看出徐一倩以前年轻的时候有多好看。

他的妈妈一定很温柔很优秀吧，所以生的小孩也这么优秀。

沈言宁一边在心里想着，一边帮徐一倩擦拭干净后，正要拿着脸盆去换水，却闻到了异味。

她以为闻错了，停下动作，仔细闻了闻，才发现是从床上传来的。

她低头一看，就见徐一倩的床单上染上了一片黄渍。她愣了一下，立刻反应过来，是徐一倩尿失禁了。

沈言宁从没碰到过这种事，有点手足无措。

恰巧护工进来了，看见这一幕，忙走上前说：“病人尿失禁了，得帮她换一身干净的衣服。”

沈言宁才反应过来：“好，我帮忙。”

在帮徐一倩换衣服的时候，护工看见徐一倩的裤子上沾染了黄色的液体和其他污秽，难免会有点嫌弃和厌恶。

正当护工想着戴上一次性手套帮徐一倩清理的时候，就见小姑娘直接用手帮徐一倩把裤子脱了，再用清水帮她擦干净，白净的小脸上认真得不行，丝毫没有露出厌恶的神色。

护工倒是有点不好意思了，说："小姑娘，你是顾先生的女朋友吗？"

沈言宁正在认真帮徐一倩清理，听到她这么一问，愣了愣，"嗯"了一声。

护工说："我们疗养院像病人尿失禁这种情况经常有，但就算是亲生孩子都会嫌弃的……"

"嫌弃什么？"沈言宁莫名道。

"嫌脏啊……你不觉得吗？"

沈言宁摇摇头："脏了洗干净就行了，有什么好嫌弃的？"

她直白简单的态度，一时间让护工不知道该说什么好，只能默默地跟她一起清理床单。

好不容易清理完之后，沈言宁正要把地上顺便一起拖干净，就听见护工忽然惊喊了一声："顾……顾先生，您什么时候来的啊？"

沈言宁抬眸，就见顾牧呈朝自己走了过来，接过她手上的拖把说："我来。"

沈言宁忙将拖把递给顾牧呈。

一旁的护工局促不安地站着，结结巴巴地说："顾……顾先生，我……"

"出去吧。"护工的话未说完，被顾牧呈打断。

护工不敢再说什么，忙不迭地出去了。

沈言宁看着护工离开的背影，想了想，还是没忍住跟顾牧呈说："牧呈哥，我觉得阿姨可能需要换一个更细心一点的护工……"她以为顾牧呈是刚进来，没看见刚才那一幕，也没多说什么，只说，"我听说有那种专属的护工，会更细心，也能让阿姨得到更好的照顾。"

听见小姑娘认真地说着，顾牧呈眸若深潭，暗藏着说不清道不明的情绪。

沈言宁说完之后，见顾牧呈没有反应，便停了下来，澄净的眼眸望着他问："牧呈哥，你怎么了？"

顾牧呈伸手，将她脸颊上沾染的污渍擦了擦，说：“之前的护工因为家里有事请假了三天，明天就回来了。”

“哦。”沈言宁点点头。

“去把脸擦一擦。小花猫。”

“很脏吗？”沈言宁忙扭头瞄了一眼病房里的镜子，还真是，脸上不知道什么时候弄脏的。她不好意思地说，“牧呈哥，那我去洗手间洗一下！”

“好。”

沈言宁正准备出去的时候，又想到了什么，把放在地上的脏水盆端了起来说：“我把这个顺便带出去倒了吧！”

顾牧呈还没来得及拦住，小姑娘就哼哧哼哧地端着盆子离开了。

他将地上的脏东西拖干净，回到病床边，看着依然望着某处发呆的徐一倩。

洗完脸的沈言宁跑进来的时候，看见的就是顾牧呈望着徐一倩，不知道在想什么。

3

感觉到门口站着的小姑娘，顾牧呈回眸，不知是不是沈言宁的错觉，她在他眼中看见了一丝茫然。

只是一闪而过的茫然，她甚至来不及看清楚，便消失不见。

一定是她看错了吧？！她无所不能的他眼睛里怎么会出现茫然？

“言言？”见沈言宁站在原地发呆，顾牧呈喊了她一声。

沈言宁立刻回神，拿着手机走过去，对他说：“牧呈哥，刚刚学校有事找我，我可能得先回去。”

“好。”顾牧呈起身，“我送你。”

“不用了。”沈言宁说，“我自己过去就行，你好好陪陪阿姨吧，她虽然什么也没说，但肯定吓坏了。”

沈言宁刚说完，正好曾韬和江南回来了，听见她的话，问：“弟媳要走？”

“对啊？”

“那正好，江南也有事，我们送你吧！”

曾韬这样一说，沈言宁忙点头，她怕顾牧呈不放心自己一个人回去，坚持要送。

她知道，他妈妈出了这事，他肯定想在这里陪陪妈妈。

“牧呈哥，等我到了学校就给你打电话。”不等顾牧呈再说什么，沈言宁忙对曾韬说，“我们走吧！”

“那，顾少，我们先走了啊！”

曾韬和江南跟顾牧呈招呼了一声之后，跟着沈言宁走了。

看着小姑娘急急忙忙离开的背影，聪明如顾牧呈怎会不知道她心中所想，只不过她越是表现出这么乖巧懂事的样子，他心里越是像有一把刀在不停割着他的心脏，一刀一刀，不致命，却生疼。

尤其是看见方才小姑娘认真仔细地帮他妈妈换衣服，收拾床上的污渍，连疗养院的护工都不愿意做的事，从未做过这些脏活的她却一点都嫌脏，把他的妈妈当自己亲人一样照顾。

这些年，罗森对他的所作所为，他不为所动。工作上的各种压力，他也熬过来了。

这一路走来，多少不如意，都算不上什么。

即使他一直生活在黑暗里，但他从未想过放弃光明。

尤其是当他遇到了沈言宁，他的小姑娘像是一颗不大却浑身散发着光芒的小太阳，温暖着他，让他离光明似乎更近了。

顾牧呈唯独没预想过，这天这短短的一幕，会让他觉得窒息，无形之中有一座山压得他透不过气。

似乎在告诉他，只有黑暗才属于他，只要他稍微透过黑暗找到光明，就会有一道雷劈过来，告诉他，他只属于黑暗。

若不是沈言宁的出现，在感情这方面，顾牧呈从没考虑过要这么早寻找另一半，至少在没有脱离罗森的掌控之前，他是不会考虑的。

主动公开与沈言宁的关系，是想给她安全感，每一次外界传闻他和哪个女生的绯闻，小姑娘眼底的失落，他看在眼里。

女生想要的安全感不仅是私底下对她好，还有大方公开和肯定她的身份。

他本以为自己能够掌控一切，至少不会脱离得太离谱，可到头来，才发现还是不够。

顾牧呈想要的不多，只想保她一生天真无邪，平安喜乐。

其他糟心的事，交给他就好。可是到头来让她受苦的一切都是源于他。

他第一次感觉到无能为力。

“妈妈……”病房里，徐一倩看着自己一向无坚不摧的儿子将脸埋在她的膝盖间，低哑的声音里充满了压抑。

4

疗养院外，曾韬和江南正在车边等沈言宁。

方才小弟媳说有东西忘在病房里，又回头去拿了。

没过一会儿后，两人见沈言宁从疗养院里走出来。

由于疗养院正门不能停车，他们将车停在侧边，见她出来后，喊了一声：“小弟媳，这边，这边！”

但她好像什么也没听见，整个人毫无反应。

曾韬和江南联合喊了好几声，沈言宁才像回过神般，抬眸看向他们，朝这边走来。

“小弟媳，东西拿到了吗？”

曾韬和江南没发现沈言宁的异常，如平常般问。

“拿到了。”沈言宁低低应了一声。

“那上车吧！”

“好。”

三人上车后，曾韬开车，江南坐在副驾驶座，沈言宁在后排看着窗外发呆。

还是曾韬心细，发现小姑娘去拿了一趟东西回来后就有点不一样了。

毕竟是顾少的小姑娘，曾韬还是很关心地问：“小弟媳，你怎么了？”

小姑娘望着窗外没动，好像没听见他说话的样子，整个人显得特别失魂落魄。

这回，连粗心的江南也看出来了，和曾韬对视一眼。曾韬又喊了一声："小弟媳？"

沈言宁才回过神，"啊"了一声，茫然地看着他们。

曾韬从后视镜里看着她，问："你没事吧？"

沈言宁摇摇头，顿了片刻，问："最近牧呈哥是不是有什么事啊？"

曾韬和江南听她这样一问，一时间都不知道该怎么回答。

沈言宁见他们的表情就知道肯定有事。她说："是因为罗家，对吗？"

曾韬一愣，问："小弟媳，你都知道了？"

沈言宁什么也不知道，只是在方才返回病房拿东西时，看见了那样的他……

是她从未见过的他，让她的心在那一刻狠狠地揪了起来。

所以一向诚实的沈言宁，因为想要套出他们的话，违心地点了点头："我都知道了。"

江南像才反应过来，一脸恍然大悟的神情："难怪刚才弟媳回来之后神不守舍。唉，这事说来也真是头痛，明明是罗雨诗设计陷害弟媳，顾少只是帮弟媳讨回公道，跟罗雨诗彻底翻脸了，结果罗家人居然逼着顾少跟罗雨诗订婚，顾少当然不同意了，没想到他们居然卑鄙到用徐阿姨的人身安全威胁，搞了今天这一出失踪。"

江南说完后，沈言宁没说话。

沈言宁这才发现，原来有很多事情她都不知道。她一直以为只要不给他添麻烦，只要她努力，总有一天她和他会越来越好。没想到她努力了这么久，最后给他造成负担的还是她。

看见沈言宁越来越沉默，曾韬发现了不对劲，立刻给江南使了使眼色，让他别再说了。

5

顾牧呈一下午都在疗养院里，处理完徐一倩的事情才开车回去。

路上接到了小姑娘的电话，小姑娘在电话里说晚上想做一顿好吃的给他。

顾牧呈应了下来，让沈言宁在学校等着，他去接她。

一下课，沈言宁便迫不及待收拾好东西冲出教室，基本上她是前几个出教学楼的。

她一出教学楼，就看见熟悉的车，车边倚着熟悉的身影。顾牧呈穿着黑色的大衣，身型笔直修长，阳光暖暖地照在他身上，裹上了一层金色的光晕。

教学楼来往的其他学生纷纷停住脚步，视线统一朝他那边看，甚至还有人拿出手机偷拍。

沈言宁快步跑向顾牧呈，下午上课在公开教室，这个公开教室的教学楼楼梯特别多，上楼的时候没发现，下楼的时候快了一点，很容易眼花。

好在虽然眼花，但她还是成功地下了楼跑到了顾牧呈面前。

“慢点。”顺着光，顾牧呈眼神里都是宠溺，“小心摔着。”

沈言宁气喘吁吁地跑了过来，仰头问顾牧呈：“牧呈哥，等很久了吗？”

“没。刚到不久。”

“那我们回去吧！”

“嗯。”

两人的交流落在其他人的眼底，都是羡慕——

“那是顾学长和校花沈言宁吗？真甜啊！”

“是啊，你看见顾学长的眼神了吗？都是宠啊！”

声音传入沈言宁的耳中，她忍不住回头看着开车的顾牧呈。

正在开车的顾牧呈感受到了小姑娘炽热的视线，等红灯时，回头，伸手揉了揉她的头发，问：“在看什么？”

“没……”小姑娘摇摇头，但眼睛还是舍不得移开。

绿灯亮起，可以通行，顾牧呈也没再说什么，任由小姑娘漆黑的眼睛盯着他看。

回家之前两人去了一趟超市，原本是给小姑娘买零食，结果逛了一圈之后，小姑娘推车里除了一盒薄荷糖，什么都没买。

看着沈言宁认真又茫然的眼睛，顾牧呈问：“言言，想吃什么？”

她摇摇头，来超市是想来买他喜欢吃的东西，但她现在才发现，她除了知道他以前爱吃薄荷糖，对于他的爱好一无所知。

薄荷糖主要是醒脑的作用，顾牧呈开始抽烟之后，连薄荷糖都不怎么吃了。

“牧呈哥，你喜欢吃什么啊？我晚上给你做好不好？”

沈言宁回头问一直推着车跟着自己的顾牧呈。

顾牧呈正把沈言宁喜欢的水果糖放进推车里，随口回了句：“我不挑食。”

沈言宁忽然想起跟周思元在食堂吃饭的那次，连周思元都知道顾牧呈不喜欢吃姜，她却一点都不知道，她有点不开心。

这样的不开心一直持续到买完东西回家后，一路上，总爱跟他东聊西聊的小姑娘格外沉默。

车到了小区停下后，顾牧呈见副驾驶座位上的小姑娘没动静，出声提醒了一下：“到了。”

“哦。”沈言宁解开安全带准备下车。

顾牧呈扯住沈言宁，宽大的手掌包裹着她的小手，问：“小朋友，怎么忽然不开心了？”

“没有。”

“是吗？可我看见的是小朋友一张小脸上都是气。”顾牧呈想了一会儿，说，“是我说不挑食，让你生气了吗？”

沈言宁觉得顾牧呈特别聪明，连她这种微小的情绪都能猜到原因。她懊恼地说：“我就是觉得你的爱好我知道得太少，连周思元都知道你不爱吃什么，我什么都不知道。”

“小朋友吃醋了？”

好像是有点，沈言宁不想否认。

顾牧呈失笑，靠在椅背上，慢悠悠地把玩着沈言宁的小手，也不急着下车，只说：“我真的不挑食，在吃的这方面，只要能吃饱就行。”

顾牧呈说这话的时候很平静，仿佛不是多大的事，只因为沈言宁生气了，所以才耐心地给她解释。但她后悔了，觉得自己真是个白痴，没事瞎吃什么醋。

沈言宁看向顾牧呈握着自己的手，指骨分明，线条流畅。她没忍住张开小手，紧紧握住他的手，低声说了句：“牧呈哥，对不起。”

“没关系，这没什么对不起的，言言不明白的地方，我可以给你解释，只要你不生闷气就行。”耳边，顾牧呈的声音低沉柔缓，令人心静，“不吃姜是不喜欢那种味道，但如果饭菜里有，也不需要特别挑出来。至于周思元……”

顾牧呈偏头看向沈言宁：“我也不知道她什么时候知道我不喜欢姜的。”

至今，顾牧呈连高一那年班上同学的名字都叫不全，如果不是周思元经常以交流题目的借口找他，他们也不会有交集。

“哦。”顾牧呈不知道，她知道，太优秀的人总是惹人瞩目，他走到哪里都是令人不能忽视的亮点，让人忍不住想主动了解他，查询有关于他的一切。

沈言宁也知道他对别人的态度一直疏离有礼，只不过女生的小情绪来的时候，怎么止都止不住。她鼓着腮帮子，满脸郁闷地说：“牧呈哥，下辈子，你平凡点，我优秀点，我追你，一辈子都对你好！”

顾牧呈被沈言宁气鼓鼓的小模样逗笑了，他说：“好。”

6

晚餐是小姑娘做的拿手菜。

吃饭的时候小姑娘还喝了一点酒，喝着喝着，胆子就大了起来，从餐桌上站起跑到顾牧呈身边说：“牧呈哥，抱……”

顾牧呈看着沈言宁红彤彤的一张脸，神色迷离，轻言道：“言言，今天怎么了，嗯？”

小姑娘摇摇头，什么都不说，固执地伸手要抱。

顾牧呈将沈言宁揽进怀里，小姑娘坐在他腿上，抱着他的脖子细细地啃。

“牧呈哥，言言真的好喜欢你啊……”小姑娘软软糯糯地说，“言言希望你一直好好的。”

小姑娘红着一双眼睛看着顾牧呈，小手摸了摸他棱角分明的脸：“牧呈哥，你答应我啊……”

喝醉酒的小姑娘浑身软绵绵的，说话也软软的，尽管知道沈言宁说的是醉酒的话，也让人根本无法拒绝。

“嗯，我答应你。”顾牧呈空着手拿了一杯温水，喂到沈言宁嘴边，“喝点水。”

小姑娘就着他的手喝了一口，这才眉开眼笑，一双眼睛弯如弦月。

沈言宁看着顾牧呈，忽然凑到他耳边说了句话：“牧呈哥，言言想……”

后面的话因为害羞而说得特别小声，一直自制力很好的男人，沉默地望了沈言宁一眼，幽深漆黑的双眸像化不开的浓雾。

小姑娘看着看着，就觉得不行了，觉得那片浓雾一直在勾引着她往里面钻，明明只是简简单单地凝视她，却像无声地蛊惑。

沈言宁攀着顾牧呈的脖子，主动送上自己软绵绵的唇。

吻了一会儿后，沈言宁感觉到唇瓣被轻咬了一下。她小小地“啊”了一声，退出去，委屈巴巴地望着顾牧呈。

顾牧呈望着沈言宁，往日里那双清浅淡漠的双眼里，染上了欲念。他薄唇微启，声音低得发哑：“是谁教坏我的小朋友的，嗯？”

小姑娘的眼神迷离，软乎乎地追着问：“可不可以啊？牧呈哥……”

她言语之间都是要命的撒娇，顾牧呈没等她说完，一只手箍住她的小脑袋，低头吻了上去。

沈言宁半睁着眼睛细细地看着顾牧呈，想要将他的样子深深刻在心里。

她太喜欢看顾牧呈染上情欲的模样了，性感极了，而这样的他只有她能看见。

最初喜欢上顾牧呈时，她总自卑，觉得他在闪闪发光，是她不曾拥有过的亮光。

她一直追寻这道亮光，不停地前行。即使前方荆棘丛生、满路泥泞，也无法阻止她义无反顾地向他靠近。

喜欢顾牧呈从来不是一时冲动，沈言宁从第一眼见到他的那天，每一天都在爱他，每一天只有递增没有递减。

从来没想过要放弃。

第十四章　他放弃我了

1

第二天，沈言宁比顾牧呈醒得更早。她轻手轻脚地下了床，想给他准备早餐。

洗漱完之后，沈言宁出了门。

对面有一家特别好吃的早餐店，她很喜欢吃他们家的小笼包。

她排队买好了之后，往家的方向走去。

顾牧呈家的小区特别大，各种绿化做得非常好，以至于显得特别空旷而安静。

不过空气真好啊，有阳光、青草和海浪的气息，让这个早晨充满了活力。

又是新的一天，沈言宁在心里给自己加油打气，一定要过得比之前更好。

她穿过直道，正要拐弯往楼道里走去时，忽然从她身后伸出一只手飞快地捂住了她的嘴鼻。她一惊，下意识地挣扎，可身后人的力气特别大，她闻到了一股味道，反应过来那是什么时，脑子已经变得混沌，渐渐地失去了意识。

身后的男人见沈言宁晕了过去，直接扛上她飞快地走了。

早已经有人在车边接应，男人溜进去之后对开车的人说："快走！"

两人一路开车到一个废弃的加油站，将沈言宁扛了下来丢在里面。

“人带来了，赶紧按照老板的话跟那人联系。”

司机一边看着外面的环境，一边说，见身后人没反应，回过头去，只见男人拿着手机对着沈言宁因为方才被迷晕挣扎而显得有点凌乱的胸口发呆。

司机也是个男人，立刻就明白了他的想法，用力拍了一下他的后脑勺：“想什么呢？”

那男人两眼放光：“这妹子长得好漂亮啊！我刚在迷晕她的时候就感觉她身体柔软冰凉，舒服得不行。要不，哥，我们先……”

他意有所指地说：“反正他们也不知道，吃干抹净之后再把她恢复原样，谁也发现不了！”

那人说着欲火难耐地往沈言宁身边靠近，手刚碰到沈言宁的衣服，就被一根尖锐的棍子一把刺穿。他惨叫一声，手机掉在地上，还没反应过来就被人一脚狠狠踢翻。

站在一旁的司机看见眼前忽然出现的人，吓了一跳，忙道：“罗少！对不起！罗少，我弟弟只是一时被冲昏了脑子，罗少，你别怪他！”

罗宇歌站在原地，一张脸上寒气逼人又阴痞，看向被他踹倒在地，面色苍白显然被吓坏的男人，冷冷地吐出一个字：“滚。”

两人吓坏了，司机扶着男人连连撤退，嘴上不断地道歉：“是，是，对不起，罗少，我们马上就滚！”

两人离开了之后，罗宇歌看着依旧昏迷的沈言宁。她的衣领因为挣扎有些垮，露出勾人又漂亮的锁骨。

他半蹲下，伸手将沈言宁的衣领往上拉了拉，撇了撇嘴巴，自言自语道：“明明顾牧呈那么喜欢你，怎么都保护不好你？”

废弃的加油站自然没人回答他。

罗森要用沈言宁让顾牧呈就范的事罗宇歌一早就知道了。

他想起昨天经过书房时，听见罗森跟手下的安排经过，先是将沈言宁绑架，随即跟顾牧呈发信息，逼他就范。

如果顾牧呈因为这事发怒失控直接找上罗森，罗森就能多了一份威胁顾牧呈的筹码。

如果顾牧呈不找上门，罗森也早有计划。他在昨天之前设计以谈生意为由，让一直跟沈言宁的父亲沈国辉在清泉市有合作的合作方把沈国辉骗到清泉市。

再在这天告知沈国辉他女儿被人绑架的出事地点，让沈国辉赶到现场，亲眼看见沈言宁因为顾牧呈被人伤害，让他感觉到女儿跟顾牧呈在一起很危险，阻止他们在一起。

明明针对顾牧呈一直是罗宇歌觉得很开心的事情，不知道为什么，在听见这个计划的时候……

原本并不打算插手的他，鬼使神差地竟然在这一天跟着绑走沈言宁的两兄弟来到了这里。

看见他们想要玷污沈言宁时，他心里一股子火，只想将那个人渣撕碎。

此时，看着眼前闭着眼睛的沈言宁，他没好气地说："幸亏我跟过来了，不然还不知道要发生什么事。"

罗宇歌一个人盯着沈言宁看了半天，才拿起刚刚那两人丢下的手机发了一条信息。

顾牧呈醒来的时候是七点，习惯性朝身边揽去，想将小姑娘揽进怀里，却发现床的另一边空空如也。

他起身，被子从身上滑落，露出结实精壮的胸肌。他有些懒散地靠在床边，闭了一会儿眼睛后，起身拿起床畔的睡袍披在身上，边系着睡袍带子，边往外面走去。

小姑娘很少比他更早起来，以往他醒的时候，她都睡得沉。有时候晚上被他折腾累了，早上他做完早餐，她还在睡懒觉。

这天小姑娘这么早就起来了？

顾牧呈拉开卧室的门，门外很安静，看起来并没有人。

他正往客厅走去，手机在这时响了起来。他拿起一看，是一条短信，短信上是一个郊外的地址。

言言出事了！

顾牧呈立刻感觉到不对劲，飞快地换上衣服后出门。

他按照短信上的地址，连闯了好几个红灯，用最快的速度驱车赶到短信上的地点。

那是一片很空旷的野外，有一个废弃了很久的加油站。

顾牧呈下了车之后，环顾四周一眼，最后走进那个废弃的加油站。

里面很杂很乱，但顾牧呈一眼就看见靠在废弃的橱柜边的沈言宁。

他快步走过去，在她身边蹲下，小姑娘靠在橱柜边闭着眼睛。

他的心在那一刻狠狠地疼了一下，哑着嗓子喊了一声："言言？"

药效差不多到了时间，昏迷中的小姑娘慢慢睁开眼。她看着面前的顾牧呈，再看了一眼破败的加油站，想起昏迷之前有人捂住她的嘴巴，她拼命挣扎最后渐渐失去了意识。

"牧呈哥……"愣过之后沈言宁想到了上一次徐一倩的失踪，虽然没有证据证明是谁做的，但彼此都心知肚明，一定是罗家。

沈言宁心里第一个反应不是害怕，而是怕他自责。她倾身抱住顾牧呈，声音更像在安慰他："牧呈哥，我没事。"

如果说过去的一切顾牧呈都可以忍，可当小姑娘明明自己害怕却要假装坚强安慰他的时候，他紧绷着的一根弦在这一刻彻底崩了，眼底通红。

甚至悬在半空上想抚上沈言宁的小脑袋，想安慰她的手都是抖的，内心一直压抑的愤怒和憎恨在这一刻被猛烈地燃烧着，好似一头被激怒的狮子。

沈言宁感受到了。她握住顾牧呈的手，不停地说："牧呈哥，我没事，我真的没事。"

然而顾牧呈始终没有回答她半句。

直到门口闯进来一群人，跑在最前面的曾韬和江南风风火火地闯进来："顾少，没事吧？"

"言言？言言，你没事吧？"沈言宁抬头，发现居然是沈国辉。

沈言宁有些茫然："爸爸，你怎么来了？"

沈国辉没回答，只是上下检查着沈言宁的身体，见她没事，才说："我昨天在清泉市出差，本来想今天来找你，结果早上收到了一条信息说你出事了，吓得爸爸连忙赶过来。言言，有受伤吗？"

沈言宁摇头："没有，爸爸。"

她更担心顾牧呈的状态，她不经意间对上他的眼神，他眼底的情绪让她觉得十分不安。

“牧呈哥……”沈言宁喊了一声。

顾牧呈将沈言宁交给沈国辉：“叔叔，抱歉，是我没照顾好言言，我暂时将言言交给你。”

说完，顾牧呈对身后的曾韬说：“你们先送他们回去。”

曾韬还来不及回答，顾牧呈已经大步走出了加油站。

沈言宁想要跟上，但刚走了一步，脚底就传来钻心刺骨的疼。她知道自己的脚扭伤了，只能抓着曾韬和江南说：“你们快跟着他，我怕他出事！”

曾韬心里也急，但想起顾牧呈交代的事，犹豫地看着沈言宁：“可是，你……”

“我没事，你们快去！”

“好。”曾韬说，“江南，你留下来照顾弟媳和叔叔，我去追顾少！”

说完就快速地冲了出去。

2

在顾牧呈驱车离开之前，曾韬做出了这辈子最勇敢的事，跑到车前，双臂张开将顾牧呈的车拦了下来。

这一刻，曾韬说不出是什么感觉，是压抑，是悲伤，是替顾牧呈不甘。

顾牧呈身边一切他在意的人不知道什么时候变成一把把沉重的枷锁，罗家就是用这些沉重的枷锁锁住了他，他往前走一步，枷锁就紧一分，压得他根本透不过气。

罗家这天的举动，彻底将枷锁砸碎了。

曾韬看见车内顾牧呈猩红的双眼，这一刻，他相信，如果自己没有拦着顾牧呈的车，他一定会冲去罗家跟罗森同归于尽。

在顾牧呈停车的空当，曾韬迅速打开副驾驶座的门，坐了上去。

“下去！”顾牧呈低哑地警告，像一头失控的野兽。

“顾少！你冷静一点，你要去哪里？去罗家吗？”

顾牧呈没理曾韬，发动车子，飞驰而去。

车速非常快，如果不是郊区空旷，曾韬觉得下一秒就会撞上人。

“顾少，你冷静一点，你不能去罗家！”

顾牧呈却像没听见曾韬的声音，一张脸阴沉得可怕。

“顾少，你不能去罗家，不为别的，是为了还在医院里的阿姨，还有刚刚发生意外的言言，是为了你身边所有对你而言重要的人！”

曾韬说这话的时候几乎是嘶吼着喊出来的，他想要喊醒失去理智的顾牧呈，他知道顾牧呈承受得太多了，好几次都在崩溃的边缘，是被顾牧呈自己的理智拉回来了。

可是这一次沈言宁出事，彻底捣毁了顾牧呈的理智。

曾韬又想起了疗养院的徐一倩，过去的他和江南，这一刻的沈言宁，都是锁住他与罗家抗衡的枷锁。

他不能眼睁睁地看着罗森得逞，不能让顾牧呈未来更加后悔。

“我们都知道这件事是罗家做的，他没有伤害言言这是为什么？顾少，你想想！他就是不停地试探你，想突破你的底线，想用对你而言重要的人逼你就范，如果你现在去罗家就证明他利用你身边的人刺激你是有用的，正中他的下怀！顾少，你好好想想啊！”

车子忽然急速刹车，曾韬一个没注意差点撞上挡风玻璃，回过神时，顾牧呈已经打开门下了车。

接着曾韬听见了困兽般嘶吼的声音：“为什么？”

顾牧呈一直压抑着身体里的愤怒与不甘，无奈与绝望终于只能用这种方式发泄出来，所有的理智在这一刻都不复存在，他想冲到罗森面前，想质问罗森，可他什么都做不了。

曾韬说得一点都没错，他能做什么？他冲到罗森面前，只能让罗森更明白沈言宁对他来讲有多重要，只能让沈言宁成为罗森利用他的筹码，而他根本没有能力保护好她。

当他无能为力的时候，所有的痛苦和不甘只能憋着，毫无他法。

“罗家！”顾牧呈觉得身体里有什么要被炸开，一脚踢开面前的一块石头，石头翻滚掉进不远处的河里，发出“嘭”的一声随之沉了下去，就像他所有的不甘心，在发出野兽般的嘶吼之后最终也只能化为平静，什么都做不了。

曾韬等到顾牧呈的情绪渐渐平静下来，才走到他身边，说："顾少，去 Y 国吧，这是目前我们唯一的出路。"

这一次，顾牧呈沉默了。

一直到晚上，沈言宁都没有联系上顾牧呈。

沈国辉去学校替她请了假，直接将她接回家。

虽然沈言宁很担心顾牧呈的情况，但她知道发生了这种事，母亲更担心她，她不能拒绝父亲将自己带回家。

再加上她的脚受伤了，看上去又青又肿，她不想让顾牧呈看见自己现在这个样子，所以回家是最好的选择。

徐妍听说了在清泉市发生的事后吓了一大跳，说什么都要让沈言宁在家里休息一周才肯让她回学校。

晚上，徐妍更是要跟她睡一间房，看着她安全在家才放心。

临睡前，沈言宁终于联系上了顾牧呈，见电话通了，她忙躲进了洗手间，喊了一声："牧呈哥。"

"嗯。"电话里的男声平静低沉，"言言……"

"你还好吗？"生怕顾牧呈担心，沈言宁赶忙说，"我真的没事，你别把这件事放在心上，好吗？"

上午顾牧呈的状态让她非常不安，总隐隐觉得有事要发生，但她总安慰自己，那是错觉。

沈言宁很努力地想要向顾牧呈证明这边一切都正常，不想让他因为自己有任何负担和担忧，这样的迫切声落在他耳朵里，其实很刻意。

但顾牧呈并没有点破，只是顺着沈言宁的话说："嗯，我没事。"

"嗯，没事就好。"沈言宁说。

电话里沉默了一会儿，又听见他说："言言，我在北城，你要出来吗？"

"啊？"沈言宁惊叫了一声，屋子里的徐妍听见了，喊了一声，"言言，怎么了？"

"没事，妈妈。"沈言宁捂着手机回了一声。

因为知道徐妍不喜欢顾家的一切，所以她暂时不想让妈妈知道自己在跟他打电话。

“言言？”见电话这边半天没声音，顾牧呈疑惑地叫了一声。

“在，我在。”沈言宁忙说，“牧呈哥，你怎么来这里了？你开车来的吗？你现在在哪里啊？”

“嗯……酒店。”

“哪家酒店啊？”

那边片刻后报了一个酒店的名字。

那家酒店离沈家不远，沈言宁很多次都路过，只是……

沈言宁站在浴室的镜子前，看着自己脖子上因为早上被绑架后明显的抓痕和额头上的红痕，这个样子去见顾牧呈显然不行。刚刚她还在电话里信誓旦旦地说这边一切安好，如果让顾牧呈看见自己现在的模样……她无法想象他会有什么反应。

最后，沈言宁咬牙狠心做出决定：“牧呈哥，我今天有点累了，想睡觉，我明天去找你好吗？”

沈言宁说这话的时候一点底气都没有，心跳得厉害，好像在做一件特别错的事。

“好。”没想到顾牧呈很好脾气地应下了，“那早点休息，晚安。”

“晚安。”

沈言宁感觉到那边正要挂电话，忍不住又喊了一句：“牧呈哥！”

“嗯？”

沈言宁心里有多想他多担心他，根本无法说出口，如果不是顾及太多，她下一秒就想立刻出现在他面前。

“没……没事，我就是想告诉你，我很想你。”

“我也是。”

挂了电话之后，沈言宁的心情特别低落，很想很想的人就在可以看得见摸得着的地方，她却不能去见。

这样的折磨到底什么时候是个头。

沈言宁不知道，只要她往楼下看一眼，就能看见楼下靠在车边的顾牧呈。

挂完电话之后，顾牧呈静静地倚在车边抽了根烟。

眼前的巷子、月光和路灯与三年前一样。

上午发泄了情绪后，听说沈言宁被家人带了回来，他下午开车直接赶来了北城，只想见她最后一面。

顾牧呈还记得盗图事件爆发的时候，小姑娘为了不让他担心，什么都不说，独自面对各方的压力，生了一场重病，整个人虚弱得不行，还要在他面前强颜欢笑，假装什么事都没有。

顾牧呈不是没看见，半夜沈言宁偷偷在书房里看着网上的帖子，小小的身影在黑暗中，浑身都充满无助与绝望。那一刻，他很难将过去总在他面前笑得很单纯，发着光的女孩跟她联系起来，她是他放在手心都怕摔坏的小姑娘，竟然为了他忍着非人的对待。

他想过去哄哄她，像过去一样，开个玩笑，逗逗她，然后看着她气得噘起软乎乎小嘴的样子，看着她像以前那样简简单单，会哭会笑，无忧无虑地生活着……

可他什么都不能做，因为不想让她看见他的心疼与愤怒而更加担心。

过去的盗图，这天的绑架，以后会发生什么，没有人能预料。

如果不彻底处理完这些事情，即使留在他身边，沈言宁也不会快乐，至少要等到，他能做到保护好她，不会因为他让她遭受苦难。

这一年，顾牧呈二十岁，他想要好好爱一个人，到头来发现他能给的只有爱，连保护她的能力都没有。

人生最遗憾的事大概就是在一无所有的年纪，遇见了想要守护一生的人。

3

沈言宁一晚上都睡得不好，想见顾牧呈的心让她根本无法入睡，早上五点多就醒了。她去刷牙洗脸，在衣柜里拿了衣服把自己裹紧，脖子上戴了毛织的围巾，将脖子上显眼的抓痕都遮挡严实之后，又凑到镜子前看了看额头上的划痕。

得找个东西遮一下。

她平时不怎么化妆，不过该有的化妆品都有，那是徐妍给她准备的。

徐妍说女孩子偶尔参加重要的场合时最好化个妆，不为别的，只是为了表达对这种场合的尊重。

沈言宁在梳妆台上找到了遮瑕膏，先往脸上擦了一层粉之后，用遮瑕膏把额头上的伤痕尽量遮掉。

不过因为是新伤，即使她涂了厚厚的一层，也很难完全遮掉。

沈言宁弄了一会儿就放弃了，看着镜子中的自己忽然灵光一闪，跑去拿了一把剪刀，把额头前的头发剪了个刘海，刘海正好能够遮住她额头上的伤痕。

“完美！”

这样再看过去，除了额头上多出来的刘海，她看起来和平常毫无变化。

沈言宁看了一眼时间，才六点不到。她感觉自己已经等不了了，多一分钟都不行，她现在就想见到顾牧呈。

她打开卧室门，下了楼，客厅安安静静的，大家都还在熟睡中。

她走到玄关处，刚打开门，却见门外站了一个人，吓了她一跳。看见是陈蓉，她才松了一口气。

陈蓉拿着一个信封走进来，看见沈言宁也吓了一跳：“言言，怎么起这么早？”

“嗯，我有点事要出门。”

陈蓉说：“你脚上不是有伤吗？这么早去哪里啊？”

沈言宁没回答，却盯着陈蓉手上的信：“蓉姨，这是什么？”

“哦，这好像是你的信，一早出门就看见这个放在门口的信箱里，上面什么都没有，只写了你的名字，你看看。”

沈言宁接过信封，看见信封上的“沈言宁小朋友收”，心蓦地缩紧了一下。她飞快地拆开信封，里面只有一张银行卡，银行卡的背后写着持卡人的名字和手写的密码。

沈言宁似想到什么，转身一瘸一拐地回到屋子里，去了阁楼上的监控室。她调出了近几日的监控录像，果然在昨晚的视频里看见了她熟悉的身影。

昨天顾牧呈就在楼下。

顾牧呈一个人在车里什么都没做，待了两小时，将信封放进信箱里之后就走了。

沈言宁悔恨交加，昨晚她怎么就没有往窗外看一眼，只要看一眼，就能看见他在那里啊……

她再也忍不住，拿出手机给顾牧呈拨电话，可那边没有接通。

心里的不安越来越重，沈言宁知道顾牧呈的这封信代表了什么。她拿着信封，飞快地离开了沈家，任由陈蓉在后面追着喊，脚上再疼也顾不了。

她要去找顾牧呈，要告诉他，这一次她没有放手，也请求他千万千万不要放手。

沈言宁打车直接去了顾牧呈昨天跟她说的酒店，她去前台询问时，前台却告诉她查无此人。

“麻烦您再帮我确定一下，他昨天告诉我就是订的这家酒店啊。”

这家酒店是北城最好的酒店，年前才开业。前台见沈言宁这么着急，忙说：“小姑娘，你先别急，我再看看。”

“嗯，谢谢。”

前台又仔细地查了一会儿，说：“找到了！”

沈言宁眼睛一亮，听她说：“昨晚十一点的确有个叫曾韬的曾先生订了两间房，其中一间房用的名字就是顾牧呈顾先生，不过他们昨天没过来住，半夜一点的时候打电话过来说取消了。”

“哦。”沈言宁走了神，说，“我知道了，谢谢。”

从酒店前台的信息里，沈言宁知道了昨天顾牧呈是跟曾韬一起过来的，只是他们没在这里住……

沈言宁感觉自己快要崩溃了。她拿出手机又拨了一遍顾牧呈的电话，拨过去之后，没过多久，那边接起：“言言。”

“牧呈哥……”电话接通之后，沈言宁说，“我来了你昨天说的那个酒店，但是酒店的人说你昨天没在这住。”

“嗯，我回清泉市了。”顾牧呈说，“言言，卡收到了吗？”

“收到了。”

“以后我不在你身边，没人请小朋友吃饭了，小朋友要好好照顾自己，喜欢什么，想吃什么都刷那张卡……”

“牧呈哥，别说了！”沈言宁生怕顾牧呈说出那两个字，忙打断，“你在清泉市等我，我来找你。”

“言言……”

“嗯？”

“我现在在机场。”

沈言宁的心一紧。她慌了，可还是尽量让自己的语气变得轻松，甚至笑着说：“是……是吗？那我去机场找你。”

她根本顾不上脚上的伤，一瘸一拐地快速走出酒店，拦了一辆车，对司机说：“我要去清泉市机场。”

司机诧异地说：“清泉市可是在邻市，去一趟三个多小时，来回七个小时，姑娘你不是在跟我开玩笑吧？！”

沈言宁说：“我没，我要去那里，你带我去，多少钱都可以。”

司机没说话。

“言言，你冷静一点。”电话里，顾牧呈的声音传来。

“我很冷静。”可沈言宁抖着的音调出卖了她，她的声音里几乎都是哀求，“牧呈哥，你等等我好吗？就等等我，言言想见你。”

沈言宁说的每一个字都如一把利刃戳着顾牧呈的心脏，让他感觉到一阵阵的心痛，他问：“言言，身上的伤还痛吗？”

沈言宁心一紧：“不痛了，这些都不算什么。我没关系的，这些伤都是小伤，只要给我时间，它们都会好的……”

不管是她身上的伤口，还是他们被压抑的生活，她相信最后都会好的，如果没好，就说明还没有到最后。

“我可以……”

沈言宁还没说完，就听见他说：“言言，别来找我了。”

沈言宁终于绷不住了，眼泪一颗一颗地往下掉：“为什么啊？你不要我了吗？你不要言言了吗？我们不是约定好不管发生什么事情都不会再放手吗？这一次言言没放手啊……”

不知道过了多久，沈言宁才听见电话里顾牧呈的声音：“对不起，言言，这一次是我先放手。”

时间仿佛静止，沈言宁感觉自己掉进了无尽的冰窖中，浑身冰冷。

“那……我等你，好不好？”半天，沈言宁才找到自己的声音。

她都这么卑微了，可顾牧呈还是说：“言言，不要等我。”

电话是什么时候挂了的，沈言宁不知道。

她只知道这一路，都是她一个人奋不顾身地喜欢他，他永远表现得那么冷静。

顾牧呈永远不知道，她也有脾气，她的喜欢从来不长久，头像经常换，网名经常改，播放器里的歌经常删。

她也是被人捧在手心的小公主，昨天喜欢吃草莓，今天就喜欢吃杧果，不带重样。可是面对他啊，她那么有耐心，那么卑微，她怎么就喜欢了这么久，久到最后她又是被放弃的那个……

4

路知知昨天听说了沈言宁被绑架的事，当天晚上就赶来了北城市，这天一大早就和严选来沈家找沈言宁。

路知知和严选刚走出沈家小巷，就看见从出租车上下来的沈言宁。路知知吓了一跳，跑过去问：“言言，你见着顾学长……呀！你的脸色怎么这么差？”

路知知见沈言宁捂着胃部的位置，问：“言言，没事吧？”

沈言宁摇摇头，只是有些胃痛，相比较心里的痛，这点胃痛算得了什么……

“言言，发生了什么事啊？”

沈言宁没回答，一抬头，便见熟悉的小巷——

“牧呈哥，你是不是想考北城大学？”

“对。”

“那我们约好，好不好？我们以北城大学当目标，一起考上北城大学，好吗？”

“好。”

脑海里一直有个声音——

“我没喜欢过女孩子，这是第一次，所以可以请你跟我谈恋爱吗？”

“言言，接吻要闭上眼睛。”

沈言宁猛地停住脚步：“不，不能再想了，沈言宁。”

“言言，怎么了？”路知知的声音传来。

沈言宁垂眸看着地上：“我的鞋带散了。”

她蹲下去系鞋带，却怎么系都系不好——

“这么大姑娘怎么系鞋带都不会？看着，我教你。”

“这样系的话鞋带不容易散。”

明明顾牧呈有教过的啊，怎么就是系不好？沈言宁越系越着急，越着急，豆大的眼泪落得越凶猛。

“言言，言言，你怎么了？”路知知焦急地喊沈言宁。

沈言宁猛眨眼睛，想把眼泪挤掉就再也不哭了，可鼻子一直酸，心里一直疼，眼泪怎么止也止不住：“怎么就系不好。”

沈言宁一边擦眼泪一边说：“知知，你再等等我，我一定可以系好。”

路知知看着沈言宁慌乱无措的手，猛地抓住她问：“言言，到底发生什么事了？你别哭啊……”

沈言宁泪眼婆娑地看着路知知没说话。

路知知看着沈言宁眼泪直流，双目通红，倾身抱住她：“好了，我不问了，你别哭了好吗？你哭得我心慌……”

沈言宁的下巴抵着路知知的肩膀，身体一颤一颤的，说：“知知，他不要我了……”

路知知一怔。又听沈言宁说：“他放弃我了。”

十九岁的沈言宁想要好好爱一个人，从她遇见顾牧呈那天起，就把他揣在心里，心里眼里满满都是他，做什么事情想到的都是他，努力做好每一件事都是为了靠近他。

可十九岁的这一年，顾牧呈对她说：“言言，别来找我。”

那天之后，沈言宁都待在家，再也没有提及顾牧呈，一切看起来都很平静。

只是自那以后，她的笑容渐渐少了，话也不多了，吃得也很少，时常吃着吃着就吐了。

家里人给沈言宁找了医生看，喝了中药调养，也不起任何作用。

人在孤独的时候，总会胡思乱想，难过到没有言语。沈言宁时常静静地坐在那里发呆，发着发着鼻子一酸眼眶一红，觉得自己很没用，什么都做不好。

那天晚上沈言宁做了个梦，梦见了顾牧呈站在她面前，她很想很想抱抱他，告诉他她有多想他。

可当她伸手想抱住他的时候，他却越来越远。

沈言宁从梦中挣扎地醒过来时，双手还在半空中张着，嘴里喊着："牧呈哥，抱……"

可眼前空空荡荡的，根本没有梦里出现的那个人。

她收回手，呆呆地望着天花板，眼角的泪湿了枕头。

她很想念顾牧呈，很想很想，可是她想起他说的那句："言言，别来找我。"

就觉得很难过很委屈。

以前沈言宁听别人说："不主动联系你的人，比你想象中不爱你。"

可她忽然觉得——能忍住不联系你的人，比你想象中更爱你。

这些天，路知知学校的课程不紧，所以留在了北城市，一有时间就来找沈言宁。

见沈言宁很多天没出门了，路知知便拉着她一起逛街。

中午路知知特意订了之前上高中时候两人特别喜欢吃的一家餐厅，点的都是沈言宁喜欢吃的菜式。

本以为能让沈言宁心情好一点，谁知道她刚吃了两口就开始吐，方才吃的一丁点全吐出来了，之后就是吐水，路知知光看着都能感觉有多疼。

她以前也有过胃病，疼起来抽筋似的疼。

她以为沈言宁生病了，吓了一大跳，连忙送她回家。

沈言宁却让她不用担心，说自己这些天总食欲不太好，已经习惯了。

"不过我确实有点累了，知知，我们先回家吧。"

两人回到家之后，陈蓉正在帮沈言宁收拾房间。沈言宁一眼就看见陈蓉正在擦拭的旋转木马乐高，原本以为已经平静下来的心狠狠一紧，眼眶当即就红了起来。

陈蓉见沈言宁来了，眼睛红红的，吓了一大跳，忙走过来说：“言言，这是怎么了？”

“没……”沈言宁摇摇头，“就是有点累了，我没事。”

路知知知道沈言宁最想要的就是自己静一静，忙说：“阿姨，我陪着言言就行，你放心，她没事。”

陈蓉虽然不知道沈言宁发生了什么事，但小女生喜欢独处她是知道的，便说：“那阿姨先下去帮你们准备小点心。”

“好，谢谢陈阿姨。”

陈蓉走了之后，沈言宁看着房间里的那个旋转木马。

她还记得那是高一去清泉市找顾牧呈时，在他卧室看见的。

她其实对乐高一点都不感兴趣，可她就是想要。那时候她的想法简单而幼稚，她以为那个被顾牧呈花了心思拼了那么久的旋转木马对他而言肯定是很重要的东西，她想要拿回家，藏在自己身边，这样他就会记得还有一件很重要的东西在她这里，就……不会忘记她。

旋转木马旁边是一个柜子，沈言宁打开，柜子里的东西是她的三本日记。

路知知走到沈言宁身边，问：“言言，这是写给顾学长的吗？”

沈言宁摇摇头，又点点头：“是写给我自己的，但都是与他有关的。知知，说出来你肯定觉得很好笑吧？”

“高考是我自己考砸的。还记得高一暑假那年，我偷跑去清泉市吗？我是去找他的。高考报志愿的时候李老师安慰我没考上北城大学别伤心，人生不是只有高考一种选择，但我一点也不伤心，因为我的目标根本就不是北城大学。”沈言宁翻着日记，一边翻一边掉眼泪，“还记得我问过你，等我们高三了，考上年级第一是不是就能自己选座位了？高二升入高三的最后一场期末考试，我考了年级第一，不是因为要争名次，只是想要有第一个选座位的资格。坐他考试坐过的课桌，看他看过的风景。考上清泉大学不是因为没有实力进北城大学，是因为那年在清泉高中看见红榜上他的名字的那一刻，我已经在心里改了志愿，要考他考过的大学。

“那个时候也没有说只要做了，就一定会得到他的回应。可是，知知啊……他怎么就不要我了呢……”

最后，沈言宁泣不成声，路知知忙抱住她：“别说了，言言，过去了，都过去了……真的，别说了。”

路知知不知道该怎么安慰沈言宁，看见她哭得那么难受，她不知何时也泪流满面。

沈言宁不想哭的，可是她心里真的舍不得，一想到他不要她了，她的心就像被人不停地用手狠狠撕扯，痛得不能自已。

暑假快到之前，沈言宁回清泉市参加了期末考试。

她回去时，还有一周期末考试，学期末课程没安排多少，大概是为了让学生有好好复习的时间。

沈言宁回到寝室之后，程唐和张小舟都表示特别想她，尤其当她带了一大袋零食给她们的时候，她们恨不得抱着她往她脸上亲。

但程唐控制住了自己和张小舟，张小舟委委屈屈地说：“我们不能占言言的便宜，不然顾学长会生气。”

再次听见顾牧呈的名字，沈言宁的心还是会狠跳一下，喉咙间像被什么堵住了般，发涩疼痛得厉害。书架上的书没拿稳，掉在地上，她弯腰捡了起来。

程唐一看，连忙给张小舟使了使眼色。

张小舟才发现自己说错了话，忙住了嘴。

接下来的时间里，程唐和张小舟开始发现沈言宁的状态非常不好，她们从没见过有人能因为复习如此拼命，恨不得二十四小时都在图书馆，程唐觉得她高考那会儿也不会如此。

差不多过了半周后，程唐和张小舟又发现沈言宁简直快瘦成纸片人了。

有一天沈言宁和往常一样去图书馆，程唐拉住她说：“言言，要不休息一天吧？我看你脸色挺不好的。”

沈言宁一大早上起来感觉鼻子塞住了，头有点晕。她知道自己是感冒了，不过还是如常道：“没大事，就是小感冒。”说完，她就去了图书馆。

程唐和张小舟对视一眼，跟着沈言宁一起去了。

一直在图书馆看书看到中午，程唐和张小舟早饿了，但沈言宁半点反应都没有，程唐记得早上沈言宁只喝了半碗粥。

“言言，中午了，我们去吃个饭再来吧？”

沈言宁才从书海中抬头，愣了愣说：“好。”

吃饭在食堂，沈言宁没什么食欲，程唐和张小舟一直拉着她去二楼的餐厅点菜，点的都是沈言宁平时喜欢吃的鱼和肉。

等上菜的过程中，他们身边坐了一对情侣，男生对女生说：“这段时间复习挺累的，等我回去给你多做点好吃的，把你脸上的肉养回来。”

“才不要！瘦多好！我好不容易才瘦了。”女生说。

“好好好，你说什么都对。”

沈言宁忽然想到之前住在顾牧呈家，她考英语六级的时候，每天复习到很晚，他就变着花样给她做好吃的，把她养得白白胖胖的。

她也没辜负顾牧呈的期待，六级考试一次性通过。

“来，言言，多吃点肉，你看看你现在都瘦成什么样了？要多补补啊，不然还没等到考试你就撑不住了。”

沈言宁正发呆间，程唐的声音打断了她的思路。她回过神，桌子上已经上满了菜。张小舟把肉盘子都移到她面前说：“对啊，来，多吃点肉！”

沈言宁没吭声，夹了一口程唐帮她夹的肉放进嘴里，刚咬了一口，一股恶心的感觉涌上心头，她忙跑到一边的垃圾桶里吐了起来。

程唐两人吓了一跳，忙走过去，轻拍着她的肩膀，焦急地问：“言言，你别吓我们啊，你这是怎么了啊……”

——是啊，我是怎么了啊……

以前她一直觉得食堂二楼的炒菜挺好吃的啊，怎么最近什么都吃不下？

是因为再也没有人会因为她考试，整天花空心思帮她做她喜欢吃的饭菜给她补充营养吗？

还是因为直到现在她还不能接受她跟顾牧呈已经分手的事实。

那一年，沈言宁得了严重的厌食症。

第十五章　从你跟我说不要找你的那天

1

期末考试完后是暑假，沈言宁独自出去旅行散心。

她是跟团去的。报名的时候，只剩下一个情侣团，团里一共九人，其他八人都是成双成对，只有她独自一人。

正值暑假时间，好的时间和行程都被定满，她是临时决定的，所以只剩下一个去Y国的团了，旅行社的姐姐好心提醒了她一下这是个情侣团。

沈言宁表示没关系。

那姐姐看了一眼沈言宁问："沈小姐，是去Y国玩吗？"

沈言宁愣了一下，想起顾牧呈去国外了，她一直没问他去的是哪国，身边的人也不敢在她面前再提起他，好像他出国了之后，他就从她的世界里消失了。

"沈小姐？"那姐姐见沈言宁没吭声，又问了一句。

沈言宁回过神，摇摇头："想看看国外有多好吧……"

那姐姐说："能有多好？反正都没我们国内好。"

去Y国的团一共九天的时间，一路上都有导游带着，下了飞机有旅行社的大巴接机。沈言宁上车的时候引起了不少人的注意，一是她过于瞩目的容貌，二是她是独自一人来的。

沈言宁没在意这些目光，找了个后排靠窗的位子独自坐着。

没坐多久，她感觉到身边坐了个人，她本没在意，只是随意扫了一眼，却愣住了："罗宇歌？"

罗宇歌勾了勾嘴角，垂着眼皮看着她："给你的零花钱收到了没？"

"……"沈言宁这才想起之前去罗家在车上跟他说的话，那都是多久前的事了。

沈言宁拿出手机，翻了银行的信息，果然有条信息是银行卡收款一百万元。

"你真转了？我只是随便说说的。"

"我的人生里只有我对别人随便说说，没有别人对我随便说说。"

沈言宁看着眼前有些"中二"的少年，笑了笑："你给我个账号，我把钱还你吧。"

"说好给你当零花钱，哪有还给我的道理？"

"你不给？"

"不给。"

"哦。"

沈言宁没再问，又转头看向窗外。

罗宇歌有点郁闷。顾牧呈走之后，他一直在默默关注沈言宁的情况，知道她一个人报了个情侣团来Y国，他也报了最后一个名额。

旅行社的人还以为他是沈言宁的男朋友，想偷偷给她个惊喜。

罗宇歌觉得这些人脑洞真大，不过这个脑洞他还挺喜欢。

一路无话，整个行程，罗宇歌除了坐在沈言宁的身边，也没有主动找她说过话，或者用另一个表达——没有打扰到她。

只是在看景点游玩的时候，总会在沈言宁身后不远处装作不经意地跟着她，像个尽责的小保镖，怕她想不开似的。

这让沈言宁感到好笑，但也感谢罗宇歌的没有打扰，她来这一趟，本就不想多说话。

回国的前一天晚上，导游例行带他们去商场购物，沈言宁对购物没兴趣，窝在车上听歌。

沈言宁听歌用的软件挺多文艺小青年，每次听歌的时候都喜欢翻评论。那天，她看见了一条评论：“《人间失格》里有这样一句话，仅一夜之间，我的心判若两人。他自人山人海中来，原来只为给我一场空欢喜，你来时携风带雨，我无处可避，你走时乱了四季，我久病难医。”

沈言宁看着看着发起了呆。

直到身边传来一抹懒洋洋的声音：“这种没脑子的话你也看得进去？”

沈言宁侧眼看罗宇歌：“你不是在睡觉？”

罗宇歌冷哼一声，换了一个姿势继续闭眼睡觉。

沈言宁看了罗宇歌一会儿，忽然起身往外面走。

她去购物商场买了个东西，往回走的时候竟然在偌大的商场里迷路了。

她走了几圈后没找到出口，很烦躁，这段时间她的心情总容易焦虑。

她想起有一次在清泉市迷路了，打电话给顾牧呈，电话里他安慰她：“在原地等，我马上就到。”

后来，顾牧呈很快就到了，回去的路上对她说：“以后迷路了就给我打电话，你只要在原地等，我过来接你。”

这一刻，沈言宁又迷路了。

只是，再也不会有人领她回去了。

“喂，你没事吧？”

头顶忽然传来一个熟悉的声音，沈言宁没有抬头。她在原地平息了心情之后，才起身，将刚买的袋子递给他。

“给我的？”罗宇歌挺诧异的。

“嗯。”沈言宁应了一声。

罗宇歌从手提袋里拿出一个盒子，罗家小少爷一看这盒子就知道里面是个什么玩意：“手表？”

还是刚好价值百万的手表。

沈言宁的做法一目了然，既然罗宇歌不愿意把账号给她，她就给她一个同等价值的物品。

罗宇歌又气又好笑，最后还是将那块手表戴在手上，朝她晃了晃：“好看吗？”

沈言宁没说话。

罗宇歌说：“走吧，宇歌哥哥带你回去。”

罗宇歌本是随意这样一说的，可沈言宁疯狂一怔，不可思议地看着他。待回过神来，才发现眼前的他不是“他”，却因为他的话鼻头又酸了起来。

罗宇歌走了两步见沈言宁没动，问：“怎么了？”

“没事。”沈言宁收起心思，跟着罗宇歌往外面走，“你是罗雨诗的弟弟吧？干吗叫自己哥哥？”

“我是她弟弟又不是你弟弟。”

“反正都是弟弟。”

“你才都是弟弟！”

2

两人刚走到外面，沈言宁因为跟罗宇歌斗嘴没看路，不小心撞到了一个大汉身上。她愣了一会儿，忙道歉。

对方眼睛红红的，浑身都是酒味，看沈言宁的眼神好像要把她给吃了。

沈言宁心觉不妙。

一个小时后，沈言宁跟罗宇歌坐在Y国的警察局。

“你就不能忍一忍，非要跟他打……”沈言宁有点郁闷，“人家不就是动了动嘴……”

“那叫动嘴？”罗宇歌不可思议地说，“我可是因为他们调戏你，我才出手的！你这人怎么这么不识好歹呢？”

沈言宁深呼吸了一口气：“我知道你是为了我，但这不是在国外嘛，多一事不如少一事，我们明天就得回国了。”

“国外又怎么了？在火星我照样揍！”罗宇歌说，“你别管了，反正我叫人来保释我们了，一会儿就到了。”

沈言宁想起刚刚在商场回大巴的路上，撞到的两个醉酒汉，那醉酒汉见她长得不错，上前说了一些不好听的话。她虽觉得不适，但不想在这里惹事，正要走，谁知罗宇歌二话没说一个拳头就揍了上去。

结果就是，他们被请来警察局做客。

正在沈言宁发呆的时候，外面的警察走了过来，说了一连串英文，大意是来保释他们的人来了，他们可以走了。

罗宇歌起身伸了个懒腰："其实在这里比在大巴上舒服多了，至少空间大。"

看着罗宇歌欠揍的背影，沈言宁在心里翻了个白眼，想说"那你就一辈子待在这里别走了吧"。

不过沈言宁没说出口，懒得跟中二少爷计较。

跟着"中二少爷"走出去的时候，恍惚间听见罗宇歌说了一声："顾牧呈，没想到你躲我爸逃到Y国，还是有那么点用的。"

沈言宁倏地抬头，就见站在警察局大厅的顾牧呈。光影中，他的面容深刻，剑眉星目，像山中孤立的青松，傲然挺拔。

只是相比之前……清瘦了一些。

顾牧呈的目光越过罗宇歌，落在她的身上。

说实话，沈言宁没想到会这么快跟顾牧呈见面，也没想到他远去的那个国家恰巧就是Y国。

这不长不短的时间里，她每天都在想他，却要忍住不联系他。

因为不想自己再那么卑微，即使透骨的思念每天折磨着她，她也要用绝对的清醒和理智去压制心里的爱和难过。

甚至有时候在梦里梦见顾牧呈，都恨不得这个梦能一直做下去，不要醒过来。

就像此刻看见顾牧呈，沈言宁觉得像做梦一样。

该说点什么……

一声"好久不见"还是说"最近过得好吗"……

沈言宁的脑子里纷乱不已，最后还是什么都没说。

她心里还是过不去那一道坎，因为顾牧呈那么轻易就放弃了她。

3

顾牧呈接到沈言宁和罗宇歌时，两人还没吃晚饭。他带他们去了一家中餐厅，餐厅的老板是位 Z 国人。

虽然味道不及国内，但比平时只能吃培根、面包、蘑菇之类的西餐好多了。

曾韬和江南已经定了一个包厢。

从警察局出来之后，他们去了停车场，到了顾牧呈的车旁边。也不知道是有意还是无意，罗宇歌一个人包了后排的位子，说累了，想在车上躺会儿，让沈言宁坐到别的地方。

沈言宁正想把罗宇歌从后座拽出来，就见顾牧呈已经打开副驾驶座的门对她说："上车吧。"

沈言宁瞪了罗宇歌一眼，后者毫无反应。

一路无话。

从下车去餐厅的路上，罗宇歌也不知又抽什么风，走得特别快，将顾牧呈和沈言宁丢在身后。

沈言宁也不想等着停车的顾牧呈，觉得很尴尬，正要跟着罗宇歌走的时候，顾牧呈在身后喊住了她："言言。"

沈言宁不得不停住脚步。她告诉自己，正常面对顾牧呈就行了，没什么好尴尬的。

"怎么了？"

顾牧呈走过来，跟沈言宁并肩而行："明天就走了？"

"嗯。"沈言宁应了一声。

"要不要多待几天？"

沈言宁看了顾牧呈一眼："待在这里干吗？著名景点我都看过了。"

"嗯。"顾牧呈顿了片刻说，"我可以带你去看没看过的。"

顾牧呈说这话自然得好像他们从来没分开。

一瞬间，沈言宁也有一种恍若隔世的错觉。

她有多久没听见顾牧呈说话了？分开之后，他的手机号码也没用了，微信也没见他更新过。她没敢在微信上跟他说话，害怕说了一句话之后，那边显示的是——×××开启了好友验证，你还不是他（她）朋友。请先发送朋友验证请求，对方验证通过后，才能聊天。

刚开始分开的那段时间，沈言宁总觉得只是一场噩梦，梦醒了，顾牧呈依然会每天中午给她发信息，喊她一起吃饭，说好要养她一辈子的，怎么还有中途就放弃的？

可一天天过去，沈言宁都没能等到顾牧呈的信息，有时候等他的消息等到不小心睡着了，连做梦都梦到他在给她发信息，但当她从梦中惊醒去翻手机，会发现什么都没有……

沈言宁闭了闭眼睛，将情绪压下去，摇了摇头说：“不了，这里待几天就够了，旅行社的人说得没错，这里再好都没国内好。”

她不知道顾牧呈想留她在Y国玩几天是纯粹地玩，还是其他什么，她也不想再去奢望其他。

时至今日，她还是和往日一样爱他，这话说出来其实也没什么，只是顾牧呈身上有厚重的枷锁，他挣脱不出来，也不让她去救。她只能告诉自己，算了，别为难他了。

4

罗宇歌进去的时候，看见曾韬和江南正在那里等着，冷哼了一声，曾韬和江南全当没听见。

沈言宁走进来后，曾韬和江南立刻站了起来，朝她打招呼：“弟媳……呃，妹妹好！”

沈言宁也跟他们打了声招呼，看了一眼包厢的位置，在罗宇歌身边坐下：“你是饿死鬼投胎吗？走那么快？”

罗宇歌横了沈言宁一眼：“你干吗跟我坐一块儿？我不想跟你坐一起！”

说完，罗宇歌起身找了个离沈言宁特别远的地方坐着。

沈言宁：“……”

这一路两人坐了好几天的大巴，车上空位那么多，他非得坐她旁边的时候，怎么没见他说什么“我不想跟你坐一起”？

餐厅上菜的速度很快，人来齐了之后，所有的菜一次性被端了上来。

曾韬说：“妹妹，这些都是按照你的喜好点的，你尝尝！”

他是怎么知道她的喜好的……大家心知肚明。

沈言宁说了声“谢谢”后，沉默地吃着。

虽然桌子上都是她以前喜欢吃的，可她一点食欲都没有。

她不想让别人发现，所以大部分都是在吃白米饭。

“这红烧肉不错啊……”罗宇歌夹了一大块肉在自己碗里，“可比跟那破团吃的团餐好吃多了。”

江南瞥了罗宇歌一眼：“没想到养尊处优的罗小少爷来一趟Y国也会跟团啊？”

江南跟罗宇歌说话向来不客气，他本身也是江家小少爷，在家里被管得严，在外面基本上跟罗宇歌一个性子，无法无天。

罗宇歌说：“你懂什么？本少爷这是微服私访，来民间受苦的。”

“是吗？”江南说，“你这手表不错啊，微服私访来民间受苦还戴着百万的手表？”说完伸手要摸他的手表。

罗宇歌条件反射地收回手，没让他碰着。

江南“啧”了一声：“这么宝贵？还碰不得了？”

罗宇歌愣了一下，往沈言宁那里看了一眼，见她没什么反应，才顶话回去：“还就是碰不得了！羡慕？你也买一块啊！”

江南“嘁”了一声：“谁稀罕！”

沈言宁没在意他们说什么，她在想要怎么把碗里的米饭吃完，正想着的时候，一双干净的筷子夹了一块红烧肉放在她的盘子里。她抬头，见顾牧呈正看着自己，墨色双眸如星辰清澈明亮：“尝尝。”

说完，将那双筷子放在了盘子里，那是一双公用筷子。

沈言宁低头，用筷子夹起红烧肉咬了一口。

红烧肉软而不腻，肉香扑鼻，沈言宁想要把它吃下的，但刚咬下一口勉强吞下去，一股恶心感就冲上心头。她倏地起身，跑到包厢里的洗手间，昏天暗地地吐起来。

在Y国的这段时间，沈言宁每天吃得都不多，旅行社安排中餐的时候，她基本上都喝粥，如果是西餐，她基本上就选择牛奶和全麦面包，味道太重的东西只要入嘴都会让她觉得很恶心。

沈言宁趴在马桶上，感觉要把五脏六腑都吐出来了，那股恶心的感觉才过去。

她捂着胃难受地在地上蹲了一会儿，随即一张纸巾递了过来，入眼是一双修长的腿，她不用抬头都知道是谁。

她接过纸巾擦了擦嘴巴，再到洗漱台上用冷水把脸冲了冲，抽了新的纸巾将脸擦干净。

顾牧呈就站在沈言宁身后沉默地看着。

沈言宁擦干脸之后，将纸丢进了废纸篓里，没看他："你要用洗手间吗？我先出去。"

沈言宁说完，抬腿往外面走。

顾牧呈却倏地将她扯了过来，压在墙边。

他的眉头紧蹙。他不开心的时候眉宇总显得很锋利，目光冷凛让人不敢直视，他问："怎么回事？"

"什么？"沈言宁装作没听懂。

"你刚刚……身体不舒服？"

沈言宁摇摇头："就是厌食症。"

"多长时间了？"

沈言宁歪了歪头："你真的要问吗？"

顾牧呈沉默地看着她。

"大概就是……从你跟我说不要找你的那天。"这句话说出来，沈言宁竟然有一种很痛快的感觉。

好像看着顾牧呈脸上的震惊与心疼，她就能得到报复的快感。可是这种快感来得快，去得也快，过去之后又是一阵莫名的空虚。

沈言宁觉得一点意思都没有。

她这话说完后，谁都没再开口。

不大的空间里，格外安静，最后还是沈言宁受不了了，先开口："我们在这是不是待的时间太长了？"

"时间太长怎么了？"

"让他们误会了不好吧……"沈言宁说，"毕竟我们分手了，不是吗？"

沈言宁不记得那天是怎么离开中餐厅的，只记得顾牧呈的脸色很不好看。

但他没再拦住她。

她还记得当她说自己从什么时候开始得了厌食症时，他眼中划过的惊讶与心疼。

心疼吗？沈言宁想，再怎么心疼也比不上他离开她的那天更疼。

第二天，沈言宁准时上了回国的飞机。

来时，她身边坐的是陌生人，去时，罗宇歌坐在她身边，一上来就抱怨：“啧，这么窄的位子怎么能坚持坐十二个小时？”

沈言宁没理他。

罗宇歌说：“你叫我一声宇歌哥哥，我帮你换头等舱怎么样？”

沈言宁：“弟弟。”

罗宇歌“嗤”了一声：“说真的，我还以为你会留在这里跟顾牧呈待几天，没想到你会准时跟团走。”

“我还以为罗家小少爷是个高冷的人，没想到这么八卦？”

罗宇歌愣了一下，然后翻了个白眼，将毯子往头上一盖，决定睡觉。

到达清泉机场已经是十二小时之后了。

从飞机降落到走出机场，沈言宁都听见罗宇歌的抱怨声：“什么破飞机？坐得本少爷腰酸背痛！”

这货去Y国什么行李都没带，所有换洗的衣服都是现买的。

沈言宁在等行李的时候，罗宇歌空手站在一边。

她问：“你没行李在这里等什么？”

罗宇歌说：“看在我们同路的分上，我送你回学校。”

沈言宁摇了摇手机：“不用了，我已经约车了。”

“那我送你上车。”

沈言宁懒得说什么，就随他去了。

拿好行李之后，罗宇歌送沈言宁到了预约车的位置，亲自送她上车之后才离开。

沈言宁站在车边，看着罗宇歌的背影，说了声：“谢谢。”

罗小少爷十分潇洒地背对着她挥了挥手。

直到等沈言宁上车，车开走了之后，他才回头，两手插在兜里，不知是头顶的太阳光刺眼还是什么，一双桃花眼眯了眯，自嘲了一句：

“罗宇歌，不是说去Y国是追人家的吗？怎么就变成撮合她跟顾牧呈了？”

罗宇歌在原地站了一会儿才往回走，罗家司机早已经等着了，见他过来，忙打开了车门。

罗宇歌坐进车内。

车子发动，他看着倒退的机场，想着大概是因为看不得沈言宁整天过得跟行尸走肉，再不吃饭就真变成丧尸似的失恋样子吧……

第十六章　嗯，记一辈子

1

半年后。

Y 国凌晨的会议厅，灯火通明，万籁俱静的夜里，这里还在开会。

“我个人觉得如果成立公司，不能只靠卖产品，我们可以针对产品进行升级和延伸，比如说我们成为服务供应商，运营我们自己的产品。”

曾韬指着自己做的 PPT（演示文稿），说：“我把我们之前卖出去的软件做了一个统计，比如说这款视频软件，是我们在一年前买给投资公司的，在一年的时间里，它成为今年 APP（软件）里的一个爆款，投资公司光靠我们卖出的这个软件就获得了一千万元的纯利润，因为他们有自己专门的服务供应商……”

“顾少？顾少？”

顾牧呈回过神来，看见曾韬和江南两人的视线同时在自己身上，还有坐在会议厅里的秦风。

“牧呈啊，你是不是累了？”秦风开口说。

顾牧呈没回答，只说：“我觉得曾韬这个提议很好。秦总，你怎么看？”

“我没什么看法，全靠你们运营。”秦风笑笑，“这些日子以来你也知道，我就是看看你们怎么操作，具体的执行和决策自由权都是你们，我只负责提供钱。”

曾韬和江南两人对视一眼，表情满是欢喜，这就代表秦大老板也同意了他们的提议。

秦风看了一眼时间：“时间不早了，大家都早点休息吧！尤其是牧呈，一天二十四小时十八个小时都在办公室，小霜跟我抱怨过很多次，不知道的人，还以为我是个压榨员工的黑心老板。”

秦风说到小霜的时候，曾韬和江南的神色都变了变，担忧地看向顾牧呈的方向。

顾牧呈面上没什么表情，也没回答秦风的话。

秦风离开之后，曾韬和江南才说：“怎么办啊？顾少，秦总这话是什么意思啊？”

小霜全名秦霜，是秦风的女儿。在Y国的这些日子，秦风一直让秦霜作为他们的助理帮助他们做一些工作上和生活上的琐事。

虽然秦风很有钱，但从小对女儿很严厉，秦霜也是个肯吃苦、努力上进的好姑娘。

只是这好姑娘这些日子以来对顾牧呈流露出的好感，大家都看在眼里。

江南震惊地说：“我们好不容易摆脱了一个心心念念、不择手段要把顾少当女婿的罗家，现在又来了个秦总，不会噩梦重演吧？”

曾韬也很担心历史重演，那他们这半年来的努力就白费了。

对于两人流露出的担心，顾牧呈并未回话，只说：“帮我订一张明天回国的机票。”

曾韬和江南对视一眼。

最后曾韬说：“好，我这就去定。”

清泉大学某女生宿舍楼下，一个男生拿着一束粉色的玫瑰花堵在女生宿舍门口，大声说：“沈学姐，我从没上清泉大学就开始留意你了，我是为了你才考清泉大学的，我喜欢你很久了，请你接受我的表白！”

站在沈言宁身旁的程唐和张小舟淡定地看着这一幕，程唐说：“自从言言的摄影名气越来越大，这已经是这个学期的第几个学弟了？”

张小舟比了一个数："二十三个！你觉得这次会成功吗？"

程唐还没说话，就听见沈言宁淡定的声音："对不起，我还没打算谈恋爱。"

虽然被拒绝了，但小学弟仍然没放弃："没关系，学姐，我会努力，总有一天你一定会接受我的！"

小学弟刚放完话，肩膀就被人拍了拍。他抬眼看去，是个长相英俊又满身痞气的男人。

"小弟弟，毛长齐了吗？就学人家追女孩子。"男人扬了扬眉，"哥哥还在这里排队呢，你后边等着去。"

男人整整比小学弟高了一个头，长得又帅又邪气十足，最关键的是他后面停了一辆红色的豪车，一看就不是普通人。

最后小学弟什么都没说，灰溜溜地走了。

"罗少，你怎么来了啊？！"相比较小学弟，程唐和张小舟都很激动。

罗宇歌将手搭在沈言宁的肩膀上："听说你们放寒假准备回家了，我特意过来送你们去车站。"

"哦？是特意送我们的，还是特意来送某人啊？"程唐朝沈言宁挑了挑眉。

沈言宁往旁边闪了一步，将罗宇歌搭在自己肩膀上的手挪开。

程唐叹息了一声："可惜言言不回家，她是下楼送我们的。"

罗宇歌侧过脸，看向沈言宁："你今年在清泉市过年？"

"嗯。"沈言宁说，"初一有个拍摄，比较急，就留在这里了。"

"是吗？我怎么觉得这半年你的拍摄都挺急的？"罗宇歌说得特别直白，程唐和张小舟都明白是什么意思。

自从顾牧呈离开，沈言宁每天都把自己的时间安排得满满的，生怕有一丝时间空闲下来。

大家都知道她是想用忙碌来麻痹自己，虽然心知肚明，但谁都没有拆穿，却不想今天罗宇歌先拆台了。

这半年罗宇歌跟沈言宁走得特别近。他毫不掩饰自己喜欢沈言宁的心思，但也从来没勉强过她，只是经常请她们宿舍的人一起吃饭，或者大家在一起玩。

比起罗雨诗，她们觉得罗宇歌更好相处，对他的印象都非常好，除了沈言宁……

罗宇歌这话说完后，气氛有片刻尴尬，最后还是罗宇歌说："算了，你喜欢忙就忙着吧！"

说完又对程唐和张小舟两人说："我送你们。"

程唐和张小舟立刻兴奋地说："好的，谢谢罗少！"

将行李放进罗宇歌的车后，程唐和张小舟很识相地坐在后座，罗宇歌打开副驾驶座的门，对着沈言宁说："上车吧，小公主。"

沈言宁什么都没说，上了车。

将程唐和张小舟送到高铁站后，回来的路上，罗宇歌忽然说："顾牧呈回来了。"

沈言宁一愣，随即面上恢复了淡漠的模样，只"哦"了一声。

罗宇歌问："想去哪里吃饭？"

"不去了。"沈言宁说，"我还有照片要修，送我回家就行，谢谢。"

罗宇歌什么都没说，直接开车送她回家。

其实沈言宁也不知道怎么就跟罗宇歌成了朋友。那次从Y国回来之后，罗宇歌就频繁地出现在清泉大学里，偶尔出现在她和室友一起吃饭的食堂，偶尔出现在公开教室陪她一起上课。

沈言宁还记得第一次见罗宇歌的印象其实很差，可他毕竟是罗家唯一的小少爷，只要他肯花工夫讨好人是特别容易的一件事。

久而久之，程唐她们都成为罗宇歌的迷妹。

沈言宁并不排斥罗宇歌。不可否认，如果罗宇歌不是敌对的人，他这个人本身还挺好相处的，虽然有时候痞痞的，很欠揍，但更多的时候风趣幽默，时常能调动朋友之间的气氛。

沈言宁觉得和罗宇歌当朋友也不错，比如他从不勉强她做不喜欢做的事，出现在她的周围，也能跟她的朋友打成一片，从没给她带来过麻烦。

就像此刻，沈言宁说想回家，罗宇歌二话不说就送她回家。

沈言宁觉得这种相处的状态也不差，多一个朋友，总比像罗雨诗那样，莫名其妙地成为敌人要好得多。

提起罗雨诗，据罗宇歌说，她因为顾牧呈离开之后生了一场大病，之后据说还听了家里的话，去跟几个与罗家关系甚好的世交后代相处交往过，之后就没什么消息了。

2

沈言宁回到公寓之后，先洗了个澡。

跟沈国辉打电话的时候，沈国辉问："寒假不回来了吗？"

沈言宁找了个理由："是的，爸爸，最近比较忙，假期前的摄影照片还没处理完，马上就要交了。"

也不知道沈国辉有没有发现沈言宁的借口，反正他没拆穿，只叹了口气："那你自己在那边好好照顾自己"

"好。"

沈国辉心知沈言宁这段时间都过得不怎么好，她不想回家，他也没有再强迫她。

挂了电话后，沈言宁躺在床上，"棉棉"跳到了床上。自从知道"棉棉"是顾牧呈送给她的礼物，她回清泉市时，把"棉棉"一起带走了。

沈言宁将脸埋在"棉棉"的肚子上，吸了吸猫后，抱着它说："棉棉，还好有你陪我。"

它"喵"了一声，沈言宁亲了亲它额头上的火焰纹："棉棉真乖，现在我要忙了，你自己去玩会儿吧！"

沈言宁这一忙，就忙到了除夕前。

其间程唐和张小舟打过电话来慰问她，路知知来公寓陪过她，罗宇歌也找她吃过几次饭，有一次，她实在不好意思拒绝就出去了。

整个寒假她都处于忙碌又充实当中。

除夕前一周，那天沈言宁一大早洗漱完后，喝了一碗粥，喂"棉棉"吃完之后，给"棉棉"穿好了新买的小衣服，带着它一起去超市买日常用品。

漂亮的小姐姐带着颜值逆天的布偶猫出现在超市立刻引起了很多

人的注意。

不过可能因为漂亮小姐姐脸上的表情过于寡淡，没有人敢上来搭讪。

超市里放着喜庆的歌曲，到处堆满了年货，沈言宁推着购物车，穿着新衣服的“棉棉”乖乖地坐在购物车里睁着圆溜溜的美瞳好奇地到处看。

沈言宁没有特别想吃的东西，但快过年了，家里肯定要囤点东西才像过年。她买了一点水果，在购物架上又挑了一点摆放好看的零食。

买菜的时候，她实在不知道买什么，就将过去自己想吃的东西一股脑地放进了购物车中，反正只是一种过年的形式，又不一定都要吃完。

结账的时候，收银台的小姐姐看见购物车里蹲坐乖巧的“棉棉”惊呼了一声：“好漂亮的布偶猫啊！我一定是单身太久了，居然连一只猫都想嫁！”

沈言宁在心里笑了笑，想说“棉棉”是个女孩子，可不能娶她。

结完账后，那小姐姐帮着沈言宁一起将东西放进购物袋，整整三大袋，重量还不轻，小姐姐问：“这么多，你一个人拿得动吗？家里远吗？”

沈言宁才发现不知不觉中竟然买了这么多。她说：“不远，××小区，应该能提过去。”

“那不就是超市旁边的小区？要不，我让人帮你提吧？”说完，还没等沈言宁开口，她喊了一个眉清目秀的男生过来，“小徐，过来帮这位小姐姐提下东西吧？”

说完小声地对那男生挤眉弄眼：“珍惜机会啊，这么漂亮的女孩子，可不是什么时候都能遇上的。”

那叫小徐的男孩子腼腆地挠了挠后脑勺，对沈言宁说：“我帮你。”

沈言宁想说不用的，但另一个声音比她更快地帮她拒绝了：“不用了。”

低沉熟悉的声音让她有那么一瞬间以为自己听错了。

“给我吧。”

小徐抬头就看见一个帅到人神共愤、颠倒众生的脸，收银台的小姐姐都看呆了。

男人薄唇星目，轮廓深刻，双眸幽沉如水，神情沉静而冰凉。

他穿着黑色的大衣，双腿笔直，面如冠玉，优雅天成。

沈言宁当时脑子一片空白，一时间竟分不清眼前的一切是梦境还是现实。

这个分开后，每天都不间断出现在她梦里折磨她的男人。

这半年，沈言宁什么都没学会，只学会了什么叫入骨的想念。是她不愿去想，可脑子已经将这样的想念定型，在人来人往的街头，在夜深人静的时候，在任何时候无孔不入地钻进脑子里。

真的很痛苦啊，沈言宁想过很多办法怎么忘记顾牧呈，可都没有用。

到最后她才发现，自己唯一能做的就是“熬”。

现在终于熬到了……他回来了吗？

沈言宁轻声说了句：“你怎么来了？”

像在问他，又像在自言自语。

“开车啊。”顾牧呈望着沈言宁，眼眸幽深明亮。

顾牧呈还像以前一样，喜欢逗沈言宁。

只是小姑娘再也不会仰头神采飞扬地看着他，眼睛里仿佛有晶亮星辰。

对于顾牧呈的回答，沈言宁没什么表情，眼神甚至很空洞。

“这是棉棉吗？”顾牧呈想伸手摸摸“棉棉”，然而他的手还没碰到“棉棉”，“棉棉”就从推车里站起来扒住了他要抱抱。

沈言宁看着没有一点矜持感的小母猫，再看看对小猫都宠到不行的顾牧呈，一时间心又痛了一下。

顾牧呈发现了沈言宁细微的表情，一只手抱着“棉棉”，一只手要去碰她：“怎么了，言言？”

但他的手还没碰到她的肩膀，就被她条件反射般地躲开了。

看着顾牧呈落在半空中的手，沈言宁轻声说了句：“走吧。”

顾牧呈愣了一下，看向沈言宁，她撇过脸。

他温和地“嗯”了一声，将“棉棉”递给她：“你抱着它，我拿东西。”

沈言宁看着三个大袋子是想要帮忙的，但她迟疑了片刻，最后还是没动手，只是抱着“棉棉”走了。

一直等他们走后，收银员小姐姐才扯着小徐低声尖叫：“天啊，那男的也太帅了吧？！”

小徐抱怨：“你看人家都有男朋友了！你喊我来凑什么热闹？！”

“我怎么知道啊？她刚刚就是只带了一只小猫过来啊。”说完，又重复了起来，“不过她男朋友也长得太好看了吧！”

3

没有在意身后超市两人的惊呼声，沈言宁沉默地抱着“棉棉”走着。

一直到家门口，开了门，她把“棉棉”先放进家，才没忍住站在门口等顾牧呈，想帮他提东西。

顾牧呈在电梯口接了个电话所以走得相对慢一点，沈言宁站在门口看着他在走廊接电话，三个袋子暂时放在他的腿边。

自从那天听罗宇歌说他回来了，沈言宁以为自己可以很淡定，可总是忍不住想起他。

想他不是应该待在Y国吗？这么忙还回来做什么？

沈言宁觉得自己对顾牧呈应该满满都是气，可看见他本人时，看见他站在走廊上轮廓清晰的挺拔侧影，她的眼睛竟然不舍得从他身上移开。

沈言宁闭了闭眼睛，觉得自己大概是疯了。

接完电话的顾牧呈拿起地上的袋子往这边走来，走到门口见沈言宁站在门口没动，眉梢动了动，问：“怎么了？”

沈言宁没回答，将顾牧呈手上的一个袋子拎了过来，径自走进去。

将东西放下之后，沈言宁回了客厅，才感觉到了屋子里只有他们两人的气氛安静又奇怪。

她没忍住说：“谢谢你今天帮我，没什么事的话你可以走了。”

小姑娘直接赶人的语气一点都不含糊。

顾牧呈没多说什么，只迁就着她：“我明天再过来看你。”

沈言宁想说不用，但最终没说出口。

关上门后，她看着空荡荡的房间，仿佛还残留着顾牧呈的气息，她又一瞬间觉得自己的心连带着跟他一起走了，空了下来。

沈言宁闭了闭眼睛，努力让心口那种无法言表的痛苦渐渐缓和。

接下来的日子里，顾牧呈如他说的那般，每天早上会给沈言宁送早餐、午餐和晚餐，但每次她都假装不在家。

顾牧呈心知肚明，也没拆穿，他不想勉强她，将餐食放在保安处。

沈言宁去拿的时候，不管多晚，那餐食都是保温的。顾牧呈每天都换着花样给她做吃的，都是他亲手做的。

沈言宁看着那些便当盒，虽然她一直在逃避它的主人，但看见顾牧呈亲手用心做的这些东西，怎么都不忍心丢掉。

她尝了一口后，本以为会像以前那样一入嘴就有恶心想吐的感觉，可这一次竟然丝毫恶心之感都没有，反而越吃越想吃。那熟悉的味道，让她的眼眶立刻红了起来。

那一刻，她的心就像海绵蓄满了水，一碰就会溢出来。

沈言宁这一躲就躲到了除夕那天。

那天早上，她一如既往地躲避了顾牧呈的敲门，下楼去保安处拿餐盒上楼的时候，刚好有两个邻居在一边等电梯，一边聊天："今晚就是除夕了，也不知道物业的小张怎么过。"

"还能怎么过啊？他家里双亲不在了之后，他都是一个人。去年大除夕，我还看见他一个人在保安室吃方面便，我没忍心，就给他送了几个菜过去。"

沈言宁出了电梯之后，回到家里，打开便当，心不在焉地吃完了之后，终于做出了一个决定。

晚上顾牧呈照例敲了一下门之后，正准备离开，房门忽然被打开了。

小姑娘站在门口，看了顾牧呈一眼，飞快地说了句："进来吧。"

屋子里的暖气很足，顾牧呈将外套脱下，里面穿着一件灰色针织衫，特别简单的款式，没有任何装饰，可即便这样也能凸显出非凡的气质。

这天是除夕，沈言宁最终没忍心让顾牧呈又孤独地一人跨年，尤其是在电梯里听见邻居说的那些话，她脑海里就不自觉地浮现顾牧呈的身影。

可是真的要面对顾牧呈，她又不知道该怎么与他相处，连在开门前匆匆看一眼，她都觉得很无措。

就在沈言宁内心纠结的时候，顾牧呈主动开口：“言言，我们谈谈。”

沈言宁站在原地没动。

顾牧呈走过去，将沈言宁侧着的身子掰过来正对着他：“还在生我的气吗？”

生气吗？内心肯定有的，但更多的是无奈。她觉得自己很没用，想要尽力把家里的事情处理好，却让徐妍的病情更加严重，想要把顾牧呈抓紧，他却越走越远。

还说要帮顾牧呈分担压力，她什么都没做到。

沈言宁闭了闭眼睛，那股熟悉的痛又袭上心头，像有人用无数块锋利尖锐的玻璃深深地往她的心脏上插。

可即使没做到，沈言宁也没放弃。她最难过的，不是家人的强迫，是他先放弃了她。

“我知道，现在说什么都不能抹掉之前给你带来的伤害。”顾牧呈说，“这些年因为罗家，工作上的事一直有阻碍，曾韬在那之前跟我说过Y国有个投资人可以帮我们，但要我们带着团队去Y国考察一年，我拒绝了，不想让你异地等这么久。我总觉得即使没有人帮忙，我也能走到最后，只是时间的问题。”

沈言宁没吭声。

顾牧呈接着说：“后来发生那一系列事，我发现，我可以用一年两年甚至更多年的时间去完成我想要做的事，可是我身边的人等不了这么久。我不想让你再受伤，所以我选择去Y国。

“是我太自私，想要时间冷静地去处理一些事，所以暂时放弃了你……”

一听到“放弃”二字，沈言宁心里就如被针扎般疼了一下。

沈言宁说：“你不是自私，你就是觉得我没有能跟你共同进退的资格，只要遇事，就把我藏在背后。你把所有的责任和压力都扛在自己肩上，你觉得你身边所有人都需要你保护。如果你觉得你做不到了，你就开始‘放弃’。”

沈言宁觉得如果在战火年代，顾牧呈一定是那个把她藏在家里，自己一个人面对硝烟战场的人。如果他能活着回来，他们就能幸福过完余生，如果他不能活着回来，她就一个人好好活着。

“你从来没想过你想要保护的人里，有没有人是真的一直需要你的保护，也有人会想要跟你一起分担责任和压力。喜欢一个人不是只能跟他共富贵，也能风雨同舟。你这样只会让我觉得自己很没用……”

说到这里，沈言宁已经泪流满面，声音哽咽，说不下去了。

“对不起。”顾牧呈的长臂揽过沈言宁，紧紧地将她搂在怀里。

“谁要你的对不起！”沈言宁强忍住没有抱住这个自说“放弃”后，她每晚都梦见的男人；这个她每天不得不用学习和工作把自己的时间填满，否则就会不停思念的男人。她无数次问自己，为什么他那么狠心，她却不能像他那样洒脱地想放弃就放弃。

“言言……”

“不要叫我的名字！”沈言宁猛地要推开他。

顾牧呈没让，双臂揽着她的肩膀。她一气之下，歪头狠狠地咬在他的手腕上。

顾牧呈没动，任由沈言宁咬着。

沈言宁咬着咬着哭得更凶了，好像被咬疼的是她。

她松了口，一把将顾牧呈推开就要走。

顾牧呈扯过沈言宁将她紧紧地抱在怀中：“言言，我错了……”

沈言宁紧紧拽着顾牧呈的衣摆，抽噎着。顾牧呈伸手在她背上轻拍，帮她顺气。

不知道哭了多久，沈言宁才停了下来。她靠在顾牧呈的怀里，一点也不想起来。

沈言宁比谁都清楚，她有多想他，她有多爱他。

在超市见到顾牧呈，她的第一反应竟然是惊喜，他回来了吗？她终于，又等到他了吗……

她才知道，她根本放不下他。

但她也累了，一直以来都是她追着他跑，像一只精力旺盛、永远不知道疲惫是什么的小猫，而此刻她真的累了。

她想要的只是能和喜欢的人过平凡的幸福生活，可怎么就这么难呢……

“你知不知道，你只是短暂地离开了我一下，就要了我半条命。”说这句话的时候，好像花了沈言宁这小半辈子所有的力气。

顾牧呈的心蓦地像被挖了一道口子。

他倏地拥紧沈言宁，低头在她耳边一遍一遍地说：“我错了，对不起……”

那是沈言宁从未见过的顾牧呈，慌乱无措，像个小孩。

她印象里的顾牧呈永远是那么温雅，有一点雅痞、有一点喜怒不形于色的冷漠，好像什么事情都不放在心上，什么人都不会让他上心。

而此时她感觉到一滴冰凉的水落在她的颈项间，她的身体一僵。

他哭了。

4

年夜饭是顾牧呈做的，沈言宁什么忙都没帮。她在沙发上抱着“棉棉”看着他在厨房里忙碌的身影，本以为只有一个人的除夕，没想到他会回来陪她一起过。

闻着厨房里传来的饭菜香，沈言宁难得没有反胃想吐的感觉。

年夜饭，顾牧呈不但给沈言宁做了一桌子好吃的，还给“棉棉”做了美味的猫粮。

顾牧呈刚拿着猫粮碗走出厨房，“棉棉”就迫不及待从沈言宁的腿上跳下去，两只爪子扒上他的大腿喵喵叫。

他将猫碗放在地上，“棉棉”就着碗大口大口地吃了起来。

沈言宁窝在沙发里看着，可能是不是刚才哭累了，所以此刻一点也不想动。

顾牧呈走过来，半蹲在沈言宁身边，温声问：“过来吃饭？”

沈言宁“嗯”了一声，这才从沙发里起身。

虽然只有两个人，但桌子上都是沈言宁喜欢吃的东西……

说实话，沈言宁胃里蠢蠢欲动，那股劲就像饿了三天没吃饭。

沈言宁坐在椅子，顾牧呈拿了红酒和饮料问她："想喝什么？"

她看见红酒就想起之前为了"送自己"喝红酒壮胆，说："我喝果汁。"

顾牧呈帮她倒了一杯果汁。

沈言宁喝了一口后，拿起筷子，夹了一块红烧肉。

那红烧肉色泽鲜嫩，香气逼人，光看就很好吃。沈言宁看了一会儿，才把它放进嘴里，依旧是熟悉的味道，很好吃。

她忍不住又夹了一块塞进嘴里。

这一顿大概是沈言宁长达半年以来吃得最多的一次，好像一次性要将这半年没吃的东西都补回来。

"言言。"顾牧呈喊了沈言宁一声。

沈言宁嘴里刚塞进一块肉，不明所以地看着顾牧呈。

"慢点吃，言言。"顾牧呈用纸巾帮沈言宁把嘴角的残渍擦干净，"我查过，你的厌食症属于情绪性厌食症，之前一直没吃什么东西，现在一次性吃这么多，对胃不好。以后我会留在这里帮你调理好这种状态，好吗？"

顾牧呈是学医的，知道这些也不奇怪。

沈言宁咬着嘴里的肉，半天才说："你不回去了吗？"

"暂时先不回去。"

"哦，你不是说那边要考察一年吗？"沈言宁说，"如果你忙你就先回去吧……"

"言言……"顾牧呈知道当时是他先说放弃的，此刻忽然回来，想回到过去是很不现实的一件事，伤害已经形成了，他要做的就是用余下所有的时间去补偿她。

"反正已经等了半年了，也不怕再等半年，至少比前功尽弃好一点。"最后沈言宁吃着碗里的肉慢吞吞地说。

顾牧呈看着沈言宁，没说话。

沈言宁感觉到顾牧呈的沉默，偏头看他，问："怎么了？"

顾牧呈没说话，俯身在沈言宁的额头上吻了一下："言言，谢谢你。"

在外人看来，顾牧呈和沈言宁之间的相处，一直是顾牧呈宠着沈言宁比较多，可最后顾牧呈发现，小姑娘比他小了一岁，却一直在这段关系中隐忍、退让，甚至迁就、妥协，其实被偏宠的比较多的人是他。

沈言宁又吃了一块肉，说："你不用谢我，我这人是很记仇的，你伤我一次，我记你一辈子。"

"嗯，记一辈子。"顾牧呈看着沈言宁鼓着腮帮子吃肉的模样，心底松松软软的，比起在Y国看见她一直吐的模样，现在的小姑娘总算能吃一点东西了。

只是之前好不容易帮小姑娘养回的肉在这半年的时间都掉成负数了，不过没关系，以后多的是时间慢慢养。

除夕夜这天，家里都有习俗，要洗个舒服的澡，第二天穿新衣服用焕然一新的面貌迎接新的一年。

沈言宁打算先给"棉棉"洗个澡，顾牧呈听了，便要帮忙。

"棉棉"洗澡特别乖，只要把它搁在它的专属洗澡盆里，它就会安安静静地任人搓揉。

有顾牧呈在，沈言宁变成打下手的那个，偶尔帮忙递个沐浴露什么的，大部分时间都是在澡盆旁边看着。

"棉棉"特别喜欢顾牧呈，虽然"棉棉"性格好，对谁都友好，但沈言宁一直觉得那是因为"棉棉"把其他人当成是它的仆人。只有顾牧呈，"棉棉"会主动舔他，会朝他喵喵叫，让他陪它玩，看起来像个跟男朋友撒娇的小公主。

沈言宁看着舒服地蹲在泡澡盆里被顾牧呈伺候的小主子，忽然问："棉棉明明是你送我的礼物，为什么你一直不说？"

顾牧呈抬眸看着沈言宁："你都知道了？"

"嗯。"

顾牧呈说："那时候我已经要离开沈家了，所以觉得说不说都无所谓……"

"所以你那时候觉得你一走了之，甚至不用跟我打一声招呼，也是因为无所谓，对吗？"

"言言……"顾牧呈的声音里有一丝无奈。

沈言宁知道自己说话很冲，也很没理。

这事说起来真不能怪顾牧呈，那时他还是个高一的学生，是沈国辉说要给他一个家，可没多久就要把他强制送走。

在这一段关系里真正受伤的人其实是顾牧呈。

沈言宁摸着“棉棉”的毛问：“那个时候我对于你来讲是不是可有可无？”

“不是……”顾牧呈说，“我一直把你当妹妹。”

“只是这样吗？”沈言宁看着顾牧呈的眼睛，想要从里面看出一丝不一样的东西。

但顾牧呈的双眼很坦然。他说：“嗯。”

随即又解释：“那时候你才那么点大……”

“谁那么点大了？”沈言宁不服气地说，“我也就比你小一岁！是我哪里差了吗？你对我一点想法都没有。”

顾牧呈失笑：“你不差，但是那时候你还小，我不是……对着那么小的你都能有想法。”

沈言宁猜顾牧呈没说出来的那两个字应该是“禽兽”，可她想着他如果是禽兽就好了，她就不会难过了那么多年，可是啊，世界上哪有这么好看的禽兽。

顾牧呈见沈言宁没说话，问：“言言，生气了？”

沈言宁看着顾牧呈：“这样吧，那我问你，再给你一次机会，你会不会喜欢上那时候的我？”

虽然这个问题很不现实，也不可能实现，但顾牧呈说：“会。如果再给我一次机会，我会先喜欢上你。”

“哼！”小姑娘傲娇地哼了一声，嘴角却忍不住上扬。

顾牧呈其实不擅长说情话，但如果对象是小姑娘，她喜欢听，他就说。

帮“棉棉”洗完澡放在烘干机里烘干毛之后，沈言宁说：“我也得洗个澡。”

顾牧呈说：“去吧。”

沈言宁想洗澡是因为有点困了，不知道是不是吃得有点多。

沈言宁在浴室里洗了个热乎乎的澡，洗完之后才想起自己好像没拿睡衣。

睡衣在卧室的衣柜里，沈言宁想着要不要光着冲出去拿了睡衣就跑进来，或者冲出去之后马上关上卧室的门再穿衣服……

但无论什么方法，衣柜正对着客厅，如果顾牧呈在客厅，无论哪种方法都能看见没穿衣服的她。

就在她纠结地打开洗澡间的门时，却看见浴室外边的凳子上放着干净的、叠得整齐的睡衣。

是顾牧呈帮她准备的。

很多年后想起这个时候，路知知问沈言宁："为什么那时候那么轻易就原谅了他？"

沈言宁说不清那是什么感觉，只知道，只有顾牧呈在身边，她才会快乐。

而往后的岁月，路知知觉得自己错了，是顾牧呈对沈言宁太过宠溺了，只要是沈言宁想要的，他什么都给她。

"这不行呀，顾学长，你这样会把言言宠坏的！"

沈言宁还记得那时候顾牧呈回答路知知的是："失而复得，怎么宠都不为过。"

第十七章　我就想去见你，等一秒都不行

1

沈言宁穿好衣服出去的时候，顾牧呈正在客厅的地毯上跟“棉棉”玩，面前开着电脑，曾韬和江南的脸在屏幕上。

“顾少，这是妹妹养的猫？长得也太漂亮了吧……喵喵喵？”

两人隔着屏幕逗着“棉棉”，但“棉棉”一点反应都没有，一直黏着顾牧呈。

“顾少，棉棉怎么不理我们啊？”江南也凑了过来，“喵喵？喵喵？”

沈言宁走过来的时候看见的就是两个大男人不停在屏幕上喵喵叫的画面。

曾韬先看见了沈言宁，打了声招呼：“妹妹，你好呀！”

“啊！妹妹好！”江南也随之打招呼，“韬子，你刚刚不是说还有个地方不明白吗？来，我给你讲讲！”

“我刚问顾少了啊，你跟我讲什么讲？听你讲还不如我自己领悟！”

“你这看不起谁呢？！你来！你给我过来！”

屏幕上的视频被挂断了。

顾牧呈朝沈言宁伸了伸手，沈言宁顺势在他旁边坐下：“我打扰到你们开会了吗？”

“没……”小姑娘刚洗完澡，身上香软香软的，让顾牧呈忍不住抱住她，将脸埋在她的颈项间，“已经开完了。”

"嗯。"沈言宁靠在顾牧呈怀里，手上抱着暖暖的"棉棉"，更想睡了。

沈言宁感觉到顾牧呈亲吻着自己的脖子，偏了偏头，娇哼了一声："痒……"

顾牧呈慢慢地停了下来，看着她额头和脖子那片地方，问："疼吗？"

沈言宁知道他问的是当时被罗森的人绑架后弄伤的地方，想了想说："不疼啊，早就不疼了。"

顾牧呈没说话，只是轻轻地吻着那一块地方，原本沈言宁困顿的精神又被他给吻醒了。

电视里放着春节联欢晚会，十二点倒计时到点的时候，吻着她的男人轻声对她说："言言，新年快乐。"

沈言宁才发现原来已经十二点了，难怪她这么困。

"新年快乐。"沈言宁回了一句，听着电视里热热闹闹的声音，她心想——还好你回来了，陪在我身边，这个年过得才那么不孤单。

顾牧呈和她腻了一会儿，才开口："言言，有件事跟你说。"

沈言宁抬头，只见顾牧呈端着沉静的一张脸，好像方才意乱情迷的人不是他。

这也是她特别佩服顾牧呈的一点，他强大的自制力，能自由掌控自己的情绪，不被任何事情牵制。

沈言宁问："什么事啊？"

顾牧呈说："刚刚曾韬说秦风，也就是我们在Y国的投资人已经通过了他的考察，所以我暂时不用回Y国了。"

沈言宁眨了眨眼睛，半天才明白顾牧呈话里的意思："就是说原本要用一年的时间，你半年就通过了？"

"嗯。"

沈言宁心里还挺开心的。她一直知道他很优秀，没想到优秀到这种程度，一年的考察期，半年就被他搞定了。

她当然也能想到在这背后他该有多辛苦。

程唐和张小舟总说她瘦了很多，其实顾牧呈也清瘦了不少。

上次在Y国，沈言宁就发现了，她知道，这段时间顾牧呈过得也不好。

没有谁想用分手的方式解决这一切，沈言宁心里明白他的无奈，但只是心里有气，气不过现实太残酷，气自己太没用，也气他真的放弃自己。

“那牧呈哥会一直待在这里吗？”

沈言宁这一声“牧呈哥”软糯轻柔，似习惯性喊出口，她虽没在意，却铮铮地落在顾牧呈的心上。

顾牧呈终于又把沈言宁哄成过去的小姑娘了。

“嗯。”顾牧呈的嗓音低沉清润，“说好要把小朋友的肉养回来。”

沈言宁忽然坐直身子，看着他：“可是过了今天之后，我会比较忙。”

“嗯？”

“我没想到你会回来，放假之前我接了几个摄影的工作，那边要得急，要求初一必须动工，因为初一大放假没人接，但是价钱给得很高，我之前不是一直缺钱吗？就在年前接下了。”

“嗯。”顾牧呈问，“言言一直很缺钱？”

“是吧。”

“我给你的卡呢？”

“没有舍得用。”沈言宁说，“不过我有去查过，里面好多钱啊……”

“嗯。”顾牧呈应了一声，“我的所有身家。”

“啊……”

沈言宁愣愣地看着顾牧呈，原来在他离开的时候，就已经把他的所有都给她了。

不是只是说说的承诺，而是用沉默的行动告诉她，他一直在。

沈言宁之前查卡的时候有想到，但一直不敢确定，因为害怕自作多情。

就在她发呆的时候，顾牧呈的手上忽然多了一张卡。

那卡很眼熟，是之前她给他的。

沈言宁问：“你一直带在身上啊？”

“嗯。小朋友的嫁妆，我当然要一直带在身上。只可惜……”

“嫁妆”这二字本让沈言宁很窘迫，但听见顾牧呈没说完的话，一下子转移了她的注意力：“可惜什么？”

“可惜当时我没能早点领悟你给我卡时的意思。”

沈言宁面色一红，大声替自己辩解：“什么给卡的意思啊？我能有什么意思啊……我当初只是见你兼职太辛苦所以才想把我的零花钱都给你，才不是提早给你嫁妆什么的。”

顾牧呈双眸幽深，顺着沈言宁的话说：“嗯，你说什么就是什么。”

什么啊……顾牧呈脸上的神情分明不是这样认为的。

不过沈言宁也不计较了，浓浓的困意侵袭而来。

“十二点了，我困了。”她揉了揉眼睛。

“去睡吧。”

“那你呢？”

顾牧呈说：“我洗个澡也睡了。”

“可是这里只有一张床。”

“嗯。”顾牧呈说，“谢谢言言邀我一起睡。”

她什么时候邀请了！

不过，也不是没睡在一起过，第一次睡一起的时候还是她先主动的……现在害羞的话是不是显得太矫情了？

“那我睡觉去了。”说完，沈言宁抱着“棉棉”去了卧室。

顾牧呈的行李在沈言宁洗澡的时候，就有人送了过来。

他处理完工作后，去浴室洗澡，经过卧室时，沈言宁已经睡得很熟了。

“棉棉”玩了一天，此时也窝在她的怀里呼呼大睡。

怕顾牧呈要进房间，小姑娘睡觉前没关灯。

顾牧呈将卧室里的灯关掉，只留了一盏夜灯。

去浴室洗完澡之后，他走到床边，掀开被子一角，躺上床。

他刚躺下，原本侧着对他的小姑娘转过身面对着他，迷糊地睁开眼睛，看着他喊了一声：“牧呈哥……”

顾牧呈回应了一声：“我在。”

沈言宁伸手，像过去在梦中一样，喊：“牧呈哥，抱……”

这次没有空气，顾牧呈伸手抱住了她。

“我是不是在做梦？”小姑娘看起来并没有清醒，喃喃地问，随即又自我否认，“不会是梦……梦里你也不抱我。”

这话让顾牧呈的心狠狠疼了一下：“言言……”他开口唤她，声音低哑。

“嗯。”小姑娘凑过来抱住顾牧呈的腰，将脸埋在他的怀里，喃喃地说，“牧呈哥，我好想你，你以后再也不要丢下我了。”

顾牧呈低头，看着抱着自己并未清醒过来、又睡着了的沈言宁，看着她沉睡的容颜，听着她梦中的呢喃，轻轻拥住她，哑声应她：“对不起，我再也不会了。”

2

大年初一，顾牧呈送沈言宁去拍摄场地。

拍摄场地是一家当地新开的民宿，需要在假期拍好照片用于年后的宣传。

沈言宁去的时候，民宿的老板娘亲自接待了她。

老板娘是个非常漂亮干练的女人，大家都喊她“嘉姐”。

“言言，辛苦了，让你跑这么远过来帮我拍照。”嘉姐说，“我会让小张和小李全程帮助你，你有什么需要尽管跟他们提。”

“谢谢。”沈言宁拍摄的时候向来话不多，简单的寒暄之后就开始工作。

民宿设计得非常古香古色，各种设计都十分精心，连小摆件都是花了心思的。

看得出民宿的主人非常有品位，且十分注重这家民宿。

沈言宁在拍摄的时候，小张和小李给她打下手，不过她们没太多事，时间长了，忍不住开始小声聊天。

“嘉姐以前是干吗的啊？看起来好有钱啊，如果是我把民宿装修得这么好看，可不舍得让别人住。”

“这你就不知道了吧？我们嘉姐开这民宿根本就不是为了赚钱，是为了等一个人。”

“等什么人啊？”

“当然是嘉姐很喜欢的人啊！”

“那这个人去哪儿了啊？”

“听说嘉姐上学那时候就跟那个人谈恋爱，但是那时候家里人不允许啊，他们又只是个学生，怎么相爱都跟现实对抗不了……后来那人为了不拖累嘉姐就主动提出了分手。这么多年嘉姐一直单身，嘉姐一家人都移民去了新西兰，只有嘉姐偶尔会回清泉市。”

“那跟开民宿有什么关系啊？”

“这你就不懂了吧？民宿来来往往的客人，也许总有一天，会有他的到来呢？据说嘉姐喜欢的那个人是学建筑学的，特别喜欢古风的设计与建筑。”

“嘉姐真痴情啊……”

“是啊，希望能感动老天爷，让嘉姐等到她想等的那个人吧……”

沈言宁的拍摄历经三个小时，收拾完东西出来后，给顾牧呈发了一条信息：“我拍完啦！”

她的信息刚发完，就看见不远处熟悉的身影朝这边走来。

她愣了一下，确定那是顾牧呈后，背着摄影器材跑了过去：“你怎么来得这么准时啊？”

沈言宁说完，又想到了什么问：“你该不会没走，一直在这里等我吧？”

“嗯。”顾牧呈接过沈言宁背着的摄影器材。

沈言宁伸手摸了摸顾牧呈的手背：“不冷吗？”

“一直在车上等你。”

“那也挺无聊的吧？”

“不无聊。”顾牧呈摸摸沈言宁的小脑袋。

沈言宁想说他其实可以先回去的，说出口的却是：“牧呈哥，抱抱。”

她朝顾牧呈伸手双手，顾牧呈倾身抱住了她。

看着因为拍摄完后，忽然变得很黏人的小姑娘，顾牧呈问：“言言，发生什么事了吗？”

“没……就是天冷了，不想把手拿出来，除非抱你。”

突如其来的情话，让顾牧呈失笑。

沈言宁想起刚刚那两个小姑娘聊嘉姐的故事，她不是八卦的性格，只是她们说话的声音不小，她不想听也听见了。

世界上走丢的恋人那么多，有的人走丢了也就放弃了，有的人还在无望地等待。

沈言宁不由得幽幽地说了声："幸好……"

"幸好？"

——是啊，你虽离开过，但幸好我等到了你；你虽放弃过我，但幸好你又回来了。

沈言宁从没发现"幸好"这两个字这么美好，是以为将要失去的绝望辗转而来的希望。

怀里的小姑娘摇了摇头："没有，就想牧呈哥抱抱。"

顾牧呈没再问，任由沈言宁抱着。

3

曾韬和江南是周日回来的。

顾牧呈带着沈言宁去机场接他们，两人是带着任务回来的，所以一回来还没来得及回家，就往新公司赶。

"秦总上个月在新区那边买了一栋办公楼，想着收房后租出去，现在决定给我们当新公司。"曾韬兴奋地说，"顾少，我们总算熬到头了，可以大展拳脚了！"

新区离机场一个小时的车程，到达的时候，四人下车，眼前是一栋很高的楼。

这一带是政府的扶持地带，已经有很多栋楼在去年挂牌办公，都是清泉市一些很有名的企业基地。

四人走到公司门口，曾韬拿着钥匙开门的时候，开了几次没对准，惊叫了一声，说："我居然激动到手抖。"

"你能不能有点出息！"江南吐槽。

"那你来！你来开！"

"别……我怕我更抖！"

"你有脸说我！"曾韬瞪了他一眼，然后两人又莫名其妙地笑起来。

沈言宁看着也忍不住跟着笑。她看了顾牧呈一眼，四人里大概只有他的情绪比较平淡。

等着曾韬慢慢开门时，沈言宁忍不住小声问：“牧呈哥，你要有属于自己的公司了啊，怎么一点都不激动呢？”

“是吗？”顾牧呈慢悠悠地说，“我挺激动的。”

可顾牧呈说这话时分明云淡风轻，真看不出来挺激动。

不过沈言宁知道他经常喜怒不言于表，也就没太放在心上。

等到曾韬手不抖了，终于打开门，进去之后，四人一起进去。

这栋楼里面一共上下两层，但面积十分大，放上办公桌后，坐上百人毫无压力。

“以后二楼这里就是顾少的办公室，然后这里是我的、江南的！”曾韬看着办公室忍不住开始规划起来。

江南说：“顾少一间，我跟你一间就可以了吧？！不然太奢侈了！”

“得了，我可不要！在Y国的时候天天跟你待在一块儿，小霜都有意见了。”曾韬忙说，“回来之后，你有多远离我多远，别耽误我找女朋友！”

“呵呵，说实话，就算我喜欢谁，也不会喜欢你这样的，你放心。”

两人对视一眼，又莫名其妙地笑了起来。

曾韬笑着笑着，忽然就哭了，江南一愣，随即眼眶也红了。

顾牧呈轻笑道：“哭什么？”

曾韬抹了抹眼泪，恨恨地说：“这么多年真不容易，尤其是这两个月。说真的，我高考都没这么累过，特别是顾少你，这两个月加起来才睡了几个小时，两个月做了多少软件，多少策划，为了得到秦总的认可，为了更早见到……”

曾韬的话还没说完，顾牧呈就轻轻拍了拍他的肩膀，慢条斯理地说：“好了，多大的人了还在小姑娘面前掉眼泪，一会儿小姑娘要笑你了。”

沈言宁正想听曾韬没说完的话，被顾牧呈一打断，愣了一下说：“没有，我不会。”

沈言宁比谁都知道，他们这一路走来有多辛苦。

“嗯，我不说了！我就是太高兴了！”曾韬抹了抹眼泪，忽然想到什么，说，“对了，顾少，秦总也回来了，约晚上一起吃个饭。”顿了顿，他又说，“小霜也回来了，说让带上妹妹一起。”

曾韬这话说完，空气有片刻沉默。

女人的第六感让沈言宁很精准地找到了沉默的原因，问：“小霜是谁啊？”

江南看了一眼顾牧呈，得到了他的允许才说：“是秦总的女儿。”

“哦。”沈言宁顿了一下，歪了歪头，问，“所以是看上了牧呈哥吗？”

曾韬和江南被小姑娘这么直接的一问给问愣住了，彼此都没敢吭声。

沈言宁又歪头看了看顾牧呈，喊了一声：“牧呈哥？”

被点名的“顾哥哥”不是第一次遇到这种桃花，但第一次要正式跟女朋友解释这种事还真让他有点无奈，虽然他从未将这种事放在过心上，但小姑娘既然要他解释……

他思忖片刻，才说：“言言，其实这件事……”

顾牧呈的话还未说完，就听见沈言宁说：“好啊，我跟你一起去。”

反正……也不是第一次遇见情敌了。

4

晚饭秦风定订在“千年”在市区的总店，顾牧呈几人到的时候，秦风和一个女孩已经在里面等着了。

见他们进来，秦风身边的女孩先是很高兴地跟顾牧呈打了声招呼，随后眼睛落在了沈言宁身上，朝她伸了伸手，落落大方地打招呼：“你好，你一定就是顾少的女朋友吧？我是秦霜！很高兴认识你。”

言语间没有丝毫挑衅，连对顾牧呈的称呼都是跟着曾韬他们一起喊他“顾少”。

沈言宁想起在来的路上，已经做好各种“被挑衅”的准备，此刻只觉得自己有点……幼稚。

“你好。”沈言宁伸手，跟秦霜握了握手，介绍自己，“沈言宁，我也很高兴认识你。”

随后又瞪了顾牧呈一眼，大意是“明明就不是情敌，你为什么不早跟我说。”

顾牧呈看起来很无奈……

“你也没给机会让我说出口啊……”

秦风说这天只是个家庭便饭，以后大家在一起工作，都是一家人。

酒过三巡，沈言宁去了一趟洗手间，出来的时候遇见了秦霜。

秦霜看起来是在这里特意等沈言宁的，见她出来，微笑着对她说：“终于找到跟你独处的时间了。言言，我可以这样喊你吗？”

沈言宁点头：“可以。”

“嗯。”秦霜笑眯眯的，眼睛笑起来的时候像弯月，“你不介意的话，也可以叫我小霜，他们都这么叫我。”

沈言宁没说话，只是静静地等她说。

秦霜是个聪明的姑娘，说：“言言，你不用这么防备我，我的确喜欢顾少，但也只是单方面的喜欢，顾少对我一点意思都没有。今天这顿饭是我向韬哥请求让你过来的。”

秦霜是秦风的女儿，秦风是顾牧呈的投资人，但秦霜一点架子都没有，每一句话都很有礼貌。她说：“我就是想见见让顾少念念不忘，每天熬夜赶成绩，那么努力奋斗的人是个怎样的人。”

秦霜的话让沈言宁想起在新公司里曾韬没能说完的话，于是问：“每天熬夜赶成绩？不是有一年的考察期吗？”

“对啊，可是你不知道吧？顾少来Y国后跟我爸丢下的第一句话就是希望一年的考察期能在半年内结束，否则不管我爸同不同意他都会直接走人。当时我和我爸都惊呆了，从来没有人敢这样跟我爸说话。”秦霜说的时候，还做了“被惊呆”的动作，让沈言宁人不知不觉笑了起来。

“后来一到工作室他就开始工作了，每天熬夜做软件，做策划，一天就睡两三个小时。而且呀，一开始我们不熟，顾少都不怎么跟我说话，我之前一直以为他只是个工作狂，全心投入在工作中，才没空理我。后来才发现，原来他是为了能够快一点回到你身边。”

“那时我们已经相处有半个月了，我是顾少、韬哥、南哥他们的小助理嘛！其实我爸就想让我在他们身边多学点东西。”秦霜回忆说，

“有一次半夜，韬哥和南哥都累得在沙发上睡着了，我在收拾会议室东西的时候，看见顾少在阳台抽烟，不知道怎么就聊上的，反正一直是我在说话，也不知道他有没有在听，当我问到他为什么这么努力的时候，他才开口，跟我说了第一句话，他说，他在国内有个很喜欢他的女孩在等他回去，他不想让她等太久。”

沈言宁才知道，原来顾牧呈从来没有放弃过自己。

“其实这半年的相处时间里，我爸就对顾少非常欣赏了。我爸这人的眼光特别准、特别好，他不但看出了顾少是个很优秀的人，也看出了我对顾少的好感。”说到这里，秦霜有点不好意思，“也是因为这样，顾少才又在Y国被我耽误了一点时间，因为我爸希望能让我们多点时间培养感情，想让顾少成为他的女婿。我还记得半年前有一次，顾少他们出去了一趟，据说是国内的一个朋友出了点事，本来让韬哥去处理就好，但不知道对方说了什么，顾少亲自去了。再回来的时候顾少整个人都不在状态，第一次在开会的时候走神，回来我们才知道原来那天那个国内的朋友是跟你在一起的，顾少亲自去也是为了你。”

“喜欢一个人吧，就是我可以在离你很远的城市等你十年、二十年都没关系，但一旦你出现在我的城市，我就想去见你，等一秒都不行。”秦霜说完，又不好意思地笑了起来，“我一个没谈过恋爱的人哪里来的这么多心灵鸡汤啊。言言，我就是想告诉你，顾少真的很喜欢你，互相喜欢的两人多难遇见啊，遇见了就不要轻易放手哦！”

秦霜说着说着，就看见从包厢里走出来的顾牧呈。他不紧不慢地往这边走来，双眸静如深潭清水，面容俊如南天星辰，触不可及，神情沉静而冰凉，周身散发着懒散而冷漠的气息。

没想到这样一个看起来应该该是薄情冷漠的男人竟然如此情深义重，她不由得看向沈言宁，真是个令人羡慕嫉妒的小姑娘啊……

“顾少过来抓人了，是害怕我把你拐跑了吧？！我先溜了啊！”说完秦霜便朝包厢跑去，路过顾牧呈的时候跟他打了一声招呼就走了。

沈言宁看着顾牧呈走到自己面前，问：“牧呈哥出来接我吗？”

“嗯，看你这么久没回来，以为你迷路了。”

顾牧呈伸手，牵着沈言宁往包厢的方向走。

沈言宁又想起那次在Y国商场里迷路，此刻他就在她面前，她忍不住告诉他。

当沈言宁拉着顾牧呈的手告诉他的时候，其实只当是聊天，并没想太多，可顾牧呈听完后牵着她的手紧了紧："以后都不会了。"

"啊？不会什么？"

顾牧呈停下脚步，看着沈言宁，双眸幽沉如水，说："不会丢下你了。"

沈言宁的心触动了一下，鼻子有点酸，她望着他："嗯，以后你都要紧紧牵着我，不然言言会迷路，找不到回家的路。"

"好。"

5

饭局散了之后，外面竟然飘起了雪花。

秦风和秦霜先回去了，曾韬和江南很久都没回家，想回去看看。

目送着他们离开之后，沈言宁伸手在半空中接住了一片大雪花，说："下雪了啊……"

"要玩一会儿吗？"

沈言宁想了想，朝顾牧呈伸手："不要玩，但要牧呈哥抱一会儿。"

说完，她的手就伸进顾牧呈的大衣里抱住了他的腰，将脸埋在他怀里。

他真的瘦了很多，抱着腰的时候就能感觉到，沈言宁想起秦霜跟自己说的话——

"他说，他在国内有个很喜欢他的女孩在等他回去，他不想让她等太久……

"喜欢一个人吧，就是我可以在离你很远的城市等你十年、二十年都没关系，但一旦你出现在我的城市，我就想去见你，等一秒都不行。

"我就是想告诉你，顾少真的很喜欢你，互相喜欢的两人多难遇见啊，遇见了就不要轻易放手哦！"

抱了一会儿之后，沈言宁才从顾牧呈怀里出来，目光里有温柔，说："牧呈哥，我们回家吧！"

"好。"

顾牧呈伸手牵着小姑娘往回家的路走。

小姑娘问："牧呈哥，你以后的每一天都会这样陪着我吗？"

"会。"顾牧呈说，"我会一直陪着小朋友，以后的每一天，我都会爱你比你爱我多一点。"

沈言宁看着顾牧呈清俊温雅的侧颜，想着自己在日记里曾写过的那句：每一天都爱顾先生，很爱，偏爱，非常爱。

以前她也想过，为什么会那么喜欢他。

顾牧呈在她身边时，她爱他；他离开了那么长时间，她还爱他。

她说不清那是一种什么感觉，大概就是，遇见了对的人会让人觉得，其他人都不过如此。

这大概是一种偏执。她喜欢听一首歌，会单曲循环到听腻了为止，她喜欢一个人，也会喜欢到不喜欢为止。至于什么时候会不喜欢……

沈言宁不知道，只知道她曾经学习成绩不好，是他的出现，让她充满力量，让她相信只要肯努力，她有一天也可以成为学霸。

过去的她不懂得如何争取，只会按照别人的安排，正确的、错误的都一味顺从迎合，因为顾牧呈的出现，她开始按照自己想走的路走，她学会了独立、自立，承担起了责任和压力，成为有选择权的人。

沈言宁想起高一那年，考试考砸了。她沮丧地回到家，打开门后，视线里就出现了那个目光懒散轻漫的少年。

那一刻她的人生就已经在改变，如果不是顾牧呈的出现，她根本不知道，过去她的生活有多么枯燥无味、平淡无奇；而未来，她的人生会有多么斑斓瑰丽，她会因为一个人变得更勇敢。

虽然这份感情经历过暗恋、晦暗、沮丧、苦涩才正大光明。

后记

写《偏爱只给沈言宁》这个故事之前，有读者在私信上告诉我，关于她和她的家教哥哥的故事。

这位读者叫“言言”。

言言的家庭非常富裕，但是学习成绩一直上不去，无论家里人跟她找多少名师家教，都没有用。

家教哥哥“呈”就是这个时候出现在言言家里的。

和书里一样的是，家教哥哥呈是言言父亲好友的儿子，但是呈的家境很不好，从初中就开始兼职家教给自己赚学费、生活费。

言言初中的时候，呈转学来到了言言的高中部。

和书里不一样的是，呈是偶然一次跟家里人来言言家里做客的时候，教正在写作业的言言一些课题，竟然颇有成效。

言言的父亲知道之后，就把呈请来言言家里教她。

言言对我说，她对呈是一见钟情。

呈不但学习成绩好，性格温润，有着他这个年龄没有的成熟，关键的是他还长得帅，一来到言言的高中就成了女生们追捧的校草。

即使呈本身这么优秀，他也从来不会眼高于顶，目中无人。

像言言那个年龄的女生，会喜欢上呈也无可厚非。

渐渐地，言言不仅喜欢上呈，并且越来越依赖他，只有呈教的东西她才能听得进去。

有一次呈请了病假，言言一整天都萎靡不振，作业写不进去，饭也吃不下去。

言言太过于单纯，渐渐地，她对呈的喜欢，以及对呈的依赖度被她的父亲看穿。

父亲想断了她的念想，所以在没有告诉言言的情况下，把呈给辞退了。

言言因此而大闹了一场，甚至不再热爱学习，让她的父亲不得不再一次把呈请回来。

可是呈拒绝了。

言言告诉我，呈说如果言言真的喜欢他，那就努力考上他们一起约定好的大学，大家顶峰相见。

现在言言高三了，每天都在努力地学习。

她说，总有一天，她会凭自己的努力跟喜欢的人相见。

我不知道最后言言能不能跟她喜欢的呈在一起，但是在言言简单的故事当中，我对呈这个男孩怀着几分钦佩。

在言言的形容里，呈很聪明，他可能早就看穿了言言的小心思。

但是他没有一味地去纵容言言，而是留下一句励志的话，让言言朝着他们约定好的方向前行。

有了这个信念，会让言言比以前更加努力，甚至可以独立地去完成自己的学业，而不是再像过往一样依赖他。

我想呈应该是一个老成持重的男孩，在写故事之前，我已经大致在脑海里勾了出了“顾牧呈”这样一个邻居家小哥哥与家教小老师的形象。

其实我还是蛮羡慕言言的，因为在她的少女时代有这样一个暖心的小哥哥出现，并且成为她前进的光。

所以我想将他们的故事写下来，给他们一个完美又甜蜜的结局。

木子喵喵

2021 年 5 月 6 日